（第八辑）

文学地理学

主编
曾大兴 夏汉宁
李仲凡

中国社会科学出版社

图书在版编目（CIP）数据

文学地理学．第8辑/曾大兴，夏汉宁，李仲凡主编．—北京：中国社会科学出版社，2020.7
ISBN 978-7-5203-6481-2

Ⅰ.①文… Ⅱ.①曾… ②夏… ③李… Ⅲ.①中国文学—地理学—文集 Ⅳ.①I206-53

中国版本图书馆CIP数据核字（2020）第082946号

出 版 人　赵剑英
责任编辑　郭晓鸿
特约编辑　张金涛
责任校对　沈丁晨
责任印制　戴　宽

出　　版　中国社会科学出版社
社　　址　北京鼓楼西大街甲158号
邮　　编　100720
网　　址　http://www.csspw.cn
发 行 部　010-84083685
门 市 部　010-84029450
经　　销　新华书店及其他书店

印　　刷　北京明恒达印务有限公司
装　　订　廊坊市广阳区广增装订厂
版　　次　2020年7月第1版
印　　次　2020年7月第1次印刷

开　　本　710×1000　1/16
印　　张　20.25
插　　页　2
字　　数　281千字
定　　价　99.00元

目　　录

文学地理学基本理论研究

地理学想象、可能世界理论与地理批评 ……………… 颜红菲　王海燕 3

语言的空间性——关于文学本体论的思考 …………… 刘永志　唐春兰 17

文学地图绘制的相关问题 ……………………………………… 李仲凡 31

文学景观三题 ………………………………………………… 程宇静 41

中国文学地理

十六国北朝时期河西儒学的师承关系 ………………………… 高人雄 55

南宋交聘行记中的北方城市映像 ……………………………… 田　峰 68

抗战期间易君左的“西北壮游”及其文学书写 ……………… 张向东 86

晚唐诗人商於古道的书写及意义 ……………………………… 任梦池 100

论范成大地理诗的叙事性 ……………………………………… 李　懿 115

李白诗“相看两不厌，只有敬亭山”现地研究 ……………… 简锦松 128

建炎间李清照避兵行迹 ………………………………………… 王　昊 156

东南社会与现代文学的“革命地理学” …………………………… 周保欣 172

从“他者”到共同家园
——以唐宋笔记为中心的岭南西道（广南西路）考察 ………… 方丽萍 191

明清小说西南形象“套话”的建构及文学意义 ………………… 杨宗红 205

域外文学地理

论美国华裔小说中的唐人街书写
——以汤亭亭的小说为例 ……………………………………… 陈富瑞 233

流动的居所
——华兹华斯《序曲》长诗的地理空间与主体建构 ………… 覃　莉 246

硕博论坛

地理感知、文学创作与地方文学 ………………………………… 王金黄 261

论汉赋作家的地理分布 …………………………………………… 王　静 276

学科建设动态

中国文学地理学会第八届年会暨第三届
硕博论坛召开 ……………………… 李永杰　中国社会科学报记者 291

文学地理学的理论与实践学术研讨会综述 ……………………… 涂慧琴 294

文学地理学学科初步建成的标志性成果
——曾大兴《文学地理学概论》述评 ………………………… 杜华平 305

文学地理学基本理论研究

地理学想象、可能世界理论与地理批评*

颜红菲　王海燕

2008年美国地理学家沃尔夫（Barney Warf）和阿丽亚斯（Santa Arias）主编了《空间转向：跨学科视野》一书，汇集各学科与空间理论的交叉研究成果共计12篇，包括如“空间与网络、空间与宗教、空间与社会学、空间与比较政治学、空间与性、空间与民族志、后殖民分析”等一系列新进话题。用理论实践充分证明“空间已不仅仅是一个标语一个口号，空间的分析势必成为人文学科的一种基础方法，从而成为文学批评的一种基础方法。”①

值得注意的是，“空间转向”一词常常用来指称发生在20世纪70年代并迅速覆盖整个人文社科领域的认识论上的革命，30多年后的理论语境已经与先前发生了较大的变化，重提“空间转向”，这一概念在内涵上是否有了新的变化？编者在序言指出：

> 而在另外一些方面，空间转向则更具有实质意义，涉及这个术语的

* 此文是国家社科基金2015年度重大项目“西方新马克思主义文论与空间理论重要文献翻译和研究”（项目批准号：15ZDB084）的阶段性研究成果，颜红菲，南京工程学院外国语学院教授；王海燕，中南民族大学外语学院副教授。

① 陆扬：《空间批评的谱系》，《文艺争鸣》2016年第5期。

> 重新阐释和空间性的意义，以提供一个新的视野，其间空间与时间可以一视同仁来解读、认识、展开，并且地理学不是被降格为社会关系的一种马后炮，而是密切参与了社会关系的建构。地理学的重要性，不在于它清楚表明了万事发生于空间之中，而是在于它们发生的“地方”，对于了解它们“如何”发生、“为什么”发生，是举足轻重的。①

这段话很明显地指出了对“空间转向”这一术语的“重新阐释”，声明其与20世纪空间转向的差异，在这一“新的视野”中，“地理学”“举足轻重”的位置日益凸显出来，表明这是自20世纪70年代空间转向后的又一次发生在空间内部的转向，陆扬用“空间批评的谱系”来解释这一转向，如果用更激进一些的表述，我们是否可以说，这是发生在空间批评内部的一次“地理学转向”。

近20年来，文化地理学在经历了深刻的观念和方法论更新后，已成为社会科学中最有创新活力和影响力的学科之一，甚至成为一种“工具”，与其他学科广泛嫁接，其直接结果之一，便是一系列跨学科话题的生成，地理学与文学的嫁接，催发了文学地理学的产生。本文通过对地理批评发生的理论背景、理论资源、发展现状和基本路径的考察，说明地理批评的产生是后现代语境下跨学科理论自身不断深入以及彼此间不断互动的必然产物。

一　作为知识生产的地理学想象

“空间转向”发生在20世纪70年代的法国，以列斐伏尔和福柯为代表的法国哲学家们，彻底颠覆了西方建立在时间优先基础上的历史叙事传统，把分析的视野从时间转向了空间，这是建立在新的社会理论知识学基础上的一次革命，成为20世纪后期发生在西方学术界的一次举足轻重的事件。

① Barney Warf, Santa Arias ed, *The Spatial Turn: Interdisciplinary Perspective*, London: Routledge, 2008: 1.

之后，空间的视角迅速波及整个西方的人文社科领域，在各个学科和论域中不断增生扩展，衍生出各自的空间理论，菲利普·韦格纳在2002年的《空间批评：批评的地理、空间、场所与文本性》一文中总结指出，“在最近的25年中，正在出现的多学科把中心放到了‘空间’‘场所’和‘文化地理学’的研究上”,[①] 并罗列出一长串为空间研究做出贡献的学者，他们中既有社会理论家、历史学家、地理学家、建筑师，也有人类学家、哲学家、文学和文化批评家。进入21世纪以来，以空间作为切入建构多学科或跨学科联盟的趋势越来越强烈，它与空间转向的语境下知识生产的方式有着密切的关系，来自两个领域的理论被诸多相关学科或者跨学科建设所征用，其一是以列斐伏尔、福柯为代表的法国空间哲学，其二是以英语世界的哈维、索雅、段义孚为代表的文化和人文地理学。二者相互融合产生了极具吸引力的“地理学想象”（Geographical Imagination），“重新定义了地理学知识和人类通过空间营造体现出来的生存实践”[②]。

地理学想象与米尔斯的社会学想象（Sociological Imagination）有直接的联系。米尔斯所描述的社会学想象“是一种心智品质，这种品质可以帮助他们利用信息增进理性，从而使他们能看清世事，……理解历史与个人的生活历程，以及在社会中二者间的联系”[③]，它要求社会学家对自身理解社会的认知模式的超越。本尼迪克特·安德森在《想象的共同体》中，通过对民族的认知层面上的界定来奠定其论证基础，认为“‘民族’是一种现代的想象形式”，“民族”这一“想象共同体”本质上“是一种社会心理学上的事实”[④]。总之，社会学想象关注普通人对周围环境的想象，所以通常其表

① ［英］菲利普·E. 魏格纳：《空间批评：地理、空间、地点和文本性批评》，［英］朱利安·沃尔费雷斯编：《21世纪批评述介》，张琼、张冲译，南京大学出版社2009年版，第243页。

② 胡大平：《地理学想象力和空间生产的知识——空间转向之理论和政治意味》，《天津社会科学》2014年第4期。

③ ［美］赖特·米尔斯：《社会学的想象力》，陈强、张永强译，生活·读书·新知三联书店2005年版，第4页。

④ ［美］本尼迪克特·安德森：《想象的共同体》，吴叡人译，上海人民出版社2005年版，第8页。

现形式不是理论抽象，而主要体现于意象、故事、传说之中，但由于它归属大多数人所共享，因此，社会学想象使共同实践成为可能。“大卫·哈维将这一概念引入地理学，并使其备受关注，之后格里高利的专著《地理学想象》进一步将这一概念发展成为关于知识的构想。在此语境下，‘Imagination’可以译为‘想象’或‘想象力’，前者指通过研究和教育传统而形成的知识，后者则侧重于由于特定背景所支撑的知识实践能力。‘地理学想象’包括上述双重含义，它具有历史诗学和政治想象等多重抱负。”① 因此，简单地说，地理学想象是人类了解所处世界的方式，通过这一方式认知并建构个人与所处世界的关系，并借此积极介入空间实践。法国哲学家将分析的视野转向空间之后，地理学想象便成为题中必有之意。列斐伏尔从元理论的基础上指出空间是社会生成的产物，代表着空间批评摒弃实证主义的科学方法，拒绝历史主义的决定论。在他的三元辩证法中，再现空间专指具体的个人生活和文化体验，这一个人的空间体验同时包含了构成该体验的标记、意象、形式和象征等内容。而空间再现则是“概念化的空间”，是具科学倾向的某类艺术家的空间，他们都以构想来辨识生活和感知。福柯通过权力与话语关系的研究展示了空间关系中地理学想象被塑造、被规训的过程，由话语—知识生产出来的权力，建构了被客体化的地理学想象。同样在权力知识话语下，赛义德用“想象的地理”概念建构了其东方主义。之后德勒兹更是摒弃了结构主义以及后结构主义的批评框架，在哲学和地理之间进行有机的嫁接，在称为地理哲学的《千高原》中，创造出“块茎”结构的理论框架，“块茎”是一种以虚拟力量形式存在的、具有无限可能性的空间。德勒兹的地理学想象已经超越了现实世界，将可能世界亦纳入其中。

地理学想象在英语世界的地理学家索尔、段义孚、哈维等人的理论中集中体现在人地关系上。早期文化地理学家索尔将景观研究纳入地理学的

① 胡大平：《地理学想象力和空间生产的知识——空间转向之理论和政治意味》，《天津社会科学》2014 年第 4 期。

范畴，景观研究在存在主义和现象学的观念下，导出感知和想象的命题。景观生成具有美学想象和象征性再现的特征，因此被当作可以解读的“文本”，地理景观在解读中的意义化过程也是地理想象的反映与塑造过程。地理学在近年的发展过程中逐步深入，“地方”日益成为研究的中心。从本体论层面上来看，人文社会学科是“关于处于特定情势中的生命本体和知识本性的研究”,[①]“特定情势”是地方性而不是空间性的显现，生命本体的感知和知识本性的获得是在“人地关系”实践中日复一日地生成的。人文地理学家段义孚将地方感的生成归结为情感与想象的产物，是理解人类本质及其各种丰富性和复杂性的基础，与巴什拉在《空间的诗学》里主张用现象学想象“把家宅当作人类灵魂的分析工具”[②] 有异曲同工之妙。更进一步，以哈维、索雅为代表的地理学家，将后现代视野纳入地理学，提出以地方性空间生产知识来对抗全球化资本空间。从现实语境看，后现代社会现实下的“时空压缩”和空间的碎片化，要求地方眼光和地方意识的驻入，地理学想象不仅建构着“第三空间”“希望的空间”里的乌托邦想象，更是贯穿着区域共同体地方意识形成的整个社会过程，激发人们积极参与反抗资本全球化带来的后果。哈维在描述地理学研究这一总体趋势时指出，地理学想象“能够使……个人去认识空间和地区在他们自己经历过程中的作用……以及去正确评价由他人创造的空间形式的意义”[③]，地理学想象不仅是人“对实体或转译的地理环境的感知，也是对地理世界的再现/表征”。[④]

在此语境下，地理学想象不仅仅是一种研究方法或者是一个研究阶段，而是地理学知识本身的内在特质。地理学想象是文化地理学在本体论和认识论双重层面上的深化。在这里，主观想象代替了客观知识，成为文化地理学的本质和内容，表明了一种知识学立场的转换，完成了从建立客观理

① ［英］迈克·布朗：《文化地理学》，杨树华、宋慧敏译，南京大学出版社 2005 年版，第 100 页。

② ［法］加斯东·巴什拉：《空间的诗学》，张逸婧译，上海译文出版社 2009 年版，第 25 页。

③ ［英］R. J. 约翰斯顿：《人文地理学词典》，柴彦威等译，商务印书馆 2004 年版。

④ 林耿、潘恺峰：《地理想象：主客之镜像与建构》，《地理科学》2015 年第 2 期。

性知识的“空间科学”向获取主观认知和局部经验的“地方知识”转换。毕竟，“无论牛顿或后牛顿时代的物理学家可能会告诉我们有关自然界是什么，却无人体验到那种不是由特殊社会文化形式所中介或构造的时空决定作用”①，因为它们与我们的真实世界相差甚远。地理学想象有三个方面的主要特征，三大特征与文学本质属性密切相关：

首先，它削弱了同质性、抽象化、符号化的空间定义维度，转向对意向化、情境化、多元化的地方知识的关注，重视对地方观念形成的过程性描述；由此而来，文学文本作为作家主观意向性生成的产物，是一种情境化的“时空体”结构，是历史—地理的具体化，文学自身的内在属性为地理研究提供了最佳的研究资源。比如大卫·哈维的《巴黎：现代性的都市》的第一部分《表征：1830—1848 年的巴黎》，便是通过巴尔扎克的巴黎叙事得以展开的。借助于巴尔扎克的文本中的景观描述，哈维揭示了 19 世纪的巴黎的社会政治、阶级和文化风貌。索雅对后现代景观的解读更是感悟于博尔赫斯的小说《交叉小径的花园》，认为他创造了一个“充满同存性和悖论的无限空间”，“使后现代地理学阐释所面对的某些两难处境具体化”②。

其次，真理的客观绝对，不再是唯一的追求目标，相反，将主体性摆在一个重要的位置上。空间知识与个体感知、个体想象不可分割，在主体的作用下，空间被“理解为真实的、想象的以及符号象征的方式”，地理想象成为地理表征的主要手段之一，在想象的过程塑造了人对地方的“空间意识”，这种空间意识通过人对地方体验和零散知识的重构赋予地方意义，并主要通过文学作品、报纸杂志、游记、影视等媒介来实现，读者解读文本与图像的过程，是地理想象借助语言文化结构对景观与地方再现与重构的过程，这一过程得到的地方表征比“真实”的再现意义更加丰富，充满隐喻。

---

① Justin Rosenberg, *The Follies of Globalization Theory*, London: Verso, 2000: 6.

② ［美］爱德华·苏贾：《后现代地理学：重申批判社会理论中的空间》，王文斌译，商务印书馆 2004 年版，第 4 页。

最后，空间—社会关系在认识论上的革命，为地理学想象提供了坚实的哲学基础，使文化地理学具有连接、越界、超越等学科特征，能“把不同知识领域、不同立场，以及理论和实践联结起来，打破学科、话语的樊篱以及它们与权力的联系”，将话语、凝视、表征、空间生产等诸多理论囊入其中，同时，又以新的理论资源和必不可少的切入视角渗入人文社科的各个领域，像“块茎”一样，不断生成新的学科领域，如政治地理学、法律地理学、文学地理学等，这一现象已成为当下学科发展的一大主流趋势。正如哈维所说：“地理学想象是精神生活中一个无所不在，太为重要的事实，已不可能仅仅是地理学家们的专利。”①

建立在人地关系基础上的地理学研究由“空间科学”变成了“地理学想象”，地理学空间研究的内部转向，使文学与地理学的联姻成为可能。

二　重建文学文本谱系的可能世界理论

与此同时，文学领域也经历了深刻的革命性变化。以“文本”概念为例，“文本”概念的产生是对传统的文学研究模式的巨大冲击，在形式主义和结构主义话语里，“文本”是一个脱离了作家意志和读者释义，独立自主、客观存在的语言编织体；而后，在后结构主义的“互文性”理论中，克里斯蒂娃（也作克里斯特娃）将不断自我建构的能动性“主体”揳入文本概念之中，“这种主体催生出溢出语言结构、具有‘异质性’的文本单元，颠覆语言秩序，冲击意识形态结构的规约，从而实现文本的革命”②，使社会历史和意识形态成为文本意指实践必不可少的组成部分。希利斯·米勒敏锐地意识到了这一点：“事实上，自 1979 年以来，文学研究的兴趣中心已发生了大规模的转移：从对文学作修辞学式的‘内部’研究，转为

① Barney Warf and Santa Arias，ed，*The Spatial Turn*：*Interdisciplinary Perspective*，London：Routledge，2008：1.

② 崔柯：《文本与主体革命——克里斯特娃的文本理论》，《文艺理论与批评》2012 年第 1 期。

研究文学的‘外部’联系，确定它在心理学、历史或社会学背景中的位置。”① 所谓文学的外部联系，就是指在立足于文本自身的同时，更加侧重于文本与现实世界、历史、文化、意识形态等的相互关系，文本与外部世界的相互联系具有开放性、多元性，生成性特征，处于不断建构的过程之中。

在这一层面上最具有代表性的有西方马克思主义、新历史主义、文化批评等，文学文本的界限与哲学文本、社会科学文本之间不再泾渭分明，传统的文学疆界日渐消解，文学在一次次地裂变与转型，文学研究的理论疆界也在不断扩展扩容。借用德勒兹的理论，“块茎式”的文学文本是一种辖域化，是具有自身生命和价值的有机体，文学文本之间、文学文本与其他文本之间存在着的互文关系，产生繁复多姿的链接与游牧的可能性，通过不断地解辖域化与再辖域化，文学的疆界不断地迁移变化，呈现出一种“辖域化—解辖域化—再辖域化”的空间走向。

但是，文学文本作为一种虚构想象的产物，文学话语作为一种虚构话语，到底在何种层面上与现实世界发生关系的呢？在何种意义上成为哲学与社会科学研究的重要对象呢？可能世界理论的出现，使文学中的虚构世界获得了和现实世界同等的地位，为文学话语提供了理论上的“合法”依据。

在西方哲学传统中，真与假、现实与虚构形成二元对立结构，后者一直是被压制和排斥的对象。然而，虚构却是文学的核心问题之一，这一问题长期以来一直被置于文学与现实世界关系的模式中来考虑，强调文学是对现实世界的模仿，文学话语是一种虚构话语，它所描述的一个虚构世界在现实中只具有虚指性，只有在作为对现实世界的再现或者表现的意义上，才具有存在的价值。可能世界理论抛弃了这种模仿论及其各种变体，废除了现实世界的特权地位，将现实世界纳入可能世界体系，在此体系中，文学的虚构世界和现实世界作为相互平等的两个世界，都是可能世界的一部

---

① ［美］希利斯·米勒：《文学理论在今天的功能》，拉尔夫·科恩编，程锡麟等译，《文学理论的未来》，中国社会科学出版社 1994 年版，第 121—122 页。

分，现实世界只不过是可能世界获得了现实化。

“可能世界”的源头可以追溯到18世纪哲学家莱布尼兹对世界的解释。世界是由无数的原子构成的，通过排列组合，它可以构成无限数量的可能世界，我们现实所处的世界是上帝根据充足理由律创造的，是所有可能世界中最好的一个。因此，在莱布尼兹的解释里可以引申出来的是上帝创造的世界不是唯一的，世界有着无限可能性的存在。维特根斯坦在其《逻辑哲学论》中将可能世界作为参照系，决定着现实世界命题的真伪，将命题在现实世界的必然性归结为该命题在所有可能世界的真理性。这一思想在20世纪中期，由美国克里普克等学者发展成为可能世界语义学，有关命题真假意义的核心观念是“把绝对的真（或假）概念用相对的真（假）代替，所谓相对的真就是在（或相对于）某个可能世界的真”①。可能世界语义学使命题的真值和意义与特定的可能世界联系起来，取消了现实世界本原性的特殊地位。20世纪70年代，可能世界理论被多勒泽尔等人引入文学研究领域，文学所创造的虚构世界是一个包含了无限可能的和最大变化的可能世界集合，通过通达关系与现实世界交往，却要比现实世界广阔得多，它包含了无限的人类想象空间，甚至与现实相矛盾的一切事物。“虚构世界在思维空间处于与现实世界平行的地位，不再是纯粹地对现实世界的模仿、映照或精神上的转移、宣泄，而是具有本体地位的一个可能世界，按照通达原则进行模拟的一个世界。”②

获得本体地位的虚构文学通过“表征（符号）—世界”的话语实践活动进行文学创造活动，从语用学角度来说，文学虚构话语具有施为作用，不仅体现在对文学文本的生产，还体现在思想观念的生产过程之中。“把文学作为述行语的看法为文学提供了一种辩护：文学不是轻浮、虚假的描述，而是在语言改变世界，以及使其列举的事物得以存在的活动中占据自己的

① ［美］R. M. 赛恩斯伯里：《虚构与虚构主义》，万美文译，华夏出版社2015年版，第82页。

② 周志高：《国外可能世界叙事理论研究述评》，《中国文学研究》2016年第2期。

一席之地。”[①] 一句话，虚构文学具有言语行为功能，文学虚构的世界“不仅仅是一个先验存在的实体，而且是一个行动，即一个修订过现实的动态过程”，[②] 借助于可能世界的通达概念，现实世界中的读者得以进入虚构世界之中，打通了虚构世界和现实世界的界限，使文学虚构进入人类的日常生活实践中，参与到对现实世界的认知和改造过程之中。

三　地理批评现状

一方面，以列斐伏尔、福柯等为代表的法国哲学家们，把分析的视野从时间转向空间。同时，英语国家的地理学者们将“历史”“文化”等视角引入地理学，二者的相互融合形成了哈维所说的极具革命性的“地理学想象”，在新的时空观念下重新定义了知识的概念，导致了研究范式的革命和研究范围的更新扩张，文学文本成为重要的和必要的研究对象。另一方面，文学文本在概念旅行中经历了从自在的文本观到建构的文本观，从封闭的语言客体到开放的互文性机制的过程，文学的疆界不断敞开，向外延伸。可能世界理论将文学建立的虚构世界与现实世界平行，使虚构世界获得了合法性地位；认识论意义上，将文学文本提高到与哲学文木同样的高度，文学文本中的可能世界叙事具有对现实世界的指涉功能，通过多种文本间互文性参照，可以绘制出一幅现实世界的认知地图。文学理论和哲学理论的发展，尤其是地理学想象与可能世界理论，打通了文学与地理学的樊篱，在此基础上，一个新的跨学科领域——地理批评应运而生。

地理批评作为跨学科的批评理论，它的两大主要来源是空间批评和文学批评。具体说来有：巴什拉的“空间诗学”和巴赫金的“时空体”理论；克里斯蒂娃的互文性理论；詹姆逊的“认知地图”理论；赛义德的“想象的地理学”理论；福柯的空间理论尤其是“异托邦”思想；德勒兹的“地

① ［美］乔纳森·卡勒：《文学理论》，李平译，辽宁教育出版社 1998 年版，第 101 页。

② Sandy Petrey, *Speech Acts and Literary Theory*, New York: Routledge, 1990: 113.

理哲学”和“解域”“归域”理论；人文地理学及存在主义现象学中的“人地关系”命题；其他如大卫·哈维的“时空压缩”、索雅的“第三空间”等，均为直接的理论来源。

21 世纪以来，尤其是近十年来这方面的专著和论文成果是以爆炸式形式出现的，在这方面美国学者罗伯特·泰利（Robert Tally）对地理批评的译介和推动功不可没。他是《地理批评：真实与虚构的空间》的英译者，从 2011—2017 年，共编辑了 6 部地理批评批评论文集，汇集了上百篇欧美当代文学地理批评理论和实践的最新成果。地理批评研究还得到了国际学术会议、大型出版社的大力支持，如麦克米伦出版社的《地理批评与空间研究》系列丛书，印第安纳大学出版社的《空间人文学》系列丛书；还有一些重要期刊聚焦述评“地理批评”研究成果，比如《美国书评》和《文学地理与地理人文》。地理批评，或者称为文学制图、空间文学研究，无论以何种名称命名，无论作为理论话语还是批评方法，均已成为前沿领域，也因为研究的目的、方法、领域的差异而表现出多种面貌。正如波特兰·维斯法尔所说，地理批评“并不关闭空间，也不能闭锁在理论里，它需要让事物尽可能地敞开”。①

法国学者波特兰·维斯法尔是公认的地理批评学派的创始人，他在 1999 年首次提出“地理批评”的概念，2000 年发表的《走向文本的地理批评》被认为是这一学派的奠基文献。文章提出以地理学方法对文学文本进行解读，成为这一流派的奠基文献。文章定义地理批评“是这样一种诗学，它的目的不再是对文学中的空间再现进行分析，而是着眼于人类空间与文学的互动，其中最重要的一项核心内容就是对文化身份确定性方面的独特见解”。地理批评首先是文学的，文学文本是它的支撑。它把文本再现空间和人类现实空间进行比较，一方面文学文本构建人类空间，另一方面人类空间也构建着文本，人类空间和文本空间是互相作用的。但地理批评的目

① 骆燕灵：《关于“地理批评”——朱立元与波特兰·维斯法尔的对话》，《江淮论坛》2017 年第 3 期。

的不是文学的，而是以文学为载体，从空间到文学再到空间的辩证法过程，是地理学想象的空间知识的生产，是地理学对文学的征用。在与朱立元教授的访谈中，他特别提到了“弱思想”理论为这一征用辩护：“因为在‘弱思想’语境下，自然科学相对化了。……人文科学和自然科学就有了相遇的可能性……文学话语就回到中心，不再被边缘化了。”[①] 波特兰·维斯法尔在2007年出版的《地理批评：真实与虚构的空间》[②] 这部专著中全面地阐释了地理批评的理论基础和实践方法。他的“空时性”（spatio – temporality）、“越界性”（transgressivity）和“指涉性”（referntiality）分别从世界的基本属性、人与世界的关系和认知世界的途径这三个维度建构其理论体系，显示他将地理批评作为“元批评”建构的努力，三大概念之后，他又提出了地理批评实践的四个步骤，使地理批评具有很强的实际操作性。他将“历史地理唯物主义”方法引入地理批评，对具体地方的分析必须包含时间的深度，历史的眼光，这样才能发现地方的多重身份和多重意义。在此过程中边界的划分就显得至关重要，这使诸如身体、越界、去地域化等术语得到普遍使用。地理批评通过解释文学文本如何对地理空间进行想象与建构，探讨文学虚构空间对真实空间进行的再现、重构、甚至超越，在二者的互文性参照中揭示这一过程对认知和改造世界所带来的启示和意义。总之，维斯法尔通过三个核心概念，将文学文本纳入地理指涉的领域，展开对现实世界中的城市或地方的空时性考察，涉及社会、政治、阶级、种族、性别、身份诸多话语的动态建构过程。

与维斯法尔的地理本体论不同的是，美国学者罗伯特·泰利更倾向于地理批评的文学性向度。“我更倾向于将地理批评置于文学批评中，作为与

---

① 骆燕灵：《关于“地理批评”——朱立元与波特兰·维斯法尔的对话》，《江淮论坛》2017年第3期。

② Bertrand Westphal, *Geocriticism*: *Real and Fictional Spaces*, Trans: Robert Tally, New York: St. Martin's Press, 2011.

德勒兹地理哲学概念相对应的概念”①。泰利认为，文学中的空间再现即使不能决定一个故事的所有因素，也必然是故事中积极活跃的因素。在文章《地理批评与经典美国文学》中，他借用詹姆逊的“认知地图”理论，用“文学制图”②一词来解释作家的创作过程，认为作家的文学创作是“绘制地图”的过程，而“地理批评”则是一种阅读批评方法，对应于作家的“文学制图”，批评家要绘制出一幅文本的“认知地图”，用来检阅或解码作家最为基本的制图策略。地理批评就是关注文本是如何进行想象性的空间再现，结合真实地域和历史因素探讨文本中作家、人物对文本地方的“认知地图”。作家、读者以及文本组成一个“空时性的集合”，即一个文学的空间场域，有其自身的内在逻辑，并以此场域与其他场域进行学科间或跨学科互动，但最终指向文学批评，指向文学空间的生产。与维斯法尔不同的是，罗伯特·泰利自始至终在地理批评的领域中重视文学性的维度。

地理批评在叙事学领域中也有了新的进展。玛丽－劳尔·瑞恩的2016年最新专著《叙述空间/空间化的叙事：叙事理论和地理学的交汇点》是她与两名地理学家合作完成的。玛丽－劳尔·瑞恩在可能世界叙事和数字技术叙事理论上的成就表现出她的叙事研究的前瞻性。这次将叙事理论和地理学相结合是她在叙事研究上新的尝试，通过突出对灵活动态的叙事模式研究、突出对历史事件中人物的空间移动叙事模式研究以及地图学的引入，她力图避免空间话语的抽象性、符号化和概括化趋势，体现出开放性、动态性和具体化特征，是对后现代语境下地理批评话语在叙事学领域的迅速回应。

地理批评，如同它产生的语境一样，也正以一种后现代的多元化特征在继续发展壮大，比如，作为地理批评分支的文学地图学研究目前也日益

① Robert T. Tally, “Introduction to Focus: Situating Geocriticism”, *American Book Review*, Vol. 37, No. 6, 2016.

② Robert T. Tally, “*Geocriticism and Classic American Literature*”, Faculty Publications－English, 2008, p. 14.

引起人们的关注。地理批评不仅是一门跨学科批评理论，既有文学属性也有地理学属性，同时，它也是一门超学科的批评理论，在这里，地理学作为批评工具，文学文本作为研究案例，成为人文社科通用的批评话语。所以，毫不意外，地理批评在 21 世纪已成为学术热点，跨越多门学科，同时也必将会在学科间的相互对话中不断产生出新思想、新观念以及新问题，具有广阔的发展前景。

语言的空间性——关于文学本体论的思考*

刘永志　唐春兰

经过三十多年建设和发展，文学地理学这门极具中国原创性的学科已经确立了相应的研究方法、研究对象、学科定位和研究范式。但文学地理学研究在本体论探讨、理论建构等方面还比较薄弱，需要更深入、更系统的研究。从本体论上看，文学首先是语言的艺术，并进而是审美的艺术。如果说文学是空间的艺术，①那么语言（包括文学语言）应该首先是空间的（艺术）。本文旨在从认知语言学的视角论证语言的空间属性。

一　空间概念的演进

人类对于空间概念的思考可以分为三个大的时期，古代以亚里士多德为代表的形而上学的空间认识、近现代以牛顿和爱因斯坦为代表的物理科学的空间认识、近现代以主体向度为特征的空间认识。②

在古代的西方，早期希腊哲学家热衷于讨论空间的本体是什么。有的

---

* 此文得到国家社科基金一般项目“英国文学在晚清中国的传播和影响”（批准号：13BZW106）的资助。刘永志，成都理工大学外国语学院教授；唐春兰，成都理工大学传播科学与艺术学院副教授。

① 李志艳：《文学是空间艺术：文学地理学的本体论思考》，《南京社会科学》2018 年第 3 期。

② 孙全胜：《空间哲学的历史沿革》，《中共宁波市委党校学报》2016 年第 2 期。

认为是物质的，有的认为是虚空的，有的认为是数字的，还有的认为是理念的。巴门尼德（Parmenides）和梅里苏（Melissus）认为空间是物质的，因为没有物质的空间是不可能的；伊壁鸠鲁学派的原子论者则认为空间就是虚空（void）的，并且是无限的，他们认为无论一个空间范围多大，均可从中扔出一个标枪。[①] 柏拉图也认为空间是物质的，物质和空间是一体的；空气具有几何特性，是三维的物质，因而为中世纪的神学所推崇。[②] 毕达哥拉斯学派认为空间是虚空的，且是对数字关系的仿照。柏拉图把世界分为理念和现象两部分，他认为，空间是理念的、思想的，而不是现象的。

空间物质观受到齐诺（Zeno）的嘲笑——如一物质在一个地点内，地点又是物质，地点因而又在另一物质内，这样会怎样？为了解决这个问题，亚里士多德认为，地点不是空气或物体的体积，而是容纳该物体的临近或内在边缘。他认为空间是地点相互嵌套的系统，地点相互嵌套一直延伸向上构成了宇宙。亚里士多德将空间具象化为地点，否定了空间是空的或者真空的可能性。亚里斯多德还关注到地点的相对性。他注意到，如果一条船停泊在河边，由于河中的水在不停地流动，河流的地点是否一直在改变呢？如果把不断流动的河水当作参照，答案似乎就是肯定的，但这又与我们的直观感觉不符，于是亚里士多德就把河岸作为参照点，认为“河流的地点就是河床的最表面，因为河床表面是不动的”。亚里士多德还认为，空间/地点有六个维度，上、下、左、右、前、后。亚里士多德认为，方向的相对性是以人作为参照。同时，亚里士多德还认为，上、下具有特别的意义，是自然界的一部分；上指向天空，下指向地心。因此亚里士多德暗含了方向的绝对性，即以宇宙作为参照的方向。[③] 古希腊学者们关于空间的思

① Jammer，M. *Concepts of space*：*The history of theories of space in physics*，Dover Publications. 1994：Chapter 1. Sorabji，R. Matter，*space and motion*：*Theories in antiquity and their sequel*，London：Duckworth. 1988：Chapter 8.

② Sorabji，R. Matter，*space and motion*：*Theories in antiquity and their sequel*，London：Duckworth. 1988：38.

③ Casey，E. *The fate of place*，*Berkeley*，University of California Press，1997：Chapter 7.

考并未形成一致的观点，欧几里得的平面几何，亚里士多德的地点概念，托勒密的天文学都均未形成直角坐标系。中世纪关于空间的概念主要围绕亚里士多德的思想展开。直到十七世纪的文艺复兴对原子论的重新发现，吸收阿拉伯、犹太人对空间的思想，帕提修（Patritius）、布鲁诺（Bruno）、贾山迪（Gassendi）（1954：83－92）都把空间界定为无限的三维空间。牛顿进而又提出了绝对空间和绝对时间概念①，他认为“绝对空间，就其本性而言，是与外界任何事物无关而永远是相同的和不动的”。他认为绝对空间和绝对时间之间可以毫无关系地独立存在；绝对空间和绝对时间完全可以与外界事物没有关系地独立存在；物质的运动可以仅仅与时间有关，或仅仅与空间有关。如万有引力定律公式与时间没有关系，或与空间和时间都无关。

莱布尼兹（Leibniz，1646—1716）对牛顿的绝对空间提出了批评，认为这一概念毫无必要，他认为空间仅仅指事物的无数个相对位置，即地点的网络。当我们把运动说成一个物体的运动，而不是物体参照点的运动时，是武断的。莱布尼兹的空间观非常接近相对论，但牛顿的绝对空间概念却成为十九世纪后期之前的主流思想。

1905年，爱因斯坦提出相对论，说明空间和时间不可分离，时间是空间的一个维度，即第四维。空间和时间都是相对的，没有绝对的空间和绝对的时间，空间、时间与物质运动不可分离。相对论将空间概念扩大为空时性（spatio－temporality，space－time）②。二十世纪以来量子物理学的迅猛发展，正在进一步深化人类对于空间物质观的理解。

随着近代物理学空间观的发展，笛卡尔（1596—1650）身心二元论开启了空间观的主体向度理解，开始思考人在空间思想形成中的主体作用，注重从主体感知阐释空间思想的建构过程。英国的洛克（1632—1704）、贝

① ［英］牛顿：《牛顿自然哲学著作选》，王福山译，上海译文出版社2001年版，第27页。

② Westphal，Bertrand. Robert T. Tally （trans.），*Geocriticism*：*Real and Fictional Spaces*，New York：Palgrave Macmillan，2011：13.

克莱（1685—1753）、休谟（1711—1776）建立的经验哲学继续高扬人对空间认识的主体作用。黑格尔（1770—1831）认为世界由绝对理念建构而成，空间因此也是绝对理念外化的形式之一，其本质是观念。康德（1724—1804）认为他在区别镜像体或具有左右方向三维物体（如左脚 VS 右脚）时发现支持牛顿绝对空间概念的无可争辩的证据。他说，假设宇宙有一只巨大的手，它必定是右手或左手。但这只手是左手还是右手不能由其手指间内在关系决定，而只能在更大的空间框架——绝对空间中才能确定，因为一双手的大拇指与左右手其余各指间的距离是不同的。康德因此发现了莱布尼兹空间概念中缺失的东西——方向。后来，康德又将绝对空间归因于直觉这一组织空间感知的先验概念形式，即他认为空间是理性的，是先验、先天的理性。

叔本华（1788—1860）、胡塞尔（1859—1938）、尼采（1844—1900）在批判经验主义的基础上，肯定了身体对于空间认知的作用。梅洛·庞蒂（1908—1961）接受尼采的意志主义，把身体作为主体，把身体看作肉体和意识整合的现实空间，他认为身体空间既是物质的，又是精神的。20 世纪以来，以皮亚杰为代表的认知心理学更加强调人在空间认知过程中的主观能动性，以 Lakoff 和 Johnson 等为代表的体验哲学（embodied philosophy）和认知语言学把空间看作人类体验认知的产物，而以福柯、列斐伏尔、利奥塔、格列兹为代表的法国思想家则在认定空间概念现实的前提下，将空间直接作为批评的工具，将其应用于对社会、文学和艺术的批评分析，并进而影响了苏贾（1940—2015），弗雷德里克·詹姆逊、霍米巴巴、韦斯特法尔等一大批后现代、后殖民主义思想家和文学批评家。

以上分析表明，空间认识从本体论（探讨空间是物质、是空虚、是意识、还是通过人体体验认知并建构的概念），到空间的生产研究，再到空间批评的兴起，我们现在主要是沿着空间的主体向度在进行研究。[①] 对于

① 这种以主体向度的空间研究，在一定程度上使空间研究恢复到早期柏拉图主义的传统，但随着量子科学研究的深入，空间研究在物质的向度也有可能恢复到亚里士多德的传统。

文学地理学而言，我们更是走在空间主体的研究方向上，即要研究文学是如何通过空间语言的运用来表征、唤起审美经验、实现情感表达和完成叙事。

二　日常语言的空间性

20 世纪是语言学的世纪。20 世纪不但见证了语言学的兴起，语言学还深刻地影响了哲学的发展走向，让哲学实现了本体论向认识论转向之后的分析哲学转向。在 20 世纪语言学本身经历了结构主义、科学主义（转化生成语法）、系统功能主义（系统功能语言学）、体验哲学（认知语言学）几个发展阶段，还与神经科学、心理学、社会学、人类学等学科交叉发展，建立了相应的交叉学科群（界面研究）。在 20 世纪上半叶语言研究主要集中于形式和结构分析，20 世纪中后期则集中于语言的社会功能和语言的意义表征研究。语言中的空间表征研究是认知语言学研究的一个领域。

空间认知研究表明，人对空间的认知包括对物体及其场景特征（如尺寸大小、形状、规模）、物体间的关系（如方向、距离、位置）的认知。① 即空间首先是指对物体 what - where 的认知，即物体及其地点的认知，物体和地点在认知中是被一体化认知的；其次，空间指物体的场景特征（如尺寸大小、形状、规模）；最后，空间指物体间的关系（如距离、方向、位置）。空间关系有三个变量——地点、方向和距离。人类空间思维的优先性在语言发展和使用过程中集中表现在：所有的人类语言均将空间认知域作为原认知域并以此隐喻表达其他认知域。②

① David Waller and Lynn Nadel, *Handbook of Spatial Cognition*, Washington: American Psychological Association, 2013: 3.

② 隐喻是认知语言学的一个研究领域，隐喻是人类的一种认知方式，Lakoff 认为隐喻的机制是源域（source domain）向目标域（target domain）的映射。

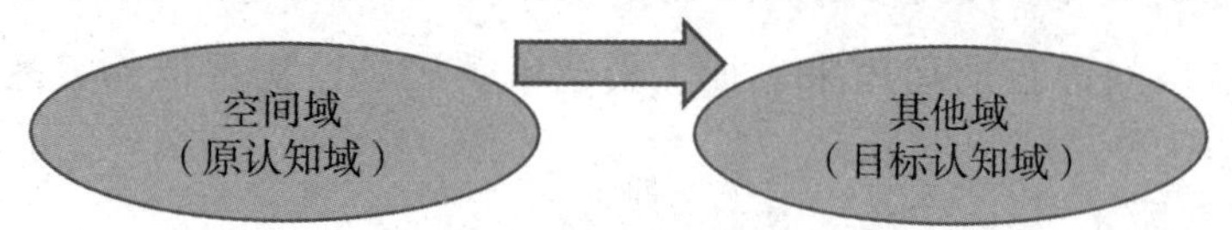

1. 用空间喻指时间

Lakoff[①] 认为，英语中的时间是空间概念化式的表达：时间消逝是运动（Time passing is motion）。这一总的隐喻模式，包含了两个特殊模式：时间消逝是一个物体的运动（Time passing is motion of an object）；时间消逝是越过一个地点的运动（Time passing is motion over a landscape）。Alverson[②]，对英语、亚洲的汉语、印地语、塞索托语的跨文化和跨语言研究表明，时间表达基于空间经验，即语言时间表达的空间概念化。Gentner 也认为语言中的时间通常用空间隐喻表述[③]。下面简要分类说明。

a. 时间是实体，如时间是容器、工具、有价物、人或主宰者等；具体实例如，时间长河，走进新世纪，本周内，in the interval（在这期间），within three days；时间镰刀；时间就是金钱；时不我待等。

b. 时间是空间维度，如上半夜、下半夜，以往、过去，以前、以后，前头、后头，下周、before，behind，眼前、目前、眼下等。例如，英语和汉语的空间 at，after，before，在等介词均喻指时间。例如：He got up at seven.（他七点起床）。

c. 时间是运动中的物体，如 Christmas is coming，新年到了，春天来临，新的太平洋世纪正朝我们走来，球王告别绿茵的日子正一天天朝我们靠近。

---

① Lakoff，George. The contemporary theory of metaphor. *In Andrew Ortony*（ed.），1993：202 –251. Lakoff，George. *The Invariance Hypothesis：Is abstract reason based on image – schemas?* Cognitive Linguistics 1，1990：39 – 74. Lakoff，George. What is a conceptual system? In Willis F. Overton and David S. Palermo（eds.），1994：41 –90.

② Alverson，Hoyt，*Semantics and experience：Universal metaphors of time in English，Mandarin，Hindi，and Sesotho.* Baltimore，M. D.：Johns Hopkins University Press，1994.

③ Gentner D，Imai M，Boroditsky L. As time goes by：Evidence for two systems in processing space →time. metaphors. *Language and Cognitive Processes*，2002，17（5）：537 –565.

d. 时间是过程，如，He passed the time quickly，要过好每一天；

e. 时间是量度，如，这段时间真长。

2. 用空间表达情感

孙毅[1]的研究表明，在汉语中，喜悦为上，喜悦是甜的物质。愤怒是火，愤怒是气，愤怒是生理效果，愤怒是天气状况。恐惧是低温，恐惧是冷色调，恐惧是生理效果。悲伤为下，悲伤是生理效果。情感隐喻是具身性的。Lakoff 和 Johnson 的研究也证明了英语中情感隐喻的具身性。[2] 具体实例如下：

a. 她们情绪高涨。他兴头很高。她得意扬扬。他扬扬自得。她心里乐开了花。他心花怒放。他们个个兴高采烈。他容光焕发，喜气洋洋。他笑逐颜开。他们兴奋得手舞足蹈。高兴得嘴都合不拢。眉开眼笑。喜上眉梢。

b. 别惹我发火。他满腔怒火。他怒火万丈。她脾气很大。他气鼓鼓的。他怒气冲天。别把肺气炸了。别气破了肚皮。他们争得个个面红耳赤。他们争得脸红脖子粗。我气得两眼发黑。我气得头昏眼花。

空间还喻指亲属关系、亲密程度，喻指社会结构，喻指音乐，表达数学概念，或表达其他认知域：

a. 近亲、远亲，close kin，distant kin，descent in kinship（血统亲属）。cousin three times removed（第三代亲戚），他们的关系疏远，关系亲密。

b. high and low status（高/低地位），high culture（高雅文化），low culture（通俗文化），上层社会，下层社会，平等的社会地位，倒金字塔式的人口结构，等等。

c. high and low tones（高/低调）。

d. high and low numbers（高/低数量），narrow intervals（狭窄间隔），

---

① 孙毅：《核心情感隐喻的具身性本源》，《陕西师范大学学报》（哲学社会科学版）2013 年第 1 期。

② Lakoff，George and Mark Johnson，*Metaphors We Live by*. Chicago：University of Chicago Press，1980.

lower bounds（下届），open and closed sets（开放/闭集）。

e. 大学问（broad learning），朋友圈子宽（a wide circle of friends）。

认知语言学家们还发现，大多数语法结构蕴含着空间概念。认知语言学的地点主义（localism）认为，表位置的结构常常为时—体结构、存在结构、状态变化结构、原因结构提供了认知模板。[①] 在语言的语法和语义层面，空间表达是比其他各类非空间语言表达更基本的表达。空间表达更基本，是因为他们为其他表达提供了结构模板。语言表达的空间化现象说明，语言发展是空间认知的结果。[②]

认知语言学对语言的空间表征研究还表明，人类的语言充满了人类中心主义（anthropocentrism）和拟人（anthropomorphism）现象。语言中的空间表征具有相对性，语言中的空间主要指以人为中心参照的空间。Levinson 认为世界上的语言都采取三种空间参照系——内在参照系、绝对参照系和相对参照系。内在参照系以参照物物体本身作为参照；绝对参照系以地球引力或者地平线作为参照；相对参照系以观察者观察到的物体作为参照。前两种涉及动体和背景的关系；后一种则涉及观察者自己、运动动体以及背景物体三者之间的关系。例如，在“He's in front of the house.”这句话中，He 和 house 是内在参照的关系；在“He's to the left of the house.”这句话中，He 和 house 是相对参照的关系；在“He's north of the house.”中，He 和 house 是绝对参照系的关系。[③]

使用空间思维的认知长处是什么呢？哲学家认为，不涉及物体关系分

---

① Lyons，J. *Semantics*，*Vols. Ⅰ and Ⅱ*，Cambridge：Cambridge University Press，1977：281 - 283，718 - 724. ——*Linguistic semantics*：*An introduction*，*London and New York*：Cambridge University Press，1995；Langacker，R. W. *Foundations of cognitive grammar*，*Vol. Ⅱ*：*Descriptive application*，*Stanford*，CA：Stanford University Press，1991.

② O'Keefe，J. *The spatial preposition in English*，*Vector grammar*，*and the cognitive map theory*，*in P. Bloom*，M. Peterson，L. Nadel and M. Garrett（eds.），Language and space，Cambridge，MA：MIT Press，1996：277 - 316.

③ Levinson，S. C. *Space in Language and Cognition. Exploration in Cognitive Diversity.* Cambridge：Cambridge University Press，2003：53.

析的抽象思维是不可能的。[①] 而在关系化的分析过程中，视觉化和空间化不可避免。一些心理学家也认为，空间思维的优势在于计算。例如，在演绎过程中的正确推理是很复杂的，但建立一个精神空间模型，校检它是唯一与预设模型相吻合并进而得出结论的过程要简单得多。其实我们喜欢将非空间问题转化为空间问题进行处理，常常运用图表、示意图、曲线图、简图、绘画等表达抽象的思想，[②] 这种现象就说明了这一点。空间与视觉感知直接相关，常被称为视觉—空间感知（visual - spatial perception），空间经验是人类感知和概念的最基础经验。[③] 人类的许多抽象概念均需通过空间隐喻来构建，[④] 人类思维空间化还表现在逻辑推理过程中，Huttenlocher 的研究表明，受试者在推理过程中似乎是把问题转化为空间词进行处理。[⑤] 更为普遍的是，视觉意象被证明是一个带有空间特征的表征系统，因此，对一个物体形状的精神意象（mental image）的处理具有与真实空间转换相似的特征。[⑥⑦] 因此空间思维是人类思维的核心。[⑧]

三　文学语言的空间性

文学语言来源于日常语言，因而与日常语言一样具有空间属性。但文学语言又不同于日常语言，是日常语言的艺术升级版。文学语言的空间性

---

① Reichenbach，H. *The philosophy of space and time*，New York：Dover，1958：107.

② Levinson，S. C. *Space in Language and Cognition. Exploration in Cognitive Diversity.* Cambridge：Cambridge University Press，2003.

③ David Waller and Lynn Nadel，*Handbook of Spatial Cognition.* Washington：American Psychological Association，2013.

④ 蓝纯：《从认知角度看汉语和英语的空间隐喻（英文本）》，外语教学与研究出版社 2003 年版，第 52—61 页。

⑤ Huttenlocher. Constructing spatial images：A strategy in reasoning，*Psychological Review* 75，1968：550 - 560.

⑥ Shephard，R. and Metzler，J. Menta lrotation of three - dimensional objects，*Science* 171L，1971：701 - 703.

⑦ Kosslyn，S. *M. Image and mind*，*Cambridge*，MA：Harvard University Press，1980.

⑧ Levinson，S. C. *Space in Language and Cognition*：*Exploration in Cognitive Diversity.* Cambridge：Cambridge University Press，2003.

表现在三个方面：文学语言表现的空时性艺术，文学语言线性呈现的空间设计，文学语言的空间叙事。

1. 文学语言表现的空时性艺术

文学语言表现的空时性艺术是指文学语言所表达的四维空间维度（时间为四维中的一维），空时性是有参照系的空时性。例如，杜甫的绝句“两个黄鹂鸣翠柳，一行白鹭上青天。窗含西岭千秋雪，门泊东吴万里船”。前两句中的“黄鹂鸣翠柳”“白鹭上青天”就是空时描写，即在空间描写的同时，指出了时间——晚春或夏天，因为黄鹂是夏候鸟。白鹭喜涉水，常生活在沼泽、池塘间，以及海岸浅滩。成都的发展是随着洪水退却而发展的，马可波罗于1279年前后到成都并记载说过“这座城市有许多大小河川发源于远处的高山，河水从不同的方向围绕和穿过这座大城，供给城市必需的用水。有些河川宽达八百米。有些宽二百步，而且都很深”。① 中唐时期的成都作为水城的状况应该与马可波罗所描写的情况接近。所以前两句中的黄鹂和白鹭道出了时间和环境空间情况。从空间认知规律看，近处比远处，动态比静态、全局比局部更加凸显，杜甫的这首绝句先写近后写远，符合空间认知次序。诗的后两句是空间的纵深描写，但空间描写言说的不仅是空间。从空间认知方位看，杜甫先写近，后写远，先写西，后写东。先西后东的空间排列，与中国的地貌特征——山在西，河流从西流到东——相符合，船也从西飘到东。东方成为前方，成为未来，成为寄托抱负的空间。全诗主体写空间，空间暗示时间；空间参照系为作者。

唐朝韦应物的《滁州西涧》“独怜幽草涧边生，上有黄鹂深树鸣。春潮带雨晚来急，野渡无人舟自横”。先写近，后写远；先写静，后写动，符合认知次序，但先写下（幽草涧边生），后写上（黄鹂深树鸣）是有意违反认知次序，原因是“独怜幽草”。全诗主体为空间描写，时间成为空间的一个

① Marco Polo; Nigel Cliff（ed.，trans.）*The Travels*，Penguin，2015.［意］马可·波罗口述，鲁思梯谦笔录；陈开俊等译，福建人民出版社1981年版，第138页。

维度；空间参照系为作者。

杜甫的另一首诗，《江畔独步寻花·其六》“黄四娘家花满蹊，千朵万朵压枝低。留连戏蝶时时舞，自在娇莺恰恰啼”。先写静景，后写动景，完全符合空间认知规律。全诗主体写空间，空间暗示时间；空间参照系为作者。

唐朝杜牧的《江南春》“千里莺啼绿映红，水村山郭酒旗风。南朝四百八十寺，多少楼台烟雨中”。高空全景视角，先清晰、后模糊，符合认知次序。全诗主体写空间，时间成为空间的一维；空间参照系为某个高点。

唐朝金昌绪的《春怨》“打起黄莺儿，莫叫枝上啼。啼时惊妾梦，不得到辽西”。全诗主体写空间，空间暗示时间；空间参照系为作者。

2. 文学语言线性呈现的空间设计

文学语言线性呈现的空间设计是指文学文本内容的先后呈现秩序，即什么先写，什么后写。文学语言的不同线性呈现方式会形成不同的语言艺术效果。先请看语言学上的两个经典案例：

She got married and became pregnant.（她结婚、怀孕了。）

She became pregnant and got married.（她怀孕、结婚了。）

这两个例子说明了一个问题：语言线性的空间序列对语言的语义表征产生了重要影响，或者通俗地说，语序具有语义表征的重要作用，语序对孤立语的汉语语义表征具有更加重要的意义。

为什么不同的语序会产生不同的意义呢？20 世纪的心理学给出了答案。当我们感知和理解事物的时候，总是把部分当作背景，把另一部分当作背景之上的凸显。在理解线性语言时，总是把先获得的信息当作旧信息，当作背景，把最后的信息当作新信息，当作背景之上的凸显。从语言句法层面，句子的末端形成句末重心；在语篇层面，形成篇末重心。另外，空间认知对语言线性的分析表明，句首和篇首是仅次于句尾和篇末的次重心。下面我们仍然以杜甫的《绝句》为例加以说明。

“两个黄鹂鸣翠柳，一行白鹭上青天。窗含西岭千秋雪，门泊东吴万里船。”前两句“黄鹂鸣翠柳”“白鹭上青天”是动态背景描写，后两句“西岭雪”“东吴船”是静态描写。静态描写成为篇末重心。从背景化和前景化认知分析，诗中的“船”是被前景化的对象，前面所有的文字均构成背景。“船”成为拟人化的对象，表达诗人的深意：安史之乱可能已经结束，他在成都定居后可能已经获得工部官职，生活境况好转，他可以用其所学为国效力了！再读这首诗，作者对数量词的使用技巧使违反动静次序合法化。

唐韦应物《滁州西涧》“舟”成为背景之上的凸显。杜甫的《江畔独步寻花·其六》静态成为认知背景，动态成为背景上的凸显。唐杜牧《江南春》篇末重心凸显了江南春天的佛教人文景观“楼台烟雨中”。唐金昌绪《春怨》篇末重心凸显想去辽西见亲人。

3. 文学语言的空间叙事

时间和空间与我们日常生活紧密相关，在文学作品中，人类的空时经验超越了二元概念，融合成空时性，空时性成为叙事文学的本质属性。[①] 首先，故事讲述与人类的空时经验具有一致性。时间是通过叙述的模式得以表达，同时在时间的存在中，叙述获得了完整的意义。[②] 其次，文学呈现的方式，无论是印刷方式还是电脑屏幕呈现，总是具有空间性，因此文学具有空时性。

关于叙述分析中的空间和时间，巴赫金首次提出了时空体（chronotope）这一概念。抽象思维常把空间和时间当作独立的实体，并与情感和价值相区别，但巴赫金认识到“艺术感知没有区分时间、空间、情感和价值，且不允许有这样的切分”。[③] 他说，在文学和艺术中，时间和空间是不可分的。巴赫金因此强调文学所艺术表达的时空关系。俄国形式主义区别了两个概

---

① Marija Brala Vukanoviü and Lovorka Gruiü Grmuša. *Space and Time in Language and Literature*. Cambridge Scholars Publishing. 2009：9－22.

② Ricoeur，P. *Time and Narrative*. Volume 1. Chicago/London：The University of Chicago Press，1984.

③ Bakhtin，Mikhail. *The Dialogic Imagination*：*Four Essays by M.* M. Bakhtin. Ed. Michael Holquist，trans. Caryl Emerson & M. Holquist. Austin：University of Texas Press，1994：243.

念，一个是故事，另一个是情节。故事是素材，具有自然时序性的时序结构（fabula），情节（plot）则是借助某一种媒体（Syuzhet）对故事进行时空性的重构。在情节中，时序有可能被颠倒，以达到某种效果。因此，复杂叙事中的多个事件不可能按照时序依次呈现，但他们的次序是可以依据人类的空时经验被重新发现，这一重新发现需要将扭曲的结构恢复到真实生活的空时之中。因此，巴赫金提出时空体概念（chronotope），表示事件序列的扭曲方式，分隔和空间化通常的两种扭曲方式。[①]

巴赫金把故事和情节区别开来，揭示了文学和生活的根本差异之所在——文学中的事件可按照任何序列被安排，而在真实的生活中，事件总是按先后顺序发生。文学的艺术性表现为文学事件序列通过分隔、空间化而被安排的艺术性。这种艺术性在阅读理解的过程中，与人已有的空时经验在交叉比对的过程中，形成一种艺术的感染力。

爱因斯坦认为，时间和空间不可分，只有当参照另外一个事件时，一个事件在时空上发生了变化，我们才能认定一个事件发生了。在文学作品中，一个事件的发生依赖于发生的事件与其空时情景之间的关系是怎么被媒介化的。情节如何扭曲故事，不仅可以从形式特征上实现，还受到特点文化中的时空观念的影响。空间或空时性[②]（space－time，spatial－temporality）是叙事的最基本构成要素；文学作品的生产基于空间设计和空间叙事；文学作品的理解基于受众的时空经验以及这种经验与文本空时性的交流或对话。

---

① Holquist，Michael. *Dialogism：Bakhtin and his World.* London & New York：Routledge，2002：114.

② 法国学者威斯特法尔第一次提出了空时性的概念，这一概念的提出，比巴赫金的时空体概念更突出了空间在时空关系中的核心地位。空间的这种核心地位，威斯特法尔称为地理中心论（geo－centrality）。威斯特法尔的空时性概念是建立在对思想界长期重视时间，忽略空间的矫正基础之上，是对后现代、后殖民思潮的协同。本文所说的空时性则基于空间认知在人类思维过程中的核心作用和地位。

四　结语

空间思维是人类思维的核心，这种思维充分表现在语言表达的过程之中，影响了语言的发展和变化。空间是日常语言的属性，更是文学语言的属性，因此空间研究是文学的本体性研究。空间因此是文艺理论，特别是文学地理学的最基本概念和研究对象。文学地理学已经进行的空间研究包括地点、地方、地域、区域、认知地图等，文学理论对空间叙事的研究更是硕果累累，但文学地理学从理论上对文学空间的参照性研究，对文学语言的空间认知研究，对文学审美过程中的空间认知研究，对空间的情感表现方式等研究还有待进一步探索。

文学地图绘制的相关问题

李仲凡*

埃里克·布尔森、杨义、梅新林、郭方云等中外学者关于文学地图理论的探讨，为文学地图的制作提供了重要的理论指导。制作文学地图，需要把各种各样与文学有关的地理信息标注到地理底图上，这项工作，从某种意义上讲，比理论研究这种“纸上谈兵”的事要复杂得多，也更具有挑战性。许多同行们都已经意识到，把文学文本或与作家活动有关的位置信息，转换到地图上，并非易事。好在已经有比较成熟的地图制图理论及方法系统作为理论基础，还有大量古今中外的文学地图制图实践可供借鉴，我们并不是“白手起家”。

一　文学地图作为专题地图的一般规范

文学地图作为专题地图，它的内容分为地理基础和专题要素两个层次。这里可以借鉴地图学界相关的专题地图分层理论。一般的地图学专家认为：“专题地图的内容有两个层面，一是地理基础，二是建筑在地理基础之上的专题要素。地理基础是以普通地图为基础，根据专题内容需要专门编制而成的。它是专题要素定向、定位和具体填绘的控制基础，同时也是对专题

* 李仲凡，陕西理工大学文学院教授。

要素分布规律及周围环境关系的说明。”① 文学地图的绘制，一般需要以合适的普通地图作为地理底图。地理底图提供文学地图的地理基础，如水系、地形、道路等控制网。在地理底图的基础上，添加必要的文学地理要素，就是文学专题地图了。

文学地图可以表现的内容十分广泛。它既可以表示文学现象的空间分布（如作家的空间分布），也可以表示文学现象的时间变化（如作家数量的时代变化），既可以表示静态的文学现象（如作家故居的分布），也可以表示文学现象的动态变化（如作家的流动与迁徙）。如果依据文学地理现象的空间分布方式来划分，可以分为点状文学现象、线状文学现象、面状文学现象等。具体地说，如：北京的现当代作家故居分布，中国早期乡土小说作家家乡的分布，文学作品中出现的华山或庐山上的景点分布，著名文学景观如岳阳楼、黄鹤楼、滕王阁、鹳雀楼等的分布等，属于点状文学现象；堂吉诃德的出游路线，杜甫、鲁迅的生平轨迹，文学作品、体裁、母题、形象等的传播路线，属于线状文学现象；诺贝尔文学奖获得者的国籍分布，《白蛇传》传说、灰姑娘故事、找好运故事的分布范围等，属于面状文学现象。

文学地图，实质是表示文学现象的地理分布及其相互关系的专题地图。专题地图是地图学中制图实践最为丰富的领域之一，人们已经总结了专题地图的基本制图原则及多种专题信息的表现手段。文学地图可以借鉴专题地图这些相对成熟的基本原则及表现手段。地图学专家认为：“地图最重要、最基本的特征是以缩小的形式表达地面事物的空间结构，这个特征表明，地图不可能把地面全部事物毫无遗漏地表示出来。”② 所以，这就需要通过地图概括，采用选取、简化、夸张、符号化等方式突出制图区域内主

① 毛赞猷、朱良、周占鳌、韩雪培：《新编地图学教程》，高等教育出版社 2008 年版，第 254 页。

② 邬伦、刘瑜、张晶、马修军、韦中亚、田原：《地理信息系统——原理、方法和应用》，科学出版社 2001 年版，第 254 页。

要的文学地标以及它们之间的本质性特征与联系。影响文学地图概括的因素包括地图的尺度、地图的用途、地图的主题、制图区域的文学地理特征、符号的图形尺寸等。例如，在小比例的世界文学地图上，只能选取一些宏观的文学信息分布状况加以表现。而在一些大比例尺寸的文学地图上，如金庸小说中写到的华山景点图、普救寺（《西厢记》中崔莺莺与张生的爱情发生地）的布局图等，就可以表示更多的细节。再比如，绘制中国古代文学家分布图时，在作家众多的中原及江南地区，需要较大限度的舍弃，只能选取那些最著名的作家，而在作家数量较少的青藏高原和东北地区，就应该把那些见于文献记载的作家尽量标示出来。

地图符号是地图的基本语言，只有借助地图符号才能把文学作品中描写的景物或与文学有关的地景实物表现在地图上。文学地图符号由形状、大小、色彩有别的图形和文字组成。形状、大小、色彩也是表达文学地理信息属性特征的重要方式。按照地图符号的定位情况分类，可以分为定位符号和说明符号。定位符号有确定的位置，说明符号是附着在定位符号上，说明事物的数量、质量特征的。文学地图符号大多是定位符号，说明符号主要为配合定位符号的各类注记等。按照符号所代表的客观事物的分布情况，又可以把文学地图符号分为点状符号、线状符号、面状符号。

点状符号表示小面积事物或空间尺寸可以被忽略的事物，符号与事物本身没有比例关系，是一种不依比例尺符号。常见点状符号的形式主要有几何符号、象形符号及文字符号等。

文学地图中可以用到的几何符号如：○、⊙、△、□，等等。例如用⊙表示作家活动的出生地，△表示小说情节的发生地，等等。几何符号简洁规范、绘制简便，但它与表达对象之间的联系较为抽象，需要读图者在使用过程中花费更多的时间和精力才能记住这种联系。

文学地图中的象形符号可以是作家的头像缩略图、文学景观的简笔画等。象形符号绘制起来比几何符号要复杂得多，面积往往较大，不适合表现密度较大的地标，也不易准确定位。但是它具有形象性、直观性的特点，识别和解读都很容易。

文学地图中一些比较抽象的点状信息可以用文字符号表示。这些抽象的信息包括文体、故事的类型、人物关系分类等。

文学地理中的静态线状分布现象较少。绝大多数线状分布现象都是动态的，它们本身可能并不是线状的，上文提到的线状文学现象的线状特征都是抽象概括出来的。对于线状文学现象，常常用动线法表示它们的起点和终点、行进的路线的方向、移动的规模等。动线法使用箭头和线条结合的符号，可以表示作家或主人公的行动路线及方向，也可以表示文学现象的运动轨迹。动线一般不具有准确的定位作用，符号图形仅仅具有示意性。

表示面状文学地理现象的方法有范围法、点值法、分区统计图法、等值区域图法等。范围法用轮廓线表示文学现象的分布范围，范围内部可以再用颜色、网纹、符号等表示其属性特征。点值法用形状相同、数量与其代表的事物成正比的圆点符号表示某一区域内相对聚集却又呈离散分布的文学现象。分区统计图法用大小呈一定比率关系的圆点表示各个统计区域内文学现象的数量特征与对比关系。等值区域图法用颜色或网纹等变量表示统计分区的作家密度、人均作品数量等相对数量指标。

二　文学地图作为专题地图的特殊性

对有些文学现象在专题地图上的表现，文学地图制作者不能简单地照搬普通地图的各种表示方法，还需要创造性地设计和发明一些有针对性的表示方法，如表示各种现象的个性化图例等。这方面有一些较为成功的范例。如马尔坎·布莱德贝里（Malcolm Bradbury）主编的《文学地图》，通过字体的不同颜色表示不同的含义。如：深红色表示仍然存在的与文学有关的地方。浅红色表示不复存在的与文学有关的地方。深蓝色表示仍然存在的在作者生平中扮演重要角色的地方。浅蓝色表示不复存在的在作者生平中扮演重要角色的地方。深绿色表示仍然存在的某部作品中确实具重要性的地方。浅绿色表示不复存在的某部作品中确实具重要性的地方。马尔坎·布莱德贝里还用斜体字表示虚构的地方，正体字表示确有其地的地方。[①] 除此之外，还可以考虑用形象的作家头像、文学景观的缩略图等作为定位符号。

同时，对文学地图符号的设计，还需要尊重地图学的传统与广大读者的用图习惯。地理信息系统专家邬伦等人指出："地图符号的形成过程，可以说是一种约定的过程，经过很长时间的检验，有约定而达到俗成的程度，为广大用图者所熟悉和承认。"[②] 只有经过读者检验并最终认可的文学地图符号才是可行的。

绘制文学地图，尤其是综合性的文学地图，不仅仅需要有自成体系的符号系统，更需要庞大的数据库作为支持，需要进行充分的前期资料收集工作。文学地图数据的收集和获取，主要是通过对文学文本及其他文字资料的描述进行分析，得到文学信息的空间位置数据。有时也需要辅以统计图表、普通地图、GPS 设备等，再结合实地走访、现场踏勘等，才能得到必要的制图数据。中国台湾学者简锦松在绘制杜甫的夔州活动地图时，积累了相当丰富的经验。他的相关做法及思考，对于绘制作家活动地图极有参考价值，对于一般文学地图的绘制也是富有启发性的。简锦松认为，首先需要"建立杜甫在夔州的生活资料库。这是对杜甫曾经活动的相关地点，建立精准的海拔高程、平面距离与经纬度坐标资料库。最后，并可据以绘成杜甫夔州生活的诗意地图"。[③] 可见，收集文学地图的数据工作既涉及文献考证，也涉及现代科学测量，工作庞杂而艰巨。正因为文学地图制图数据收集工作艰辛，又不易做到精确，所以，最常见的也是比较容易实现的文学地图，是以个别的作家作品或文学地理现象作为表现对象，范围较小、主题相对单一的文学专题地图。

---

① ［英］马尔坎·布莱德贝里：《文学地图》，赵闵文译，昭明出版社 2000 年版，第 3 页。

② 邬伦、刘瑜、张晶、马修军、韦中亚、田原：《地理信息系统——原理、方法和应用》，科学出版社 2001 年版，第 253 页。

③ 简锦松：《杜甫夔州诗现地研究》，台湾学生书局 1999 年版，第 16 页。

文学地图既有一般专题地图的共性，也有其自身的特点。例如，与普通的自然地理或人文地理地图相比，文学地图对地理底图的要求不高，一般只要是常用的地理图即可。大多数文学地图对精度的要求也不高。至于地理底图的投影性质、经纬网、比例尺、地形、地貌、植被等，都没有一般专题地图重要。另外，文学地图的制作，更应该坚持直观、形象、感性的原则。相比于其他专题地图，文学地图应该具有更加突出的形象性、直观性和趣味性。我们认为，即使是在文学地图的绘制和研究中使用定量、定性的分析方法，也不能只是为了分析而分析，最后得出的结论更不能停留在对大量统计数据的枯燥展示上。否则，读者很难从这类数据中得到真正有价值的信息。定量、定性方法的使用，最好能够有助于人们更为感性、直观、准确或重新认识和理解文学现象，这样才不会忽略和背离文学研究对象的形象性、情感性等本质特性。

要在文学地图上标出文学地理现象，就得先确定这些点、线、面、状现象的具体位置。麻烦在于，许多文学信息很难或根本无法精确定位。许多文学地理信息，我们都是通过文字描述得到的，但这种描述有时又是非常模糊的。比如大部分小说中的人物活动路线，在画地图时，小说文字提供的信息就会显得不够全面或不够精确，对它们的定位就只能是概略的而非精确的。关于这一点，埃里克·布尔森曾经指出："对小说空间的定位是另一种翻译：街道和地名变成地图上的点。我们从空间表现的非可视模式转变为可视模式。更多的时候，文学地图对小说空间做了过于理性化的处理。它们需要确切的而非近似的距离或地址。"①

这就表明，文学地图的制作，需要考虑到文学作为语言艺术的自身特点。文学文本与科学、历史和政治等其他文本的最大区别就在于它的虚构性。文学既可以是现实生活世界的真实反映，也可以是人类精神世界的曲折投射。正如文学理论家勒内·韦勒克与奥斯汀·沃伦在其经典著作《文

① Eric Bulson, *Novels*, *Maps*, *Modernity*, New York, Routledge, 2009: 24.

学理论》中指出的那样："伟大的小说家们都有一个自己的世界，人们可以从中看出这一世界和经验世界的部分重合，但是从它的自我连贯的可理解性来说它又是一个与经验世界不同的独特的世界。有时，它是一个可以从地球的某区域中指划出来的世界，如特罗洛普笔下的州县和教堂城镇，哈代笔下的威塞克斯等。但有时却不是这样，如爱伦·坡笔下的可怖的城堡不在德国，也不在美国的弗吉尼亚州，而是在灵魂之中。狄更斯的世界可以被认为是伦敦，卡夫卡的世界是古老的布拉格；但是这两位小说家的世界完全是'投射'出来的、创造出来的，而且富有创造性，因此，在经验世界中狄更斯的人物或卡夫卡的情境往往被认作典型，而其是否与现实一致的问题就显得无足轻重了。"① 在虚构类的文学作品面前，文学地图的写实性与客观性变得不那么重要。它不再需要依赖任何地理基础，只需要符合作品的实际就可以了。

设计和制作文学地图时，还需要考虑到文学地图的用途及服务对象。如果是教学用图，就得突出它的知识性与准确性，它的符号应该粗大醒目、色彩鲜明，具有较高的对比度和较好的远视效果。如果是旅游导览图，除了标注出文学景点的具体位置之外，还需对它们的历史内涵加以介绍，并提供开放时间、交通路线、附近购物、餐饮及住宿等必要的服务信息。普及型的文学地图和研究型的文学地图，其目标读者和设计原则也会有很大的差异。普及型的文学地图，主要是为了普及文学常识、激发读者对文学的兴趣；研究型的文学地图，是特定文学专题研究成果的载体，是为了表达对某一文学现象的新认识和启发人们的新思考，读者是对此专题有相当研究的同行专家。

三　文学地图制作的前景

在互联网时代，随着数字制图技术的发展，文学地理信息系统及电子

① ［美］勒内·韦勒克、奥斯汀·沃伦：《文学理论》，刘象愚、邢培明、陈圣生、李哲明译，文化艺术出版社2010年版，第241—242页。

地图等，必将逐渐替代传统的纸质文学地图，成为信息承载量更大、也更加高效的文学地理信息新载体。

我国在文学地理信息系统方面的应用与实验上成就最为突出的是华中民族师范大学王兆鹏教授的团队。王兆鹏教授于2012年申请到国家社科基金重大项目“唐宋文学编年系地信息平台建设”。他曾做过这样的设想，“中国文学数字化地图平台，将文学纸质史料集成化、数字化、图表化、可视化，具有资料查询、数据统计、地图生成等功能。平台既可以查询中国古今文学家生平和作品中的重要信息，也可以进行分类统计，还可以用电子地图来呈现统计结果。地图可以显示每个时间点和时间段中国各个地方有哪些作家在此地出生、在此地过世、在此地活动和创作；更可以显示一个作家生于何地（或所属籍贯）、在哪些地方活动过，在哪些地方创作了哪些作品、跟哪些人一起交流互动。并能按时间先后顺序自动生成作家行踪路线图”。[①] 2017年3月，由王兆鹏教授主持的《唐宋文学编年地图》初步建成并开始在互联网上运行。根据笔者在2017年10月8日的检索，该系统已经收录公元603—1315年的156位诗人。这个平台可以检索并显示每一位诗人的生平轨迹，也可以显示某个时间段内有哪些诗人，还可以显示某个地点有哪些生活或到访过的诗人以及他们的作品。虽然这个信息平台，还存在一些需要改进或者说可以进一步提高的地方。比如，作家的地理信息，平台只能显示系统预先录入的，读者无法添加或更改，这实际上影响了平台的开放性与交互性。而有的作家，比如李白与杜甫，因为时间和空间的跨度都较大，相关的信息量也较大，平台显示出来的李白、杜甫行踪，线段互相重叠，是一种共时的状态，读者无法直观地了解到李白和杜甫一生从前到后的行踪，等等。但是，《唐宋文学编年地图》第一次实现了研究界把唐宋诗人的生平轨迹以地图的方式呈现出来的梦想，它给学术界的鼓舞以及它背后的大量资料搜集、考证工作，都是值得钦敬的。

---

① 王兆鹏：《建设中国文学数字化地图平台的构想》，《文学遗产》2012年第2期。

让人感到欣慰的是，文学地理学者既有的文学地图理论与实践，已经为文学地理信息的空间数据模型、文学地理信息系统及文学地图的电子化等课题做了一定的准备。有专家指出："地图是记录地理信息的一种图形语言形式，从历史发展的角度来看，地理信息系统脱胎于地图，并成为地图信息的又一种新的载体形式，它具有存储、分析、显示和传输的功能，尤其是计算机制图为地图特征的数字表达、操作和显示提供了成套方法，为地理信息系统的图形输出设计提供了技术支持；同时，地图仍是目前地理信息系统的重要数据来源之一。但二者又有本质之区别：地图强调的是数据分析、符号化与显示，而地理信息系统更注重于信息分析。"① 可见，地图与地理信息系统二者之间有一定的区别，但又有密切的关联。文学地图的一些基本理念与原则，应该会对文学地理信息系统同样适用。

有学者表示："与地理学地图相比，'文学地图'有着鲜活生动的特征；与文本分析相比，'文学地图'具有独特的优势。现在我们已经进入'读图'时代，文学和文化的研究是否也能用一种'读图'的方式来诠释？近年来城市文学研究和中国文化地理研究都蔚为兴盛，若能以'文学地图'为切口相结合，纳入更多地域小说，绘制一幅中国文学的'全息地图'，当能对文学和文化研究都大有裨益。"② 或许有一天，一切文学发展的要素真的可以被呈现于一幅或一组文学地图上，文学地图最终将成为文学知识传授的主要载体之一。

无论作为研究对象还是研究方法，文学地图都是文学地理学最重要的组成部分之一。对文学地图的绘制及相关研究也已经成为西方文学地理学中最为发达的分支之一。由于本文并非是对于文学地图的系统研究，因而我们对它的研究只能是比较初步的和粗浅的。我们只是讨论了与文学地图制作相关的一些基础性重要问题。对于一些其他问题，例如，文学地图的

① 邬伦、刘瑜、张晶、马修军、韦中亚、田原：《地理信息系统——原理、方法和应用》，科学出版社 2001 年版，第 252 页。

② 张袁月：《近代小说中的文学"地图"与城市文化》，《文学评论》2014 年第 3 期。

读图及分析、虚拟文学地图和动态文学地图、文学地图的交互功能、文学GIS、文学地图在文学地理学中的地位等问题，虽然注意到了，却还没有来得及讨论。对已经讨论的问题，涉及的面还相对有限，讨论也可能不够深入，有的结论甚至可能是比较狭隘的和片面的。但是，作为文学地理学整体研究中的局部研究，我们深信这些问题仍有讨论的必要。作为一种探索，从文学地理学的整体视野中对文学地图进行观照，也应当有它自身的价值在。在收集和整理中外文学地图的各种资料的过程中，我们也逐渐发觉和意识到，文学地图的研究空间极其广阔，它的学术价值和意义相当重要，涉及的重要问题可以自成体系，有许多问题需要加深入的、专门的研究，甚至有必要为此建立一个专门的“文学地图学”。2017 年，中央民族大学的黄鸣博士，申请到一项名为“辽金元文学地理地图集”的国家社科基金，并且已经展开了卓有成效的工作。这表明，已经有越来越多的学者意识到了文学地图理论及实践工作的重要意义。我们非常盼望学界在已有的基础上就文学地图尤其是文学地图的制作问题展开更为全面和深入的研究。

文学景观三题

程宇静*

“文学景观是文学地理学研究的独特内容之一”①，也是文学地理学重要的理论问题之一。曾大兴《文学地理学概论》第六章，初步建构了文学景观理论，“显示了可贵的理论勇气和理论价值”②。笔者近年来着力于欧阳修遗迹研究，欧阳修遗迹多属于文学景观，该研究属于文学景观的实证研究。③受前辈启发，笔者对文学景观理论又做了进一步的思考。在此，笔者不揣简陋，妄提拙见，不妥之处请方家批评指正。

一　景观与文学具有互动性

景观指土地以及土地之上具有形象性（或可观赏性）的物体。文学指与景观相关的文学作品，包括诗、词、赋、古文、民间故事、楹联等。景观与文学具有互动性指景观与文学之间是一种相互影响、相互作用的状态。

曾教授在论述地理环境和文学之间的关系时指出，地理环境和文学之

* 程宇静，河北大学文学院博士后流动站教师，河北传媒学院国际传播学院教师。

① 曾大兴：《文学地理学概论》，商务印书馆 2017 年版，第 229 页。

② 高建新：《文学景观理论的建构及其意义》，《世界文学评论》2017 年第 2 期。

③ 程宇静：《欧阳修遗迹研究》，人民出版社 2018 年版。

间是一种相互影响、相互作用的状态。一方面，地理环境会影响到文学，地理环境通过文学家这个中介来影响文学，影响的结果通过文学作品体现出来；另一方面，文学又反过来会通过文学接受者这个中介影响到地理环境。[①] 不难理解，景观是地理环境的具体表现，因此，地理环境影响文学的基本原理同样适用于景观对文学的影响。借用其原理和表述可以说，景观尤其是自然景观会影响到文学的发生、题材、地理空间与文学风格。景观作为媒介，可以触发文学家（中介）的生命意识，激发其文学书写的原始动力，最终形诸文学作品。景观作为文学的表现对象，还构成了文学的题材、自然与人文地理空间，并由于不同文学家的不同气质，影响了文学作品的风格。

文学反过来是如何影响地理环境的？《文学地理学概论》未及详细阐发。笔者认为，既然文学景观是地理环境和文学相互作用的结果，因此通过考察文学是如何影响景观的，可以帮助我们认识文学是如何影响地理环境的。

文学可以通过文学接受者这个中介来影响景观，影响景观的自然和人文地理空间。这里的自然和人文地理空间主要指的是自然景观的面貌和人文景观的布局。不难想象，受自然界的气候、天气等因素的影响，自然和人文景观中的很多物体寿命有限，殊难久长，如自然景观中的湖水、泉水容易干涸，植物容易枯萎，人文景观中的建筑容易衰朽、坍塌，遇到天灾人祸，有时还会遭受灭顶之灾。因此，文学接受者常常根据文学作品来重建、改建或再造景观。由于各类文学作品在不同程度上再现了景观的自然和人文地理空间，尤其是其中的记体文具有“志”的功能，记录了景观的位置、布局及周边环境等信息。这些记录使景观的重建、改建或再造成为可能，并且可以为文学接受者重建、改建或再造景观时提供参考与依据。那么景观能够被完全复原么？显然不能。文学接受者只能在一定程度上恢

① 曾大兴：《文学地理学概论》，商务印书馆 2017 年版，第 36—85 页。

复景观原有的面貌。首先，文学作品具有主观性，呈现的是文学家心目中的自然和人文地理空间，已然不是最初的景观的面貌。其次，文学接受者在阅读文学作品时也具有主观性，不可能复原文学作品中的自然和人文地理空间，更不可能恢复最初的景观的面貌。事实上，文学接受者常常一方面根据文学作品的描述尽可能在原址上重建景观，恢复景观原有的面貌，另一方面根据自己对文学作品的解读、审美联想及现实需求对景观进行改建和再造。改建和再造的内容包括调整、改变景观的位置，对景观进行扩建、装饰，在原有景观旁增添新的辅助景观等。如安徽滁州醉翁亭，是北宋文学家欧阳修在庆历六年（1046）任滁州知州时所建，最初在北宋时只是琅琊山间的一个单体建筑。此后自宋至明，陆续被改造成了以醉翁亭为核心的庭院式建筑群。文学接受者根据欧阳修《醉翁亭记》的语言，结合自己的欣赏与感悟，在醉翁亭旁疏浚了泉源，名之酿泉（取自“渐闻水声潺潺而泻出于两峰之间者，酿泉也”），新建了“意在亭”（取自“醉翁之意不在酒，在乎山水之间也”）、山间四时堂（取自“山间之四时也”）、翼然亭（取自“有亭翼然临于泉上者”）、智仙祠（取自“作亭者谁，山之僧智仙也”）等建筑，[①] 又对醉翁亭周边环境加以整治和修饰，“亭前后山濒溪，杂植松、竹、柳，凡数千百株，凿石甃桥，筑巨堤，水环绕亭前，澄澈可爱”。[②] 文学接受者不仅根据《醉翁亭记》这一古文名篇改建、再造了醉翁亭及其周边景观，而且根据欧阳修与其文友的滁州唱酬诗歌在琅琊山门通往醉翁亭的沿路新建了许多景观，至北宋后期至少有三十多个，文人韦骧有《琅琊三十二咏》，一咏一景，有《琅琊山门》《长松径》《净镜亭》《翠薇亭》《白云亭》《醉翁亭》《薛老桥》《逊泉》《班春亭》《石流渠》《琅琊山》《回马岭》《开化寺》《御书阁》《阳冰篆》《庶子泉》《白龙泉》《寂乐亭》《招隐堂》《归云洞》《清风亭》《大历井》《千佛塔》《石庵》《晓光亭》《了了堂》《望日台》《石屏风》《会峰亭》《法华池》《东峰亭》

① 赵廷瑞等编，李觉斯订辑：《南滁会景编·醉翁亭文集》，黄山书社 2016 年版。
② 商辂：《商文毅公集》卷六，《四库全书存目丛书》集部第 35 册，第 78 页。

等。就这样，滁州琅琊山就由北宋时“舟车商贾、四方宾客之所不至”[①]“穷山荒僻人罕顾”[②] 的一个岑寂幽山渐渐演变成了人文景观蔚然兴盛、遍布山阿的人文之山。这就是说，与醉翁亭相关的文学作品通过文学接受者这个中介对琅琊山原有的自然和人文景观带来了影响，在一定程度上改变了琅琊山自然景观的面貌和人文景观的格局。以上事例说明，文学通过文学接受者这个中介影响到景观，可以改变原有景观的自然和人文地理空间，核心是文学接受者根据文学作品的描述及自己的审美联想重建、改建或再造景观。需要指出的是，这一影响属于地理层面的影响，此外还有文化层面的影响，如文学名篇的广泛传播可以提高景观的知名度等。

文学之所以能够对景观构成影响，文学接受者是个重要因素。他们的思想认识和审美情趣决定了文学能否转化为景观、转化为怎样的景观。文学接受者大致有两类：一类是普通的文学接受者。文学的形象性、情感性和思想性使他们受到了强烈的感染，激发了纷纭的联想，产生了到彼一游的期待。游览者的期待还不能够使文学转化为景观，但可以起到促进作用；另一类文学接受者是当地的官吏，他们或者是为政一方的父母官，或者是在当地驻职、巡察的官员，他们是根据文学作品重建、改建和再造景观的主体和主力。这类文学接受者爱好古迹、雅好文艺的个性偏好和通过重建景观以移风易俗的责任感与使命感是使文学转化为景观的重要基础，尤其是通过重建景观以使“文物（景观建筑）不坠”“斯文（文学作品）不泯”“景先贤，式来宦”的观念更是其中的重要因素。

景观重建、改建或再造之后，又吸引了众多文人墨客前来游赏，登临赋咏之后又产生了一批新的文学作品，新的文学作品中的自然和人文地理空间自然又有了新的变化。此后，文学接受者再根据新的文学作品对景观

---

① 欧阳修：《丰乐亭记》，载欧阳修著，洪本健校笺《欧阳修诗文集校笺》，上海古籍出版社2009年版，第1018页。

② 欧阳修：《送章生东归》，载欧阳修著，洪本健校笺《欧阳修诗文集校笺》，上海古籍出版社2009年版，第64页。

重建、改建或再造，如此周而往复。结果是自然景观的面貌及人文景观格局或剧或缓地不断演变，文学作品不断丰富，景观的意义不断丰厚。这就是景观和文学的互动性。在中国历史上，滕王阁与《滕王阁记》、岳阳楼与《岳阳楼记》、醉翁亭与《醉翁亭记》都是遗迹与文学相互作用、相互生成的典范。琅琊山智仙建的亭子促成了《醉翁亭记》的横空出世，《醉翁亭记》的动人魅力又反过来促成了醉翁亭经久不息的影响。无论宋元明清，许多文人读了《醉翁亭记》才慕名至滁州一访醉翁亭遗迹的。如元代胡祗遹说："自儿童时得东坡大书《醉翁亭记》而知欧阳公之德业，自时厥后复得《六一居士集》《五朝名臣言行录》而熟公之平生，每以不得一至于滁览大贤之遗迹为恨。"① 明代，滁州北靠中都凤阳，毗邻辅京南京，为畿辅重镇，南北往来孔道，南太仆寺设于此，滁州知州及南太仆官员都对醉翁亭尤加着意经营、反复重建、扩大规模，凡经行此地的人都思一驻车辇来游览一番被文学作品盛称的醉翁亭。游踪盛大带来了诗词歌咏、绘画作品的极大丰富，又进一步扩大了醉翁亭的影响。

简言之，景观与文学具有双向互动性，其互动具有循环往复性。景观为文学的生成提供基础，是文学诞生的文化地理空间，是文学的触媒和表现对象；文学是景观的客观再现和主观表现，文学可以再现景观位置、环境、构造、布局，文学接受者可以根据文学作品的描述重建、改建和再造景观，由此改变原有景观的自然和人文地理空间。"地以文传"，文学尤其是其中的名篇还促进了景观的传播，提升了景观的知名度。

二　文学给予了景观什么

文学景观的价值主要是文学的价值，② "文学的形象性容易唤醒人们对相关景观的向往"，"文学的思想性或文化性内涵更会唤起人们对于历史、

① 胡祗遹：《紫山大全集》卷九《滁州重建醉翁亭记》，《文渊阁四库全书》，第1196册，第183页。

② 曾大兴：《文学地理学概论》，商务印书馆2017年版，第249页。

现实、自然和人生的某些感悟，或者追寻”。[①] 简言之，文学的价值在于它可以唤起文学接受者对景观强烈的向往之情和追寻的动力。文学之所以具有这样的价值，主要在于它的“形象性”和“思想性”，这也是文学给予景观的两个重要方面，是“文学的价值”得以实现的重要基础。具体而言有以下三方面。

第一，文学揭示了景观的美感特征。

遗迹文学的创作是作家的审美发现、遗迹美感彰显的过程，“美不自美，因人而彰”。作家在用语言文字描绘景观时总是极力捕捉景物的个性特点，致力于反映景物的形象特征，不仅要图形写貌，而且尽可能形神毕现，特征突出。因此，景观的美感特征往往在作家的描绘中得到了彰显，又在后人地不断体认、肯定中越来越鲜明。与此同时，不同时空的作家又致力于表现个人对景观独特的审美感受，因此景观多角度、多层次的美感特征又陆续被揭示了出来。如江苏扬州平山堂，是欧阳修庆历八年（1048）在扬州知州任上所建。它位于扬州北部的蜀冈之上。在扬州，蜀冈海拔最高，且周边地势又较低平。因此，临堂远瞩，堂若与江南诸山视线相平，平山之名，便由此出。清光绪二年（1876）林肇元所题匾额“远山来与此堂平”[②] 更为简洁传神地诠释了平山堂的位置特色。居高临远的建筑位置使视野壮丽宏阔成为平山堂最大的景观欣赏特色。王安石的诗句“城北横冈走翠虬，一堂高视两三州。淮岑日对朱栏出，江岫云齐碧瓦浮”[③] 就突出了此堂堂与山平、堂高景阔的美感特征。此后明代诗人范凤翼的诗句“冈偃苍龙通广汉，堂收万象冠平山”[④]，以及清代诗人沈起元的诗句“堂势尽千里，气象收万种”[⑤] 更是进一步凸显了平山堂登堂远望，一目千里、视野宏远、

---

① 曾大兴：《文学地理学概论》，商务印书馆2017年版，第251—252页。

② 平山堂北檐下匾额，宽1.9米，高1.4米。参见王克胜主编《扬州地名掌故》，南京师范大学出版社2014年版，第314页。

③ 王安石：《平山堂》，王安石著，李壁笺注，高克勤点校：《王荆文公诗笺注》，上海古籍出版社2010年版，第849页。

④ 范凤翼：《范勋卿诗文集》诗集卷一三，明崇祯刻本。

⑤ 沈起元：《敬亭诗文》诗草卷五，清乾隆刻增修本。

万象尽收的壮丽景象。与此同时，有的文学作品还展现了作者眼中平山堂另外的一种美，即悬隔烟云雨雾，遥望远山若隐若现的朦胧之美。如欧阳修《朝中措》所云“平山栏槛倚晴空，山色有无中”，描写了山的形色因与观赏地点距离较远而若隐若现的样子。苏轼《水调歌头》“长记平山堂上，攲枕江南烟雨，杳杳没孤鸿。认得醉翁语，山色有无中”，则强调了雨雾迷蒙中，远山的若有若无。宋人李纲《同似表叔易置酒平山堂》：“江光隐现轩楹里，山色虚无烟雨中”，明代袁宏道《集平山堂》“淡墨有无山”等诗句都形象描写了人们登堂所见的朦胧隐约之美。就这样，在作家的感受下，在文学作品的表发之中，平山堂壮美与柔美、豪旷与婉约齐集一身的审美特征被凸显了出来，也带给了读者丰富多样的审美感受。

第二，文学赋予了景观丰富的人文意义。

处于特定时空的景观常常会唤起作家对历史、社会、人生的心灵感悟和思考认识，这使文学作品常常具有强烈的情感性和深邃的思想性。后人瞻仰、凭吊景观，流连之际，触发情思，又形诸赋咏。他们或深化旧意，或阐发新思，对文学作品表达的某些思想意义或精神价值逐渐形成了共识。这些共识在人们的感受、表达、思考、讨论和阐发中被不断凸显，进而凝定。因此历代作家对景观的感悟与认识是一个既渐趋稳定又不断深化、不断生新的过程。景观的美感特征为景观所自有，是景观的自然属性，靠文学来表发、彰显。作家对景观的感悟与认识，是外在于景观的，但这些感悟与认识却也逐渐内化为了景观的一部分。文学作品尤其是文学名篇完成后，其内容和实体景观之间便形成了一种自然的联系，当游人游览景观时可能会联想到文学作品，当阅读文学作品时也可能会期待到景观现场一游。在后人对景观、文学及其关联性的不断体认的过程中，文学作品中的审美认识和心灵感悟与实体景观之间的联系越来越紧密，久而久之便逐渐内化、凝结成了实体景观的一部分，也就是我们常说的景观的人文内涵，或称人文意蕴、人文意义。例如醉翁亭，历朝历代的文学作品逾千篇，明代内阁学士杨士奇《重建醉翁亭记》云：“公在夷陵岁余，在滁阅三岁，皆无几微迁谪之意。……君子之道，固无往不自得也。”[①] 赞美了欧阳修笃于坚持正道的人格信念和心中泰然自若的平和心态，这种信念使其能超越得失、超越苦难，潇然自适于山水之间。清人彭孙遹《游醉翁亭诗》“政简人自理，不废登与临”[②] 以及吴嵩梁“为政自有体，一简御百繁。其乐与众同，醉卧聆潺湲”[③] 的诗句赞美“欧阳修有整瞻暇豫之才”[④]，是为政与游观并行不废的模范。总之，《醉翁亭记》等历代相关文学作品赋予了醉翁亭与民同乐的人文意义，还体现了中心有守、潇然自适的君子人格，反映了人们对政简民安理想政治的期待，隐含着人们对勤政与游观和谐统一的现实追求。简言之，文学揭示了景观的美感特征，为景观带来了丰富、绮丽的想象空间，为景观注入了情感、思想的魅力与文化的厚度。

第三，文学有助于提升景观的知名度。

事物的内在品质是构成其价值的重要基础，此外与之相关的其他一些精神文化因素可以为其增值，也有助于其传播，如名人效应、文学因素、宗教因素等。古人所称“物以人重”“地以文传”，就揭示了事物在传播过程中名人和文学名篇所起到的积极促进作用。文学作品尤其是文学名篇的广泛传播、文学家的影响力都可以有效地提升景观的知名度。欧阳修遗迹的持续存在和发展兴盛，便很好地诠释了这一普遍的文化现象和传播规律。如安徽滁州琅琊山及醉翁亭的闻名遐迩便是倚赖了名著的广泛传诵。如周叙《滁州重修醉翁亭记》所云“滁有醉翁亭，岿然临于琅琊山间者，宋欧阳修文忠公之遗躅也。天下之山，得名者不啻千万，琅琊独传，以其文也”[⑤]。谢谔《六一堂记》云：“景祐初，文忠欧公为夷陵，《秋风》《至喜》

---

① 杨士奇：《重建醉翁亭记》，赵廷瑞编，詹沂增刻：《南滁会景编》卷五，《四库全书存目丛书》，集部第300册，第575页。

② 彭孙遹：《游醉翁亭诗》，《松桂堂全集》卷一〇，《清代诗文集汇编》，第125册，第114页。

③ 吴嵩梁：《六月二十一日欧阳文忠公生辰……作》，《香苏山馆诗集》卷一四，《清代诗文集汇编》，第482册，第288页。

④ 赵仑：《重修醉翁亭记》，载王赐魁等纂修《（康熙）滁州续志》卷一，《中国方志丛书》本。

⑤ 赵廷瑞编，郭东增刻：《南滁会景编》卷五，《原国立北平图书馆甲库善本丛书》本，第969册，第1311页。

之文出，而后两邑之美暴耀于天下。”①

三　文学景观的价值

文学景观“除了文学的价值，还有地理的价值、历史的价值，以及哲学的、宗教的、民俗的、建筑的、雕塑的、绘画的、书法的价值，有的甚至还有音乐的价值”②。文学遗迹是一种文化符号，不同于文字符号的符号系统，通过这一符号系统，可以建构通往历史、连接当下的文化意义。这里想要强调的是文学遗迹在以下三个方面的价值。

第一，对地方，文学景观有助于构建地方景观资源和精神文化传统。

物质层面，文学景观尤其是其中的文学名胜，大多兼富审美价值和文化底蕴，它们依山傍水，为一郡之胜，构成了地方景观资源。如扬州平山堂“壮丽为淮南第一”③，早在北宋元丰中就已是扬州登临之盛，被称为“淮东第一观”。

精神层面，文学景观还有助于构建地方的精神文化传统。景观屡废屡建，与此相关联，引发了大量的文化活动，如诗文题咏、文学雅集、文集编刻、书法绘画等文学艺术活动。在这些丰富的文化活动及其对景观意义的阐释过程中，形成了地方精神文化传统，如滁州醉翁亭等文学景观，构建了滁州见贤思齐、先忧后乐、顺适自得等地方文化精神传统。扬州平山堂等文学遗迹造就了扬州高雅的情趣和高雅的文学传统，构建了扬州尚雅的精神内核。魏禧《重建平山堂记》：“扬俗五方杂处，鱼盐钱刀之所辏，仕宦豪强所侨寄。故其民多嗜利，好晏游，征歌逐妓，袨衣偷食，以相夸耀，非其甚贤者，则不复以文物为意。公既修举废坠，时与士大夫过宾饮酒赋诗，使夫人耳而目之者，皆欣然有山川文物之慕，家吟而户诵，以文

① 王象之撰：《舆地纪胜》卷七三，中华书局1992年版，第2432页。

② 曾大兴：《文学地理学概论》，商务印书馆2017年版，第253页。

③ 叶梦得：《避暑录话》卷上，《宋元笔记小说大观》第3册，第2575页。

章风雅之道，渐易其钱刀驵侩之气。”①

第二，对作家，文学景观有利于展现其在后世深远的影响。

有些文学景观同时是名公遗迹，文学景观的屡废屡建，展示了这些名公在后世经久不息的影响。很多景观包含着名公的道德人格、思想情趣、文化贡献及文学风采，这也是后人游览景观时所感慨尤深并着意阐发的。如欧阳修为北宋诗文革新的领袖，生前已影响卓著，史称“以文章道德为一世学者宗师”②。他对儒家“三不朽”的观念思考极为深透，并躬身践履，其“道德、事功、文章三者兼求并祈的‘复古明道’思想，有机糅合了儒学精神与士人传统中功名、文章两种根深蒂固的价值观念。这是一个道义为本，而又通变致用、积业成德，有着广泛的社会和人生实践性的人生理想，是兼具了学者、官僚、文士等多种角色内涵的‘士大夫’‘文人’人格模式”③。这一多元、高远的价值追求与人生境界，以及欧阳修在“立德、立功、立言”三方面的卓越贡献深得后人推崇，影响十分深远，也是后人凭吊欧公景观遗迹所着意阐发的，明代王篆《六一书院记》概括了欧阳修在勋业、学术、文章方面做出的历史贡献，揭示了千载之下欧氏仍能使人兴起而景慕的原因。清代李元度《平山堂重建欧阳文忠公祠记》更是直接称“三代而下，兼三不朽而诣其极者，宋欧阳文忠公一人而已”④。因此，文学遗迹的屡废屡兴展示了作家在后世的深远的文化影响，也体现了后世之人在文化想象中对作家形象的重建。

第三，对文学接受者，文学景观有助于其更好地欣赏文学作品。

景观是物质的、形象的，在特定的时空内，是可视、可触、可听、可嗅的，十分直观、更易亲近，更易唤醒记忆，引发情思。探访景观，身临其境，有助于文学接受者更好地理解文学，品味意境之美、情趣之妙。相

---

① 魏禧撰：《魏叔子文集》，《清代诗文集汇编》第92册，第488页。

② 欧阳发：《先公事迹》，载欧阳修著，李逸安点校《欧阳修全集》附录卷二，第2626页。

③ 程杰：《北宋诗文革新研究》，内蒙古教育出版社2000年版，第162页。

④ 李元度：《天岳山馆文钞》卷一五，《清代诗文集汇编》，第683册，第262页。

对于人物存没、世事变迁而言，有些景观周遭风景变化相对较小，总是对文学最为真实、直观、鲜活的表达与诠释。置身其间，如果眼前之景与文学相合相契，便觉分外亲切，使文学接受者神通千载，穿越时空，更好地理解作家最初的创作心态和意图。

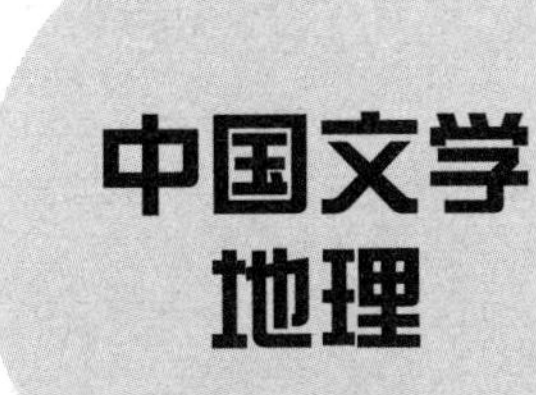
中国文学
地理

十六国北朝时期河西儒学的师承关系

高人雄*

河西，古代泛指河套平原的黄河流域及以西广大地区，原为塞种胡、月氏、乌孙、匈奴活动之所。西汉武帝时击败匈奴，设立敦煌、酒泉、张掖、武威四郡，称河西四郡；西汉宣帝时又设金城郡，称河西五郡。此后即以此五郡统称为河西地区。河西自汉代以来历经六七百年的开发与经营，至东晋十六国时期已发展成为政治稳定、经济繁荣的富庶之地，并以凉州为中心，形成了独具特色的地域文化，即所谓“河西文化”。陈寅恪先生在其《隋唐制度渊源略论稿》中将河西文化与中原文化、江左文化并列为隋唐文化之渊源①，河西地区在北朝时期的文化发展，对后世隋唐文学以及整个北方文学的发展都具有重要意义。

一　由官学到私学的学术传承

东晋十六国时期相对于中原的动荡，河西地区相对平静，传统文化遭到的破坏较轻。这里的文人坚守传统文化，积极倡导儒学。又有一些中原学者避乱流于河西，与本土学者共同倡儒学，使河西一隅的文化一度兴旺起

---

* 高人雄，西北民族大学文学院教授。

① 陈寅恪：《隋唐制度渊源略论稿》，河北教育出版社 2002 年版，第 6 页。

来，人才济济，“子孙相承，衣冠不坠”，“号为多士”① 之区。翻检历史可知，从十六国初期到北魏、北周，北方每一个较稳固的政权，每一个较明智的统治者，都曾经采取明确的措施宣导和推崇儒学。北方动乱之初，在西北凉州地区最早建立的政权是汉人张轨所建的前凉。之后，相继建立的政权有后凉、西凉、北凉、南凉，史称五凉政权。河西地区除经历了五凉政权统治外，还经历了前秦、后秦、北魏、北周等政权统治。总体而观，这些北方政权重视文化教育，礼遇文人，崇尚儒学。

前凉张氏深信推行儒学是治理国家之要事，开创者张轨出身于仕宦之家，也是崇尚儒学世家，在担任凉州刺史期间就兴办学校，“征九郡胄子五百人，立学校，始治崇文祭酒，位似别驾，春秋行乡射之礼”② 传授儒学，培养人才。稍后的西凉创始人汉人李暠，世为西洲大姓，“少而好学”“通涉经史，尤善文义”③，他经常以“周礼之教”训诫诸子，并设“立泮宫”，“增高门学生五百人”④，从儒生中选拔士人，不断充实统治机构。

不仅汉人建立的政权崇尚儒学，少数民族建立政权也非常重视儒学。前秦的建立者是氐族苻氏。氐族苻氏在立国之初就倚重汉族士人，至苻坚当政更加重用汉族士人。他先起用王猛、薛瓒、权翼等为谋士，灭燕后依据王猛建议，选拔重用渤海封衡、李洪，安定皇甫真，北平杨陟、杨瑶，清河房旷、房默、催逞等关东望族文人。⑤ 平凉后选拔任用金城赵凝，敦煌索泮、宋皓、张烈等西土著姓。⑥ 其中权翼、皇甫真、索泮、宋皓、张烈都出自河陇大姓。正如史籍所载，苻坚平燕、凉，“复魏晋士籍，使役有常闻”，使“关陇清晏，百姓丰乐”。⑦ 后秦的统治者羌族人姚兴喜读经书、重视教育。史载姚兴为太子镇长安时，既常“与中书舍人梁喜、洗马范勖等

---

① （宋）司马光：《资治通鉴》，中华书局 1976 年版，第 3877 页。
② （唐）房玄龄等：《晋书》，中华书局 1974 年版，第 2221 页。
③ 同上书，第 2257 页。
④ 同上书，第 2259 页。
⑤ （宋）司马光：《资治通鉴》，中华书局 1976 年版，第 3213—3271 页。
⑥ 同上书，第 3272—3306 页。
⑦ （唐）房玄龄等：《晋书》，中华书局 1974 年版，第 2895 页。

人谈论经书”[①]，即位后更将河陇大儒——天水的姜龛、冯翊的郭高等召集于长安，并招引各地学生到长安求学。南凉的建立者鲜卑族秃发氏、北凉的建立者卢水胡沮渠氏、后凉的建立者氐族吕氏皆崇尚文化重用文士。建立南凉的鲜卑秃发氏最早自漠北迁入河西，至秃发乌孤时，其称王已历八代[②]，据《晋书·秃发乌孤传》记载，后秦凉州官吏宋敞在离任前向前来接管姑臧的秃发傉檀举荐了一批“武威宿望”“秦陇冠冕”“凉国旧殷”，傉檀大悦。北凉政权建立者卢水胡沮渠氏，据《晋书·沮渠蒙逊传》载，其家族世居卢水为豪酋，沮渠蒙逊“博涉群史……梁熙、吕光皆奇而惮之”[③]。略阳氐族吕氏，出自汉武都白马氐族之后。史书说吕光“不乐读书，唯好鹰马”[④]，事实并非如此，如他被派往西域时，“王侯降者三十余国，光入直城（龟兹），大飨将士，赋诗言志。见其宫室壮丽，命参军段业著《龟兹宫赋》以讥之”[⑤]。后凉建立后，吕光因地制宜，“下令责躬，及崇宽简之政”[⑥]，从后凉推行的政策也反映出统治者接受汉文化较深。

地方名儒也开设私学。割据政府崇尚儒学，推行教育，地方名儒也开设私学。汉末以来，在政权更迭，官学日渐沦废之时，家族文化传承起到了重要作用，学术中心由官学转向家族之学。此时，河陇地区逐渐形成了私家传承学术的风气。

前凉时期敦煌学者宋纤，字令艾（一作令文），十六国时期敦煌效谷人。史称宋纤少有远操，沉靖不与世交，隐居于酒泉南山。明究经纬，弟子受业三千余人。不应州郡辟命，惟与阴颙、齐好友善。隐居酒泉南山中，从各地奔来求学的弟子多达三千余人[⑦]。张祚时，太守杨宣画其像于阁上，出入视之，作颂曰：“为枕何石？为漱何流？身不可见，名不可求。”酒泉

① （唐）房玄龄等：《晋书》，中华书局1974年版，第29754页。
② 同上书，第3141页。
③ 同上书，第3189页。
④ 同上书，第3053页。
⑤ 同上书，第3055页。
⑥ 同上书，第3058页。
⑦ 同上书，第2453页。

太守马岌，高尚之士也，具威仪，鸣铙鼓，造焉。纤高楼重阁，拒而不见。岌叹曰："名可闻而身不可见，德可仰而形不可睹，吾而今而后知先生人中之龙也。"铭诗于石壁曰："丹崖百丈，青壁万寻。奇木蓊郁，蔚若邓林。其人如玉，维国之琛。室迩不遐，实劳我心。"可见深受当地人的景仰与尊重。

酒泉学者郭瑀开馆授徒影响更大。郭瑀早年从郭荷学习，精通经学，擅长辩论"多才多艺，善属文，"隐居临松薤谷（今张掖地区），"作《春秋墨说》《孝经错纬》，弟子著录千余人"[①]。前凉君主张天锡曾亲自修书，对其学问道德大加推崇，邀请郭瑀入士辅政而遭谢绝。西凉和北凉作国子祭酒的刘昞，最初就是从郭瑀学，他隐居酒泉时也曾开设私馆，纳弟子五百[②]等。有史可考北魏诸多学者、文士师出郭门，及郭门再传弟子。

总之，河陇文化大族历史悠久，士人文化底蕴深厚，在官学式微时私学转盛。在十六国割据政权普遍推崇儒学，倡导文化教育的环境中，促使河陇士族文化继续发展延续。

二　河西儒学的师承关系

魏晋之时河西名士迭出，仅出于河陇的学者就有范胜、索袭、郭荷、祈嘉、宋纤、宋繇、郭瑀、索沈等，这些鸿学硕儒，讲学授徒，弟子少则数百，多则上千。

敦煌大儒郭瑀，精通儒家典籍，多才多艺。他隐居在张掖南面的临松山薤谷中，专门著书授徒，著录弟子有一千多人。敦煌学者刘昞，十四岁时就学于敦煌硕儒郭瑀门下。"昞后隐居酒泉，不应州郡之命，弟子受业者五百余人。"[③] 郭荷、郭瑀、刘昞三人为师生关系，同为河西酒泉地区儒学传承发展的重要人物。

---

① （唐）房玄龄等：《晋书》，中华书局1974年版，第2454页。
② （北齐）魏收：《魏书》，中华书局1974年版，第1160页。
③ 同上书，第1160页。

张掖东大山中有一名寺，叫东山寺。这寺建在山势豁然开阔之处，寺前绿树成荫，山花点染，曾是晋代学者郭荷的隐居之处。郭荷，晋秦州略阳郡（今甘肃秦安）人，《晋书》中称他："明究群籍，特善史书。"[1] 郭荷出生在书礼世家，他的六世祖郭整在东汉时就很有名气，汉安帝到汉顺帝都屡次请他出来做官，并许以"公府八辟，公车五征"的优厚待遇。但郭整每次都执意拒绝，始终不就。从郭整到郭荷，六世均以经学致位。郭荷如其祖上一样淡泊仕途，不应州县之命，甘做山野布衣。他离开略阳故居，来到张掖隐居东山寺结庐讲学。从此张掖文风远播，地方教育事业大兴。前凉和平元年（354 年），前凉王张祚闻郭荷名声，派遣使者"安车束帛"，征召他去做博士祭酒。

使者的礼节十分周到。使者不容推脱，强拉郭荷至凉州。郭荷不愿做"博士祭酒"，凉王又改任他为太子友，就是给张祚的太子做家庭教师。不久，郭荷不适应这种生活，便以年老多病为由，上书乞还。张祚见留不住他，只得应允，又以"安车蒲轮"送其回张掖。可见他对学者郭荷是敬重有加的。郭荷回到东山寺，仍隐居讲学，至八十四岁而终。

郭瑀是郭荷的高足，字元瑜，敦煌人。因慕郭荷学问渊博，道德高尚，专程到张掖师从郭荷求学。在郭荷门下，经过多年潜心学习，郭瑀成为"精通经义、雅辩谈论、多才艺、善属文"[2] 的学者。老师仙逝后，郭瑀执弟子之礼，在老师墓旁搭起草屋守墓三年。之后到马蹄寺，隐居于临松薤谷，凿石窟而居，服柏实以轻身，过着与世无争的简朴生活，各地慕名而来受业的弟子有千余人。郭瑀一如其师鄙薄功名，除讲学外，著有《春秋墨说》《孝经错纬》等著作。前凉王张天锡闻郭瑀的贤名，于晋简文帝咸安二年（372）派遣使者备以"蒲轮玄纁"之礼，前往征召。而郭踽得到消息，则躲避起来，使者找不到郭瑀，扣押了他的门人。郭瑀知道后，叹道：

---

① （唐）房玄龄等：《晋书》，中华书局 1974 年版，第 2454 页。

② 同上。

“我是逃禄，并非逃罪，岂可累及门人!”① 于是出来见使者，前往凉州应召。其时适逢凉王母亲去世，忙于丧事，郭瑀进灵堂祭吊后，便又趁机回到临松山。后来前凉被前秦所灭，秦王苻坚又以蒲轮安车来征辟郭瑀到长安，郭瑀仍不肯前往。此后，凉州太守辛章又遣书生三百人前来临松薤谷受业，进一步扩展了郭瑀的教学规模。

刘昞师从郭瑀，曾隐居酒泉，潜心治学授徒，追随求学者多达500余人。李暠建立西凉始任为儒林祭酒等职。420年北凉沮渠蒙逊灭西凉，更加器重刘昞，沮渠蒙逊称呼刘昞为“玄处先生”，在西苑专门为其修建富丽堂皇的“陆沉观”，请他在此教授学生，同时授予刘昞秘书郎等要职，负责撰写起居注。沮渠牧犍即位后，更尊刘昞为国师，并配备了索敞和阴兴等为助教。北魏太武帝拓跋焘平定凉州，百姓东迁。朝廷久闻刘昞大名，拜授他为乐平王从事中郎。魏世祖下诏七十岁以上的乡老留在本乡，身边留一子奉养。刘昞当时年老，留身姑臧，一年多后，思乡返归，至凉州西四百里的韭谷窟染疾而终。北魏孝明帝也下诏：“昞德冠前世，蔚为儒宗。”② 对刘昞大加标榜。刘昞在经学、文学和史学等方面均取得了成就，由刘昞注释和撰写的著作多达100余卷。刘昞的主要著述集中在史学方面，如《略记》《凉书》《敦煌实录》等，但都已佚散不存。另外刘昞注释的书籍包括《周易》《韩非子》《人物志》《黄石公三略》等，史称刘昞的注“不涉训诂，惟疏通大意，而文词简古，犹有魏晋之遗”③。刘昞的学术影响是深远的。

索敞与程骏深受刘昞影响。索敞早年担任刘昞助教，“专心经籍，尽能传昞之业”④，凉州被平，进入北魏后仍以儒学见称，曾任中书博士，撰写《丧服要记》《名字论》等著作，而且“笃勤训授，肃而有礼。京师大族贵

① （唐）房玄龄等：《晋书》，中华书局1974年版，第2455页。
② （北齐）魏收：《魏书》，中华书局1974年版，第1162页。
③ （唐）李延寿：《北史》，中华书局1974年版，第1569页。
④ （北齐）魏收：《魏书》，中华书局1974年版，第1162页。

游之子，皆敬惮威严，多所成益，前后显达，位至尚书牧守者数十人，皆受业于敞。敞遂讲授十余年”。[①] 可以说其秉承刘昞的学术传统直接为北魏培养了一批杰出人才。程骏曾直接师事刘昞，他性格“机敏好学，昼夜无倦”[②]，撰有《庆国颂》十六章、《得一颂》一篇，有无开馆授学尚待确证，但至少可以说他将师于刘昞的学术传统变成家学传统，据史载其子程公礼、其孙程畿皆“好学，颇有文才”[③]。

宋纤注有《论语》，传授孔学，也作有诗颂数万言。可惜今多已亡佚。

总之，十六国北朝时期，河西地区的儒学发展呈现出师承关系，对北魏以及整个北方少数民族地区儒学的影响是深远的，首先开启了儒风，带来了北魏文教和政治的新局面，进而把儒学风气引入文坛。

三　儒学师承影响下的文学活动

十六国北朝时期，北方文学的发展还处于文史哲未分之时，河西作为当时中国北方文化中心，曾出现了一代又一代文学巨匠、骚客名流，留下了一篇篇精美珍品、传世佳作。无论就文人数量，还是作品质量而言，都居于北中国文坛之首。

（一）经史著作

地处西北边鄙的河西地域，由于地方割据政权的积极倡导，官学及文化世家仍尊奉儒学，地方名儒授徒讲学，认真传授儒学，精心研究儒学，此时的经史著述相当丰富。诸如十六国时期河陇学者郭瑀著有《春秋墨说》《孝经错纬》等。祁嘉专研《孝经》，写成《二九神经》一书。宋纤更是倾毕生精力为《论语》作注，阚骃“博通经传”曾经给王郎所著《易传》作

① （北齐）魏收：《魏书》，中华书局1974年版，第1162页。

② 同上书，第1345页。

③ 同上书，第1350页。

注，其著因功力深厚，广为学者推崇，后来成了“学者赖以通经”[①] 研究经书的重要著作，又在北凉王沮渠蒙逊的支持下率三十文人整理古籍，典校经籍，刊定诸子，达三千余卷。此外著名学者刘昞也给《周易》等经典作注，这些都说明经学在河西地区中的重视程度。在这种研习经学的氛围下，文学观念上的崇儒倾向是必然之势了。正如《晋书·文苑传》云“夫文以成化，惟圣之高义；行而不远，前史之格言。是以温洛祯图，绿字符其丕业；苑山灵篆，金简成其帝载。既而书契之道聿兴，钟石之文逾广，移风俗于王化，崇孝敬于人伦。经纬乾坤，弥纶中外，故知文之时义大哉远矣！”[②] 正是指出文学要传圣人之意，能经天纬地，承载社会功用。初唐魏征也曾有进一步的阐释：“文之为用，其大矣哉！上所以敷德教于下，下所以达情志于上。大则经纬天地，作训垂范；次则风谣歌颂，匡主和民。”[③] 儒家思想为核心的文学性质论，注重实用价值，故整个十六国北朝“章奏符檄，则粲然可观；体物缘情，则寂寥于世”。[④] 对文学的实用性的观念，也明显体现在十六国北朝各种文体作品的创作上。

十六国北朝时期，在这种儒学思想的浸染下，治史观念也日益强烈，上述师承关系下的几位儒士，也均有史学著作。刘昞，一直以国家专管记注官员和“国师”身份，主持各朝的图书注记管理和文教工作，他凭借自己杰出的才华，深湛的功力和有利的条件，立学授徒、弘扬儒学，校经点籍、整理古经，著书立说、总结文史，把自己一生的心血献给了河西的文化事业，成为当时名扬河西、声震中原的学者。在经学、史学、文学等领域做出了卓越的贡献。在儒学领域内，刘昞上承汉代儒学之遗风，下开五凉儒学之繁荣，在中原儒学传入河西以及儒学在河西的传播中起了积极的作用。他的老师郭瑀“少有超俗之操，东游张掖，师事郭荷，尽传其业”[⑤]，

---

① （北齐）魏收：《魏书》，中华书局1974年版，第1159页。

② 同上书，第2369页。

③ （唐）魏征、令狐德棻：《隋书》，中华书局1973年版，第1729页。

④ （唐）李延寿：《北史》，中华书局1974年版，第2779页。

⑤ （唐）房玄龄等：《晋书》，中华书局1974年版，第2454页。

而郭荷出身于东汉经学世家，他的六世祖整，在东汉安帝、顺帝时就以研究经学出名，以后就以经学传家，因此郭荷的东汉家学，经郭瑀传至刘炳。刘昞继承了汉代政治化儒学的传统，不染中原经学日趋玄学的风气，强调儒学的政治实践作用，重视儒学的实用，大力倡导“通经致用”的儒学，使中原日趋衰败的儒学在河西又一次焕发了生机，也使一大批河西的儒士因此而毫无愧色地游身于五凉政权之间，为现实政治服务。不仅如此，刘昞以其深厚的经学功底，对《礼仪》《周易》《春秋》《论语》《孝经》等儒家经典进行了深入系统的研究，以其河西儒学特有的学风，注解了《周易》《韩子》《人物志》《黄石公三略》，使学者们借以通经。其中所注的《人物志》，志在发扬知人任官之本，保持了河西儒学固有的本质，在当时产生了很大影响，可以说是河西学术史上的一件大事。陈寅恪先生说：“刘昞之注人物志，乃承曹魏才性之说者，此亦当日中州绝响之谈也。若非河西保存其说，则今日亦难窥见其一斑矣。”[①] 刘昞所倡导的这种处世哲学，非常契合当时河西士大夫秉持的处世态度，在某种意义上这也是河西儒学繁荣兴盛的一个重要原因。刘昞为宣扬河西儒学的这种基本精神，弘扬其“圣人”之道，开馆延学，培养门第，弟子受业者五百余人，也培养和造就了一大批秉承河西儒学或深受河西儒学滋养的名流学者。其中有曾为刘昞助教、“以儒学见拔”、著有《丧服记》的索敞。[②] 还有常谈“名教”与“自然”合一，被刘昞誉为“卿年尚稚，言若老成，美哉！”的程骏[③]，他们在学术方面亦颇有建树。北魏主平定凉州后，索敞、程骏等皆入仕于北魏，分别担任中书博士和著作郎，并教授学生、传其经学。这样刘昞通过师承关系使河西儒学得到了普及和发展，使学术思想绵延后世，并又回传辐射到中原，对以后经学的发展和研究产生了深远影响。在史学领域中，刘昞又堪称是十六国时期的一位史学大师，他一生著述甚多，内容丰富，其中绝大

① 陈寅恪：《隋唐制度渊源略论稿》，河北教育出版社 2002 年版，第 39 页。
② （北齐）魏收：《魏书》，中华书局 1974 年版，第 1161 页。
③ 同上书，第 1345 页。

部分是史学著作。他“以三史文繁，著《略记》百三十篇，八十四卷，《凉书》十卷，《敦煌实录》二十卷”①，其中《略记》是删削《史记》《汉书》《东观汉记》三书而成的一部通史著作。在魏晋以前，还没有一部直接叙述上古至魏晋的通史。司马迁的《史记》虽然是我国第一部纪传体通史，但其内容只记载到西汉武帝太初年间，班固的《汉书》只仅仅记载了整个西汉一代的历史，《东观汉记》也只断断续续记载了东汉至曹魏的历史。虽然三部史书详细反映了这几千年历史的面貌，但内容庞杂，多所重复，卷帙浩繁，不一而看。于是刘昞就进行了大规模的删削，去繁就简，加工整理成一部系统而又全面地反映几千年历史的纪传体通史，为当时的人们了解这段历史提供了方便，这不能不说是刘昞在史学上的一大贡献。《凉书》是专门记述前凉史事的纪传体国别史，也是第一部详细记载公元4世纪河西历史的一部史书。之前，河西虽一直是中西文化交流的重要通道，是中原王朝和少数民族争夺的对象，在史书中亦有零碎的记载，但像此书由本土学者详细记载的却没有。刘昞不啻为专门记载河西历史的第一人。《敦煌实录》则又是刘昞悉心研究历史、挖掘史料，编撰而成的专门记载敦煌志史的我国第一部实录体编年史，长期以来学术界都认为我国古代实录体史书起源于梁代的《梁皇帝实录》。其实刘昞的《敦煌实录》要比《梁皇帝实录》早一百年，是我国古代实录的真正起源。只是由于此书在唐初即已散佚，故《隋书·经籍志》未曾收录而已，由此可见，刘昞在中国史学编撰上有着不可磨灭的贡献。刘昞所编纂撰写的这三部史书，实际上是对当时整个中国历史，特别是河西历史的总结，反映了他在史学上深湛的功力。他的著作不仅在河西地区广为流传，而且在元嘉十四年（437），北凉还将刘昞等人的著作送给了刘宋政权，从而为南北朝学者研究编纂北方历史提供了丰富而有价值的资料，对促进南北之间的史学交流起了不容忽视的作用。可惜这些史书在后来逐渐散佚了，但在《隋书·经籍志》《旧唐书·经

---

① （北齐）魏收：《魏书》，中华书局1974年版，第1161页。

籍志》《新唐书·艺文志》中还存有《略记》和《凉书》的著录。《敦煌实录》的部分内容被《太平御览》《续汉书·五行志》《太平寰宇记》《姓氏辨证》《太平广记》《北堂书钞》《姓氏略》等书所收录，后清代武威著名学者张澍先生在编辑《续敦煌实录》时又从这些书中辑录了出来，作为他《续敦煌实录》的首卷，成为我们今天研究河西历史的宝贵资料。

河西地区在这种儒学风气的影响下，纂写史志成为学者儒士的一大要事，这种史学风气和史官实录精神，入魏以后对北魏文学也产生了重要影响。试看北地三书《水经注》《洛阳伽蓝记》《魏书》不仅是北朝的杰出作品，也是整个魏晋南北朝时期的杰出作品，它们代表着此期文学的杰出成就。此三书《魏书》是史书，史家传承汉魏以来史家秉笔直书的求实精神，求实性无可争议。关于舆地史志，我们从敦煌学者阚骃《十三州志》可以看出对《水经注》有过直接关系，《水经注》在很多地方采录此书内容。《十三州志》虽已散佚，据《十六国春秋》《宋书·氐胡传》《隋书·经籍志》著录，此书为十卷，体例完备，纂书精审，编成后流行当世，很受沮渠蒙逊重视，后世刘知几、颜师古等颇加推崇，颜师古在《汉书·地理志》作注时多处加以引用，《括地志》《太平寰宇记》等名著也有诸多采用。无疑《十三州志》对《水经注》的撰写起有参照作用。北地的三部奇书，都属志传类著作，是河西地域文人注重撰志写史，著述大部巨作的治学传统的延续。

（二）文学创作

在儒学思想的影响下，文学创作开始倾向于尚用论，散文创作多以应用文为主，诗歌也多承接汉魏诗风，描写所见所感。

北朝文章尚用，“章奏符檄，则粲然可观；体物缘情，则寂寥于世”（《周书·王褒庾信传论》），文人少抒怀之作多注重应用文写作。的确，此时的应用文不乏文采。试看前凉主张天锡，诚邀地方名儒郭瑀出山辅政的一封书信：“先生潜光九皋，怀真独远，心与至境冥符，志与四时消息，岂知苍生倒悬，四海待拯者乎。孤忝承时运，负荷大业，思与贤明同赞帝道。昔传说龙翔殷朝，尚父鹰扬周室，孔圣车不停轨，墨子驾不俟旦，皆以黔首之祸，不可以不救，君不独立，道由人弘故也。况今九服陷为狄场，二都尽为戎寇穴，天子僻陋江东，名儒沦于左衽，创毒之甚，开避未有。先生怀济世之才，坐观而不救，其于仁智，孤窃惑焉。虚左授绥，鹄企先生，乃眷下国。”（《遗郭瑀书》）① 此文不仅文采斐然，且儒家学以致用思想贯穿始末。认为儒者当匡扶国家，济世苍生乃为正途。从此文可窥见北朝应用文字中儒学思想的主导地位。

刘昞这位杰出的经学家，史学家，同时也是一位才华横溢的文学家。他的文学著作虽多已散佚，但存有著录还有赋文《酒泉颂》一篇，文集《靖恭堂铭》一卷，据前述西凉李暠召集文武群臣举行的文学创造活动中常命刘昞等人属文赋诗之事可推测，刘昞所写而未收集著录的诗文数量也不少。这些作品文辞优美，均是即景生情之作，带有浓厚的乡土气息，其文学价值很高，特别是《酒泉颂》，被称为是“清典”，堪称是河西文学史上的代表作。《北史・文苑传》认为“中州板荡，戎狄交侵，播伪相属，生灵涂炭，故文章黜焉，……唯有刘延明之铭酒泉，可谓清典”。② 不言而喻，它在魏晋南北朝文学史上也有很重要的地位。

十六国时期酒泉太守马岌铭于石壁的诗：“丹崖百丈，青壁万寻。奇木蓊郁，蔚若邓林。其人如玉，维国之琛。室迩人遐，实劳我心。”③ 时任酒泉太守的马岌，一次去拜访名儒宋纤不遇，便于石壁上写下了这首诗。此诗采用烘云托月手法，极写宋纤人格之高洁，同时表现诗人自己思贤若渴的心情，构思巧妙，语言凝练。诗采用四言体，平添一分古朴之气。

上述这种诗风文风在北魏乃至北周文坛都有充分体现。略举宇文毓的

---

① 见（清）张澍辑著《凉州府志备考》之《遗郭瑀书》，武威市市志编纂委员会办公室校印，1986年，第630页。

② （唐）李延寿：《北史》，中华书局1974年版，第2778页。

③ （唐）房玄龄等：《晋书》，中华书局1974年版，第2453页。

《贻韦居士诗》："六爻贞遁世，三辰光少微。颍阳去犹远，沧洲遂不归。风动秋兰佩，香飘莲叶衣。坐石窥仙洞，乘槎下钓矶。岭松千仞直，严泉百丈飞。聊登平乐观，遥想首阳薇。傥能同四隐，来参余万机。"① 此诗是宇文毓登基后写给著名隐士韦居士的，诗中对于秋兰为佩，莲叶为衣的方外隐士生活充满赞美和羡慕之情。他们坐窥仙洞，身形矫健，俨然似世外仙人；他们志节高尚，可比伯夷、叔齐。本诗目的在于劝说韦居士辅佐朝政，在写景烘托手法却有一脉相承的风格。当然建安、太康两代诗歌不仅有豪侠慷慨之气，同时也出现了大量的游仙诗创作，这些诗歌有的求仙得道，服食长生；有的借游仙曲折表达了隐遁避世的向往；有的则是歌咏方外之人高蹈遗世的精神；征召隐士归来。因而十六国、北魏抑或北周的这些诗歌特征，是汉魏诗歌风气的延续。

四　结语

十六国北朝时期，河西私学盛兴，一些重要的学者有明确的师承关系。他们师承河西学术传统，办学兴教，布学讲义，使整个北方地区的儒学大为兴盛。表现在文学创作中，是尚用的文学观，以及注重经史著作的写作。这样的文学思想不仅在地处西北的河陇地域产生了深远的影响，同时也为北魏文学以及整个北朝文学铺垫了文化基础。

---

① （清）逯钦立：《先秦汉魏晋南北朝诗》，中华书局 1964 年版，第 2323 页。

南宋交聘行记中的北方城市映像

田　峰*

怀古，是人之常情，在历代的行记中怀古也是常见的，看到眼前一景一物，自然会想起往日的景象，南宋的使者自不例外。他们出使金国，路过北方，对当下现实极为伤悼，曾经的故土为异族所统治，一些文化遗迹在这样的环境下总有一种陌生的熟悉感。所陌生者，久居南方，一些景象长期疏远，造成了一定的隔阂；所熟悉者，这些景观又深深印在他们的记忆和知识谱系中，是他们文化认同重要的组成部分。对于北宋的使者而言，疆界在燕云一带，燕云之地久为异族所有，所以他们到了燕云并没有十分强烈的怀古之情，倒是偏安东南一隅的南宋，曾经的帝都都在别人的铁骑之下，怎能没有强烈的感伤呢？南宋的使者渡过淮河，进入了金人统治区，所看到的诸多景象都令他们伤感悲怀。这些地方一直以来都是文化中心，是国家重器所在的地方，现在却在夷狄的手中，眼前的一草一木不能不令人动容。当然，最令南宋使者痛心的并不是这些，而是沿途的城市景观，这些城市是北宋文明的缩影和精华，代表区别于蛮夷的核心文化。相反，宋人对辽、金统治下的城市就表现出了不屑的态度，如《许亢宗奉使行程录》中对契丹城市的评价：“所谓州者，当契丹全盛时，但土城数十里，民

* 田峰，天水师范学院文学与文化传播学院副教授。

居百家，及官舍三数椽，不及中朝一小镇，强名为州。经兵火之后，愈更萧然。自兹以东，类皆如此。”① 契丹即使在全盛时期也没有一个像样的城市，而这些所谓的城市也是一贯的萧条。

北宋的城市发展水平很高，中原地区的很多城市在某一区域都是商业和文化中心，这些城市共同构筑了一个文明的聚落。金人统治中原地区以后，由于战争的破坏，城市遭到严重的打击，不仅人口稀少，而且城市的运作也显得比较混乱，这些城市在宋代的文献中似乎被逐渐遗忘。然而，在这些城市陷入金人之手许多年后，重新回到宋人的视野当中。南宋使者目睹了这些城市的当下，他们在自己的行记中记录了这些城市。这些记录虽不是很多，但是作为一名使者在曾经属于他们的城市旅行，总是会有复杂的感情。尤其是这些城市现在被文明程度很低的夷狄所统治，确实是一种隐痛。对这些城市进行书写的最主要文献是南宋时期使金的四位使者楼钥、范成大、周煇与程卓，他们在自己的行记中记录了中原城市的残破与萧条。这些城市映像对于研究宋人的文化心态以及金人统治下的中原城市弥足珍贵。

一　南宋交聘行记中的北方城市群

宋代主要有州、县两级地方行政，金代统治中原地区后，基本保留了宋代的行政建制，在中原形成了州、县两级的城市群，这些城市主要分布在南宋使金的交通干道上，如虹县、灵璧、宿州、永城、拱州、雍丘、陈留、开封、汤阴、相州、邯郸、邢州、赵州、真定、新乐、保州等。使者们除了对异族统治下的这些城市的文化变迁做记录外，这里的遗迹也是他们记录的重点所在，我们且列几条：

（虹县）市井多在城外，驿之西有古寺，大屋二层，瓦以琉璃，柱

① 贾敬颜：《五代宋金元边疆行记十三种疏证稿》，中华书局2004年版，第235页。

以石。闻其上多米元章诸公遗刻。①

入南京城，市井益繁……大楼曰睢阳，制作雄古，倾圮已甚。……此地即高辛氏子阏伯所居商丘也。武王封微子启，是为宋国。后唐以为归德军节度，本朝以王业所基，景德四年，升应天府，祥符七年升南京。金改曰归德府，汉梁孝王所都兔园、平台、雁鹜池、蓼堤皆在此，春秋陨石五犹存。②

丙寅，过雍丘县。二十里过空桑，世传伊尹生于此。一里，过伊尹墓。道左有砖堠石刻云："汤相伊尹公之墓。"过陈留县，县有留侯庙。③

甲戌，过台城镇，故城延袤数十里。城中有灵台，坡陁。邯郸人春时，倾城出祭赵王，歌舞其上。城旁有廉颇、蔺相如墓。④

十八里至南京，入阳熙门，市楼榜曰"睢阳"，夹道甲兵甚盛。张巡、许远庙在西门外，谓之"双忠庙"，其旁则宋玉台。此地高辛氏子阏伯所居，商丘是也。武王封微子杞为宋国。⑤

四十五里至南京，今改为归德州。未入城，过雷万春墓，环以小桥，榜曰"忠勇雷公之墓"。入阳熙门，至睢阳驿，左有隆兴寺，乃高宗皇帝即位之所。⑥

楼钥、范成大、周煇、程卓等经过中原的一些城市，这些历史的遗迹给他们留下了很深的印象。作为一种具有延续性的文化，一连串的历史记忆是这种文化脉络的重要组成部分，楼钥等人在行记中对历史的钩沉所反映的正是对自我文化的认证。但是，在异族的统治下，这些文化遗迹始终游离在人们的生活之外，实实在在变成了一种怀旧，怀旧背后所反映的是

① （南宋）楼钥：《攻媿集》卷一百一十一《北行日录》，《武英殿聚珍版丛书》本。

② 同上书。

③ （南宋）范成大：《揽辔录》，《范成大笔记六种》，中华书局2002年版，第11页。

④ 同上书，第14页。

⑤ （明）陶宗仪等编：《说郛一百卷》卷五十四《北辕录》，《说郛三种》，上海古籍出版社2012年版，第836页。

⑥ （宋）程卓：《使金录》，《续修四库全书》第423册，上海古籍出版社2002年版，第443页。

文化延续断裂的焦虑。凝聚着南宋汉人历史记忆的遗迹与现实生活中的胡虏文化交织在一起，使中原的这些城市具有了“另一面”。

黄河两岸的中原城市，在金人的统治下也呈现出不同的发展面貌。总体来讲，河北的城市与河南的城市有一些差距，河北的城市普遍发展要好，河南的城市，则因处在金人的“极边”，反而不及河北。楼钥等人的行记中，不止一次表达了这样的感受。尤其是楼钥，这样的感受更为强烈。如他在《北行日录》中对河南一些城市的观察，“淮北荒凉特甚，灵壁两岸，人家皆瓦屋，亦有小城，始成县道，有粉壁，云准南京都转运帖理会买扑，坊场、递铺皆筑小坞，四角插皁旗，遇贺正人使先排两马南去。”[①]“十八日己巳，……饭封丘，短墙为城，人烟牢落，便远不及河北。”[②] 黄河以南，淮河以北的一些地区，是宋金两国的交界地带，这里的城市在楼钥的眼中显得比较荒凉。相反，黄河以北的城市人口较多，经济发展也较好，楼钥在《北行日录》多有记录，如“及所过丰乐镇，居民颇多，皆筑小坞以自卫，各有城楼”。[③]“入汤阴县，县有重城，自此州县有城壁，市井繁盛，大胜河南。”河北的丰乐和汤阴两地，不仅人口颇多，而且商业也很繁盛。这样的体验不仅体现在观感上，而且还表现在日常的生活饮食当中，到了黄河以北，楼钥的饮食比他在黄河以南的饮食好了很多，他说：“自南京以来，饮食日胜，河北尤佳，可以知其民物之盛否。”[④] 河南河北的差异感受，不仅仅是楼钥一人所感受到的，另外两位使者也有同样的感受，相州就可作为一个观察点，如范成大《揽辔录》载：“过相州市，有秦楼、翠楼、康乐楼、月白风清楼，皆旗亭也。秦楼有胡妇，衣金缕鹅红大袖袍，金缕紫勒帛，褰帘，吴语。云是宗室女、郡守家也。……画锦堂尚存，虏尝更修饰之。”[⑤] 这里依然有繁华的街市，但是操着吴语的宗室女却穿着胡装，繁盛尚在，文

① （南宋）楼钥：《攻媿集》卷一百一十一《北行日录》，《武英殿聚珍版丛书》本。

② 同上书，卷一百一十二，《武英殿聚珍版丛书》本。

③ 同上书，卷一百一十一《北行日录》，《武英殿聚珍版丛书》本。

④ 同上书。

⑤ （南宋）范成大：《揽辔录》，《范成大笔记六种》，中华书局2002年版，第13页。

化却已然不同。周煇《北辕录》："十五日，至相州，阛阓繁盛，观者如堵。二楼曰'康乐'，曰'月白风清'。又有二楼，曰'翠楼'，曰'秦楼'。时方买酒其上，牌书'十洲春色'，酒名也。"① 周煇行记中所反映的是相州商业的繁荣。三十多年后程卓使金时，河北一带常遭受蒙古人的侵扰，但相州还是比其他地方繁盛，他在《使金录》中记载："早顿相州，市中纸灯，差胜磁州。"② 他通过对相州和磁州纸灯的对比，让我们知道了相州在河北诸州中还是比较繁盛的。他又在《使金录》中说："晚至保州，方见保之人烟繁盛。"③ 像这样的描写，在他黄河以南的行程中绝不多见。

二　楼钥与范成大所记汴京映像及其文化心态

在中原众多的城市中，最令使者们无法释怀的无疑是曾经作为北宋都城的汴京。城市与乡村作为对立面，集政治、经济、文化发展于一体，不仅占据众多资源，而且也是吸引资源的重要场所。宋人引以为豪的京城开封，人口众多，商业繁荣，是全国政治文化中心，这里对很多人都有巨大的吸引力。但是，城市的发展是动态的，一些重要的历史事件往往成了城市发展的转折点。我们习惯了城市的辉煌，然而繁华散尽后的萧条也是城市文化的重要部分。金人占领东京之后，这座染尽铅华的城市逐渐沉沦，不再有往日的荣耀。她以另一种方式存在，北宋南迁的文人墨客对东京的繁华久久不能忘怀，他们在专门的著作或者文学作品中不断追忆昔日的都市，甚至南宋的都城临安也深深烙上了东京的印迹。但是，这种集体的构想只是存在于人们的脑海中，当下的东京到底如何，似乎很少有人留意或者有机会留意。宋人的使金行记，恰巧为我们了解残破的东京提供了最好的材料。当然这些材料最主要的意义并不

① （明）陶宗仪等编：《说郛一百卷》卷五十四《北辕录》，《说郛三种》，上海古籍出版社2012年版，第836页。

② （宋）程卓：《使金录》，《续修四库全书》第423册，上海古籍出版社2002年版，第448—449页。

③ 同上书，第448页。

在研究使者眼中的汴京，而是他们对这座曾经繁华一时的城市的文化追忆。这种追忆所反映的是历史变迁中一个族群的文化认同感。关于这一点国外的学者已经撰文讨论过①。

曾经作为帝都的汴京是北宋的政治、经济、文化中心，极尽繁华，承载了很多人的梦想。很多人以生活在这座城市为豪，靖康之难后这座盛极一时的城市突然间好像在世间消失一样，对于常人来讲已经很难觅其踪迹，只能出现在模糊不清的梦里。像孟元老的《东京梦华录》一类的著作就是北宋南迁的文人对汴京的一种追溯，这种追溯背后更多的是一种历史的无奈和感伤。北宋南迁的人尚能借助记忆回想起往日的繁华，但是对于南迁后出生的人来讲，他们只能从老人的回忆和一些文献中去追寻北宋汴京的繁华。南渡以后，很少有人知道汴京在金人统治下的状况，使者借助出使的机会成为了一小部分能够直观观察这个梦中城市的群体。尽管很多使者并没有在这里生活过，他们对这里的记忆都是间接所得，但是目下的开封还是能引起他们的许多伤感，毕竟先辈们耕植在他们脑海中的有关这座城市的意象太深刻了。在这些南宋使者当中，楼钥和范成大对东京的观察最为细致。楼钥在《北行日录》中记载：

> 九日庚寅……入东京城，改曰南京。新宋门旧曰朝阳，今曰弘仁，城楼雄伟，楼橹壕堑，壮且整。夹壕植柳，如引绳然。先入瓮城，上设敌楼，次一瓮城，有楼三间。次方入大城，下列三门，冠以大楼。由南门以入，内城相去尚远。城外人物极稀疏，有粉壁曰信陵坊，盖无忌之遗迹。城里亦凋残，街南有圣仓屋甚多。望见婆台寺塔，云“城破之所”，街北望见景德开宝寺二塔，并七宝阁寺，上清、储祥宫颓毁已甚，金榜犹在。皮场庙甚饰，虽在深处，有望柱在路侧，各挂

① Ari Daniel Levine（李瑞），*Welcome to the Occupation: Collective Memory, Displaced Nostalgia, and Dislocated Knowledge in Southern Song Ambassadors' Travel Records of Jin - dynasty Kaifeng*，T'oung Pao 99，（2013）379 - 444.

一牌，左曰皮场仪门，右曰灵应之观。又有栾将军庙，颓垣满目，皆大家遗址。入旧宋门，旧曰丽景，今曰宾曜，亦列三门，由北门入，尤壮丽华好。门外有庙曰灵护，两门里之左右皆有阙亭，门之南即汴河也。故街南无巷，街北即甜水巷，过郑太宰宅西南角有小楼，……相国寺如故，每月亦以三八日开寺，两塔相对，相轮上铜珠尖，左暗右明。横过大内前，逆亮时，大内以遗火殆尽，新造一如旧制，而基址并州桥稍移向东，大约宣德楼下有五门，两傍朵楼尤奇，御廊不知几间，二楼特起其中，浮屋买卖者甚众，过西御廊数十步，过交钞所，入都亭驿。五代上元驿基，本朝以待辽使，犹是故屋，但西偏已废为瓦子矣。……五更出驿，穿御街，循东御廊，过宣德楼侧东角楼，下潘楼街头，东过左掖门，出马行街头，北过东华门。出旧封丘门。金改曰玄武。新封丘门，旧曰安远，金改曰顺常。河中有乱石，万岁山所弃也。北郊方坛在路西，青城在路东西南。中间三门，左右开掖门，西开一门以通坛，皆荒虚也。①

楼钥从外城新宋门入城，通过内城的旧宋门，沿着汴河到都亭驿，再穿过御街到达宣德门，然后顺着大内东行一段距离后，北折出玄武门。楼钥实际所走的路线与他在行记中所记的路线并不相同，行记中掺杂了很多历史的记忆，所以造成了一些误解。范成大在他的行记中所行的路线与楼钥基本相同，但是在记录的时候同样存在误解。关于这一点张劲先生有专门的讨论，他指出楼钥、范成大“所述的路线与他们描述的一些目睹的景观之间存在着矛盾。对于这种游记式的行文而言，所描述的目睹的景观是最可信的，而一般性的对所经过路线的流水账似的介绍，则往往会因为作者的先入为主或道听途说而产生误解。”② 为了更为明确地看到范成大和楼

① （南宋）楼钥:《攻媿集》卷一百一十，《武英殿聚珍版丛书》本。

② 张劲:《楼钥、范成大使金过开封城内路线考证——兼论北宋末年开封城内宫苑分布》，《中国历史地理论丛》2004年第4期，第48页。

钥在东京所行的路线，我们可以参看张劲先生所绘二人在东京城的行程图（见图1、图2）。

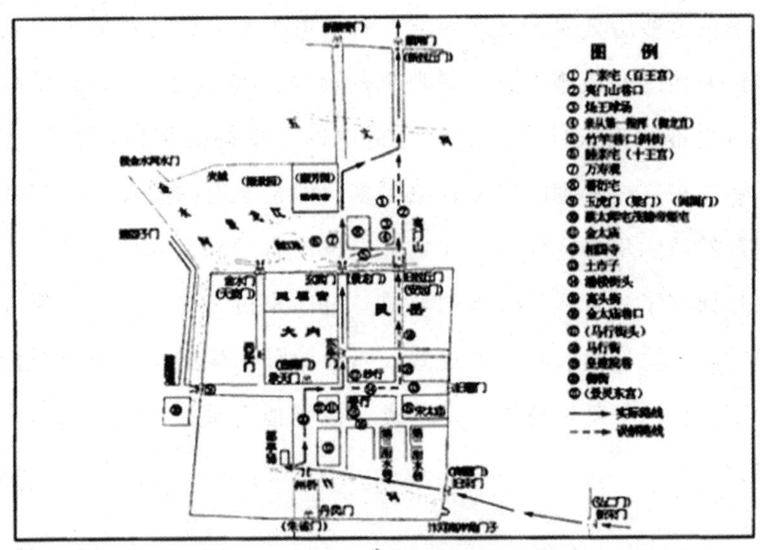

图1　楼钥、范成大北过开封路线图

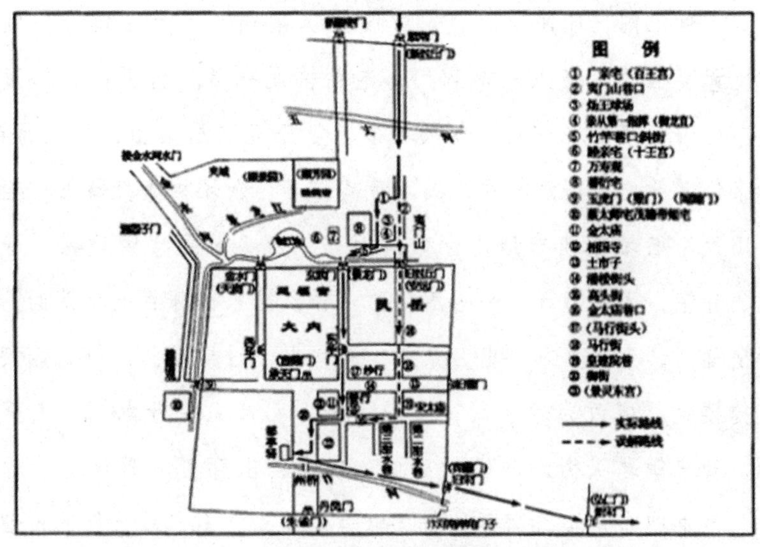

图2　楼钥南过开封路线图

资料来源：《楼钥、范成大使金过开封城内路线考证——兼论北宋末年开封城内宫苑分布》，《中国历史地理论丛》2004年第4期，第49页。

东京给楼钥的最直观感受是“城外人物稀疏”，而“城里亦凋敝”，他对一些具体的遗迹，也用“颓毁已甚”“颓垣满目”“荒墟”等词来形容。不仅这些历史遗迹显得残破，而且由于金人的统治城中无疑增加了很多让人伤感的遗迹，其中最典型的就是“城破之所”，对没有亲身经历靖康之难的南宋使者而言，这是他们重新构想那段历史的伤痛之迹。楼钥在东京城看到的残破景象居多，但是也有一些保存完好的。如旧宋门依然壮丽华好，相国寺在兵火中也没有遭到太大的破坏，依然如故，而且保存了三月八日开寺的习惯。总体来讲，先前脑中所形成的记忆与眼前的景象还是有很大的反差，当下两种图景的交互就是政治军事形势之下新仇旧恨的情感体验。范成大在《揽辔录》中同样对东京城着笔很多：

> 丁卯，过东御园，即宜春苑也。颓垣荒草而已。二里，至东京，虏改为南京。入新宋门，即朝阳门也，虏改曰弘仁门。弥望悉荒墟。入新宋门，即丽景门也，虏改为宾曜门。过大相国寺，倾檐缺吻，无复旧观。横入东御廊门，绝穿桥北驰道。出西御廊门过交钞处。……旧京自城破后，创痍不复。炀王亮徙居燕山，始以为南都，独崇饰宫阙，比旧加壮丽，民间荒残自若。新城内大抵皆墟，至有犁为田处。旧城内粗布肆，皆苟活而已。四望时见楼阁峥嵘，皆旧宫观、寺宇，无不颓毁。……庚午，出驿，循东御廊百七十馀间，有面西棂星门，大街直东，出旧景灵，东宫也。过棂星门，侧望端门，旧宣德楼也。虏改为承天门，五门如画。两傍左右升龙门。东至西角楼，转东钥匙头街，御廊对皇城。俱东，出廊可二百间许，过左掖门，至皇城东角楼，廊亦如画。出樊楼街，转土市马行街，出旧封丘门，即安远门也。虏改为玄武门，门西金水河，旧夹城曲江之处，河中卧石礧磈，皆艮岳所遗。过药市桥街、蕃衍宅、龙德宫，撷芳、撷景二园，楼观俱存，撷芳中喜春堂尤岿然，所谓八滴水阁者。使属官

吏望者皆陨涕不自禁。胡今则以为上林所。过清辉桥，出新封丘门，旧景阳门也，虏改为柔远馆。①

范成大所行进路线与楼钥一致，但是范成大所描写的东京城更加残败。城外也是“颓垣荒草”，进入新宋门，更是满目的荒墟。城内荒凉不堪，甚至有些地方已为耕地，城内为数不多保存较为完好的遗迹是撷芳、撷景二园，看到此处的景象，范成大一行表现出强烈的感情，竟抑制不住眼泪纵横。他的《壶春堂》诗道：“松漠丹成去不归，龙髯无复有攀时。芳园留得觚棱在，长与都人作泪垂。”② 所表现的正是这种感情。范成大在他的诗歌中将看到东京城遗迹的感情表达得更为强烈，如到城外的宜春苑，诗云：“狐冢獾蹊满路隅，行人犹作御园呼。连昌尚有花临砌，肠断宜春寸草无。”③ 虽曰是“御园”，但寸草不生，兽迹交错，哪里有皇家园林的景象。范成大对大相国寺的观察完全不同于楼钥，楼钥看到的大相国寺“如故”，而范成大看到的相国寺“倾檐缺吻，无复旧观”。楼钥于乾道五年（1169）十二月到达东京城，范成大于乾道六年（1170）八月到达东京城，前后距离时间不到一年，但是对大相国寺的观察竟如此不同。范成大在《相国寺》一诗中写道：“倾檐缺吻护奎文，金碧浮图暗古尘。闻说今朝恰开寺，羊裘狼帽趁时新。”④ 宋代东京最为著名的古寺中现在却充斥着“羊裘狼帽”景象，他表现出了强烈的民族对立情绪。范成大有时候甚至觉得皇宫当中到处都沾满了“犬羊”之味，难以洗清，这种极端厌恶的情绪充斥在他的内心，如他在《宣德楼》中写道：“峣阙丛霄旧玉京，御床忽有犬羊鸣。他年若作清宫使，不挽天河洗不清。”⑤ 范成大觉得金人的到来玷污了东京城的一切，这些宫苑市街胡虏是不应配有的。金海陵王迁都燕京后，改北宋东

① （南宋）范成大：《揽辔录》，《范成大笔记六种》，中华书局2002年版，第11—13页。此处所引“入新宋门，即丽景门也”应为“入旧宋门，即丽景门也”。

② （南宋）范成大：《范石湖集》卷十二，中华书局1962年版，第148页。

③ 同上书，卷十二《宜春苑》，第147页。

④ （南宋）范成大：《范石湖集》卷十二，中华书局1962年版，第147页。

⑤ 同上书，第148页。

京城为南京，大力营缮，准备迁都于此，为伐宋做准备。绍兴二十五年(1155)，开封发生了一场大火，宫廷遭到了严重的破坏。后又花费巨资进行了营建。楼钥、范成大使金时，东京城经过修缮，已经不是那么残破了，但在他们眼中所有的一切皆“不复旧观”，这恐怕与他们知识系统中牢固的东京繁盛图景有关。

三 周煇与程卓所记汴京映像及其文化心态

周煇与程卓使金的时间晚于楼钥与范成大，他们对东京的体验并没有前辈那么深刻，他们久居南方，已植根于南方，北方的东京距离他们已然遥远。他们面对东京，再也没有那么强烈的体验，心态已渐趋平复。晚辈的这种感觉是先辈使金者所担心的，这种担心正在变成现实。

淳熙三年（1176）使金的周煇对东京城也有记载：

> 九日，至东京，虏改曰南京，未到城，先过皇城寺，宜春苑，使副易朝服，三节更衣带从，跨马入新宋门。旧曰朝阳，虏名洪仁。楼橹濠堑甚设。次入瓮城，次入大城，人烟极凋残。至会同馆，旧贡院也。接伴所得私觌，尽货于此。①

周煇对东京城描写较少，只简单记载了皇城寺、宜春苑、新宋门、会同馆等地，具体行进的路线很难厘清，他对东京城总体的感觉是“凋残”。程卓于嘉定四年（1211）十二月八日丙戌到达东京，他有如此的记载：

> 八日，丙戌，晴。黎明之至东京门外。卓等率三节官属，皆朝服，同接律李希道等并马入安利门，过储祥宫，入宾曜门，过大相国寺，

① （明）陶宗仪等编：《说郛一百卷》卷五十四《北辕录》，《说郛三种》，上海古籍出版社2012年版，第836页。

> 寺旁乃祐陵御书。路南转，有市井美盛，耄稚聚观，以手加额，宿会通馆。①

程卓一行是从安利门入城的，安利门在文献中记录不多，如《金史》在介绍京城门收支器物使时，就列有管理安利门的职官②，但是没有具体说出此门的位置③。从程卓“过储祥宫，入宾曜门”的行程路线来看，安利门应该是新宋门，即朝阳门（弘仁门），这是宋使入东京城的传统路线。程卓的行记中没有写东京的凋敝，他倒是用“市井美盛”来形容看到的景象。程卓使金返回时所记他在东京城行进的路线要比去金时的记载略详一点：

> 至城外更衣亭，卓等率三节官属，朝服乘马，与李希道等并马入顺义门，即俗名固子门也，循龙德宫墙，入五虎门，经建隆观，鵁鶄桥，望见丹凤门，过蔡河桥、太学、武学，在馆驿，行路左右入会通馆。④

使金返回时，程卓从西北的固子门入城，他行进的目的地是金人接待使节的会通馆，按理说行到鵁鶄桥就应该北折，但是不知道为什么他又记录了“过蔡河桥、太学、武学”等地，因为这三处都在鵁鶄桥之南，不在行进的路线上。李瑞（Ari Daniel Levine）以为这是程卓听闻、记忆的错误造成的，他有两副图专门说明程卓行记所载路线和他实际所行进的路线（见图3、图4）。

---

① （宋）程卓：《使金录》，《续修四库全书》第423册，上海古籍出版社2002年版，第444页。

② （元）脱脱等：《金史》卷五十七《百官志》，中华书局1975年版，第1306页。

③ 刘迎春以为西墙北门的阊阖门“亦称梁门，金元时称安利门”，以程卓的描述来看，此门绝不在西，而应在东，即新宋门。因为他进城后，紧接着过了储祥宫和旧宋门，使者从新宋门入城是顺理成章的，断无从西门再绕到东边进城的道理。

④ （宋）程卓：《使金录》，《续修四库全书》第423册，上海古籍出版社2002年版，第449页。

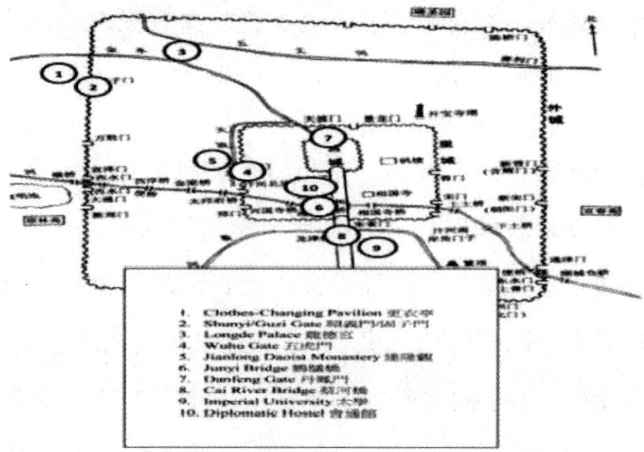

图3　程卓《使金录》中所记开封城内行进路线

资料来源：Ari Daniel Levine（李瑞），*Welcome to the Occupation*：*Collective Memory*，*Displaced Nostalgia*，*and Dislocated Knowledge in Southern Song Ambassadors' Travel Records of Jin – dynasty Kaifeng*，T'oung Pao 99，（2013），p. 434.

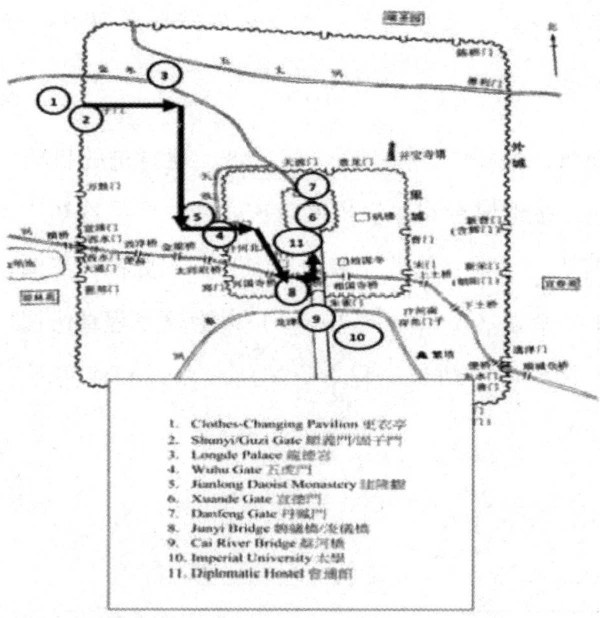

图4　程卓在开封城内的实际行进路线

资料来源：Ari Daniel Levine（李瑞），*Welcome to the Occupation*：*Collective Memory*，*Displaced Nostalgia*，*and Dislocated Knowledge in Southern Song Ambassadors' Travel Records of Jin – dynasty Kaifeng*，T' oung Pao 99，（2013），p. 437.

周煇和程卓的行记中，对东京的观察远不及楼钥和范成大详细。不管是周煇还是程卓，他们对东京的感情似乎都在淡化。完全没有楼钥和范成大那样强烈的感触，甚至在程卓的行记中还直接使用了金人对旧宋门重新的命名“宾曜门”。楼钥和范成大绝不会直接使用金人的命名，他们全用宋人的命名，只用“虏曰某某”做补充的说明。我们前面在讨论金人统治下东京的遗民情况时，引用过楼钥和范成大对东京遗民的一些观感，他们看到这里的百姓胡装盛行，感到非常担心，对这些遗民的遭遇也深表同情，而且这些遗民也对宋使表现出了很深的感情。但是，周煇和程卓的行记在这方面已经没有太多的感触。随着时间的推移，他们对东京城的感情和收复失地的愿望都在变淡，尤其是到了程卓使金时，多数遗民已经去世，他们的下一辈不会像他们一样表现出那种无法成为宋人的强烈遗憾，况且程卓使金时，蒙古人对金的骚扰已然为甚，宋使已经嗅到了金灭亡的讯息。

新一代的使者在行记中所绘构的图景与先辈们的记述重叠在一起，在他们的头脑中形成了两个错位的景象。他们并没有经历东京市井的繁华，也没有体验“万国衣冠拜冕旒”的东京宫廷场面，但是已有文本和图像关于北宋东京繁华的记忆牢固定位在他们的脑海中，先辈给他们诉说东京辉煌的同时将那种繁华不再的伤痛也传了下来。孟元老的《东京梦华录》就是这种繁华与伤痛交织在一起而形成的一个文本。他在书序中说：“太平日久，人物繁阜。……举目则青楼画阁，绣户珠帘。雕车竞驻于天街，宝马争驰于御路，金翠耀目，罗绮飘香。新声巧笑于柳陌花衢，按管调弦于茶坊酒肆。八荒争凑，万国咸通。集四海之珍奇，皆归市易；会寰区之异味，悉在庖厨。花光满路，何限春游，箫鼓喧空，几家夜宴。伎巧则惊人耳目，侈奢则长人精神。瞻天表则元夕教池，拜郊孟享。……修造则创建明堂，冶铸则立成鼎鼐。仆数十年烂赏叠游，莫知厌足。一旦兵火，靖康丙午之明年，出京南来，避地江左，情绪牢落，渐入桑榆。暗想当年，节物风流，人情和美，但成怅恨。近与亲戚会面，谈及曩昔，后生往往妄生不然。”① 曾经的繁华令那些在东京生活过的南渡者血脉贲张，但繁华散尽后更多的是牢落。当孟元老向后辈谈起这些繁华的时候，他们往往不以为然，这令孟元老更加失落。这说明，没有经历过东京繁盛的下一代对这座盛极一时的城市并没有太多的感情，那里只是先辈们梦开始的地方，与他们关系不大。当这些使金的使者经过先辈们不厌其烦诉说的东京时，他们回想起了先辈们的叙述，这一次他们与先辈达成了默契，因为金人统治下的东京与先辈们所述及的繁华实在相去甚远。看到满城残破的景象，他们似乎回到了那个繁华的帝都，强烈的失落感与先辈的那种怅恨重叠在了一起，延续了一个时代的记忆。金人统治下的东京确实无法与北宋相提并论，这些游猎民族南下中原，对宋人而言本身就是极大的耻辱，现在却占据了他们的城市，在他们的意识中这些还未完全开化的夷狄绝不会经营好一座城市，所以南宋使者的行记中时不时地表现出一种轻蔑。对于辽金来讲，他们总是想把繁华的部分展示给宋人，这种情况在宋人的行记中也有所提及，如北宋路振的《乘轺录》记载：“自通天馆东北行，至契丹国三十里，山远路平，奚汉民杂居益众。里民言：汉使岁至，虏必尽驱山中奚民就道而居，欲其人烟相接也。”② 每当宋代使者经过，在一些没有人烟的地方，契丹会把山中的奚民临时驱赶到这里，让宋使感到契丹统治下的繁盛。程卓《使金录》：“再由墟墓以行，乃闻旧路近西南门外，方遭残破，修葺未就，恐本朝人使见之，迂回以避之也。”③ 城市的残破是他们不愿意让宋人看到的，所以遇到一些凋敝的地方，他们多会引导宋人绕道而行。程卓又在同书中说：“其李希道等往还，绝不交一谈，无可纪述，彼意盖欲掩匿国中扰攘，故默默云。”④ 陪伴程卓等人的使者也保持着一定的警惕，想掩盖其管辖范围内不好的一面。即便是这样，宋使所看到的不好的一面更多，

① （宋）孟元老著，伊永文笺注：《东京梦华录笺注》之《梦华录序》，中华书局2006年版，第1页。

② 贾敬颜：《五代宋金元边疆行记十三种疏证稿》，中华书局2004年版，第59页。

③ （宋）程卓：《使金录》，《续修四库全书》第423册，上海古籍出版社2002年版，第448页。

④ 同上书，第449页。

他们在行记中特别留意辽金统治下不和谐的一面。这主要是文化心态不一样所致，宋使站在宋人的立场上，始终认为这些夷狄不会管理好一个国家。

南宋使者经过中原的城市，确实是一种特别的旅行体验。不管是唐代的交聘行记还是北宋的交聘行记都是从文化中心逐渐走向边缘，城市文明在逐渐远离使者们的视野，但是南宋的使者却不同，他们越过宋金的交界淮河之后所面对的是中原的城市群落，这些在金人统治下尽显寥落的城市，曾经是多么的繁盛辉煌，尤其像帝都东京这样的大城市，承载了一代又一代人的梦想。南宋使者行走在这些城市，到处感受到的是文明的凋落，他们觉得这些茹毛饮血的游猎民族统治这些城市，本身就是一种讽刺。这样的体验，致使他们对夷狄再不会像唐代那样抱着宽容的态度，赶走这些夷狄，恢复中原是当务之急，不然文明还会继续滑落。

四　余论

宋初，北方诸族渐次强大，契丹占据燕云十六州，西北方向西夏蠢蠢欲动，外部所形成的压迫之势是任何一个统一王朝未曾面临的。南宋，这种压迫之势有增无减，已不复唐代那种“天下即是大唐，大唐即是天下”的气度。这种政治军事形势的变化对宋人的思想、文化、心态都产生了重大的影响。在此背景下，宋代有关正统论的讨论成为热点。北宋关于正统的讨论主要集中在澶渊之盟后不久，欧阳修、章望之、司马光、苏轼、张方平、陈师道都是仁宗、神宗朝的人，他们都有正统论方面的论说，这些讨论受到了时代形势的刺激，陈芳明先生说：“就当时的时代环境来看，宋代的民族地位非常低落，从外患的频繁纳币议和等事实来看，就可知道，正统论的形成恐怕也是当时民族自卑感的表现。”[①] 柴德赓先生说：“量正统思想影响中国历史者，厥有二端，一曰谋国家之统一，一曰严夷夏之大

① 陈芳明：《宋代正统论的形成背景及其内容》，宋史座谈会《宋史研究集》第8辑，中华丛书编审委员会1971年版，第38页。原载《食货》月刊第1卷第8期。

防。”[①] 其实，夷夏之辨始终是宋代正统论的一个核心话题，它关系着一个以儒家文化为核心的国家如何维持统治的持续性。唐代北方的突厥、西南方向的吐蕃虽然也对唐构成了极大的威胁，但是唐代总是能通过强大的军事实力和文化气魄保持疆土的稳定，唐人始终没有像宋人那样对异族如此警惕。欧阳修的《正统论》与石介的《中国论》是宋初两篇非常重要的文章。细加分析，他们关于正统性问题的讨论，其实质就是严防夷夏。欧阳修在《正统论》中说：“正者，所以正天下之不正也；统者，所以合天下之不一也。”[②] 他又说：“凡为正统之论者，皆欲相承而不绝。至其断而不属，则猥以假人而续之，是以其论曲而不通也。夫居天下之正，合天下于一，斯正统矣，尧、舜、夏、商、周、秦、汉、唐是也。”[③] 欧阳修认为正统论的核心主要有两点：一是维持自古以来的“统续”，即文化的延续性；二是“居天下之正”，在占据中原的同时保持天下统一，即作为一个汉族国家疆土的完整性。前者是排斥异族文化渗透的问题，后者则是防止异族通过军事占领疆土的问题。不管是内在的文化还是外在的疆土，都要求严防夷夏。石介在《中国论》中说：“夫天处乎上，地处乎下，居天地之中者曰中国，居天地之偏者曰四夷。四夷外也，中国内也。天地为之乎内外，所以限也。夫中国者，君臣所自立也，礼乐所自作也。”[④] 他也是从两个方面来看问题的：一是中国理所当然应该处在“天下”的中心，将四夷限制在边缘地带，形成藩辅之势；二是要维持“礼乐”的运作。这二者也是疆土和文化的问题。南宋进一步深化这种观念，夷夏之防更为严格，甚至升级为一种严重的民族对立情绪，如南宋末年的郑思肖说：“臣行君事，夷狄行中国事，古今天下之不祥，莫大于是。夷狄行中国事，非夷狄之福，实夷狄之妖孽。譬如牛马，一旦忽解人语，衣其毛尾，裳其四蹄，三尺之童见之，但曰：

---

① 柴德赓：《四库提要之正统观念》，柴德赓：《史学丛考》，中华书局 1982 年版，第 199 页。

② （宋）欧阳修著，洪本健校笺：《居士集》卷十六，《欧阳修诗文集校笺》，上海古籍出版社 2009 年版，第 496—497 页。

③ 同上书，第 500 页。

④ （宋）石介：《徂徕石先生文集》卷十，中华书局 1984 年版，第 116 页。

‘牛马之妖’不敢称之曰‘人’，实大怪也。”① 面对宋代几百年来夷狄南下的现实，夷夏之间已不可调和。

宋代的域外行记，十之八九都是涉及辽、金的，辽、金政权的存在使宋人颇感压力，有时甚至在慢慢摧残他们的自信。他们交聘行记中看似客观的叙述，往往包含着很多主观的成分，我们以南宋交聘行记中的城市景观为观察点，欲通过这些描写勾勒出南宋使者眼中的“夷”及其他们关于夷夏的文化观念。与那些在朝堂之上和书斋中大谈夷夏之辨的人有所不同，他们直面了“夷”文化所带来的冲突，自然有更多的发言权。他们的文化背景与旅行观感之间形成了强烈的反差。南宋行记中有关北方城市的记录并不同于一般的旅行记，而是反映了社会转型期一个民族对他们自身处境的文化反思。

---

① （宋）郑思肖：《郑思肖集》，上海古籍出版社1991年版，第132—133页。

抗战期间易君左的“西北壮游”及其文学书写

张向东*

易君左是现代文学史上有重要影响的人物，他是现代文学发展过程中许多重大事件的参与者和见证人；或者可以说，他是现代文学史上的风云人物，他一生中作为文人的“壮举”，非三言两语所能说清，留待他日专文论述。

易君左早期的文学创作，涉及小说、白话诗，但都略显生涩和幼稚。正如他的《小传》所说，他是以旧诗和游记名世的现代作家。抗战胜利后，1946 年底，易君左应张治中之邀赴兰州创办《和平日报》并亲任社长，报纸办得颇有影响，成为西北诸省唯一的大报。易君左因此机缘，遍游陕甘宁青新各地，《西北壮游》一书即写于此时。集中计有《铜琶铁板唱关中》《从西安到兰州》《天山飞去来》《兴隆山》《青海之滨》《踏破贺兰山缺》《河西秋旅》《世界艺术的宝库——敦煌》八篇游记，忠实地记录了作者游历大西北的所见所闻，所思所感。西北地区特有的自然风光、名胜古迹以及文化遗产经由作者的妙笔点染，更具文化底蕴。

从他的游记里看得出，他对大西北充满了崇敬之情，这使我们生活在这

* 张向东，西北民族大学文学院教授。

片土地上的子民，感到无比欣慰。他在写于1949年10月7日的出版后记里说：“来台湾是一个偶然的机会，临上飞机前才决定行止的，所以什么东西都没有带来。住下去以后，常常怀念着西北……我想东南的人士一向对西北是相当隔阂的，实际上，西北是我们中华民族的发祥地、中华民族的摇篮。不到西北，真不知中国之伟大。”① 这是他对故国不堪回首的慨叹！

一　西北山水与戈壁、草原奇景

西北多山，且多雄奇壮美。易君左在西北期间，或登临、或从飞机俯瞰六盘山、贺兰山、兴隆山、天山、祁连山等。下举他游六盘山和俯瞰天山的两段游记，以窥其写山笔墨之一斑：

> ……伟大的六盘山，完全被大云大雾笼罩着，夹着霏霏的雨丝冰点，这一座六盘山高度虽只十公里，但其气魄的磅礴雄伟，形势的幽奇险要，真不愧一座名山。缓缓地行，昂头上进，正如一个载重的龟，爬上高坡。名为“六盘”，实际弯弯曲曲，不知多少盘。我们完全裹在云雾里，几乎咫尺难辨。渐渐上山，渐渐发现一个奇迹，那就是雪。山腰西崖，积雪斑斑，皑皑如银。越盘越高，半山是雪。将到山顶，除公路一线外，几乎一望皆白。上山顶后，则迷茫宇宙，尽化琼瑶，一片混沌，冰花刺目，这样的奇景，是绝对出乎意料之外的，使我不相信是坐在车中，生在人世。六盘山成了一座雪山，看不见它的真面目。尤妙的是云呀！雾呀！雪呀！这三样东西纠缠不清，糁揉一体。看去是一团云，原来是雪；看去是一片雪，原来是云。一车的人，也几乎变成了云雾和雪。人和大自然奇景也纠缠不清，糁揉一体。我一肚皮的江南情调，被六盘山涤荡无遗，特成诗一首以美之。……此行快慰，或者说：毕生快慰，陇中奇景，或者说：天下奇景，无过于这

① 易君左：《西北壮游·后记》，文镜文化事业有限公司1983年版。

六盘山了。①

他对六盘山评价之高，让我们生活在西北的人们也倍感快慰！

他空中俯瞰天山，又是另一番景致：

这一座令人歌颂的巍峨的大山，就像古代传奇中酒店里遇着英雄的神遇。嵯峨的山势比祁连山的那一段显得更精神。粉妆玉琢般积雪的面积越多也越宽。特别一个最深的印象，就是天山万峰巅除了雪封，还加上云蒸霞拥，无限的苍凉微茫。从地面上仰望，这已经是一个灵迹，使你幻想二千年前大诗人李白歌赞的“苍茫云海”，在这隐而幽玄的云海间，一定变换着若干的神奇而复杂的影像，而到今天的科学世纪，我们无比力量的飞机竟自跨越天山数万里，凌虚而掠过，云霞冰雪全在我们的脚下，高山巨岭也就变成了一些培塿，乾坤伟大，人更伟大！仙佛神奇，人更神奇！及至我发现这一个伟迹，还想俯窥那著名的王母的瑶池（在天山绝顶的天池）时，火箭一般驰三十里，已降落在中国极西的一座名城——迪化了。②

与南国的秀山丽水相比，西北不仅“山雄”，而且“水壮”。易君左游览过关中的渭河、兰州的黄河、新疆的乌鲁木齐河、敦煌的月牙泉等，然而最让他心迷神往的，莫过于青海湖了：

伟大的青海尽头，你已不是像古人哀歌般愁苦凄凉，那一望无际的碧波，像翡翠一般的娇滴滴的色片，真的，青绿得惹人欢爱，惹人发狂，把诗人、歌者、画家及一切游人的灵魂尽量地提炼、洗净，渗透到人生和宇宙的一种最晶莹圣洁的仙境。微微的风不经意地吹拂着微微的波，细微得像银沫的小浪花轻轻地拍着海滩，奏出一种温柔而

① 易君左：《西北壮游》，文镜文化事业有限公司1983年版，第24—25页。

② 同上书，第46页。

和谐的音乐。天空垂蔽一块绝大的墨色的云，低压在水面，在云的深处和海的尽头那一段，似明似暗隐约朦胧的水天交界处，海心山是不是就在那里呢？怀抱这一大片浩瀚的海湾，左边和右边几座赭色的山峦，就像一块碧玉云屏前静列着两把蒙着虎皮的交椅。没有看到树，再没有看到草，但莽苍苍一片，绿油油一片，不就是当前的大海吗？青海吗？青的海吗？地势已海拔三千数百公尺了，绝像仙女高捧一盏翠玉盘向在云端的神灵礼赞，吐出珍珠般的名句。我痴立在这大海滨，幽幽地望，深深地想，我将在一个月夜静听天际的笙歌，我唱出清越柔美的歌曲，把海底的鱼龙换着金鳞玉甲的新装，跃出水面参入我们大海音乐队的交响曲，唱出一个太平的盛世，像这澄清的水。每一个人都像月中仙子的晶莹，镜中花枝的妩媚，我将在一个冰天挟着千万峰的银山，把珊瑚、玛瑙、珍珠、贝壳连同海滩的石子炼成珍贵的食粮，把人世间的一切褴褛衣履化为华丽冠裳，在这周围五六百余里的冰冻海面，筑起千万栋琼楼玉亭，让山珍美肴充塞我们的宝库，明铛翠羽交织我们的眼前，海心山再不是一座孤岛，而是人间同乐的、无遮无际的大平等大自由的乐园，燃起一座光明普照的琉璃的灯塔。啊！海！青海！伟大的青海的尽头！你笑了！笑了！①

正如我曾所说，一个地方及其风景的发现与书写，需要“他者”的眼睛与笔触。所谓“奇景”者，也是对不常见者而言。对生长于南国的人而言，大西北的沙漠戈壁、茫茫草原，都是无比新奇的景致，但对常年生活于此的人而言，可能连“风景”都算不上。易君左笔下的西北“奇景”，真可谓不少，举凡河西“沙阵”（沙城暴）、兰州“石田”（以小石所覆之瓜田）、戈壁“瀚海”（即沙漠戈壁中“海市蜃楼”）等，都能将其奇妙之处形诸笔墨。然而最让他觉得最奇的“奇景”，还是青海大草原的游牧场景：

① 易君左：《西北壮游》，文镜文化事业有限公司 1983 年版，第 126—127 页。

在大牧场上最壮大的一幕是检阅了大羊群、大牛群、大马群，我们叫它作“草原的阅兵大典”。将近黄昏，远远地山色从浅蓝染成了深碧，雾渐渐落下山腰，头顶上云层铺开了灰暗的幕罩，而在遥远的西方，那是青海的尽头，露出一长条蔚青的天色，流丽着一抹朱霞，夕阳反照的余光穿过云罅幻出金黄的色片，苍茫茫笼罩着这块一望无垠的广大的牧场。从远远的四围渐渐传来各种苍凉的声浪，音波缓缓地渐传渐近，伟大啊伟大！这就是大羊群、大牛群、大马群，数千只羊、数百只牛、数百只马浩浩荡荡，排山倒海地合围而来了。这是一幅美丽绝伦的画面，一种雄壮无比的场面，一支哀艳动人的恋歌。马群的动作整齐而迅速，由一匹骏马领导着前进，其情调是激昂奔放，全部是黄马。牛群的动作散漫而迟缓，进程作不断地格斗，狮子般的大牦牛奔窜而横逸，而全部是黑牛。羊群的动作分几个单位，每一个单位像画圈圈似地前进着，和平而温柔地疾速的转动，而全部是白羊。在这大牧场大草原上，只见一片的蓝山，一片的青草，一片的白羊，一片的黑牛，一片的黄马，以大排行、大姿势共同勇猛地前进，交响着马嘶、牛啸、羊鸣各种苍凉的音乐，像大军的挺进，完成了“草原上阅兵典礼”最愉快最难忘的一幕。①

对于我们过惯了农村或城市生活的人而言，游牧生活的环境、方式和情调，确实给我们带来巨大的心理冲击和无穷的新奇感，尤其是那种你只有在油画中感受得到的浓烈、鲜明而凝重的色彩——蓝天、碧草、白云和羊群、黑牛、黄马等。再加上大自然不同音色与旋律的交响，你真得感佩上天赐予这方土地的丰饶与瑰丽。作者将之比作“草原的阅兵大典”是当之无愧的。

① 易君左：《西北壮游》，文镜文化事业有限公司1983年版，第121—122页。

二　大西北的风土人情

一个地方可资文学描写和表现的对象，除了风景名胜外，就是风俗人情，所谓一方水土养一方人。其实，由于大西北地域极其辽阔，而又少数民族众多，所以各地风俗千差万别。在20世纪40年代抗战后期，与东南沿海国家相比，大西北基本上还是原始的游牧和农耕社会。但由于抗战的爆发，大西北在整个国家战略格局中的地位得到提升，同时，由于作为战时的后方基地，抗战期间西北各地在基础设施、经济发展、社会组织、国民精神等各方面，也发生了很大变化。所以，我们在易君左的笔下，看到的是城市与乡村、农耕与游牧、农牧与工商、文明与愚昧、原始与现代等的交错、并置、重叠所形成的复杂图景。

比如当时的酒泉，市内商业繁荣，兰州、乌鲁木齐见不到的货摆满商店：“美货充斥如上海朱葆三路，雪亮的玻璃橱里陈列的女皮鞋，应该是最新巴黎式的标本。”然而酒泉真的就这样繁荣吗？是的，它是河西交通中心，塞外小上海。“然而它最不够调和，城内是现代化的马路，城外是原始戈壁，没有裤子穿的小叫化，常常会照着最摩登的太太小姐讨钱。”① 他由张掖赴山丹途中有一诗，所写情形，与此有些相似：

天昏日暗野风吹，残碟荒原百里随，红柳白杨摇曳处，黄毛赤体牧羊儿。②

诗人说，一路过河西，一丝不挂的贫苦小儿女实在太多了。

我们再看他游记中《玉门油矿》一节，专记这朵戈壁荒漠中的现代奇葩：

车向祁连山麓疾驰，上午十一时到达全国闻名的玉门油矿。摆在

---

① 易君左：《西北壮游》，文镜文化事业有限公司1983年版，第56页。

② 同上书，第149页。

> 我们面前的是一片大戈壁滩上的奇迹。我们已经从一个古老的农牧社会跨入一个崭新型的工业社会。我们看见了各种立体的建筑物，无数冒着黑烟的烟筒，无数的油管机器和高耸云霄的井架，这里的气候比武威张掖酒泉更冷，可是在祁连别墅房间里温度适宜，一切设备现代化，晚间燃着白热的电灯。在房里，还以为在上海的国际饭店，把窗布揭开一看，一片黄沙白草，好不凄凉。这显然是两个世界了：玉门油矿和它的周围起码隔了几个世纪，房里和室外平分了半个乾坤。①

更具调侃意味的是，当作者一行到香火旺盛的玉门油矿所在地的“老君庙”抽签时，抽到的签上却滑稽地写着：“无事抽签，罚油钱二十万。”这个极具象征意义的事件和景象说明，“神庙”与“油井”并置，正寓意着大西北“原始”与“现代”奇妙而畸形的共生并存状态，及其所带来的现代工业对原始迷信的祛魅。

当然，整体上尚处在农耕和游牧社会中的大西北，不管是农村还是城市，多少保留着前现代的纯朴与慷慨。也许易君左所夸赞的，只是西北人国民性的一面，但读来依然让人欣慰：

> ……在这种苦闷燠热的气氛中，却也有几点藉以安慰的。第一是西北人民实在太可爱了，朴实、诚恳、慷慨、健壮，差不多都是西北人民的美德和特性。比如问路或打听什么馆子，无论问到警察、学徒、人力车夫、行人，总是那样殷勤恳切地详细指点。进商店买东西，买不到对你一样客气，临走时，还打招呼：“坐一会吧！”坐公共汽车，绝没有争先恐后的拥挤情形，你如果先踏一步，他便后退一步让你，还说：“别客气。”人力车夫拉远道，放下车给多给少，没听见争吵。这一类事例不胜枚举。我们的江南有这种好风气吗？尤其是上海，惭

① 易君左：《西北壮游》，文镜文化事业有限公司1983年版，第160—161页。

愧如何？这种民风，才是中华泱泱大国的风度，才是复兴建国的班底。①

饮食风俗，也是一个地方风俗当中最有意味的一面。我们看易君左从关中一路到新疆，吃到了什么？

1947 年 4 月 26 日，易君左一行经过华家岭到定西，找不到一家像样的餐馆，最后糊里糊涂找了一家，进去只吃了些花卷和洋芋。读者可能以为他们是吃得像今日的“农家乐”之类。其实不要说是抗战后期，就是改革开放之初，苦甲天下的定西，因为穷，在青黄不接的季节，很多农民一日三餐吃的都是洋芋。所以，这种饮食，实在是那个艰难时代的真实记录。

1947 年 7 月，易君左到青海游览，行前兰州大学校长辛树帜叮嘱他，到青海乐都，一定要买个那里的馍馍吃，因为乐都的馍馍不仅“大得赫死人，几乎像一个小面盆”，而且因为发酵好，比巴黎的面包还好吃。但易君左到乐都刚一下车，就被前来招呼他们的当地官员领到附近公园喝茶，出来后就上车，又不好意思当着当地长官的面买馍馍。当送他们的官员刚一离开，他们就以每枚一千元的价格“抢购”了几个大馍馍，大吃特吃起来。

1948 年秋，易君左随西北行辕主任张治中考察河西，山丹县城的建筑和饮食给他留下了深刻印象：“城内建筑有一特征，即特别注重门楣，一些诗书官宦人家门楼高耸，金匾辉煌，十足古色古香。我有一首过山丹的诗：‘画栋雕梁好门楣，乍见山丹喜不支；四野小溪环大树，满城古貌夹新姿。庙销五百阿罗汉，菜似三千烦恼丝。一角全球驰校誉，合黎山下建培黎。’因为山丹的学校官舍多将寺宇改建，而此地盛产一种绝似头发的‘发菜’，诗中五六两句指此。”②“发菜”是盛产于河西戈壁荒漠的一道非常名贵的佳

① 易君左：《西北壮游》，文镜文化事业有限公司 1983 年版，第 3—4 页。

② 同上书，第 148 页。

肴，因其形色似发而名。

我一再征引易君左对西北饮食习俗的描写，一方面是要说明，一个地方有一个地方的饮食习俗和特色；但另一方面是，饮食习俗也是社会发展的一面镜子。易君左所述游历中的饮食，确实从一个侧面反映了那个时代大西北的贫穷状况。即使是作者在陕西邠州吃得最惬意的一顿，也不过如此："邠州的烧菜相当好，嫩韭菜鲜芹，是西北的应时菜蔬。普通饮白酒，陕西土产有名的凤酒。蒜苗也是美味之一。吃遍这一带，无非这几样菜，此外便是炒鸡蛋，牛羊肉。"①

若说大西北最有特色的风俗，那当然还是与宗教有关的信仰、习俗了。1947年夏，易君左一行专程赴青海观看塔尔寺庙会——旧历六月初六的"浴佛节"，其中的"晒佛"和"跳神"是他大书特书的场景：

> ……走到一座山下的广坪，果然望见山上的大佛像巨幅高高地铺下来，把整个的山面斜坡掩被。万千人头在山上山下直钻，万千人头在山上山下匍匐。盛装冶容的藏女至此大显露。但有一点值得提出的，即在晒佛时间，虽然山上山下那样多人，除了悠扬和穆的音乐外，绝没有像内地那种拥戏台口的糟乱的动作和喧嚣的声音，从这些地方都可以看出宗教的威力。……最有趣的是看那一大群约莫有几百个喇嘛卷佛像巨幅，好像一大窝小蚂蚁推着一块大门板，吃力得很，可惜我们没有等到他们扛下来，是如何抬法，颇不容易。②

"跳神"是喇嘛教中的大典，其意在斩杀妖魔、祓除不祥，其仪式十分繁杂冗长，作者不仅对此有细致的描写与记录，更有他对此的精妙议论：

> 统观这种跳神，虽分五幕，实是一幕大喜剧，也可以说是一幕大悲剧。中间先后掺杂着神与魔的奋斗，道高一丈，魔高十丈，结果是

① 易君左：《西北壮游》，文镜文化事业有限公司1983年版，第17—18页。

② 同上书，第107页。

魔高十丈，道高百丈，终于道克服了魔，神收斩了鬼，公理战胜了强权，正义压倒了歪义。①

综上所述，西北民俗风情的最大特点，就在于它的混杂性，除了前述现代与原始、农村与城市等的混杂之外，还在于多民族的共同生活所造成的异域情调与景致，易君左眼中20世纪40年代的乌鲁木齐尤其如此：

南梁是迪化南关外一条长街，是新疆各民族（特别多的是维吾尔族）聚居经商的处所。这条长街现在叫做中正路，全是泥土铺成，坎坷不平，街两旁流着雪水的沟，是它一个特色。

在南梁，可以看到各种不同式样颜色的衣饰，各种不同轮廓颜色的面目，可以听到各种不同的语言，可以说：南梁是一个民族博览会。②

三　名胜古迹与故国之思

西北地区之中，陕、甘原本是上古文明的中枢，随着历朝帝国版图的扩张和文化的传播，华夏文明远播西北各地；另外，古代西北各少数民族也创造了自己辉煌灿烂的文明。多种文明交相辉映，遍及大西北。这些文化遗产，以寺庙、陵墓、碑刻、城关墩台、舟桥渡口等各种不同的样式流传至今，其中，名胜古迹是最能唤起人们“故国之思”的文化遗产。易君左的“西北壮游”，既不同于传统文人耽山卧水、寄情烟霞的怡情养性，也不同于当下人们观光消闲的休闲娱乐，而是有着认识国土疆域、了解民族文化、强化国族凝聚力的明确意识。他的游记，“要使读者感染到这篇文章的影响力，而激动他们对祖国和土地的热恋情绪。”③ 这就是现在学者所谓“国族”意识的构建。

① 易君左：《西北壮游》，文镜文化事业有限公司1983年版，第110页。

② 同上书，第47—48页。

③ 易君左：《看中华美丽山川·自序》，大明王氏出版有限公司1970年版，第2页。

在国家这一“想象的共同体”建构过程中，经常采取的方式之一是“自然国族化”，即将其历史、神话、记忆与“国族特质”投射于一块地理空间或地景之上，从而将国族共同体与特定疆域联系在一起，使后者由一块空乏的物质性的空间，转化为国族成员共同情感与认同所寄寓的象征空间——“家园”。这种通过历史与文化对空间的形塑，以达至民族认同的旅行书写，在易君左的《西北壮游》中比比皆是。

易君左由西兰公路至兰州，一路所经，多秦汉古迹。恰逢战后，满目疮痍，触目皆黍离之悲、故国之思。车过咸阳古都，作者想到李白“咸阳古道音尘绝……西风残照，汉家陵阙”的诗句。邠州乃是周朝先祖的发祥地，作者有《夜宿邠州》一诗，写天涯孤客的故国之思：

> 土山四面环邠州，山山辟洞筑层楼。大麦渐长菜花盛，春光迫近陇西头。
>
> 一笛横吹三万里，以山环城城环水。老树杈桠街两条，谁知即是兴周地？
>
> 小店零星公路旁，风尘忽化为泥浆。孤灯倦旅拥衾卧，荒鸡啼破天苍苍。
>
> 十年战伐流离苦，愁向寒窗听夜雨。依稀梦里见慈亲，犹自殷殷问行旅。①

邠州据传是周朝祖先公刘的诞生地，因《诗经·王风》中有“黍离”一诗，抒发西周遗民故国重游的亡国之痛和兴亡之感，后世多以“黍离之悲”代指故国之思。当作者遥望邠州四山，满目麦青菜黄，而邠州小城古树参天，街巷萧条，这难道不正是几千年前那位无名诗人吟唱过的“彼黍离离，彼稷之苗”的情景吗？这难道不也是老杜“国破山河在，城春草木深”所抒发的无限感慨吗？此情此景，怎能让人相信它就是我们祖先的发

① 易君左：《西北壮游》，文镜文化事业有限公司1983年版，第34页。

祥地呢！

易君左在兰州期间，两度去兴隆山拜谒成吉思汗陵墓，感慨良多：

> 成吉思汗以旷代英雄，使元代版图横跨欧亚，当时有“黄祸”之称，白种人对黄种人才不敢邪视。从今日五族一家的国度上看来，蒙古人应该发扬光大其先烈的精神，拥护我们这一整个的中华民族，尤应时时刻刻牢记祖宗的教训：“广土众民欲御辱，必合众心为一！”广土即中华民国，众民即汉满蒙回藏五族，自应合众心为一，以御外辱为天职，何可违背祖宗先烈的遗教，反而与外辱勾结，作国家民族的叛徒呢？①

作者对成吉思汗的崇敬与高度赞誉，显然与作者对中国作为多民族国家“共同体”的想象有关。“广土众民欲御辱，必合众心为一”是成吉思汗遗嘱的汉译，作者认为它应“永远成为一个国家争生存的原理”。正是基于抗战期间民族败类分裂国家的深刻教训，作者才借成吉思汗的遗言，一再申说团结御辱的重要。

1948年9月8日，作者从永昌到山丹途中，目睹雄伟的万里长城，他说：

> 我在长征前进中，以缅怀这先民伟业的历史的心情，感着最大的兴奋，旅行在斜阳荒漠里，没有凄凉的憧憬，而高歌了一首《长城曲》。②

对于中国人而言，长城不仅是一道古代国防的屏障，它更是血泪、牺牲、智慧、坚韧熔铸而成的一道民族脊梁，是中华民族沧桑历史的写照，是五千年文化的纪念碑，是伟大民族的伟大标志。每一个目睹它的人都会心绪难平。

---

① 易君左：《西北壮游》，文镜文化事业有限公司1983年版，第75页。

② 同上书，第146页。

嘉峪关号称塞上第一雄关，这座曾经是中国西北边陲疆域标志的关隘，而今成了徒供行人凭吊的古迹，“今天的世纪，一切都关不住了”。正如他的诗云：“轮台明月照天山，版图远在天山外。”① 因为在作者心目中，“西北是我们中华民族的发祥地、中华民族的摇篮。”所以，他在大西北常发思古之幽情：“我们发思古之幽情，或对青海瞭望时，就忘不了祁连山，我们对当前的国防如果有点认识，就更不可疏忽马鬃山。自外蒙古独立以后，这条马鬃山，就是我们北边国防的最前线了”②。他的《望马鬃山》一诗，表达的正是千百年来边塞诗人所抒发的整顿山河、壮志未酬的惆怅：

风云沙雾一层层，远客边陲感不胜。北望马鬃愁紫塞，南瞻牛首恋金陵。

情如枕秘香罗帐，心似舟横古渡津。每听鼓鼙思壮士，扬鞭奋欲一登临。③

敦煌的千佛洞，堪称世界艺术的宝库，是中华民族奉献给世界和人类的不朽遗产，然而，由于近代中国的衰败没落和国人的愚昧无知，这座宝库中的绝大多数珍品都被国外探险者盗走。目睹劫掠一空的莫高窟，作者不无愤怒地说：“有名的莫高窟碑石，还有回鹘文的断碣残幢，仅剩的唐幡残经和元代公主的两只圆圆的肉脚等等敦煌古物，都看到了。这是外国强盗吃饱了，扬长去了以后，残留的一点点，真不胜感慨！”④ 他的《敦煌千佛洞杂咏》，对千佛洞在中华文化史上的地位，给予高度评价，认为它是“国族”美名得以不朽、各民族向心力得以凝聚的重要文化凭证：

① 易君左：《西北壮游》，文镜文化事业有限公司 1983 年版，第 159 页。

② 同上书，第 164 页。

③ 同上书，第 165 页。

④ 同上书，第 178 页。

谁写中华亿万年？自非史册与诗篇，乾坤留此敦煌画，一笔能将国族传。①

现在海外汉学界非常盛行的“国族主义”或“文化中国”等概念，其实早在易君左20世纪40年代的战后旅行书写中，表露无遗。这也足证他确是“拥护国家，热爱民族”的爱国诗人。

① 易君左：《西北壮游》，文镜文化事业有限公司1983年版，第179页。

晚唐诗人商於古道的书写及意义*

任梦池

晚唐诗人王贞白《商山》一诗中写道："商山名利路，夜亦有人行。"[①]诗中所吟咏的是先秦时期华夏、苗蛮、东夷三大族团交错过渡地带——商於古道，秦楚之际更是兵家必争之地，在唐代成为仅次于京道的"次驿路"，也是能与丝绸之路相媲美的商贸之道。商州自古诗歌路，唐代作为我国历史上最为兴盛的王朝，孕育了众多诗人。在唐代，往来奔波于商州的诗人有数百人之多，这些诗人用诗歌记录了商州秀美的山川大地、人文繁衍的盛况，成为商洛文化遗产中一部分宝贵的财富。

一　商於、商於古道与唐代商於古道诗歌

如何界定"商於"及"商於古道"，目前学界仍存有较大争议。

关于"商於"：谭其骧《中国历史地图集》在《战国·秦蜀》图中将"'商（鄀、於商）'标注于今陕西丹凤，将'商於'标注于今河南西峡、淅川、内乡一带，将'於（於中）'"标注于西峡东。"[②]这也就是说其认为"商

* 本文作者主持的陕西省哲学社会科学基金项目"明清陕南地方志文献整理与研究"（立项号：2018H11）的部分成果。任梦池，商洛学院人文社会科学院副教授。

① 商洛地区地方志办公室编注：《商洛古诗文选注》，陕西人民教育出版社1990年版，第125页。

② 谭其骧主编：《中国历史地图集》（第1册），地图出版社1982年版，第43—44页。

於”不是指具体的地方，而是由几个地方组成。但是，《太平御览》卷168引《史记》：“张仪说楚怀王：‘大王诚能绝约于齐，臣请献商於之地六百里。’楚于是与齐绝约，使一将军随张仪至秦。仪谓楚使者曰：‘臣有奉邑六里，愿以献大王左右。’楚使者曰：‘臣受命于王以商於之地六百里，不闻六里。’”① 这段文字置于“商州”条下；《太平寰宇记》中《山南西道九・商州》记载：“商州上洛郡，今理上洛县。古商於之地。”② “后周宣政元年改洛州为商州，取古商於之地为名”③又“‘商洛县’条下：‘汉立商县，所谓商於之地。’”④ 同时，这种说法也见于清代王如玖纂修的《［乾隆］直隶商州总志》和清代罗文思纂修的《［乾隆］续商州志》；这几种较有代表性的说法认为“商於”即商州。

“商於古道”也有“商山路”“武关道”等多种说法，今人梁中效认为：“以今天陕西商洛市的商州区、丹凤、商南和河南南阳的西峡、淅川、内乡六县区为核心。”⑤ 这是沿袭了《［乾隆］直隶商州总志》中：“商於由商至于於六百里，今内乡有七於铺，又有於村镇”⑥ 的说法。“广义的商於古道，起于西安城东灞河西侧，东南行过蓝田县，过蓝田关，途经商州，出武关，止于於中。”⑦ “长安—蓝田路段的诗歌与商於古道其余路段诗歌相比，具有明显的描写差别”，又商於古道出商南后即到河南，因而这两段不在本文研究范围内。商於古道由丹水（丹江）水路和旱路组成，穿越多个城池驿站地域，全长六百余里。其中商洛境内的主要驿站有：商於驿、仙娥驿、四皓驿、棣花驿、桃花驿、武关驿、青云驿、层峰驿、阳城驿（唐末改名富水驿）。商於驿与仙娥驿隶属于今商州区，从四皓驿到武关驿又属于今丹凤县，其余三驿则属于今商南县。商於古道从先秦的兵家必争之地，

---

① 《太平御览》，中华书局影印本1960年版，第817页。

② 王文楚等点校：《太平寰宇记》，中华书局2007年版，第2733页。

③ 同上书，第2734页。

④ 同上书，第2738页。

⑤ 梁中效：《论秦、楚商於之争》，《咸阳师范学院学报》2010年第5期。

⑥ 王培峰主编：《明清商洛地方志丛书・商州分册》，陕西人民出版社2016年版。

⑦ 亢亚浩：《商於古道与唐诗》，硕士学位论文，西北大学2017年，第7页。

到唐代成为经济政治上有着举足轻重地位的古道，千百年来都续写着繁华。

唐代作为我国历史上最为兴盛的王朝，孕育了众多诗人。但是“长安—蓝田路段的诗歌与商於古道其余路段诗歌相比，具有明显的描写差别”①。且商於古道出商南县即为河南境内，因而对商於古道诗歌的研究应以商州境内为主。无论是初唐、盛唐、中唐或晚唐期间，往来奔波于商於古道的诗人有数百人，他们或赴京拜谒，或职务调迁，或贬谪江南，经历虽不同，但唯一相同的是他们都途经商州并在这里不吝笔墨，写下了千古传诵的商於古道诗歌，留下了自己的万千感慨。这些诗歌集中描写商州的山水美景、历史遗迹，如李白的《泛仙娥溪》《九日龟山登高》、白居易的《仙娥峰下作》《宿阳城驿对月》、杜牧的《丹水》等；历史遗迹如商山四皓墓、武关、老君庙、商山庙等，诗歌创作如白居易的《四皓墓》、杜牧的《题商山四皓庙一绝》《题武关》、李白的《谒老君庙》等。从《全唐诗》《明清商洛地方志丛书·商州分册》和《商洛古诗文选注》中检索，从中可以看到唐代与商於古道有关的诗歌，初唐数量最少，盛唐和中唐时期数量较多，晚唐次之。晚唐诗人创作与商於古道有关的诗歌中，杜牧创作了九首、李商隐创作了六首、许浑创作了五首、温庭筠创作了五首，罗隐创作了三首，其余如王贞白等人各创作了两首或一首。

二　晚唐诗人商於古道的书写

“晚唐诗人中并非没有胸怀天下、心忧国事的有识之士，比如前期的杜牧、李商隐，后期的罗隐、韦庄、司空图、韩偓，都对大唐帝国渐趋没落的命运心怀忧虑。但此时的唐帝国已经病入膏肓，士人纵有雄心壮志，也已无力补天。”② 随着晚唐国运的衰微，在晚唐诗人留下与商於古道有关的八十余首诗歌中，诗人们虽然也有对商山洛水的描写，也有拜谒历史遗迹

① 亢亚浩：《商於古道与唐诗》，西北大学，硕士学位论文，2017 年，第 12 页。

② 莫砺锋：《晚唐诗风的微观考察》，《北京大学学报》（哲学社会科学版）2017 年第 1 期。

时的感慨，但从中不难看出“乱世之音怨以怒，亡国之音哀以思”。

（一）诗歌题材

从这八十余首诗可以发现，诗人所写的商於古道诗歌主要以商山丹水为观照对象来抒发自己的情感，曾隐逸于商山的四皓也为他们所关注，同时，在他们奔波于商於古道时仍不忘与友人酬唱应和。

1. 商山丹水

晚唐诗人在往来于商於古道时，险峻的商山，潺湲的丹水总能吸引他们在旅途的匆忙中稍稍驻足观赏。商於古道的山水在他们的笔下，也如晚唐不可挽回的颓废之势，也不复盛唐和中唐时期色彩的明丽了。李商隐的诗给人一种清冷孤寂、阴柔惆怅之感，他在《商於》中写道：“清渠州外月，黄叶庙前霜。”① 诗中皎洁的月光、清冷的白霜和泛黄的树叶，这几种冷色调色彩的相互交织更突出了商山秋日雨后的萧瑟。他的《商於新开路》中“蜂房春欲暮，虎阱日初曛”② 一联写商山黄昏后的日光昏暗之景象，黄昏本就给人一种凄凉沧桑之感，李商隐在诗中呈现出这样的色彩既是对晚唐国势的写照，也是对他阴郁心情的反映。“晨起动征铎，客行悲故乡。鸡声茅店月，人迹板桥霜。”③ 温庭筠这首著名的《商山早行》，首联的“悲”已奠定了全诗的主题，颔联中景物在其笔下无不有着萧瑟之感。王贞白的一句“数峰虽似蜀”④，写出了商山之高，大有蜀道之险峻之势。杜牧的《商山麻涧》：“云光岚彩四面和，柔桑垂柳十余家。雉飞鹿过芳草远，牛巷鸡埘春日斜。”⑤ 诗中所呈现的色调如云之白、垂柳之绿、芳草之青、晚霞之红，几种色彩相互映衬，呈现出一幅和谐的商山之景，使人顿生隐逸之

---

① 商洛地区地方志办公室编注：《商洛古诗文选注》，陕西人民教育出版社 1990 年版，第 101 页。

② 同上书，第 102 页。

③ 同上书，第 94 页。

④ 同上书，第 124 页。

⑤ 同上书，第 88 页。

感；又如其《丹水》："沉定蓝光彻，喧盘粉浪开。翠岩三百尺，谁作子陵台。"[①] 首联以丹水沉淀时之蓝、喧腾时浪花之粉白相互映衬，描绘了两种状态下的丹水之美，但是颔联马上就转入因为胸中事萦绕的苦闷，而转对东汉严子陵隐逸的羡慕之情，此时丹水的清澈宁静之美，与政治旋涡的复杂，形成了鲜明对比。

2. 怀古咏史

在商於古道为数不多的历史古迹中，"商山四皓"无疑是最耀眼的。他们是秦末汉初时隐居商山的四位隐士，因对汉朝的皇位继承、社稷安定有功，而为后人所传唱，并在他们去世后设陵墓、修庙宇、建碑立园。晚唐诗人与"商山四皓"有关的诗歌有数十首之多。如杜牧的《题商山四皓庙一绝》《题武关》《题青云馆》等，李商隐的《四皓庙》（两首）等，许浑分别写了《题四皓庙》和《题四老庙二首》，其余如温庭筠、罗隐、蒋吉和贯休等也各有一首。

随着时间的流逝，四皓先生的事迹逐渐被人遗忘，所以当深受朋党之害、仕途不顺的李商隐站在冷冷清清的四皓庙前，心中感慨万千。他的《四皓庙》（其一）写道：

> 羽翼殊勋弃若遗，皇天有运我无时。
> 庙前便接山门路，不长青松长紫芝。[②]

李商隐从"四皓"被遗弃的悲惨经历想到了自己做官的艰难，从而借诗表达对四皓的同情，也感慨自己命运多舛、仕途坎坷。他的《四皓庙》（其二）诗中赞赏张良向汉廷举荐商山四皓功劳大，而责备萧何只知追韩信，却不知请四皓出山，难当历来之赞誉，这首诗对四皓安定汉王朝的功劳给予了高度评价。李商隐的这两首《四皓庙》所写时间不同，心

---

① 商洛地区地方志办公室编注：《商洛古诗文选注》，陕西人民教育出版社 1990 年版，第 91 页。

② 同上书，第 105 页。

境也不同，但诗歌皆以四皓事迹自比他官场失意，流露出诗人沦于下僚的伤感。

以诗咏史是杜牧的特长，他同样以商山四皓为题材，但和李商隐不同，杜牧不是赞颂四皓的功绩，而是对这一事件做出了批判，如他的《题商山四皓庙一绝》中：

吕氏强梁嗣子柔，我于天性岂恩仇？

南军不袒左边袖，四老安刘是灭刘。①

他对这件事表达了与他人不一样的看法。吕后强势，欲夺刘家之天下，而四皓却出山辅佐懦弱无能的太子刘盈，导致吕后轻易篡权，若是南军当时不支持周勃安刘诛吕，那么仅靠四皓是无力安刘的。杜牧在诗中对一些历史事件做出自己独特的评价，充分展现自己对政治的热情。

3. 古道驿站

作为沟通南北之路的商於古道，因为山路崎岖难行，按照唐代“三十一驿”的标准，在商州境内建有近十个驿站，诗人们在长途跋涉的时候，暂时在驿站中得以栖息，因而以驿站为题的诗作很多。以“武关驿”为题的有三首，“商於驿”有两首，“青云驿”两首，其余如“层峰驿”（后更名为富水驿）、“仙娥驿”等各一首。

武关，隶属于今丹凤县，最早为战国秦时所置，秦楚的“武关会盟”在历史上也影响深远，其作为古都长安的南大门，对京都的守卫有着至关重要的作用。武关建在峡谷间一块较高的平地上，依山傍水，雄伟险绝，号称“三秦要塞”，武关驿亦建于此。在有关“武关驿”的三首诗中，杜牧的《题武关》和胡曾的《武关》，虽都是以驿站为名，但更多的却是讥嘲楚王昏庸，听信谗言误国，终至穷途绝路。对过去的历史事件做出了批判，

① 商洛地区地方志办公室编注：《商洛古诗文选注》，陕西人民教育出版社1990年版，第105页。

讽刺了统治阶级的昏庸而疏远人才，并借此发泄自己无法实现政治理想的愤慨。只有吴融在其诗中以“双阖平云谩锁山”[①] 一句形容武关的高耸，形势犹如门户相锁。

罗隐的《商於驿楼东望有感》和《商於驿与于蕴玉话别》，这两首诗都是作者立足于商於驿怀念友人或与友人话别，以怀念往日与友人宴游的酣畅，而今因为时局动荡，不能为伴的忧愁。“孤驿在重阻，云根掩柴扉。”[②] 这两句为杜牧写“层峰驿”隐于云雾缭绕的山中、被重重山水所阻隔，这时的诗人远离京都，宿于驿站，却怀念友人，处在无尽的忧伤中。赵瑕的《仙娥驿》更多的是写驿站环境的清幽，想象隐逸于此之乐。

4. 友情赠别

古人向来重视友情，在为友人送行或与他人辞行的时候，往往会作诗相送，以表达对友人的不舍之情，这就出现了送别诗。送别诗是一种重要的诗歌类型，所写大多表现为离愁别恨、依依不舍等。在晚唐商於古道诗歌中，诗题有“寄”“赠”“送”“留别”等字眼的诗歌有十几首。

温庭筠恃才不羁，因此多次得罪权贵，屡试不第，一生坎坷，终身潦倒，其《赠刘岭隐士》写道：

茅堂对薇蕨，炉暖一裘轻。醉后楚山梦，觉来春鸟声。
采茶溪树洁，煮茗石泉清。不问人间事，思机过此生。[③]

商州的清幽、生活的闲淡，让奔波于科场的诗人顿生隐居于此的念头。这种想法同样在他的《却经商山寄昔同行人》诗中也有所表达。许浑也有赠答诗两首：《寻周炼师不遇留赠》《李生弃官入道因寄》，前一首借描写四

① 商洛地区地方志办公室编注：《商洛古诗文选注》，陕西人民教育出版社 1990 年版，第 117 页。

② 同上书，第 90 页。

③ 同上书。

皓生活的安逸，来写自己困于官场的不自由；后一首对李生弃官入道表示认同和向往之情。其余如李商隐的《送丰都里尉》，首联“万古商於地，凭君泣路岐”。[①] 就写尽送别时的难舍与悲伤之情。“望乡尤忌晚，山晚更参差”。一联感慨路途艰险，自己的仕途不顺，应更要小心谨慎。

行走在商於古道的晚唐诗人，道路崎岖难行，仕途坎坷不平，诗人在一边观照古道景物的同时，又抒发自己对前途的忧虑，以及因此而生的隐逸之情。

（二）表现手法

晚唐诗人的商於古道诗歌运用了多种表现手法，在写景抒情方面，诗人们皆工于“兴”即善于借景抒情或融情于景。如杜牧的《商山麻涧》，向我们展示了一个风景艳丽，安逸舒适的商山小村庄，柔桑垂柳、雉鹿芳草、黄发垂髫，这与诗人舟车劳顿、奔波繁忙的生活形成鲜明的对比，诗人面对这样场景不禁表达出自己厌烦官场、渴望归隐田园的心情。李商隐的《商於新开路》亦是如此：

> 六百商於路，崎岖古共闻。
> 蜂房春欲暮，虎阱日初曛。
> 路向泉间辨，人从树杪分。
> 更谁开捷径，速拟上青云。[②]

诗歌前六句描写了商於古道建设之难，即山路崎岖、蜂房虎阱、丛林茂密，诗人巧妙之处在于借改建商於古道之艰难暗喻自己仕途历程之不顺，渴望自己有一天也能开此捷径平步青云。诗人借景抒情，委婉含蓄，但情感十分强烈。

---

① 王甲训主编：《商洛古诗精选》，中央文献出版社 2013 年版，第 114 页。

② 商洛地区地方志办公室编注：《商洛古诗文选注》，陕西人民教育出版社 1990 年版，第 102 页。

在怀古咏史诗方面，晚唐诗人最具共性的是借对比的手法重现历史，具有强烈的讽刺意味。诗人蔡京直接以“责四皓”为题，但是内容却反其意，来称颂四皓不逐名利。杜牧的《题商山四皓庙一绝》：“吕氏强梁嗣子柔，我于天性岂恩仇”[①] 一联中“吕强”对“子柔”，当时的吕氏独霸、欲夺刘氏江山与后来周勃平定叛军形成对比，尾联“南君不袒左边袖，四老安刘是灭刘”“安刘”对“灭刘”，嘲讽了“四皓先生”的迂腐之见，并批评了汉廷功臣张良推举刘盈为太子的这一举动。亦如李商隐的《四皓庙》[②]，诗歌以四皓对汉廷有功，且深得汉廷喜爱对比刘盈继位、吕后夺权后四皓先生被遗弃的遭遇，两种待遇之对比，讽刺了统治者不能重用贤才的懦弱无能，也借此表达了诗人怀才不遇的感伤。温庭筠的《四皓》表达了他独特的见解，如果戚夫人能甘于自己的名分，就不会有四皓出山这件事了。

1. 用典

在晚唐诗人中李商隐喜欢在诗中大量陈列典故，宋人杨亿在《谈苑》里说：“旧说李商隐为文，多检阅书册，鳞次堆积，时号称‘獭祭鱼’。”[③] 其运用典故可能让人有晦涩难懂之感，但却又能充实诗歌内容，提高诗歌意境。如他的《陆发荆南始至商洛》：

昔去真无奈，今还岂自知！
青辞木奴桔，紫见地仙芝。
四海秋风阔，千岩暮景迟。
向来忧际会，犹有五湖期。[④]

---

① 商洛地区地方志办公室编注：《商洛古诗文选注》，陕西人民教育出版社 1990 年版，第 87 页。

② 同上。

③（宋）杨亿口述，黄鉴笔录，宋庠整理：《杨文公谈苑》，上海古籍出版社 1993 年版，第 23 页。

④ 商洛地区地方志办公室编注：《商洛古诗文选注》，陕西人民教育出版社 1990 年版，第 100 页。

八句用了“柑橘”“地仙芝”“五湖”三个典故，诗人表达了自己不懂官场、没有长远的谋生之计而不得不产生一种隐退的思想。这些典故的运用使诗人的感情基调再一次得到渲染，并且传递了一种迷茫、伤感和想要隐居的情绪。因此，要想了解李商隐的诗中所传达的感情，必须读懂其诗中典故的内在含义。

其他的诗人与李商隐相比，用典较为少些，且在描写商於古道的诗歌中多用“秦楚会盟”和“商山四皓”的典故。杜牧的《题青云馆》中用到四皓辅佐汉廷、张仪欺诈楚王的故事；又如他在《题武关》中写道：“郑袖妖娆酣似醉，屈原憔悴去如蓬。”[①] 以怀王听信小人郑袖误国，拒听屈原忠谏的故事，这些都是人所熟知的历史故事。再如许浑的《题四皓庙》《题四老庙二首》、贯休的《四皓图》、王贞白的《商山》等，无不是以“四皓”为题在诗中进行议论。

2. 意象

唐诗中意象的选用，也为其增色不少，晚唐诗人更是长于意象的使用。杜牧生性豪爽，为了能在诗中创造一种畅达清纯的意境，他善用动词且多选择一些明朗轻快的意象使用。正如学者所言：“杜牧的写景抒情诗善于从动态把握意象，使景物生机盎然。”[②] 像描写商於古道的村庄里“雉飞鹿过芳草远，牛巷鸡埘春日斜”[③] 中的“飞”“过”“远”“斜”四个字，不仅衬托出乡村的幽静安然与村民的怡然自乐，更使诗歌动静交融，境界全出；一句“流水旧声入旧耳，此回呜咽不堪闻”[④] 中“呜咽”这一动词是诗人借流水之声抒发自己被贬后内心悲痛的心情。学者又云：“杜牧选作意象的

① 商洛地区地方志办公室编注：《商洛古诗文选注》，陕西人民教育出版社1990年版，第86页。

② 潘爱锋：《抒情溢俊爽　写景迎纯清——试论杜牧写景抒情诗的艺术美》，《湘潭师范学院学报》2009年第5期。

③ 商洛地区地方志办公室编注：《商洛古诗文选注》，陕西人民教育出版社1990年版，第88页。

④ 同上书，第89页。

景物都使人感到明朗、舒畅。"[①]"云光岚彩四面合，柔桑垂柳十余家"[②]中的"白云""垂柳"，"今日更寻南去路，来秋应有北归鸿"[③]中的"归鸿"，以及"翠岩三百尺，谁作子陵台？"[④]中的"翠岩"等。这些意象往往给人轻快明朗之感，从侧面反映了诗人旷达乐观的性格。许浑也是如此，如"水深鱼避钓，云回鹤辞笼"[⑤]中深水之"鱼"、飞入云中之"鹤"，写出了诗人想隐入商於古道的情感。温庭筠诗中的生于商於古道的"紫芝""白鸟""薇蕨"更是写尽了商山的闲适。

和杜牧的豪爽旷达不同，"李商隐刻意追求朦胧晦涩、沉郁委婉之风"[⑥]。因此在其写景诗中，"他写的多是阴柔惆怅的清冷意象"[⑦]。他在《商於》中写道："清渠州外月，黄叶庙前霜。"[⑧]诗中"州外月""黄叶""霜"三个景物作意象，凸显了秋日雨后的凄凉萧瑟；亦如"蜂房春欲暮，虎阱日初曛"[⑨]中"蜂房""虎阱"两种意象相互交织，强调了古道之崎岖，修路之艰难。李商隐所选的这些意象虽细小阴柔，没有杜牧的大气阳刚、壮美明朗，但却让人感至心灵，带有一种孤寂清冷之美，这正是诗人心中伤感阴郁的写照。

3. 手法

诗中比兴手法的运用，使诗歌含蓄隽永。温庭筠坎坷的经历，使他更加向往回归田园，他在《南塘王处士山庄》中写道：

---

① 潘爱锋：《抒情溢俊爽　写景迎纯清——试论杜牧写景抒情诗的艺术美》，《湘潭师范学院学报》2009年第5期。

② 商洛地区地方志办公室编注：《商洛古诗文选注》，陕西人民教育出版社1990年版，第89页。

③ 同上书，第90页。

④ 同上书，第91页。

⑤ 王甲训主编：《商洛古诗精选》，中央文献出版社2013年版，第96页。

⑥ 潘爱锋：《抒情溢俊爽　写景迎纯清——试论杜牧写景抒情诗的艺术美》，《湘潭师范学院学报》2009年第5期。

⑦ 杨帆：《李商隐诗歌意象分析》，《焦作师范高等专科学校学报》2017年第2期。

⑧ 商洛地区地方志办公室编注：《商洛古诗文选注》，陕西人民教育出版社1990年版，第101页。

⑨ 同上书，第102页。

白鸟梳翎立岸莎，藻花菱刺泛微波。
烟光似带侵垂柳，露点如珠落卷荷。
楚水晚凉催客早，杜陵楸思旁蝉多。
刘公不信归心切，听取江楼一曲歌。①

前两联虽是写商於古道中山庄景色的清雅，但是从后两联的故乡“杜陵”和在天台山遇仙的“刘公”（即刘晨），不难看出作者借写山庄的清静来含蓄地表达自己的归隐之心。李商隐的怀古诗善于比兴，深于寄托。如在他的《四皓庙·羽翼殊勋弃若遗》中，诗人将四皓之功绩比作羽翼殊勋，再借四皓被汉廷遗弃的遭遇来暗喻自己怀才不遇、不受重用的遭遇，来比喻这晚唐的前景以及自己渺茫的仕途，委婉表达了对盛唐好景不长的感慨以及自己一事无成的无奈。这种比兴的表现手法运用在李商隐的怀古诗中更能展现诗人内敛委婉的个性特点和朦胧晦涩的艺术风格。

与李商隐的怀古咏史诗不同，赵翼说：“杜牧之作诗，空流于平弱，故措词必拗峭，立意必奇辟，多作翻案语，无一平正者。”② 他以自己对政治的独特见解，常常表达出与他人不同的看法，如《题商山四皓庙一绝》中对四皓先生辅佐刘盈这一史事，世人皆歌颂赞扬，但杜牧却一反常态，毫不留情地指出四皓先生辅佐太子刘盈的恶果。这一手法又同样用在其《题乌江亭》中，项羽乌江自刎一直被后人视为英雄壮举，但杜牧却不以为然，他认为假使项羽能像勾践那样卧薪尝胆、忍辱负重，待卷土重来，结局未必如此。两首怀古咏史诗都展现了杜牧独到的政治见解以及积极乐观的心态，这正是他怀古咏史诗的独特之处。

诗人们用独特的手法不仅向他人展现了商州美丽的自然景观，从而增强了诗歌的感染力，也表现了诗人丰富的内心世界。

---

① 亢亚浩：《商於古道与唐诗》，西北大学，硕士学位论文，2017 年，第 97—98 页。

② 郭绍虞：《清诗话续编》，上海古籍出版社 1983 年版，第 1326 页。

三 晚唐诗人商於古道书写的意义

商於古道在晚唐的交通上起着重要作用，诗人们行走于其间，用自己的诗笔记载了商於古道，这些文学作品对商於古道的历史传承，起着重要作用。

（一）社会现实的反映

“晚唐诗人尽管写诗时耗尽心力，在艺术上精益求精，但晚唐诗在整体上的美学风貌有如秋花、夕阳，工丽细巧有馀而自然壮阔不足。”[①] 晚唐诗歌的美学风貌和晚唐的社会现实有着密切关系，唐玄宗后期出现的安史之乱使唐王朝逐渐没落，在中晚唐时代，藩镇割据局面形成并加剧，皇权旁落，从875年后，进入晚唐时代的大唐王朝已日薄西山，此时的社会正如李商隐在诗中所写到的“夕阳无限好，只是近黄昏”。而且随着经济中心的南移，北方的经济也在连年战乱的影响下，逐渐萧条，这时在商於古道行走的诗人，不是抒发盛世时的进取之音，更多的是流露衰世时的归隐之意。如温庭筠的“不问人间事，忘机过此生”。[②] 赵瑕的“行人亦羡邮亭吏，生向此中今白头”[③] “醉卧白云闲如梦，不知何物是异身”[④] 等，诗人无不是借写商於古道上自然风光的清幽，生活于其中人们的怡然自得之趣，来写自己的羡慕之情和由此而生的隐逸之感。

（二）地域文化的记录

商於古道上巍峨连绵不断的商山，既是通向帝都长安的“名利路”，同时也因其优美的自然风光吸引着南来北往的诗人，“在古人看来，特定的自

---

① 莫砺锋：《晚唐诗风的微观考察》，《北京大学学报》（哲学社会科学版）2017年第1期。

② 商洛地区地方志办公室编注：《商洛古诗文选注》，陕西人民教育出版社1990年版，第98页。

③ 同上书，第106页。

④ 同上书，第118页。

然地理环境既影响着人们的性格品质和风俗，对于诗人的审美理想，也自然产生潜移默化的作用”[①]。晚唐之际政局的混乱，让士人们在仕途上更无所适从，虽然商山丹水也因此而蒙上了暗色调，但是商山的清幽、丹水的静美，此处人情风俗为“汉高发巴蜀之民定三秦，迁巴蜀渠率七姓居商洛，由是风俗不改，习尚清高，有四皓之遗风。人性质朴，土风简朴”。[②] 多少给诗人们带来了安慰，因而商於古道中的风物人情就不断地被诗人们用笔记录下来。如“槲叶落山路，枳花明驿墙”[③] 中商州所特有的“槲叶”“枳花”也因温庭筠之笔，而为人所知，同时“庙前便接山门路，不长青松长紫芝”[④] 中“紫芝”即商山蕨菜，其名源于相传为商山四皓所作《紫芝歌》，因而被赋予了延年益寿之功效。

（三）历史场景的再现

明清之前商洛并无志书遗存，晚唐诗人关于商洛风景及历史名胜的描写，有利于对当时隶属商洛的商州区、丹凤县和商南县的历史进行研究。翻阅中国古代文学作品，可以看到从先秦到清代，与商州有关的文学作品的数量唯唐代为最多，且记载最为细致和深刻。晚唐时往来于商於古道的诗人仍旧很多，他们虽为过客，但是这条通往名利之地的道路，在他们看来仍是至关重要的，因而古道上无论是自然风光，还是人文遗迹，都被他们记载下来，如杜牧的《商山富水驿》中写道：“驿名不合轻移改，留警朝天者惕然。”[⑤] 此句就说到驿名更改之事，“富水驿”原名“阳城驿”，因与唐德宗时名臣阳道州姓名相同，后避讳而改为“富水驿”，杜牧对改名一事诘责，认为不应轻易改名，应朝中人作儆戒。又如李商隐的《商於新开

---

① 吴承学：《江山之助——中国古代文学地域风格论初探》，《文学评论》1990 年第 2 期。

② 王培峰主编：《明清商洛地方志丛书·商州分册》，陕西人民出版社 2016 年版，第 220 页。

③ 商洛地区地方志办公室编注：《商洛古诗文选注》，陕西人民教育出版社 1990 年版，第 95 页。

④ 同上书，第 103 页。

⑤ 同上书，第 84 页。

路》，此诗就对“贞观七年上洛刺史李西华开新路七百里”[1] 进行了记载，其所写之事与《新唐书·地理志》所载完全相同。

四　结　语

从先秦到唐代，商於古道在肩负着沟通南北重任的同时，也因无数文人往来其中留下一些文学作品而广为人知。从宋代始，随着都城的迁移，本来已辟出山中的商於古道，也渐渐淡出了人们的视线，有关商州的诗歌数量骤减。所以，对晚唐时期商於古道诗歌的研究，无论是对唐代社会经济的认识，还是对唐代诗歌发展的了解，更或是对曾经在交通和文学上都起过一定作用的商於古道文化的发掘，都有着积极的意义。

① 商洛地区地方志办公室编注：《商洛古诗文选注》，陕西人民教育出版社 1990 年版，第 102 页。

论范成大地理诗的叙事性

李　懿*

范成大（1126—1193），字致能，号石湖居士，吴郡人。他和陆游、杨万里、尤袤等并称为南宋“中兴四大诗人”，其生平事迹见载于《宋史》卷三八六。今范成大存诗一千九百余首，“地理诗”是其诗歌创作中别具风貌的一类。这类诗以记录祖国自然山川、地方风土名胜为主，具有不可忽视的文学价值与文化价值。周汝昌较早地关注到这些诗篇的独特意义，他在《范石湖集前言》中指出：“石湖集中还有另一类诗，即写行旅、山川、风物的，反映面非常广阔，又写得真切、细致、清新、多样；祖国的壮丽河山，人民的生活面貌，展卷如见，可以看作他的田园诗的延展和补充。”[①]方健《杰出的地理学家范成大》概括性提出了“地理诗”的说法，对范成大这类诗评价颇高：“石湖以其创作实践，开拓了中国文学史上极为独特的题材，即写山川、行旅、风物、民情的地理诗。他以如椽之笔，写出了祖国河山的雄浑瑰丽，人民生活的艰辛深沉，社会风情的多姿多彩，古往今来的世事沧桑……平心而论，他是地理诗写得最多也最好的一位，理应引起文学史家的重视，给予恰当的评价。”[②]张学忠《论范成大及其地理

* 李懿，江西省社会科学院副研究员。

① 周汝昌：《范石湖集前言》，中华书局 1982 年版，第 5 页。

② 方健：《杰出的地理学家范成大》，《中国历史地理论丛》1994 年第 4 期。

诗》[①] 重点探讨范成大地理诗所蕴含的军事价值和政治观，指出其是研究古今气候变化和环境变化的宝贵资料。

目前，学界对范成大诗歌的关注点主要集中在其使金诗和田园诗两个方面。在一些经典文学史论著中，范成大使金诗的爱国主义情怀和田园诗的现实主义精神一直是研究者热衷探讨的话题，游国恩《中国文学史》（人民文学出版社 1963 年版）着眼于范成大的爱国主义诗篇和田园诗，袁行霈主编《中国文学史》（高等教育出版社 2005 年，第三卷）、王水照、熊海英《南宋文学史》（人民出版社 2009 年版）皆认为范诗价值最高的是使金纪行诗和田园诗。宋志军《范成大诗歌新探》（河北大学硕士学位论文，2001 年）、罗小华《范成大山川行旅诗研究》（沈阳师范大学硕士学位论文，2005 年）、李芳《范成大行旅诗研究》（湖南科技大学学位论文，2009 年硕士）以使金行旅和山川行旅为核心，重点探讨了范成大行旅书写的创作背景、主题意蕴、艺术风格及诗歌价值等。上述研究成果虽已语及地理诗的部分内容范畴，不过仍未专门对这一独立的类型诗进行观照。本文意在以范成大地理诗为个案，剖析其创作背景，考察其诗志互证、组诗形式、通俗文体等叙事模式以及其副文本的亚叙事性，从而阐明其文学价值。

一　范成大地理诗的创作背景

范成大一生创作了大量的地理诗，探其因由，既是遵循时代变迁和文学发展客观规律的必然结果，且和范成大本人的生平经历有着密切的联系。日本学者内藤湖南在《概括的唐宋时代观》中指出，和唐代相比，宋代作为近世之开端，在政治、经济、文化三大领域有着显著的变化与差异。随着商业经济的迅速发展，宋代社会的世俗化趋势日渐凸显，与之相应的是诗人们的审美取向亦渐渐由雅趣走向世俗，且这种市民化的审美趣味对宋

① 张学忠：《论范成大及其地理诗》，《陕西师范大学学报》2001 年第 4 期。

诗创作影响颇深，其具体表现为："从现象层来看，曾被前代审美理想视为粗俗而拒之门外的题材、物象、意象、句式、词语等纷纷闯入诗歌王国了。宋诗题材的日常生活化、语言的通俗化和近体诗中对格律声韵的变异（如以古入律），就是异常显著的现象。"① 范成大有很多地理诗涉及民生疾苦、民情风俗，这和当时商品经济勃兴和宋诗写作转向日常生活的诗学旨趣有着紧密的关系。

南宋中期，诗坛名家迭出，他们不落窠臼，敢于突破前人樊篱而自创新体。以陆游、范成大、杨万里为首的中兴诗人，从初期的模仿江西诗派逐渐走向对江西诗法的疏离，其最突出的变化之一即创作视域从文人书斋转向了自然社会和日常生活。方回《秋江杂书三十首》其十七以"尤杨范萧陆，复振乾淳声"夸赞四人出入江西而自成面目。这时期的诗人更为重视人生体验和"江山之助"的建构功能。如陆游《题庐陵萧彦毓秀才诗卷后》指出行旅和自然风景对诗歌重要影响："君诗妙处吾能识，正在山程水驿中。"杨万里《下横山滩头望金华山》曰："闭门觅句非诗法，只是征行自有诗。"他的另一篇《送文黼叔主簿之官松溪》亦云："此行诗句何须觅，满路春光总是题。"范成大受到这种文学思潮的熏染，破弃了早年所借鉴的"资书以为诗""无一字无来处"的江西诗法，转为学习白居易、王建、张籍等人反映社会现实的新乐府精神。同时，他也学孟郊和李贺，模拟中晚唐诗而独树一帜，渐渐摆脱江西诗派的拘束，风格更加多样化，其诗风清新平易、明快浅显，杨万里评价范诗"清新妩媚""奔逸隽伟"（《石湖诗序》）。

范成大的地理诗数量甚多，这和他平生游宦四方，担任数地地方官的人生经历密切相关。范成大早年登进士第，任徽州司户参军，随即在京师任职。乾道三年（1167），任处州知州。乾道六年，范成大不辱使命，出使金国。乾道七年，出知静江府兼广西经略安抚使。淳熙二年（1175），任四

① 王水照：《王水照自选集》，上海教育出版社2000年版，第55页。

川制置使知成都府。淳熙四年（1177）五月，范成大从成都万里桥出发，沿岷江入长江，一路过三峡，经湖北、江西，十月进入吴郡。淳熙七年（1180），范成大被起用为明州知州兼沿海制置使。淳熙八年（1181）三月，任建康知府。正是仕宦行旅中丰富的阅历闻见，为范成大的地理诗创作和地方志编撰带来灵感，提供了足够的素材。

二　范成大地理诗的叙事表现

范成大地理诗数量颇丰，内容包罗万象，其笔触涉及自然山川、风景名胜、民俗民情、行旅情感体验等等，因此具有较强的叙事功能和表现力。要将如此绚丽的生活画面尽现笔端，范成大在诗歌的表现形式上别出心裁，具体体现为以下三点。

（一）范成大地理诗的叙事性，首先表现在其地理诗和地志相互印证，详此略彼，相得益彰。南宋时期，地志和文学别集常常并行于世，这是当时文化圈的一大特色。这些地志功能颇多，便于“收集保存地域文化资料；宣传地方，弘扬地方文化；教育乡人，增强居民文化和道德修养；培养乡土感情并增强地方凝聚力”①。前者为史学记载，后者为文学表述。真德秀认为二者互为经纬，不可截然分开，他在《清源文集序》中揭示了志与集的内在关系，云：“郡有志何始乎，昉于古也；郡有集何始乎，昉近世也。有志矣而又有集焉，何也，志以纪其事，集以载其言，志存其大纲，集著其纤悉也，志犹经也，集犹纬也，可以相有而不可以相无也。”②

范成大不仅是南宋最杰出的诗人之一，还是优秀的地理学家。生前他共编写了数本地方志，较典型的有“三录二志”，即《吴郡志》《桂海虞衡志》《揽辔录》《骖鸾录》《吴船录》。章学诚曾在《书〈姑苏志〉后》中

① 参见程民生《宋代地域文化》，河南大学出版社 1997 年版，第 393 页。

② （宋）真德秀：《清源文集序》，《西山文集》卷二七，《影印文渊阁四库全书》第 1174 册，台湾商务印书馆 1986 年版，第 414 页。

提出“文人不可与修志”[1] 的看法，他认为文人撰史往往掺入主观虚构的因素，以致不符史实，此观点在一定程度上有待商榷。《揽辔录》是范成大的第一部地志笔记，乃使金时所作。范成大第二部描写地域风情的笔记为《骖鸾录》，共一卷，书中记录了范成大赴桂林途中的各种见闻。《桂海虞衡志》是范成大的第三部笔记，此书分为岩洞、金石、香、酒、器、禽、兽、花、果等13篇。淳熙二年（1075），范成大由桂赴蜀，旅途中“时念昔游”而作，杀青时已到成都。淳熙四年，范成大自成都回苏州，记载途经之地山川、形胜、古迹、风俗、人物、镇市等，撰成《吴船录》。范成大还编撰了《吴郡志》五十卷。今存世记录吴郡风物的地志仅朱长文《吴郡图经续记》、范成大《吴郡志》。赵汝谈称赞《吴郡志》“条章灿然，成一郡巨典，辞与事俱称”。除此，范成大尚撰有《成都古今丙记》十卷，今已佚，仅存其序。在范成大之前，已有赵抃、王刚中编纂的记载成都风土的前记、续记，继范氏之后还有胡元质所编丁记，然赵、王、胡三人所编成都记皆已亡佚。范成大另撰有《日录》，此书系录杭州一郡典故，今已佚。明人田汝成《西湖游览志余》列举关于杭城及西湖典故的书籍数种，其中便著录有《日录》。

范成大的地理诗翔实记载了他出使游历金国、广西、蜀中等地的经过，其诗和其地志所记多有吻合。日本学者大西阳子《范成大纪行诗与纪行文的关系》（《南京师大学报》1992年第2期）通过表格形式，揭示了范成大纪行诗和“三录”的对应关系，如下：

《石湖诗集》	纪行诗	纪行文
卷十二	《北征集》	《揽辔录》
卷十三	《南征小集》	《骖鸾录》

① （清）章学诚著、仓修良编著：《文史通义新编新注》外篇六，浙江古籍出版社2005年版，第1059页。

续　表

《石湖诗集》	纪行诗	纪行文
卷十四	《乙稿》①	
卷十五、十六	《西征小集》	
卷十七	（在成都）	
卷十八、十九	《石湖蜀中诗》	《吴船录》

大西阳子指出其研究范畴只限于与纪行有直接关联的诗和文，《桂海虞衡志》《吴郡志》等记载地域风土方物的志书并不是其讨论的范畴，但范诗关于广西、吴中特色物产民风、文化遗产的著录和“二志”所载有着非常密切的照应关系。如钟乳和岩洞是广西独有的自然风貌，《桂海虞衡志》用相当的篇幅专门刻画岩穴、钟乳石，《石湖诗集》卷十三《自石林回过小玲珑，岩窦益奇，昔为富人吴氏所有，今一子尚幼，山检校于官》、卷十五《兴安乳洞有上中下三岩，妙绝南州，率同僚饯别者二十一人游之》对此亦有相应的记载。又如红豆蔻是广西一带的典型植物，《桂海虞衡志》和《石湖诗集》卷十四皆有描写，范成大在《红豆蔻花》诗中云“南方草木状，为尔首题诗”，这已经体现出清晰的民俗志录意识。宋代武洞清善画人物，工于罗汉，声名显著。范成大《谒南岳》曰：“武氏笔已绝，梗概犹清妍。”句后注：“后宫壁画武洞清笔，极禁御富贵之趣。绍兴二十年火后，为雨所败，后人摹旧迹更画，犹有仿佛。”南岳寺壁上所传武洞清之笔鲜为人知，范志及其诗作不仅观照民俗，且对这些具有宝贵价值的文化遗产有所记述。在表现熟悉的家乡风俗时，范成大的地志和诗集在内容上更加趋于一致，《腊月村田乐府》除腊月观灯、“烧火

① 大西阳子指出，《石湖诗集》卷十四为范成大在桂林期间所作，虽然不是纪行诗，但开头第一首诗的诗题《晚春二首》下有自注“以下桂林作、旧在乙稿”，故称其“乙稿”。

盆”和“卖痴呆”之外，诗歌所述其余七事在《吴郡志》中皆有翔实叙述。[①] 从表现形式上看，这些地理诗大多不拘限于格律，其语言表达呈现出明显的散文化趋势，因此比唐诗更能“凸显意义”，体现了由“表现”转向“表达”的写作倾向。[②]

（二）为了逼真描绘各地风貌，范成大突破单一的律诗、古诗形式，其地理诗常采用组诗形式进行勾画。组诗是一种“有意味的文体形式”，志录物事具有单首诗歌所不具备的容量优势，可以比单首诗歌包蕴更多的思想内涵，有利于多角度陈述事件经过、连贯性地呈现物象，以及勾勒跳跃性变化的情感轨迹，其优势就在于“组诗形式所具有的包容性，突破了单体诗歌凝固于特定时空的局限，表达容量大为增加，更适于展示诗人曲折的人生历程和微妙的情感体验，适合表现多重场景和较为宏大的事件，也有助于挥洒文人的才学”[③]。从表达方式看，这些组诗带有强烈的亚叙事性特征。吴晟《联章：中国古代诗歌的一种言说体式》说：“联章体组诗和组诗的创作特点之一是具有亚叙事性。”[④]

范成大的地理组诗少则两首，多则数首，对全国特别是吴地的民情风俗描摹殆尽。范成大《夏至二首》《春困二绝》《元夕四首》《咏吴中二灯》《立秋二绝》等是这方面的代表作。《夏至二首》记垂李系粽等夏至节俗，《春困二绝》记立春儿童呼困，《元夕四首》《咏吴中二灯》记元宵佳辰观灯之景，《立秋二绝》则记立秋戴楸叶、吃瓜、吞赤小豆。范成大最具特色的两组地理组诗是《腊月村田乐府》十首和《四时田园杂兴》六十首。前者的文学价值在于生动体现了腊月吴中农村的十个习俗和农人的农事信仰精神。程千帆《两宋文学史》载曰：“范成大晚年所写的另一组诗《腊月村田乐府》十首，值得我们重视。这组歌咏江南村俗的乐府

① （宋）范成大：《吴郡志》，陆振岳点校，江苏古籍出版社 1999 年版，第 14—15 页。
② 葛兆光：《汉字的魔方》，辽宁教育出版社 1999 年版。
③ 李正春：《唐代组诗研究·前言》，凤凰出版社 2011 年版，第 1 页。
④ 吴晟：《联章：中国古代诗歌的一种言说体式》，《文学前沿》2005 年第 1 期。

诗，反映了人民世世代代追求幸福美好生活的愿望。……这些风俗诗我们民族在童年时代所产生，并流传到后世的，它们是幼稚的，可也是极其淳朴可爱的。在这组风俗诗里，范成大为我们记录了祖先们优美的感情。”①《四时田园杂兴》篇制宏大，皆为绝句，其中春日诗十三首、晚春诗十一首、夏日诗十二首、秋日诗十二首、冬日诗十二首，这六十首绝句记载了一年四季吴地农家的农业习俗、节庆风俗，其内涵较之《腊月村田乐府》更加深厚。

（三）由于“文体是文学作品最直观的形式”②，“有意味的形式引起审美情感，而审美情感又来源于有意味的形式”③，所以刻画缤纷多彩的民间风俗时，范成大巧妙采用了俳谐、乐府、竹枝等活泼的诗体形式，令人耳目一新。俳谐体即文学作品中内容诙谐的游戏之作。《说文解字》卷八曰：“俳，戏也。从人，非声。”《文心雕龙·谐隐》：“谐之言皆也。辞浅会俗，皆悦笑也。”《文体明辨序说》称“俳谐体谓谑语也”。唐人称俳谐体为打油体或覆窠体，皆指浅俗之词。④ 此诗体讲求词句通俗诙谐、不拘于平仄韵律，和古诗、律诗、绝句等正统诗体在用语、格调上大有不同。《上元纪吴中节物俳谐体三十二韵》是范成大有名的一篇，明代屈翀霄因之仿作《丙午新春和宋人范至能纪吴下上元节物俳谐体三十二韵》，并收入《春音集》卷七。范成大在此诗结尾云：“谁修吴地志，聊以助讥评。”足见其强烈的志俗色彩。范诗所记大多为现实物事，用语近似吴中口语。全篇重在勾绘街上的灯市、社舞傀儡表演、饮食、各种占卜等几方面，从“筼筜仙子洞”至“转影骑纵横”分别细绘荷花灯、星灯、犬灯、鹿灯、水晶灯、万眼罗、栀子灯、葡萄灯等灯样，继而写到质朴滑稽的民间鼓乐、陆地旱船戏和水中傀儡戏、众人围观乐棚之景，此外还论及宝糖、乌腻、圆子等节食和末

---

① 程千帆等：《两宋文学史》，上海古籍出版社1991年版，第347—348页。

② 王水照：《王水照自选集》，前引书，上海教育出版社2000年版，第45页。

③ 李泽厚：《美学三书·美的历程》，天津社会科学院出版社2003年版，第24页。

④ （明）杨慎：《升庵诗话》卷一四，《历代诗话续编》中册，丁福保辑，中华书局1983年版，第919页。

俗占卜休咎之事。从创作背景看，“狂欢”是宋代元宵节最突出的特征，而俳谐体“同狂欢节民间文艺有着深刻的联系，它们或多或少都浸透着狂欢节所特有的那种对世界的感觉。其中有些就是狂欢节口头民间文学体裁的翻版”[①]。这种言辞诙谐的纪俗长诗在前代节令诗中极其稀少，可视为一篇押韵的“吴中节令志”。

在范成大的地理诗中，乐府也是一种用于表现滑稽逗笑内容的诗体形式。黄侃《诗品讲疏》说：“凡非大礼所用者，皆俳谐倡乐，此中兼有乐府所载歌谣。”[②] 前述《腊月村田乐府》将农家祭灶、分食口数粥、照田蚕、分岁、打灰堆时的祈祝禳灾心愿一一展现，展示迥异于官方节俗的生存状态。此外，一些民歌意味浓厚的诗体如《竹枝词》同样被用于地理诗。唐代《竹枝词》《柳枝词》之类，大都是无名氏所作，经文人采录、润色后流传下来。[③] 宋代民众常在佳节时演唱竹枝歌。《御定月令辑要》卷五“鸡子卜”条注：“原《玉烛宝典》：蜀中乡市，士女以人日击小鼓，唱竹枝歌，作鸡子卜。”[④]《太平寰宇记》卷一四九记万州风俗，曰：“正月七日，乡市士女渡江南，娥眉碛上作鸡子卜，击小鼓，唱竹枝歌。”[⑤] 后来，诗人多用竹枝体以纪民俗。范成大有《归州竹枝歌二首》《夔州竹枝歌九首》，以通俗的诗体记述秭归、巴东等地的风俗。

整体上看，这些诗歌语言清新明快，近似日常口语，富有浓厚的生活气息。

三　范成大地理诗副文本的亚叙事性

“副文本性”一词首见于热奈特1979年出版的《广义文本之导论》，他

① ［苏联］巴赫金：《巴赫金诗学》第六卷，白春仁、顾亚铃译，河北教育出版社1998年版，第141页。

② 转引自郭绍虞《中国历代文论选》第一册，上海古籍出版社1979年版，第197页。

③ 鲁迅：《门外文谈》，《鲁迅全集》第6卷，人民文学出版社1981年版，第94页。

④ （清）李光地等：《御定月令辑要》，《影印文渊阁四库全书》第467册，台湾商务印书馆1986年版，第214页。

⑤ （宋）乐史：《宋本太平寰宇记》，中华书局1999年影印本，第281页。

在1982年出版的《隐迹稿本》一书中又明确地提出“副文本”[①]一说，按热奈特所言，文学作品之各类标题、序跋、前言后记、插图插页、封面扉页等用于阐释说明文本内涵及意义的构成部分皆归属副文本的范畴。1987年热奈特出版以“副文本”命名的理论专著《副文本：阐释的门坎》。弗兰克·埃尔拉夫亦言：“副文本指围绕在作品文本周围的元素：标题、副标题、序跋、题词、插图、图画、封面。这一部均质的整体决定读者的阅读方式与期望。”[②]副文本的门坎意义在于与正文本互为表里，提前预设了读者的期待视野，读者通过副文本即能迅速把握文本内外构成。以范成大地理诗为例，其诗皆附有数目可观的诗序、注释等。注释分为题注、随文出注、尾注等多种形式，如《石湖诗集》卷十二总计七十二首，除《京城》《李固渡》二首外，诸诗题下皆有注解。《乌戍密印寺》不仅有题注，正文几乎句句有注。范成大对于副文本的充分运用，在地域书写上有着积极的作用，这些副文本在主旨意蕴和艺术形式方面具有不可忽视的亚叙事意义。

首先，范诗副文本具有补充诠释正文文意、交代创作背景的功能。范诗部分诗题较长，常常开门见山一括主题。范成大的《巴蜀人好食生蒜，臭不可近。顷在峤南，其人好食槟榔合蚶灰。扶留藤，一名蒌藤，食之辄昏然，已而醒快。三物合和，唾如脓血可厌。今来蜀道，又为食蒜者所熏，戏题》，题目即是概述全篇，记载了巴蜀嗜食生蒜的习俗，对诗歌正文进行了补充说明。《马当湫阻风，居人云：非五日或七日风不止，谓之重阳信》一首，正文未详加阐释何为“风信”，诗题则揭示了“重阳信”的民俗内涵。《玉虚观去宜春二十五里。许君上升时，飞白茅数叶，以赐王长史，王以宅为观。观旁至今有仙茅，极异常草，备五味，尤辛辣，云久食可仙，

① 参见［法］热拉尔·热奈特《隐迹稿本》，《热奈特论文集》，百花文艺出版社2000年版，第71页。

② ［法］弗兰克·埃尔拉夫：《杂闻与文学》，谈佳译，天津人民出版社2002年版，第51页注释①。

道士煮汤以设客》诗曰："白云堆里白茅飞，香味芳辛胜五芝。揉叶煮泉摩腹去，全胜石髓畏风吹。"正文仅四句，诗题则将当地许逊的神话传说娓娓道来，弥补了诗歌记载的有限。范诗的注释和诗序同样具有建构文意、补正文志述不足的作用。诗序一般长于诗题和注释，《腊月村田乐府十首》并序篇幅较长，诗、序互证，且序文进一步交代了写作的背景。又如《严关》诗云："回看瘴岭已无忧，尚有严关限北州。裹饭长歌关外去，车如飞电马如流。"其题注云："或谓之炎关，桂人守险处。朔雪多不入关，关内外风气迥殊，人以为南北之限也。"该诗没有阐释严关得名之由，而题注既是研究古代广西气候的重要资料，又对严关的命名加以说明。《丙申元日安福寺礼塔》题注云："成都一岁故事始于此，士女大集拜塔下，然香挂旛，以禳兵火之灾。"此诗正文描写饮酒行乐等具体场面，题注则增加了关于祭拜缘由和目的的叙述。《七夕至叙州登锁江亭，山谷谪居时屡登此亭，有诗四篇，敬用其韵》有"我来但醉春碧酒，星桥脉脉向三更"之语，句注云："郡酝旧名重碧，取杜子美《东楼》诗'重碧酤春酒'之句，余更其名春碧，语意便胜。"这里不仅道出"春碧酒"得名之由，还展现了诗人取法前贤且有所新创的创作心态。

此外，因限于篇幅，诗歌不能尽述其意，以致一些别致新奇的边地民俗记载较为简略。范成大在使金途中撰有《卢沟》《燕宾馆》等篇，这些诗歌正文描摹金人风俗不甚明了，他便在副文本中将边地民俗等加以详细诠解。《卢沟》题注云："去燕山三十五里。虏以活雁饷客，积数十只，至此放之河中，虏法五百里内禁采捕故也。"《燕宾馆》题注云："燕山城外馆也。至是适以重阳，虏重此节，以其日祭天，伴使把菊酌酒相劝。西望诸山皆缟，云初六日大雪。"这为后世了解金代风俗留下了珍贵的文献史料。

其次，除了志录各地民情风俗外，范诗副文本以阐释奇险壮观的自然景观为核心。《嘲峡石》序曰："峡山江滨，乱石万状，极其丑怪，不可形容，举非世间诸所有石之比，走笔戏题，且以纪异。"《刺濆淖》并序："濆淖，盘涡之大者，峡江水壮则有之，或大如一间屋。相传水行峡底，遇暗石则濆起，已而下旋为涡。然亦未尝有定处，或无故突然而作，叵测也。舟行遇之，小则欹倾，大则与赍俱入，险恶之名闻天下。"《人鲊瓮》题注曰："在归州郭下，长石截然，据江三之二，水盛时，濆淖极大，号峡下最险处。"《假十二峰》题注："即黄牛峡山，自此直至平喜坝，千峰重复，靡不奇峭。"《扇子峡》题注："两岸山尤奇，殆过巫峡，蝦蟆在南岸。"《乳滩》题注："徽、严之间，滩如竹节，乳滩之险居第一。""奇险"频频出现在副文本中，这种表达倾向体现了"江山之助"对宋代诗人的深刻影响和地理学在宋代的发达。

再次，范诗副文本试图通过追忆、口语叙述等生动的描述，竭力凸显民情风物的地域特色，并以理性的态度对各地的地理名胜进行客观考辨。《丙午新正书怀十首》其十尾注："此篇记桂林、成都元日旧事。槟榄皆椒盘中物，老酒，十数年不坏者；滴酥为花，熬芋为柳叶，三夕张灯如上元。上、下句分记广、蜀。"此处采用回忆的形式将广、蜀不同的风俗并列举出，在对照之下，读者对二地的习俗有了深刻的印象。有时，范成大直接引用各地方言俗语，使记述更加惟妙惟肖，增强了诗歌的趣味性。如《於潜》题注曰："俚语云：'於潜昌化，鬼见亦怕。'"《丙午新正书怀十首》其四尾注云："吴谚云：'一口不能著两匙。'"值得一提的是，范成大不仅记俗，还对行旅途中的地名、古迹等有所考辨和指摘。《江安道中》题注云："近泸州最险处，号张旗三滩，言张旗之顷，已过三滩，其湍急如此。泸戎之间有渡泸亭，然不知孔明竟出何路？今锁江对岸废城，下临马湖，有韦皋纪功碑，岿然荒榛中，疑此或是古迹。"《青城山会庆建福宫》尾句后注解曰："老宅，即老人村也，旧名潦泽，疑传之误，余为更此名。"《琉璃河》题注云："此河大中祥符间路振《乘轺录》亦谓琉璃河，惟嘉祐中宋敏求《入番录》乃谓之六里河，大抵胡语难得其真。"这些注释文字从地理、语言及风俗层面考订了古迹的遗址、名称，类似的考证多次出现在副文本中，显示了范成大渊博的地理学知识向诗学的渗透。

最后，范诗将正文本表达未尽的情愫寓于副文本，以浇胸中块垒，从而充实和深化了全篇的情感意境。《丁酉重九药市呈坐客》抒发羁旅仕宦的惆怅疲惫之感，而该诗题注则进一步阐发，将这种奔走四方、羁宦难归的复杂心情淋漓呈现出来。其曰："余于南北西三方，皆走万里，皆遇重九，每作《水调》一阕。燕山首句云：'万里汉家使'，桂林云：'万里汉都护'，成都云：'万里桥边客'。今岁倦游甚矣，不复更和前曲，乃作此诗以自戏。"范成大诗集卷十二多记使金途中的闻见，一部分诗歌的副文本巧妙蕴含着诗人丰富的内心情感。《宣德楼》题注云："金人加崇葺，伪改曰承天门。"《内丘梨园》题注："内丘鹅梨为天下第一，初熟收藏，十月出汗后方佳。园户云：'梨至易种，一接便生，可支数十年。吾家园者，犹圣宋太平时所接。'"《真定舞》题注："裔乐悉变中华，惟真定有京师旧乐工，尚舞高平曲破。"三诗题注以使金途中的建筑、民俗物事为切入点，记叙了南渡前后这些物事的盛衰演变情景，幽微曲折地反映了北宋灭亡后的悲痛心情。

综上，在宋代文艺审美思潮日趋通俗化的环境下，范成大跳出江西诗法的拘囿，目光渐渐转向日常生活和大自然，加之游历四方的人生经历，这令范成大写作了数量甚多的地理诗。这些诗篇的叙事形式多样化，且具有鲜明的时代特征和艺术风格，如诗志并行、组诗叙事、俳谐文体、多用口语等。同时，范成大频频借助题注、诗注、诗序等副文本，对正文本进行补充说明，不仅志录了新颖的地方民俗和惊险的自然风景，还考辨地理名胜，倾吐委婉蕴藉的情感。从文学发展的角度看，范成大的地理诗意旨深厚，涵盖甚广，极大地扩充了宋诗写作的题材，在审美形式上对后世创作亦有启发意义。

李白诗“相看两不厌，只有敬亭山”现地研究

简锦松*

一　前言

李白“众鸟高飞尽，孤云独去闲。相看两不厌，只有敬亭山。”一诗，乃千古名唱，脍炙人口，全诗只有短短二十个字，却在一千二百余年间，从未得到正确的解释，本文将以现地研究方法，还原本诗的真相。

“现地研究法”，是结合传统文献与现代科技的最新式古典文学研究法，已出版的研究范例，请参阅简锦松教授的《杜甫夔州诗现地研究》（1999）、《唐诗现地研究》（2006）、《亲身实见——杜甫诗与现地学》（2018）、《山川为证——东亚古典文学现地研究举隅》（2018）四部书。

这首诗的误解之源，来自题目“独坐敬亭山”，这五字的渊源甚早，传世的第一本李太白诗集[①]，便以此五字为题目。顾名思义，“独坐敬亭山”当然是作者一个人单独坐在敬亭山中。但是，以敬亭山的地理特征，绝无可能坐在敬亭山中还可以看到“众鸟高飞尽，孤云独去闲”的场景，更不可

---

* 简锦松，台湾中山大学中文系教授。

① 见（宋）杨齐贤集注，（元）萧士赟删补《分类补注李太白诗》（四部丛刊本）卷23，第26页。本题原有二首，另一首为“合沓牵数峰，奔地镇平楚。中间最高顶，髣髴接天语。”首句“合沓”抄袭谢朓之句，三四句太过，李白不是没有看过大山的人，不像会写这种话语，疑为伪作。（清）王琦辑注《李太白文集辑注》卷23，第12b页，在《独坐敬亭山》题下只录本诗一首。

能坐在山中，还与敬亭山相对而视。因此，这个极具权威性的诗题，确定是有问题的。

本文将抛开宋本李太白诗集所加的诗题，直接分析原诗；论文结构则采取倒插法。第一步，先以现地山川为证，指出此诗是李白清晨由水路往敬亭山，在句溪舟中，长时间面对敬亭山而作。由于李白其他诗篇说到过自己是乘舟往游敬亭山。因此，第二步指出谢朓往游敬亭山皆行水路，为李白模拟对象，再以宋人梅尧臣对敬亭山水路的书写，证明本论的正确性。第三步，补叙相看的由来，检讨本诗有没有可能作于城内的谢朓北楼。第四步，利用明人游记和诗篇，确定陆路往敬亭山的话，不能满足本诗所叙述的情境，清除诠释的盲点。

除了李白诗集的古注到今人所著专书外，讨论《独坐敬亭山》的人也非常多，像罗筱玉《说出矣，说不出，析李白独坐敬亭山》①之类以优美文字凭空想象其意境的文章，真是不胜枚举。由于本文从研究方法到结论都与古来的说法完全不同，再评论前行研究的得失已无意义，因而从略。读者如想知道前人对此诗的解读与评论，童庆炳《独坐敬亭山义证》②一文的第二节曾有论述，敬请参考。

二　山川为证，直读原诗

敬亭山，又名昭亭山③，在南朝齐谢朓（464—499）作诗以前，只有零星的记载，直到谢朓的名篇《游敬亭山诗》，对敬亭山加以表彰，此诗又被收入《文选》，才奠定了它作为名山的地位。《游敬亭山诗》一开头的六句就说：

> 兹山亘百里，合沓与云齐。隐沦既已托，灵异居然栖。上干蔽白

① 参见《文史知识》2010年第9期（2010年9月），中华书局主编，第35—38页。

② 参见《河北学刊》第33卷第4期（2013年7月），河北省社会科学院主办，第65—70页。

③ 历代文献中，“敬亭山”与“昭亭山”二名，完全混用，没有分别。

日，下属带回溪……①

谢朓当时的职务是宣城太守，因而“兹山亘百里，合沓与云齐”十字，便成为后世记述敬亭山的权威依据。百里，依梁俗尺计算②，1 尺为 0. 2474 米，1 里 =6 尺 ×300 步 =445. 32 米③，百里 =445. 32 米 ×100 =44. 532 千米。这样的领域大小，与现代认知的敬亭山相差很大，现代敬亭山风景区是以明显可见的敬亭山体为范围，从东北侧山麓连接山脊的棱线到西侧山麓，全长不过六七千米。

因为谢朓这句诗写出了“兹山亘百里”，所以，古代地理志书就把敬亭山以北宣城县内的山，都当作敬亭山的分支。《古今图书集成》之“方舆汇编·山川典·敬亭山部汇考·李太白独坐题诗之敬亭山”条，曾加以整理为：

> 敬亭山在今江南宁国府城北一十里，旧名昭亭，又名查山。其山脉北衍，分为三支，一支为梅子冈、甑山、佛子岭、峡石山；一支为麒麟山、乐义冈、高亭冈、城山、稻堆山；一支为九里山、黄冈、豹山冈、新丰街、符里镇、横冈山。其高数百丈，周广百倍之，自昔名贤率多题咏。④

上述众多山名中，第一支的峡石山（硖石山，代表地址为 31° 1. 754′北，118° 45. 199′东），第二支的麒麟山、稻堆山（倒头山，代表地址为31° 9. 090′北，118° 44. 729′东）、城山（陈山，代表地址为 31° 7. 827′北，118° 45. 526′东），第三支的九里山（代表地址为 31° 2. 833′北，118° 39. 158′东）、豹山

---

① 参见逯钦立《先秦汉魏晋南北朝诗》，齐诗三，第 1424—1425 页。

② 据丘光明、邱隆、杨平合《中国科学技术史·度量衡卷》，科学出版社 2001 年版，第 253 页。

③ 参见（隋）夏侯阳《辨度量衡》，《夏侯阳算经》（四库全书本）卷上，第 3a 页：“六尺为一步，二百四十步为一亩，三百步为一里。”

④ 参见（清）陈梦雷、蒋廷锡编《方舆汇编·山川典》，《古今图书集成》，第 2890 页。

冈（竹塘豹山）、横冈山，这些山名，在“中华民国”25年（1936）测绘、民国26年（1937）制版的《中国地图数据图表：安徽省五万分之一地形图》，《宣城县》与《新丰》两幅[①]，还可以看到本名或同音字名仍被沿用，其他都不可考。我将这两幅地形图在Google Earth Pro卫星地图上迭合数化之后，仔细做了检视，《古今图书集成》所叙述的这些小山，最远的距离敬亭山数十公里，接近“兹山亘百里”的指述，但它们既与敬亭山的本体并不相接，也看不出明确的连属关系。所以，本文不用谢朓百里之说，仅针对独立而完整的敬亭山本体来讨论。

其次，和敬亭山关系密切的地理特征是溪流，就是著名的宛溪水和句溪水。《明万历续文献通考》云：

> 宛溪，府城东源出峄阳山。
>
> 句溪，府城东五里，源出歙之丛山，东北流二百余里，合众水入江。[②]

句溪水是主要河川，自古航运发达，是宣城经芜湖进入长江，或径由当涂北上南京的主要水路，下文还会详说。句溪之名，起源甚早，谢朓《将游湘水寻句溪诗》已使用此名，历经唐宋元明，咸以此称。宣城古有三镇，水阳镇在句溪边，清代因而更名为水阳江，今地名也称水阳江。宛溪是句溪的支流[③]，发源于宣城县南，自南向北从县城下流过，因为它附郭而行，故唐代起即建有上下二桥，上桥为凤凰桥，下桥为济川桥（原址为今东门桥）。[④] 自古以来，诗人往往将宛、句二溪连举，宋人孙锡诗：“句溪虽可鉴，未若宛溪清”[⑤]，即为一例。

① 本图为“中华民国”参谋本部安徽省测量总局制作：《中国地图数据图表：安徽省五万分之一地形图》，（台北）联勤测量制图厂1958年版。

② 参见（明）王沂撰《田赋考·河渠上·宁国府》，《明万历续文献通考》卷11，第683页。

③ 汉代有宛陵县，晋宋时期设宣城郡，以宛陵县为附郭，宛溪即以宛陵县而得名。

④ 参见（清）施闰章《重修宛溪二桥记》，《施愚山先生学余文集》卷13，第4b—6a页：“环吾郡东而桥者二，曰凤凰，曰济川，始自隋开皇中刺史王公选，唐宋兴缮频仍。”

⑤ 参见（南宋）王象之撰《舆地纪胜》卷19，第5a页，《江南东路·宁国府·景物上·宛溪》条引。

句溪水和敬亭山的关系，就如徐铉（916—991）《宣州开元观重建中三门记》所言："宣州开元观，远拟清虚，独标形胜，敬峰崇峻镇其后，句溪澄澈经其阳。"[①] 敬峰就是敬亭山，句溪流过此山南面。谢朓乘舟往游敬亭山，李白在舟中写下相看两不厌，都是因为句溪和敬亭山有着紧密的关系。

下面两张照片，是我在句溪舟中所拍摄的敬亭山。图1的拍摄地点约为30° 59. 360′北、118° 44. 806′东，在句溪接纳宛溪之后，东北流约2. 647千米处，图2是在接近敬亭山时拍摄的，其地址约为30° 59. 360′北、118° 44. 806′东，距离前一个地址约1. 76千米，宋人称此为敬亭潭或昭亭潭，现在本地人称它海棠湾。在拍摄点的东北方三百余米有庙铺村的渡口，这是敬亭山下古代远行船的码头，也是城中往游敬亭山的下船之处，谢朓致祭的敬亭山庙应在此间，现在敬亭山旅游的交通方式改变，游客全部改行公路，此地景况十分萧条。

图1　句溪转湾处，泛舟其中，可与敬亭山相看两不厌

① 参见（北宋）徐铉《宣州开元观重建中三门记》，（清）董诰等编《全唐文》卷882，第9920页。此文作于后周显德五年戊午（南唐改用年号，958）秋九月庚申。

图2　句溪的敬亭潭里，人在舟中，可与敬亭山相看两不厌

如照片中所见，敬亭山并不是大山，在 Google Earth Pro 卫星地图上显示为最高峰306 米，次高峰292 米①，山下水阳江海拔约10 米，相对高差与绝对高度相似。从山顶棱线到山麓海拔 70 米处，一般宽度在 1100 米左右，等高线均匀分布，间隔经常大于0.4 厘米，说明了这座山的坡度和缓，大部分坡度小于45 度，现在山中茶园遍布，老丘陵属性明显。而且，从海拔 70 米处到江边约有 500 米距离，坡度缓缓升高，感觉上像是平地。

像这样的地形条件，如果李白独坐在敬亭山的本体之中，由于坡度平缓，小径两旁树林茂密，不可能与敬亭山相看。又，前举敬亭山的南北两个高峰，相隔1140 米，但由于两峰高差只有14 米，其间相连的山顶棱线也没有太大的落差。因此，不论坐在山顶棱线的哪一点，向南北两个高峰眺望，作用都不大；只有像图1、图2 这样，由舟中仰望，才能望尽山形之美。

鸟雀和山云的生态，都有不变的物理，以“众鸟高飞尽”来说，此句本由谢朓《郡内高斋闲坐答吕法曹》诗的“日出众鸟散”② 点化而来，写清晨之景。在中国古典诗文的书写传统中，“云无心以出岫”，必定是清晨，

① 前述《五万分之一宣城县地形图》标出两山海拔高度，第一高峰为 346 米，第二高峰为 345 米。其标高基准，依图面记载为“自本局门前假定之标高点五十公尺起算”。

② 参见（南朝梁）萧统编选，（唐）李善等注《文选》卷26，第1209 页。

“鸟倦飞而知还”[①]，必定是黄昏，反之，鸟高飞而尽出，也只是清晨才有的特殊景观。不变的物理，本来如此。

而且，敬亭山是竹树十分茂盛的丘陵，历代都有不少记载，像这样的丛林中，四时晨昏鸟雀不绝，才是常态。何况人在山中，林深径密，所见有限，纵使清晨鸟雀群飞，也为高树所遮挡，绝对不会产生身边的鸟雀高飞而尽的感觉。

山云的形成也有一定的条件，以敬亭山的形体和高度，如果要看见“孤云独去闲”，势必要有相当的距离、高差和角度。也就是说，除非李白在山下，有相当的距离，而且方向是从东南往西北的顺光方向[②]，才有可能仰望到山头白云，若是人在从敬亭山上，不管在什么位置，都不会看见“孤云独去闲”的场景。

综合这些现地条件可知，“众鸟高飞尽”，乃因为人在舟中，水面空阔，才会看到晨鸟高飞而尽去。“孤云独去闲”，乃因为在清晨行船，从水面仰望，与敬亭山有一定的距离和高差，角度又是从东南向西北的顺光方向，才会形成。至于“相看两不厌”的成因，则是因为长时间在舟中仰视此山而产生的情感。

三　从早期五万分之一地形图呈现李白泛舟行程

这个新解的基础在于认定李白清晨乘舟往游敬亭山，这一点，在李白诗中就三次透露了，一次是《别韦少府》诗中的“洗心向溪月，清耳敬亭猿”，透露出舟游和敬亭山的关系，一次是《宣城清溪》的“清溪胜桐庐，水木有佳色。山貌日高古，石容天倾侧”，山貌句，便是从清溪上看敬亭山。[③] 一次

---

① 参见（晋）陶渊明《归去来》，《文选》，卷45，第2026—2027页。

② 在晨间看山，距离2公里至5公里内300米高的山头，如果是逆光的话，山色会变淡，不会有浮云。

③ （唐）李白撰，（清）王琦辑注《李太白文集辑注》［法国国家图书馆藏，清乾隆二十三年（1758）聚锦堂刊本］卷22，第25b—26a页，王琦注谓清溪在池州秋浦县北，非也。此诗正是宣城郡城之溪。

是《自梁园至敬亭山见会公谈陵阳山水兼期同游因有此赠》诗，更具体指出是“弭棹流清辉”是往游敬亭山方式：

> 渡江如昨日，黄叶向人飞。敬亭惬素尚，弭棹流清辉。冰谷明且秀，陵峦抱江城。……

一般读者碍于成见，又缺乏现地经验，以致证据就在目前而白白错失了，下面，我们再以地图数化、GPS卫星地图迭合的技术，结合现地的证据，来解说李白的行程。

古代宣城县城建置陵阳山，历经南北朝、唐、宋、元、明、清至今，并无改变。所以，本文以民国25年测图、民国26年四月制版的《中国地图数据图表：安徽省五万分之一地形图·宣城幅》的截图来说明，这幅大比例尺地形图虽然测绘于民国时期，图上资料多继承于清代，极有利于研究。

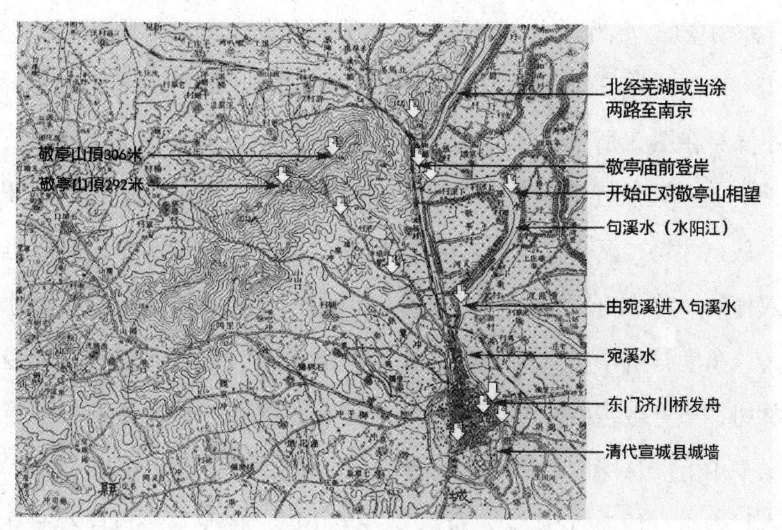

图3　李白自宣城至敬亭山舟行路线

注：地图中的白色箭头标记依次为：1新建谢朓北楼古迹，2古凤凰桥，3古济川桥（东门桥），4鳌峰，5宛溪与句溪水合流处，6照片〈图1〉拍摄点，7照片〈图2〉拍摄点之敬亭潭，8自句溪登岸处，在庙铺

前，9 盘龙山，10 新建敬亭山公园大门牌坊，11 敬亭山登山口，12 敬亭山顶最高之北高峰，13 敬亭山顶次高之南高峰。

这幅地图制作精良，我将它数字化以后，植入 Google Earth Pro 卫星地图详细比对，发现宣城县城到敬亭山这个部分误差很小，例如地图的右下方是清代宣城县城，城墙线仍很清楚，据《光绪宣城县志》所载，城墙周长九里十二步①，以 1 华里等于 550.50505 米换算，应长 4973 米，图中的城墙线长 5038 米，相差仅 65 米。此外，在城北的宛溪，大约有 620 米的一段，发生了并不严重的误差，精准度堪称良好。②

县城中主要路为东大街、西大街，和南大街、北大街，交叉成为主要的十字口，十字口的东南是高起的地形，今有重修的谢朓楼古迹和怀谢亭。宣城县进入宛溪的渡口在东门济川桥下，1990 年我初次到宣城县考察时，东门口的宛溪渡仍是鼎盛的码头。

从东门登舟，沿宛溪北行至进入句溪的会合点（地名三叉河，30° 58.033′北，118° 45.219′东），前述地图与 Google Earth Pro 上的河流线略有差异，距离也小异，在图 3 所见的长度是 1960 米，在 Google Earth Pro 上的长度是 1886 米，这一段航程因为溪窄地低，角度也不佳，不是与敬亭山相望的好位置。从宛、句二溪会流口到句溪水转弯处（即图 1 拍摄点），距离为 2647 米，双棹的一叶小舟可能走上一个小时以上，在这一段航行中，溪水的宽度较大，角度与敬亭山大略平行，在大部分河段，舟中人极有可能越过溪边的林树，望见敬亭山；但是，因为林树影像掺杂，不容易集中注意力聚焦到敬亭山上。从图 1 拍摄点继续行船，经过敬亭潭（即图 2 拍摄点），到庙铺古村上岸，约为 2097 米，也需要一个小时。由于这一段航程是正面对着敬亭山而来，可以看到敬亭山的全景，距离也在不远不近中，此时如果山上有行云，“孤云独去闲”的景象将十分鲜明而亲切。

① 《光绪宣城县志》，卷 5，第 1a 页：“城今周延九里一十二步，高二丈五尺，厚三丈。”

② 误差的原因，不排除是现代城建中采取了截弯取直的工程。

综上所述，“众鸟高飞尽，孤云独去闲。相看两不厌，只有敬亭山”乃是李白清晨乘船往游敬亭山，全程6654米，双棹的小船要航行两三个小时，行进途中，从溪上空阔处望见晨间林树上众鸟高飞散去，又看见朝云从敬亭山上离岫而行，由于船行缓慢，诗人有充分的时间，悠闲地与敬亭山相视而坐，因而写下“相看两不厌”的多情之语。

四　李白水路往游敬亭山，出于对谢朓的模仿

李白的敬亭山之游，乃出于对谢朓的模仿，是无人能够否定的事实。李白不但两次登谢朓北楼作诗，写下《宣州谢朓楼饯别校书叔云》《秋登宣城谢朓北楼》，还写下大量赞美谢朓的诗《自梁园至敬亭山见会公谈陵阳山水兼期同游因有此赠》《登敬亭山南望怀古赠窦主簿》《寄崔侍御》《题东溪公幽居》《送储邕之武昌》《酬殷明佐见赠五云裘歌》《赠宣城宇文太守兼呈崔侍御》《新林浦阻风寄友人》《秋夜板桥浦泛月独酌怀谢朓》①，特别是《酬殷明佐见赠五云裘歌》诗中“我吟谢朓诗上语，朔风飒飒吹飞雨。谢朓已没青山空，后来继之有殷公”之句②，更具体指出自己对谢朓诗的熟习。因此我们可以推论，李白曾经读过谢朓在宣州敬亭山所作的五首诗：《游敬亭山诗》《往敬亭路中》《赛敬亭山庙喜雨诗》《祀敬亭山庙诗》《祀敬亭山春雨》，下文中将详读这五首。

第一首《游敬亭山诗》，上个小节已经引用了前六句，其全文是：

> 兹山亘百里，合沓与云齐。隐沦既已托，灵异居然栖。上干蔽白日，下属带回溪。交藤荒且蔓，樛枝耸复低。独鹤方朝唳，饥鼯此夜啼。渫云已漫漫，夕雨亦凄凄。我行虽纡组，兼得寻幽蹊。③ 缘源殊未

① 二诗分见《分类补注李太白诗》卷12，第17—19页；卷14，第31—34页。

② 参见《全唐诗》卷167，第1728页。

③ 参见（梁）萧统编，（唐）李善注《文选》（上海古籍出版社1986年版）卷27，第1260页，“我行虽纡组，兼得寻幽蹊”句下注：“杨子云解嘲曰：纡青拖紫。说文曰：纡，屈也；一曰萦也。又曰：组，绶也。幽蹊，山径也。楚辞曰：道幽路兮九疑。”按：“纡组”为“鸣佩纡组”之省，指身着官服。“幽蹊”字注为“山径”，可知当时所见之版本为“蹊”字。

极，归径窅如迷。要欲追奇趣，即此陵丹梯。皇恩竟已矣，兹理庶无睽。

此诗首四句提起，总说敬亭山之广大，上有神仙隐沦之迹，点化自郭璞《江赋》[①]。第五句到第十二句，从“上干蔽白日”到“多雨亦凄凄”，写登山之前对敬亭山的认识。接着第十三句至十六句，“我行虽纡组”以下，写往游之事。结尾的四句以游仙诗的理趣，说明自己因为要追奇趣而登上丹梯，“丹梯”二字，即郭璞《游仙诗》之“灵溪可潜盘，安事登云梯。”之“云梯”[②]、谢灵运“惜无同怀客，共登青云梯”之“青云梯”[③]，“兹理”，为游仙隐逸之理。全诗中写往游之事，只有第十三句至十六句而已。

“我行虽纡组，兼得寻幽蹊”，“纡组”二字指身着官服，“幽蹊”在《文选》中作“蹊”字，李善注为“山径”，但参照后两句“缘源殊未极，归径窅如迷”，应作“幽溪”为宜，因前文已用了“溪”字而回避本字，李善注非是。本诗先在第六句“下属带回溪”，写出敬亭山与宛、句二溪的关系，然后在篇末以“要欲追奇趣，即此陵丹梯”十字，指出登山的期望，与前举晋郭璞《游仙诗》之“灵溪可潜盘，安事登云梯”的思路，似相反而实相成。而且，接下来两句“缘源殊未极，归径窅如迷”[④] 使用了晋陶渊明《桃花源记》的武陵渔人典故：“晋太元中，武陵人捕鱼为业，缘溪行，

---

① “隐沦”为桓谭所谓天下五种神人的第二种，见（汉）桓谭《桓子新论下·辨惑第十三》，（清）严可均辑《全上古三代秦汉三国六朝文》（中华书局 1991 年版），全后汉文，卷 15，第 550a 页：“天下神人五：一曰神仙，二曰 隐沦，三曰使鬼物，四曰先知，五曰铸凝。”谢朓此语，乃自（晋）郭璞《江赋》，《文选》，卷 12，第 571 页：“尔乃域之以盘岩，豁之以洞壑，疏之以沲汜，鼓之以朝夕。川流之所归凑，云雾之所蒸液，珍怪之所化产，傀奇之所窟宅，纳隐沦之列真，挺异人乎精魄”点化而来。

② 参见《文选》卷 21，第 1019 页，《郭景纯游仙诗七首》之一。

③ 参见《文选》卷 22，第 1046 页，《谢灵运登石门最高顶》。

④ “缘源”用桃花源典故，可参见《文苑英华》卷924，第4866 页，刘太真：《房州刺史杜府君神道碑》：“伊昔汉臣择日而不去，秦客缘源以忘返。”及卷 166，第 795 页，张九龄《耒阳溪夜上》：“乘夕棹归舟，缘源路转幽。”又，卷 234，第 1178 页，王维《蓝田山石门精舍二首之一》：“落日山水好，漾舟信归风。翫寄不觉远，因以缘源穷。遥爱云木秀，初言路不同。谁知清流转，偶与前山通。”

忘路之远近。……寻向所志，遂迷不复得路”①，可见这四句是在说明自己乘舟往返敬亭山。

在谢朓另一首《往敬亭路中》，更明白地写出舟行所经所见的景观：

> 山中芳杜绿，江南莲叶紫。芳年不共游，淹留空若是。绿水丰涟漪，青山多绣绮。新条日向抽，落花纷已委。弱蔓既青翠，轻莎方靃靡。鹭鸥没而游，麕麚胜复倚。春岸望沉沉，清流见弥弥。幸藉人外游，盘桓未能徙。鹜柑把琼芳，随山访灵诡。荣楯每嶙峋，林堂多碕礒。②

本诗同样是二十句，章法与《游敬亭山诗》完全相同。首四句总说山中、溪上，春色皆好，叹恨自己徒被淹留，未克往游。第五句到第十二句，从“绿水丰涟漪”到“麕麚胜复倚”，都是从舟中望见岸上的风景。“绿水丰涟漪”，指宛溪和句溪，不过，宛溪太短太窄又近城市，主要的是句溪。青山多绣绮，指敬亭山，“新条日向抽”，指花树上的新条日益长出，由“落花纷已委”看来，落花已经不少，宣城县城的纬度是30°56′，敬亭山是30°59′，大量落花的时间应是公历4月中旬。“弱蔓既青翠”指新枝上生出青翠的叶子，“轻莎方霍靡”指地上的草色更见柔靡。“鹭鸥没而游”是水鸟的活动，“麕麚胜复倚”，是岸上的野生动物。从宣城县城东北到敬亭山这一带的句溪水畔，到2012年我再度去考察时，都还是非常低度开发的沼泽地，1600多年前的谢朓，看见鱼鸟麕麚，翔跃潜倚的画面，乃是当然。

上述八句是沿溪所见之景，没有写到山景。接下来，谢朓再以第十三句至十六句，写出自己泛舟中流，盘桓流连而不忍去。“春岸望沉沉”总结了前面八句的写景，“清流见弥弥”指出了所在的水上，“人外游”把此行的隐逸趣味彰显出来，“未能徙”见出中流夷犹、写景纷呈的原因。正因如

① 《艺文类聚》卷86，第1469页。

② 参见《先秦汉魏晋南北朝诗》，齐诗，卷4，第1457页。

此，所以下句“骛枻把琼芳”使用了“骛枻”一词，等于飞桨、鼓棹，有加速舟船行驶之义，“把琼芳”见《楚辞》[1]，指手持美酒，这一句之后的“随山访灵诡”才写到即将上敬亭山，去穷探山中的神仙灵异之境，“荣栖”和“林堂”都是山中的建筑，谢朓用了“每嶙峋”和“多碕礒”，都有山高之义，这时候已经登岸，在山麓就近观看山中建筑了。

这首诗的内容，就如同题目所示，是从郡城往敬亭山的路中，很明显的，谢朓出城之后，经由水路，下宛溪，入句溪，然后到敬亭山前登岸。

为什么谢朓往敬亭山都取水路？除了宛、句二水的便利性之外，敬亭山神是水神，敬亭山庙建在水边，也是主要原因。[2]

《赛敬亭山庙喜雨诗》先写敬亭山庙的所见，是“潭渊深可厉，狭邪车未方。朦胧度绝限[3]，出没见林堂”。一句讲句溪，一句讲上岸后的道路，朦胧者是雨势渡过敬亭山的绝顶，山没是因雨而看不见山，林堂是此庙本身。这四句之后，诗人以十个句子描写庙会的场景，庙会结束后，引起了他“乐极思故乡”的心事，想要“登山骋归望”，可惜“原雨晦茫茫”，毕竟没有前往。

《祀敬亭山庙诗》中间四句说：“贝阙视阿宫，薜帷阴网户。参差时未来，徘徊望沣浦”，“贝阙”为水中宫阙、“视”同“视”，“阿宫”一作“河宫”，皆指此庙为水神之祠。“参差”二句，出《九歌·湘君》：“望夫

① 参见《楚辞补注》卷2，第55页，《九歌·东皇太一》：“瑶席兮玉瑱，盍将把兮琼芳。”

② 敬亭山庙祀钱塘神，姓梓名华，其传说始见于刘宋永初（420—422）、元嘉二年（425）间，《全唐文》，卷729，第7515页，崔龟从《书敬亭碑阴》一文，首引《宣州图经》和《齐谐记》载其事。唐大中十二年（858）郑熏致祭时，只称梓华府君，后唐景福中封为昭威侯，宋真宗景德元年（1004）诏封广惠王号，元至治二年（1322）封为灵应忠烈显正福佑广惠王。以上四事，分见《全唐文》卷790，第8274b—8275页，《祭梓华府君神文》《文献通考》卷90，第823页、《宋会要辑稿》，礼二十卷，第88页、《大明集礼》，卷14，第6b页。今敬亭山下有庙埠（庙铺）村，古敬亭庙应在此。（宋）张耒《谒敬亭祠》：“古庙依山麓，开门石磴深。疏林归鸣鸟，野殿宿寒阴。落日鱼盐市，丰年箫鼓音。我来无所祷，壁宇叹尘侵。”指出它背倚敬亭山麓，前方为鱼盐之市，与庙埠的形势相同。不过，从句溪水畔到敬亭山麓距离数百米。明清以后，不同时期在敬亭山下建了许多寺庙，都贴近敬亭山，与敬亭古庙不同。

③ “绝限”，即“绝顶”，参见扬雄《蜀都赋》，《全上古三代秦汉三国六朝文》全汉文，卷51，第402页：“南则有犍牂潜夷，昆明峨眉，绝限㟪嵣，堪岩亶翔。”

君兮归来，吹参差兮谁思。……望涔阳兮极浦，横大江兮扬灵。……捐余玦兮江中，遗余佩兮沣浦”①，写神灵未来前，众人在水畔望神而祭的情形。

《祀敬亭山春雨》首二句为“水府众灵出，石室宝图开”，末二句为“青鸟飞层隙，赤鲤泳澜隈”，同样呈现了庙在水畔的特征。

细读谢朓五首诗之后可知，谢朓往游敬亭山采取水路，又因为敬亭庙位于水岸，往祀敬亭庙也以水行便利，李白既然熟读谢朓诗，此点也不容不知，因此，当他自己追随谢朓的遗风而往游敬亭山时，也浮舟而往，在舟中与敬亭山相看不厌，乃意中之事。

五 从李白以后到宋代梅尧臣的敬亭山舟行

泛舟往游敬亭山，在唐宋诗中并不少见，其中还有一个重要的因素，便是水路交通。这条水道，不只是游览敬亭山的必经之路，敬亭山下，还是远行码头与官道的交会口。

敬亭山直对句溪水，句溪水今名水阳江，自古就是宣城通往长江的重要水路，孟浩然曾有《夜泊宣城界》诗，写下“山泊敬亭幽”之句②，所泊之码头，就在敬亭山下，李白《送崔氏昆季之金陵》也说：

> ……二崔向金陵，安得不尽觞。水客弄归棹，云帆卷轻霜。扁舟敬亭下，五两先飘扬。……③

---

① 参见《文选》卷32，第1156—1158页，屈原《九歌·湘君》，按：诗人将“望涔阳兮极浦”与“沣浦”两处结合使用。

② 孟浩然《夜泊宣城界》：“西塞沿江岛，南陵问驿楼。湖平津济阔，风止客帆收。去去怀前浦，茫茫泛夕流。石逢罗刹碍，山泊敬亭幽。火识梅根冶，烟迷杨叶洲。离家复水宿，相伴赖沙鸥。”诗中“西塞”“南陵”“罗刹石”“敬亭山”“梅根”“杨叶洲”都是地名，但各地名之间无法排列成序，而且“罗刹石”与“梅根”都是池州地名、“杨叶洲”一名，依《通典》，卷128，第4841页，载于江州彭泽县下，而（宋）宋祁《送杨告虞部知池阳》：“梅根大冶兼金富，杨叶芳洲杂花红。”则视二地皆在池州，难以解读。

③ 五两，帆也。《全唐文·唐文拾遗》卷37，第10795a页，崔致远：《浙西周宝司空第三首》：“某只看风信，便泛江程。五两翩翻，解指朝天之路；三军踊跃，待申破竹之功。”

“五两”就是船帆的典故，这些都是远行的大船。当时远行人都必须在敬亭山下的码头换乘远行大船，是因为宛溪窄小，大船无法驶入宛溪停泊。北宋时宣城太守苏为和张耒，各作了《泛宛溪至敬亭》①《泛宛溪至敬亭祠送别》② 二诗，即为此故。

2017 年 7 月，我以宋、元、明、清四朝的旅行诗文和江防、驿路文献为基础，考察了镇江到九江的长江水路航程，对于敬亭山到金陵的水程，也加以注意。自敬亭山北上金陵，自古有两条水路，一条从敬亭山下码头发船，顺着水阳江北上，到东门渡（代表位置约为 31° 9. 110′北、118° 43. 659′东），转由支流向西北行（如果不走东门渡，继续航行句溪到水阳镇，同样可到乌溪镇），经乌溪镇、黄池镇、芜湖县，入长江，次泊褐山矶、大信河口（即姑孰溪口、当涂县城）、采石矶、望夫石、慈姥矶、三山矶，以达金陵。③ 这是主要道路。宣城人梅尧臣多次航行，皆由此路。另一条，从敬亭山下码头发船，顺着水阳江北上，经过水阳镇后，在大约 31° 17. 051′北、118° 43. 619′东之处，折而东北行，经丹阳湖（今名石臼湖），再西行姑孰河（大信河），至当涂县城，而后仍沿长江而下金陵，唐大中十二年（858）宣歙观察使郑熏自宣城奔扬州，即由此路。④

除了北上建康、京口、扬州之外，在敬亭山下停泊的远行船，也可以

---

① 参见（北宋）张为作，张为于北宋仁宗天圣四年（1026）知宣州，诗见《全宋诗》第 3 册，第 1628 页，引自（明）汤宾尹《宣城右集》卷 23。

② 参见（北宋）张耒撰，李逸安点校《张耒集》，中华书局 1990 年版，卷 19，第 336 页。本诗是张耒从郡城泛舟到敬亭山下送行人，当时已届冬日水枯，被送之行客，由敬亭山下陆行，诗中有“渔市临官道，丛祠蔽木阴”是也。又据同书《附录一》，邵叔武编：《张文潜先生年谱》，页 999—1000，张耒于宋哲宗绍圣元年（1094）甲戌秋守宣城，至绍圣三年（1096）丙子春夏间罢守宣城入京。

③ （北宋）梅尧臣撰，朱东润编年校注：《梅尧臣集编年校注》卷 18，页 459—462，有庆历 8 年（1048）所作《金陵怀古》《江畔》《慈姥山石崖上竹鞭》《早发》《望夫石》《过褐山矶值风》《褐山矶上港中泊》《宿矶上港》《谒昭亭庙》《昭亭潭上别》《宣州环波亭》，即本次行程之逐日纪程。不过，诗卷是由金陵返回宣州，本文倒叙为宣城至金陵。又，同书，卷 23，页 711—714，皇祐五年（1054）之《雪中发江宁浦至采石》《登采石山上广济寺》《阻风宿大信口》《早发大信口》《黄池月中共酌得池字》《泊昭亭山下得亭字》组诗，也是相同的水程。

④ 参见（唐）郑熏《祭梓华府君神文》，《全唐文》卷 790，第 8274b—8275b 页。文作于大中十二年十月二十一日（858/11/30，儒略历 2034776），奔扬州后。

东下苏州、杭州。南宋乾道三年（1167）王十朋自夔州刺史离任返回杭州时，便在芜湖县离开大江，进入青弋江，经黄池镇、新丰镇，至宣城县城[①]，然后取道广德州、吴兴赴临安。

唐宋诗人中对谢朓、李白、敬亭山三者所知最多的，莫过于宣城人梅尧臣。梅尧臣（1002—1060年），字圣俞，在他的《宛陵先生文集》中，不但大量出现敬亭山到金陵的航迹，对敬亭山下的码头也有不少描写，都可以补充说明为何谢朓与李白都由水路往游敬亭山。

梅尧臣曾作《泊昭亭山下得亭字》诗[②]，这艘停泊在敬亭山下的便是远行船只，他又有《昭亭潭上别弟》《昭亭别施度支》《送宣州签判马屯田兼寄知州邵司勋》三诗，同样指出该地的远行码头性质：

> 从来潭上别，先赛故山祠。却入舟中饮，无令盏尽迟。……（《昭亭潭上别弟》）
>
> 昭亭送客地，来往四十年。常视松端日，每稽潭上船。……（《昭亭别施度支》）
>
> 泊船系缆宿明镜，昭亭庙古攒瘦松。……（《送宣州签判马屯田兼寄知州邵司勋》）[③]

“潭上”即“昭亭潭”，指句溪在敬亭山下形成深广的水湾[④]，已见前引图2。“别”字与“送客”，指出了敬亭山下的远行码头角色；“先赛故山祠”和“昭亭庙古”不只是使用了谢朓《赛敬亭山庙喜雨诗》的

---

① 参见（南宋）王十朋，《王十朋全集》卷24，第461—463页，《黄池对月》《宣城道中闻雁》《宿新丰驿》《途中遇雨》王十朋也有《过宛陵，陪汪枢密登双溪阁、迭嶂楼，游高斋，望敬亭山，诵谢元晖、李太白诗，用枢公游齐山韵》《离宣城天色阴晦，望群山不见，枢公和诗见寄，复用前韵》《过麻姑山》《宿红林驿遇交代王给事》等诗。按：王十朋于乾道元年九月至三年七月（1165—1167年）任夔州刺史，至宣城时为八月中旬。

② 参见《梅尧臣集编年校注》卷23，第714页。

③ 三诗分见《梅尧臣集编年校注》卷24，第462页；卷24，第745页、卷23，第656页。

④ 按：《文选》，卷6，第262页，左思《魏都赋》注：“潭，渊也。屈平《卜居》曰：横江潭而渔。”《光绪宣城县志》卷4，第9b页：“又五里，至敬亭潭。注云；盘龙山下，深窈莫测，相传下有龙门，岁旱祷于此，请水祈雨，有庙埠渡。”即其地。

典故①，也指出北宋时的敬亭山下仍有祠庙，有祈求舟行平安的功能。

此外，他还有《发昭亭》诗，作于皇祐三年2月13日（1051/3/27，儒略历2105021），写离开县城后，到敬亭山下夜泊，翌日谢神而出：

春泥深一尺，车马重重迹。亲旧各还城，山川空向夕。今朝水平岸，不畏舟碍碛。始随湍涨发，已入青苍壁。落日未逢人，孤村望来客。泱泱漫田流，青青被陇麦。欲雾鸠乱鸣，将耕杏先白。我无农亩懃，千里事行役。寄谢昭亭神，果不吝深泽。②

首四句言亲友相送于宛溪岸，日晚各自回城。次晨水涨，可以开航，乃至敬亭山下换船，当夜宿于庙埠村，即第八句之“已入青苍壁”和“孤村望来客”。接下四句写翌日天色将雾，临发之时，溪畔田陇青青，鸠鸣杏白。最后，感谢梓华府君的神力给予行舟之助。

由于宣州城的交通与风景的重心在于句溪和敬亭山，所以，梅尧臣笔下宣城一县居民的游憩，也在此区。如《九月十一日下昭亭舟中》云：

平生山野性，坐卧爱流水。适从昭亭来，兴自明河起。小舟浮轻槎，身入星辰里。饮牛谁家郎，照鬓谁家子。隔岸心相望，翻然洲鹊喜。……③

本诗作于至和二年（1055）9月11日（1055/10/4，儒略历2106673），题目说“下昭亭”，诗中说“适从昭亭来”，可知为梅尧臣游罢敬亭山之后，回程所作。“明河”为双关语，真实之“明河”为句溪，比拟之“明河”乃银河，因为用了银河的拟喻，所以接下来便写：“小舟浮轻槎，身入星辰里。”用张骞乘槎泛银河的典故，“饮牛谁家郎，照鬓谁家子。隔岸心相望，

① 又，《梅尧臣集编年校注》卷21，第554页，有《将行，赛昭亭祠喜雨》诗，直接用了谢朓的诗题。

② 参见《梅尧臣集编年校注》卷21，第555页。

③ 参见《梅尧臣集编年校注》卷25，第809页。

翻然洲鹊喜”，用牛郎、织女星的典故。农历九月十一日的月相只有半规，亮度稍弱，银河相对明亮①，诗人由句溪水起兴，双关到倒映水中的银河，来写归来之游，重心放在水上之乐。

此外，梅尧臣《三十二弟寺丞归宣城因寄太守孙学士》一诗，也指出郡中人士游览之地，在敬亭山与句、宛二溪之间：

> 谢公下车日，郡内一登望。昭亭山苍苍，寒溪水瀁瀁。句清宛微浑，三洲分细浪。小艇下滩来，群鸥舞潭上。借问鸥何若，水深鱼莫向。鸥馁犹识机，鱼乐不忘饷。子去见太守，于我必有访。但寄此薄言，樽前为之唱。②

作此诗时，梅尧臣正在汴京，借三十二弟返乡拜会宣城太守之便，怀念家乡的敬亭山与句宛、二溪之游。

其他以溪山连带来写的诗篇，还有《雪中廖宣城寄酒》：“轻舟泛泛昭亭湾，春雪漫漫昭亭山。寒沙曲渚杳不辨，素鸥翔鹭空中还”③，也是以敬亭山和句溪水对举，并且明白指出观看敬亭山的角度，是从句溪的湾潭仰望的。

总之，从梅尧臣大量诗篇可见，游敬亭山的主要面向，在于宛、句二溪的水路，与谢朓、李白的旧游之迹，完全符合。

六　宣城北楼看山能否满足本诗条件的商榷

怎么样才会得到“众鸟高飞尽，孤云独去闲。相看两不厌，只有敬亭山”的效果？其条件就在时间、距离和所在位置的高差。也就是说，要满足这首诗的条件来自两点：第一点是前两句所提出的时间场景和观看角度的高下；第二点是物我之间的距离与持续发生情感的久暂。

---

① 当夜的月落的时刻为宣州地方时次日凌晨3：43，不过，梅尧臣此夜泛舟，不会到这么晚。

② 参见《梅尧臣集编年校注》卷29，第1107页。

③ 参见《梅尧臣集编年校注》卷20，第549页。

从现象来说，要看见山上白云，必须有一定的距离，乃是常识。李白本人乃至诸多唐人写到敬亭山和云时，都采取了远望。如李白《过崔八丈水亭》诗云：

> 高阁横秀气，清幽并在君。檐飞宛溪水，窗落敬亭云。猿啸风中断，渔歌月里闻。闲随白鸥去，沙上自为群。①

从“檐飞宛溪水”而言，崔八丈的水亭既然近接宛溪，可见是傍城而建，从城中到与敬亭山顶的直线距离，至少有3700米距离，所以可以观赏敬亭云。

李白另一首《赠宣州灵源寺仲浚公》诗云：

> 敬亭白云气，秀色连苍梧。下映双溪水，如天落镜湖。此中积龙象，独许浚公殊。……②

唐代宣州灵源寺，今已不知其处，但从第一句、第三句清楚可知，李白坐对敬亭云之处必定是在宛、句双溪上，和敬亭山顶有着数公里不等的距离。

李白这两首诗促使我们注意两件事。

第一，如果身在敬亭山上，无法观看敬亭山云。

第二，如果人在县城内的谢公北楼，能够满足这首诗的条件吗？

第一个问题留到后一个小节再作分析，以下先讨论北楼看山之事。古宣城县城的面积不大，北门和东门靠得很近，两门中间是一块高地，史称陵阳山，又称陵阳三峰，虽名为山，其实只有数十米③，宣州府治、宣城县治都设置于此，谢朓治郡时曾建高斋，于此视事，并有诗篇。从谢朓《郡

① 参见《全唐诗》卷180，第1840页。

② 参见《全唐诗》卷171，第1763页。

③ 关于陵阳山高度，一说有50米，据Google Earth Pro，第一峰海拔28米，今有重修北楼古迹，第三峰海拔26米，今有宋景德塔古迹，塔址即唐开元寺故址，杜牧《题宣州开元寺》末二句云：“留我酒一樽，前山看春雨。”乃“看前山之春雨”的倒装，暗用谢朓《祀敬亭山春雨》典故。

内高斋闲坐答吕法曹》之“结构何迢遰，旷望极高深。牕中列远岫，庭际俯乔林。日出众鸟散，山暝孤猿吟。……”[①] 看来，高斋不但所占地势较高，建筑结构也高大。谢朓这座高斋，因位于城北，且在政府之北，而有北楼之称。

李白所登的谢朓北楼，后来不见记载，到了晚唐，大中十年至十二年(856—858)，郑熏为宣歙节度时有“北望楼”[②]，虽然未必即是谢朓北楼，但位置乃在城北。唐懿宗咸通十二年十二月辛亥（10日，872/1/23，儒略历2039578）宣州刺史独孤霖作《书宣州迭嶂楼》一文时[③]，除了“北望楼”之外，还有“条风楼”“清暑楼”二楼，独孤霖又在地势最高处新建了“迭嶂楼”，取其“独峰揉云，双波屹风”之美，独峰就是敬亭山，双波就是宛、句二溪水，他嘲笑北望、条风、清暑各楼都只能观赏一个面向的风景，他的新楼高广，可以周览所有的面向，此楼也在城北。

宋人诗中除了大量题咏迭嶂楼之外[④]，还指出楼上有双溪阁，特别面向句溪而开，故又名双溪迭嶂楼[⑤]，元人诗中犹见此名。[⑥]陵阳山第一峰的占地

---

① 《文选》卷26，第1209页。

② 据（唐）郑熏《移颜鲁公诗记》，《全唐文》卷790，8270b—8271a页：“立召工将王少儒领其部匠，凿垣复匣，移窨于北望楼之西隅，且以为郡居之胜绝”，可见北望楼在郡城之内。

③ 《全唐文》卷802，第8424页，独孤霖《书宣州迭嶂楼》。

④ 迭嶂楼应在北楼故址，宋祁《景文集》卷8，第6b页，《迭嶂楼》诗，题下注云：“州衙北城上”，诗之次联云：“景闲思谢守，名重拟宣城。”注云：“宣州迭嶂楼名在天下。”《全宋诗》卷245，第2833页，《早夏陪知府学士登迭嶂楼》：“高陵自可眺，况复更层楼。峨峨众山翠，活活寒溪流。新篁未扫箨，缘险已修修。曲道出林杪，飞宇跨城头。春余众芳歇，子结累蔓抽。庭空野鼠窜，日暝啼禽留。谁知郡府趣，适有林壑幽。主人易吾土，惟袭是瀛洲。伊我去闾井，尔来三十秋。昔望白云下，今从轻轩游。”《三才图绘》卷7，第44页，谓此楼为唐独孤及所建，不知何据。

⑤ 双溪阁与迭嶂楼，应是同一楼或是不同建物？宋人题诗有时分咏，有时并称，如张耒集，卷11，第176页，便分别有《病愈登迭嶂楼》和《登双溪阁》二诗，双溪阁确是特别为眺望溪水而开，《登双溪阁》有云：“清溪浮天光，北骛而西折。群山合沓来，断作青玉玦。中围万家吧，萧鼓乐芳节。……重楼压城角，高眺俯木末。……”其中“北骛而西折”，正是指句溪的大转折，（请参看《图3》地图），群山是指北来的群山，到敬亭并不相连，“断作青玉玦”五字即指此。“重楼压城角，高眺俯木末。”与迭嶂楼的位置与形胜都相同，陵阳山第一峰并不广大，如果在同一位置建两位性质相同的楼，可能性很低。因而我认为清溪阁是迭嶂楼的一面，迭嶂专对敬亭山，清溪专对宛、句二溪。

⑥ 参见《金渊集》卷4，第10a页，《答徐恕宣城寄别》，末联云：“徐卿忽寄新诗到，正倚双溪迭嶂楼。”

并不广大，上述唐宋建筑的绝对位置虽然未必相同，也应相去不远，现代新建的北楼古迹（30°57′10.97" 北，118°45′8.44" 东）和怀谢亭，也占据此区的最高处。

以新建的北楼为准，与敬亭山的第二高峰山顶（30°59′15.60" 北，118°42′59.47" 东）的直线距离约5040米，平铺在北楼和敬亭山之间的是广袤平坦的农田，因而展望的条件甚佳，据唐宋诗中所见，在此看山的游人也不少。元和间鲍溶游宣州，作《宣城北楼，昔从顺阳公会于此》，即指出这一点：

> 诗楼郡城北，窗牖敬亭山。几步尘埃隔，终朝世界闲。凭师看粉壁，名姓在其间。①

“诗楼郡城北，窗牖敬亭山”十字，将北楼的形势及观景重点，写得十分准确。以后宋人梅尧臣于嘉祐四年（1059）作《来上人归宣城兼柬太守孙学士》，所云：“李白不厌昭亭山，看尽飞鸟云独闲。我今相送一怀想，想在谢公窗户间。”② 末句的“谢公窗户间”就是脱胎于鲍溶诗。

宋代除了梅尧臣多次登楼看山之外，杨万里也曾在此楼北望敬亭山，有《中秋前一夕雨中登双溪迭嶂，已而月出》两首七律③，王十朋也有《过宛陵，陪汪枢密登双溪阁、迭嶂楼，游高斋，望敬亭山，诵谢元晖、李太白诗，用枢公游齐山韵》诗。④ 从这些诗篇可以想见，诗人们在郡城里的名楼中安适地闲坐，从远距离眺望，才能从容地“望敬亭山”“诵谢元晖、李

---

① 参见《全唐诗》卷585，第5514—5515页。顺阳公疑为元和四年任宁国县令之顺阳人范君。见韦瓘《宣州南陵县大农陂记》，《全唐文》卷695，第7140a—7141b页。又按：鲍溶居扬州，与沈亚之（781—832）为友。鲍溶字德源，元和四年韦瓘榜进士第。《新唐书》卷60，第1605页，载其有诗五卷，置于顾况、郑余庆之间。

② 参见《梅尧臣集编年校注》卷29，第1101页。

③ 在双溪阁和迭嶂楼看敬亭山，还有（南宋）杨万里《中秋前一夕雨中登双溪迭嶂已而月出二首》，《其一》：“……晚雨纔收山尽出，暮天似水月如流。敬亭堪喜还堪恨，领得风光揽得愁。”《其二》云：“双溪迭嶂旧知名，投老初登眼不醒。……急呼月色开秋色，夺得昭亭与敬亭。”

④ （南宋）王十朋：《王十朋全集》卷24，第462页。

太白诗”。

此外，南宋还有平云阁，也是在县城，不详何处，据郭祥正《怀平云阁兼简明惠大师仙公》诗云：

> 跨空起高阁，北望敬亭山。白云无根蒂，舒卷随风还。或堕溪水上，却萦松石间。就之既明灭，了然不可攀。谢公赛雨诗，千秋泻潺潺。李白弄月处，寒光湛清湾。神交自冥合，髣髴眉睫间。使我恋此境，每来终日闲。……①

这首诗是以“望敬亭山”为主旨的，从首句“跨空起高阁”来看，平云阁所在的地方必定空阔，所以接下来写到白云去来时，地点就写着“或堕溪水上，却萦松石间”，溪水就是句溪，并且以“李白弄月处，寒光湛清湾”来加重描写。在这首诗中，郭祥正也很清楚地指出，若要望敬亭山，必定要在与敬亭山有相当距离之处。

北楼上看山，机缘巧合的话，也可以看到孤云独去闲。但是，从北楼到敬亭山顶，直线距离约5040米，敬亭山只有300米高度，以这样的比例，是不是能够亲切地感受到“相看两不厌”的彼我相须之感？相信大家都有疑惑吧。何况，本诗首句“众鸟高飞尽”，分明是由低处所见，“孤云独去闲”，也有山高而云孤的移动感，在高耸的北楼上，在5000米外的距离，写这样的诗句，实在不称。因此，李白随时都可以登楼看山，固然全无可疑；至于本诗，则应是作于江上舟行之中。

七　陆路往敬亭山，无法与敬亭山相看两不厌

1. 陆路往敬亭山，不利看山

前文说过，水路往敬亭山，可以从容看山，因而产生相看两不厌的情思，反之，如果从陆路登敬亭山，不容易做到相看不厌，其故安在？

---

① 参见（南宋）郭祥正《青山续集》卷1，第21页。

以现地的状况而言，自宣城县城陆行往敬亭山，必须先出北门，由北门到敬亭山脚下，曲折有五六公里。自杜牧《自宣州赴官入京路逢裴坦判官归宣州因题赠》所云："敬亭山下百顷竹，中有诗人小谢城。城高跨楼满金碧，下听一溪寒水声。"① 唐代之时，从城中到山下竹树丛生，可见步行其间，一路上不容易望见敬亭山。这种情形，在明清的记载也相同。明代以游知名的马之骏和王思任，各有游敬亭山的游记，二人所记皆然。首先请看马之骏《游敬亭记》的叙述②：

> 出北郭，仰盼见玉龙亘天，奋鬐振鬣，知山以雪壮。繇城趾取小道，蛇行沮洳间，数步辄一蹶。然四望皆白，冷光逼心目，如在异境，群峰峙见，两危壁插天，凹处林阁浮出，心知是敬亭也。③

马之骏来游时，大雪初霁，由于是在隆冬腊月，宛、句二溪，水落石出，只得改行陆路。出北门时，因为地势较高，仰望可以看见敬亭山，以后就看不到了。到"然四望皆白"到"凹处林阁浮出"这一段叙述，已经走到了山下，才能够看见四望的山形和山间的林阁。"群峰峙见，两危壁插天"，两危壁便是敬亭山的两个高峰，北峰海拔 346 米，南峰海拔 345 米，④ 两峰中间凹下，相距 1.01 千米。作者是乘轿往游的，本来是可以从容地相看两不厌，但因为所行的是小道、蛇行、地面沮洳湿滑，轿夫数步辄一蹶，所以，做不到长时间的山我相望。

---

① 参见《全唐诗》卷 520，第 5948 页。

② 马之骏字仲良，新野人。万历卅八年进士，官户部主事，工诗，与王穉登之子留造作新声，务以新警鲜异相唱和。有妙远堂集四十卷。

③ 参见（明）马之骏《妙远堂全集》，齐鲁书社 1996 年版，《四库全书存目丛书》集部第 183—184 册），卷二，第 5a—6b 页。存目，集 184—22。马之骏此文可能模仿自宋人张孝祥的《重入昭亭赋二十韵》一诗。"往者雪中游，群峰玉回旋。飞阁出木末，下睨春无边。"（《于湖居士文集》卷三，第 3b—4a 页），张氏雪中往游，也是自山下仰见飞阁，不过他最后登上飞阁下眺，马之骏则因为雪盛道阻，并未登顶。

④ 海拔高度依《中国地图数据图表：安徽省五万分之一地形图 · 宣城幅》所记，《百度百科》所载最高峰为 317 米。Google Earth Pro 显示为 306 米。

到了登山的时候，马之骏说：

大略兹山初升，盘径曲纡，似润之北固；凭阁下眺，似吴之大石。

他指出敬亭山的两个特征，一是登山的道路盘旋曲折，像镇江北固山的山径；二是可以凭高下眺，类似苏州的大石山。这两个比拟都很真切，换言之，因为登山过程是“盘径曲纡”，在行路中是看不见山貌的；因为主要的观景方向是“凭阁下眺”，所以，在敬亭山中根本不可能和敬亭山相望两不厌。

王思任游敬亭山在万历三十年，他自言作“姑孰令”，也就是当涂县令，他到宣城来出差，公事一完，就独自往游敬亭山。王思任（1575—1646），字季重，是晚明以游著名的文人，他著有《游唤》一册，《王季重先生文集》卷七还收录了不少记游的文章，足迹包括了南直、山东、山西等，这次敬亭山之游，从《游敬亭山记》中所见，他走在竹林包围的迂曲小径中：

一径千绕，绿霞翳染，不知几千万竹树，党结寒阴，使人骨面之血皆为螫碧。①

这样大片的竹树中，当然是看不见敬亭山的。最后，他走到接近山顶的“留云阁”，有宣城县里的厨师为他准备了饮食，他自言在这里从容验证李白诗句：

厨人尾我，以一觞劳之留云阁上，至此而又知“众鸟高飞尽，孤云独往还”造句之精也。

事实上，从厨人供食来看，王思任抵达的时间应在巳、午之间，这时候清晨“众鸟高飞尽”的画面当然已经没有了，而且，本文作于四月，林

① 参见《王季重先生文集》卷七，第19a—19b页（国图总页607）。

中穿梭的禽鸟应该不少，怎样也合不到“众鸟高飞尽”来。至于山云，以留云阁的位置和山顶的高差而言，绝对看不见“孤云独往还”的场景，所以王思任引李白诗又赞美其造句之精，只是大言而已。还有，王思任在文章中自首至尾都没有提到“相看两不厌”之句，原因就是，他在进入山中以后，根本没有和敬亭山相望的机会。

文中出现的“留云阁”，不见于他书，清施闰章《敬亭山重修云齐阁、五贤祠、额珠楼记》① 一文中指出“云齐阁”是官阁，即官方修建的观光设施，依明清古迹皆为继承来看，王思任所见留云阁，应该就是云齐阁的前身。又据诗文可知，云齐阁距离山顶的额珠楼数百米，这数百米不是海拔高差，是盘山道路长度，可见其位置应在山腰。据《古今图书集成》之《敬亭山部汇考》记载：

> 云齐阁，在敬亭山翠云庵前，取李诗“合沓与云齐”之句，游人每燕集于此，把酒凭栏，江城在掌。

请注意“把酒凭栏，江城在掌”这八个字，与前举马之骦所言“凭阁下眺”完全相同，这正是敬亭山的观景方向。

2. 敬亭山上的唯一观景方式便是向下展眺

从唐至清，所有登上敬亭山的人，都向下展眺，无一例外。先看李白的两首诗，一是《游敬亭寄崔侍御》：

> ……登高素秋月，下望青山郭。俯视鸳鸯群，饮啄自鸣跃。……②

二是《登敬亭山南望怀古赠窦主簿》：

---

① 参见《学余堂文集》卷26，第20—22页。又按：《古今图书集成·敬亭山部汇考》有云：“按《宣城县志·山川考》：敬亭山在县城北十里，旧名昭亭，又名查山，山下有市，山上有敏应庙，庙左有义仓，庙后有拥翠亭，即太白独坐题诗处，遗碣尚存，与今之云齐阁、额珠楼相去里许，总一山也。”今拥翠亭及遗碣皆不可考。

② 参见《全唐诗》卷173，第1777页。

敬亭一回首，目尽天南端。仙者五六人，常闻此游盘。溪流琴高水，石耸麻姑坛。白龙降陵阳，黄鹤呼子安。羽化骑日月，云行翼鸳鸾。下视宇宙间，四溟皆波澜。……①

青山是宣城县的别名，青山郭就是宣城县城。两首诗中都非常清楚地使用了“下望”和“下视”，这就是敬亭山上唯一的观景方向。

宋人亦然，苏为《昭亭山》诗：

昭亭载严祠，休佑穰穰布。森罗绝涧松，盘屈中阿路。凝眸盼平野，仿佛披寒雾。水远露微阳，山明照红树。数尺渔艇归，几点秋鸿度。唯思圜室静，更祷余粮富。天末望白云，帝乡深所慕。②

诗中写自己登山的过程是“盘屈中阿路”，换言之，是走在山腰里，和今天的敬亭山登山道路没有两样。从“凝眸盼平野”以下，写登上山之后的观景方向，有平野、远水、微阳、红树、渔艇归、秋鸿度，最后天末望白云，下界的万象都眺望了，就是没有与敬亭山相望。

郭祥正的《同蒋颖叔殿院游昭亭山广教寺》亦然，诗云：

晴光散余翳，佳辰值清和。联车不辞远，共登昭亭阿。步夷惬苍石，缘险扪修萝。迥出白云上，俯瞰飞鸟过。凌霄插危观，裂地注明河。微风解兰芷，广陂浴凫鹅。……③

从“联车不辞远”看来，郭氏并不是乘船而是乘车来到敬亭山下，然后，他登上了敬亭山顶。就在这个山顶上，他完全没有想到和敬亭山“相看两不厌”，而是“俯瞰”，从“裂地注明河”以下，写到了山下的宛溪，后面还有关于水边神庙和人事的描写，引用时删节了。

① 参见《全唐诗》卷171，第1764页。
② 参见《全宋诗》第3册，第1627页。
③ 参见（南宋）郭祥正，《青山集》卷1，第2a—b页。

事实上，所有登上敬亭山的人，都是写下瞰之景，最后，我再以清人施闰章的《敬亭山重修云齐阁、五贤祠、额珠楼记》，写山顶的“额珠楼”为例：

> （自齐贤阁、五贤祠）斗折而上数百步，一楼岿然，曰额珠。故崇祯间邑令陈侯所构以坐俯江城者，山至是观止矣。[①]

“坐俯江城”四字，便是下眺宣州城，施闰章认为这是“山至是观止矣”，也认同下瞰是敬亭山的主要观景方向，今天的敬亭山顶上，也专设了观景台，提供游客向下俯瞰宣城市区与双溪的美景。可见古今对敬亭山的观景方向，想法是一致的。

总之，无论古今，每一个人实际登上敬亭山，都采取向下远眺的观景方式，这就是“人在敬亭山中，不能与敬亭山相望”的铁证。自来作注鉴赏者不顾现场的真实，一厢情愿地想象李白坐在敬亭山中，对根本不存在的敬亭山峰相看不厌，当然是不可能的。

八　结论

> 众鸟高飞尽，孤云独去闲。相看两不厌，只有敬亭山。

李白这首诗只有短短四句，扣除最后五字，对于物我的描写只有 15 字，因其简短，读者们很容易忽视了李白所写的实景。

本文以现地山川为证，以谢朓诗句为师，具体指出李白前往敬亭山，乃是清晨由宣城县东门口下了宛溪，经由宛溪北泛，进入句溪水。

在两三小时的船行中，大部分时间正面航向敬亭山，因而可以悠然地与此山相看。众鸟高飞尽，本是朝景，孤云独去闲，亦是朝云，由于水面

---

① 参见《施愚山先生学余文集》卷 13，第 15a—16a 页。此即（清）李确《游敬亭山记》：“至若登顶四望，则百雉如丸，千林若齐，山与云而俱齐，江接天而并远，凡我目力之所能至，无不呈奇效灵而来会此”之所见，载于《小方壶舆地丛钞》第五册，第 2711 页。

本低，可以仰看晨鸟高飞，孤云独去。连峰青霭，潭水澄净，舟中虽然岑寂，但双楫缓缓前行中，长时间、悠闲地与敬亭山相望而喜，因而写下本诗。

建炎间李清照避兵行迹

王　昊*

李清照一生忧患艰辛备尝，建炎间的避兵逃难即其一。对其此间的避兵行踪，前贤曾有考订[①]。而客观上由于所据之李清照《〈金石录〉后序》一文在传抄、刊刻中存有错简脱文，诸家解读亦各有殊异，所谓“避兵问题”尚未完全得以厘清。近年来，随着李清照身世等相关问题研究的深入，对其建炎间的避兵问题做一深层、全面考察遂为可能，本文拟在前贤成果基础上从心态、行迹这两个彼此紧密关联的方面试做一深入探析。

一

李清照是在国破、家亡、夫死且“大病仅存喘息”（李清照《〈金石录〉后序》）之际，走上“飘流遂与流人伍”（李清照《上枢密韩公诗》句）的逃难之途的。

建炎三年（1129）七月，金兵大举南侵，甫立的南宋朝廷无心抗敌，一

---

* 王昊，吉林大学文学院教授。

① 参见黄盛璋《李清照事迹考辨》之“七避难行踪”，《李清照集》附，中华书局 1962 年版，第 190—196 页；王仲闻《李清照事迹编年》之“建炎二年戊申”至“建炎四年庚戌”，《李清照集校注》附，中华书局 1979 年版，第 239—249 页；王璠《李清照避兵行踪新探》，原载《内蒙古师范大学学报》1983 年第 2 期，收入作者《李清照研究丛稿》，内蒙古人民出版社 1987 年版，第 90—110 页。

面准备放弃建康府，另一面拟先以隆祐皇太后率六宫往洪州（治今南昌）。同年七月月底李清照得赵明诚抱病之书，从临时驻家的池阳（即池州，今安徽贵池）“解舟下，一日夜行三百里”（李清照《〈金石录〉后序》）奔赴建康，而赵明诚时已“病危在膏肓”（同前）。八月己未（十三）日隆祐太后六宫人等乘舟离建康（据脱脱等《宋史·高宗纪》、陈垣《二十史朔闰表》），十八日赵明诚病卒，“葬毕，余无所之”（李清照《〈金石录〉后序》）一句道出彼时孑然一身的李清照的凄苦处境。

安葬赵明诚于建康后兵荒马乱之际李清照有两个可以投靠、依赖的人：一个是时任“敕局删定官”的弟弟李迒，另一个是时任“兵部侍郎”“从卫（隆祐太后）在洪州”的赵明诚的妹婿。这时大量书籍文物尚存于临时驻家的池州，“时犹有书二万卷，金石刻二千卷，器皿、茵褥，可待百客，他长物称是”（李清照《〈金石录〉后序》）。“事势日迫”下李清照的基本措置、首选依靠的人是“从卫在洪州”的赵明诚的妹婿：“遂遣二故吏，先部送行李往投之。”（李清照《〈金石录〉后序》）赵明诚的这个“妹婿”是谁？李清照为什么危急中这样“舍近求远”（与李迒相比在伦理关系和地理空间上）“往投之”？李清照的避兵心态是颇堪玩味的。

赵明诚的这个妹婿是李擢。应当说明的是，中国人民共和国成立前由浦江清先生最早提出“此李擢疑即明诚妹婿也”①，而在中国人民共和国成立后相关文献中最早明确这一点的，是先师喻朝刚教授②。王仲闻先生《李清照事迹编年》在相关条下特加按语云“姓氏不明”③，未予深究。

据李心传《建炎以来系年要录》卷二十九建炎三年十一月壬子“隆祐太后退保虔州”条载：“滕康、刘珏共议奉太后及近上妃嫔陆行，余皆舟行，百官从便路起发。……于是中书舍人李公炎、徽猷阁待制权兵部侍郎

① 参见浦江清《李清照〈金石录后序〉》注解（53），原文载《国文月刊》第一卷第二期，1940年9月16日出版，收载于《浦江清文史杂文集》，清华大学出版社1993年版，第151页。

② 喻朝刚：《论李清照南渡以后的诗词》，《文学评论》1986年第5期。

③ 王仲闻：《李清照事迹编年》，《李清照集校注》附，中华书局1979年版，第244页。

李擢皆遁。”[①] 按赵明诚有妹二人，一适李擢，一嫁傅察。据傅察《忠肃集》所附晁公休撰《宋故朝散郎尚书吏部员外郎赠徽猷阁待制傅公行状》载：“……其后公（傅察）为清宪赵公（赵挺之谥“清宪”）婿，京（蔡京）衔之。清宪公薨，其家陈乞添差青州司法参军。……改通直郎知淄川县丞……清宪公三子皆有贤德，以母夫人年高家居不仕，讲学博古，琴书自娱；友婿李擢，少负英才，时为青州录事，公缘职事，往来淄、青间，相与琢磨，士论称之。”[②] 可见，李清照与赵明诚屏居青州时，赵明诚与两妹婿李擢、傅察往从甚密，志同道合，“相与琢磨”，受到了士论的称赞。另据赵明诚《青州仰天山罗汉洞题名》记载，大观二年戊子（1108）九月重阳节、大观三年己丑（1109）五月端午节和政和元年辛卯（1111）八月中秋节，彼时屏居青州的赵明诚与妹婿李擢、傅察等同游青州附近的仰天山[③]：“余以大观戊子之重阳，与李擢德升同登兹山；己丑端午，又与家兄导甫及德升…谢克明如晦来。今岁仲秋复来游，预会三人：……傅察公晦。政和辛卯，赵明诚德父题”[④]。大观三年九月间赵明诚还曾与李擢同游长清县[⑤]的灵岩寺：“东武赵明诚德甫，东鲁李擢德升、曜时升（按当为擢弟），以大观三年九月十三日同来，凡留两日而归。”[⑥] 凡此，足证屏居青州期间赵明诚与妹婿李擢志同道合、往从甚密，在明诚过世后李擢应是李清照靠得住的人。

但李擢靠得住这仅是必要条件，尚不足构成李清照避兵心态中舍近求远

---

① （宋）李心传：《建炎以来系年要录》第一册，中华书局1956年重印本，第574页。

② （宋）傅察：《忠肃集》卷下，文渊阁四库全书本。

③ 仰天山在青州（今山东益都）西南，属临朐，宋时建有仰天寺。

④ （清）毕沅、阮元：《山左金石志》卷十八《赵德甫等沂山题名三种》，清嘉庆二年丁巳（1797）阮氏小嫏嬛仙馆刻本。同卷《赵德甫等（仰天山）水帘洞题名》下原按语云：“山左赵德甫题名今存者五种：一在泰山开元摩崖之东侧，政和三年与王贻同游；其三在临朐沂山，政和元年与同人游，自题书题名一，宣和三年与仁甫、能甫、卢格之、谢叔子五人同游，题名二，与此合为五也。”按“沂山”亦在临朐，覆考此题名当为“仰天山”之误，原著录文字有漫漶，不能悉辨，此处参校于中航《李清照生平杂考三题》文中载录之文，参见《李清照研究论文选》，上海古籍出版社1986年版，第384页。

⑤ 长清县唐属齐州，宋属济南府。

⑥ 《长清灵岩寺题名》，转引自于中航《李清照生平杂考三题》，载《李清照研究论文选》，上海古籍出版社1986年版，第384页。

首选他的充分理由，须知地理空间上的距离实际上是心理距离的问题。这就需要具体看看李清照其弟李远的情况。现在已可以证明李远是李清照的同父异母弟①，他是李格非的继室、李清照的继母所出，年龄上与李清照至少要相差十岁②。这样，大观元年（1107）李清照与赵明诚回青州乡居时，李远尚未及冠，当与父母在一起③；其后在青州屏居的十余年间，李清照是否与李远相见过，至少迄今为止尚无材料说明。以李远与李清照相差十岁计，其弱冠之年当在政和三年（1113），其时李格非或已卒④。从李清照建炎二年（1128）二月前后抵江宁与知江宁府的赵明诚会合到建炎三年（1129）三月赵明诚罢守江宁，这段时间李清照是否与李远重逢于江宁此地，亦无直接材料证明，仅可从清照若干词中得寻绎蛛丝马迹：其《蝶恋花》（永夜厌厌欢意少）词下有词题"上巳召亲族"，"召"字颇堪注意，词中有句"随意杯盘虽草草。酒美梅酸，恰称人怀抱"；《青玉案》（征鞍不见邯郸路）词⑤或亦与李远有关。⑥

① 陈祖美先生最早提出李清照"她与其'弱弟'远是同父异母，倒很有可能"，见《短文两篇》"乙、对李清照身世的一点新见"，载《李清照辛弃疾研究论文集》，山东大学出版社1997年版，169页。

② 请参王昊《李清照"继母说"补证》，载《词学》第十五辑，华东师范大学出版社2004年版。

③ 崇宁五年（1106）毁党人碑，大赦，李格非因列余官二等监庙差遣（杨仲良《续资治通鉴长编纪事本末》卷一百二十四："崇宁五年正月庚戌，大赦天下。……并令吏部李格非与监庙差遣。"），其后李格非似未复官，或居章丘故里。

④ 据《乾隆历城县志·金石志》载有李格非大观二年（1108）题名，另格非好友张耒誌其墓（据刘克庄《后村诗话》卷七："文叔与苏门诸人尤厚，其殁也，文潜誌其墓。……文叔，李易安父也，文潜《誌》云：'长女，能诗，嫁赵明诚。'"），耒卒于政和四年（1114），以故李格非卒年在1108—1114年。张耒为撰格非墓铭不见今之《张右史集》。

⑤ 此阕《全宋词》入"存目词"，王仲闻《李清照集校注》列入"存疑之作"。按此词元人刘应李《新编事文类聚翰墨大全》后丙集卷四引，紧接李清照《蝶恋花·上巳召亲族》一词后，题"送别"，未注撰人；另（明）陈耀文《花草粹编》卷七题作李清照词。今从王璠先生说，订为清照词，参见王璠《李清照词真伪考》，原载《文史》第十三辑，收入作者《李清照研究丛稿》，内蒙古人民出版社1987年版，第3—34页。

⑥ 全词为："征鞍不见邯郸路，莫便匆匆归去。秋风萧条何以度？明窗小酌、暗灯清话，最好流连处。相逢各自伤迟暮，犹把新词诵奇句。盐絮家风人所许。如今憔悴、但余双泪，一似黄梅雨。"按"相逢各自伤迟暮"，建炎二年清照46岁（笔者主清照生年1083说），李远至多36岁，设若此时"相逢"复被"送别"的对象是李远，所谓"迟暮"或当系指李远因其父李格非政治上尚未完全"平反"而仕途不甚得意。盖李远所任"敕局删定官""于职事官内选差"。词中"盐絮家风人所许"所用典颇切"位下名高人比数"（李清照《上枢密韩公诗》句）的李格非家风。此词或非作于建炎年间。

李清照是在往投洪州李擢不果的情况下，“上江[①]既不可往，又虏势叵测，有弟迒任敕局删定官，遂往依之”（李清照《〈金石录〉后序》）的，而从后来（绍兴二年）李清照被骗婚[②]来看，李清照的这个异母“弱弟”（李清照《投綦公崇礼启》）在整个事件过程中的确是不能保护姐姐的。[③] 其实李擢虽可依靠，亦毕竟属外姓姻亲（职是之故清照《后序》叙述中未道及其姓氏），这正是透露着清照凄苦窘境的“余无所之”的真实内涵。

二

那么，时任“敕局删定官”的李迒在何处？李清照在避兵逃难中与他会合上否？若果会合，当在何时何地？且慢，依李清照《〈金石录〉后序》所述，“往依”李迒的同时，又补叙了另一事：

> 先侯（赵明诚）疾亟时，有张飞卿学士，携玉壶过视侯，便携去，其实珉也。不知何人传道，遂妄言有颁金之语。或传亦有密论列者。余大惶怖，不敢言，亦不敢遂已，尽将家中所有铜器等物，欲赴外庭投进。到越，已移幸四明。

这就是说，在往依李迒之外，李清照还另有一个“欲赴外庭投进”“铜器等物”的动机，即所谓“投壶”。设若彼时李迒扈从宋高宗，在其周围，那么李清照的“欲赴外庭投进”与“往依李迒”两个动机客观上才能指向一致。问题是：一、李迒究竟在何处？二、所谓“妄言”“颁金”究竟是怎么回事、何以使得李清照“大惶怖”以致必“欲赴外庭投进”？三、“欲赴

---

① 按赵明诚“过阙上殿”赴建康前与清照临时驻家池州（《后序》：“遂驻家池阳，独赴诏。”），清照葬毕赵明诚于建康后必折返池州，由池州往洪州需逆江上溯，故称“上江”。各辑本、选本中诸贤于清照此处行文皆未加注疏，似有所忽略。

② 李清照再嫁旋离异的性质，先师喻朝刚教授判定为“被骗婚”，参见《论李清照南渡以后的诗词》，《文学评论》1986 年第 5 期，此守师说。

③ 此事李清照假以援手者是时任兵部侍郎、直学士院的远亲綦崇礼，谢启《投綦公崇礼启》中“弟既可欺”云云当系清照出于手足之情的一笔带过。

外庭投进”与“往依李迒”两个动机在李清照那里是怎样统一起来的？

先看李迒在何处的问题。自赵构于建炎三年闰八月壬寅（二十六）日离开建康（据脱脱等《宋史·高宗纪》、陈垣《二十史朔闰表》），由水路往江浙避金人兵锋起，从驾人员就已从简。李迒时任“敕局删定官”，“敕局”是“详定编敕所”的简称，职掌将历年所颁敕令整理成正式法令，有提举、详定、删定等官，一般由宰相兼提举、执政兼同提举、侍从官兼详定官，删定官则于职事官内选差。另据《宋会要辑稿·刑法》一之三五载：“（绍兴元年）八月四日，参知政事提举重修敕令张守等上《绍兴新敕》一十二卷，……详定官权工部侍郎韩肖胄落权字，同详定大理卿王衣权刑部侍郎，见在所并已离所删定官宣教郎鲍延祖、刘一止、曾恬，宣义郎李迒，文林郎何许……各转一官。”[①] 绍兴元年李迒的官阶还是“宣义郎”，此为文臣京朝官寄禄官三十阶之第二十七阶，从八品。所以官阶甚低的李迒建炎间势必不能在赵构周围扈从随行，亦必作为逃难队伍中一员，流落民间。

再看这件使李清照“大惶怖”从而决定追踪赵构行在以“投进”的事。上引李清照所述中，“张飞卿携玉壶过视而去”似乎是导致“颁金之诏”的缘由，而实逻辑、语义不明。“张飞卿”云者亦无从自宋人传记资料中查证[②]，所以关键之一在对“颁金”含义的理解。清人俞正燮（《癸巳类稿·易安居士事辑》）、陆心源（《仪顾堂题跋·〈癸巳类稿·易安居士事辑〉书后》）、李慈铭（《越缦堂读书记·书陆刚甫观察〈仪顾堂题跋〉后》）对“颁金”作“献璧北朝”“馈璧北朝”解，近人黄盛璋以为“颁金”即“颁赐金人”即“通敌”意（《李清照事迹考辨》）。王仲闻先生质疑说：“如确为‘通敌’之意，则清照以铜器等物投进，亦不能使其事解。”[③] 按“颁”，《广韵》：“布也，赐也。”《周礼·天官·大宰》：“匪颁”，注：“匪”，分

① （清）徐松：《宋会要辑稿》，中华书局1957年影印本，6479页。

② 清代以来有论者以为“张飞卿”即“张汝舟”，当不确。盖《后序》作于绍兴四年，清照亦已脱身于张汝舟，必不能“张飞卿学士”云然作如此正面叙述语。

③ 王仲闻：《李清照事迹编年》，《李清照集校注》附，人民文学出版社1979年版，第245页。

也；“颁”读为“班”，布之。《吕氏春秋·制乐》：“颁其爵列等级田畴，以赏群臣。”《宋史·岳飞传》：“凡有颁犒，均给军吏。”可见“颁”是天子或皇帝的行为。“献璧北朝”云然以“献”释“颁”已误，即作“颁赐金人”“通敌”解，主体亦当为皇帝，故“金”者非金人，黄金也；“颁金”就是由皇帝颁赐黄金。此事另一关键则需从李清照《〈金石录〉后序》文本之外来发明，请看赵明诚病卒后不久、清照踏上避兵逃难之途前发生的、清照未笔之《〈金石录〉后序》中的一件大事——

《建炎以来系年要录》卷二十七建炎三年闰八月壬辰（十六）日记事：

> 和安大夫开州团练使致仕王继先尝以黄金三百两，从故秘阁修撰赵明诚家市古器，兵部尚书谢克家言：“恐疏远闻之，有累盛德，欲望寝罢。”上批令三省取问继先因依。继先，开封人，时年三十余。为人奸黠，喜谄佞，善亵狎。建炎初，以医得幸。其后浸贵宠，号“王医师”。①

此条材料清人李慈铭首引之，黄盛璋《赵明诚李清照夫妇年谱》、王仲闻《李清照事迹编年》“建炎三年”条亦列此事，时贤亦曾著文论列此事②，但都未与李清照避兵心态动机关联推阐。按赵明诚卒于建炎三年八月十八日，闰八月十六日赵明诚的表弟、时任兵部尚书的谢克家③，上奏幸医王继先以黄金三百两，欲买赵明诚身后留下的古器等文物一事，这离开赵明诚过世还不到一个月，对刚刚葬毕丈夫的李清照来说无疑是桩飞来横祸。

---

① （宋）李心传：《建炎以来系年要录》第一册，中华书局1956年重印本，第549—550页。

② 参见于中航《李清照生平杂考三题》之“南渡后的一桩公案”，文中正确指出“清照《后序》实有难言之隐，不敢直率说出事实真相”，载《李清照研究论文选》，上海古籍出版社1986年版，第388—391页；王曾瑜《李清照事迹七题》之“三、李清照与王继先”，载《中华文史论丛》2001年第1辑，上海古籍出版社2001年版，第110—112页。

③ （宋）王明清：《挥麈录》后录卷七“郭概善于择婿”条：“元祐中，有郭概者，东平人，法家者流，遍历诸路提点刑狱，善于择婿。赵清宪、陈无己、高昌庸、谢良弼，名位皆优，而谢独不甚显。”上海书店出版社2001年版，第134页。谢良弼与赵挺之为友婿，谢良弼即克家父。另谢克家跋赵明诚旧藏《蔡襄谢御赐书诗卷》：“姨弟赵德夫昔年屡以相示，今下世未几，已不能保有之，览之凄然。汝南谢克家，癸丑（绍兴三年）九月十一日。临安法慧寺。”

赵明诚文物收藏之富人所共知，在其尸骨未寒之际，由王继先这么一个皇帝身边的佞幸[①]出来“收购”赵家古器文物，极不寻常。要知道“黄金三百两”也并不是个小数目。此事真正的背后主使正是赵构本人——谢克家奏言中所谓“恐疏远闻之，有累盛德”即从反面透露出此事与赵构的干系。高宗赵构对文物器玩的喜好不让其父徽宗，这一点宋人文献中多有记载。周密《齐东野语》卷六“绍兴御府书画式”条云：“思陵（指赵构）妙悟八法，留神古雅。干戈俶扰之际，访求法书名画，不遗余力。”[②] 王明清《挥麈录》前录卷之一“皇朝列圣搜访书籍”条：“太上（指高宗）警跸南渡，屡下搜访之诏，献书补官者凡数人。”[③] “干戈俶扰之际，访求法书名画，不遗余力”，可谓是对赵构贪攫之心的实录。在谢克家“欲望寝罢”的奏请下，赵构不能不假意同意并做表面文章“批令三省取问继先因依”——所谓“因依”即“原委”“缘由”[④] ——而实际结局是仅过一个月谢克家即被贬[⑤]，王继先不但未损分毫，“其后浸贵宠”（前引《要录》记事），乃至所谓“遭遇冠绝人臣，诸大帅承顺下风，莫敢少忤，其权势与秦桧埒。桧使其夫人诣之，叙拜兄弟，表里引援”[⑥]。但此事不能不在朝中有所议论，也就是李清照《〈金石录〉后序》中所说的“论列”此事——“或传亦有密论列者”，而“妄言有颁金之语”——皇帝赵构欲颁赐黄金以买赵家珍玩的“流言”（所谓“妄言”，清照必然只能如此说），足使李清照“大惶怖”！“不敢言”——不敢声张、辩白；“亦不敢遂已”——也不

① （元）脱脱等：《宋史》卷四百七十《佞幸·王继先传》，并参见王曾瑜《城狐社鼠——宋高宗时的宦官与医官王继先》，《四川大学学报》1995年第2期。

② （宋）周密：《齐东野语》，中华书局1983年版，第93页。

③ （宋）王明清：《挥麈录》，上海书店出版社2001年版，第8页。

④ （唐）张九龄《林亭寓言》：“因依自有命，非是隔阳和。”《唐丞相曲江张先生文集》卷三，苏轼《辨谤札子》：“臣今省忆此诗，自有因依，今具陈述。”《东坡集·续集》卷九，宋人无名氏《花心动慢》词：“暑逼芳襟，甚全无因依，便教人恶。”《全宋词》，中华书局1965年版，第3830页。

⑤ （宋）李心传《建炎以来系年要录》卷二十八“建炎三年九月”记事：“是月兵部尚书谢克家罢为徽猷阁学士、知泉州。”第一册，中华书局1956年重印本，第559页。此条仅述如此，缘何罢贬未作说明，十分耐人寻味。

⑥ （元）脱脱等：《宋史》卷四百七十《佞幸·王继先传》，中华书局1977年版，第13687页。

敢当作没发生而无作为，于是“欲赴外庭投进”以主动表白心迹。至此我们有理由断定：李清照在《〈金石录〉后序》中以“张飞卿携玉壶过视”为引子的这件事，实际上就是在高宗赵构的指使、授意下由王继先出面欲以黄金三百两强向清照“收购”赵家收藏一事。李清照正是由于感受到来自皇帝赵构本人的极大压力，不但在当时决定主动“欲赴外庭投进”“铜器等物”以弥祸，而且后来亦不敢将此事真相直接笔于《〈金石录〉后序》中。

抑更有深者：谢克家奏言此事是在建炎三年闰八月壬辰十六日，赵构批令三省取问继先因依，十天后闰八月壬寅二十六日赵构离开建康，表面此事寝罢，故清照折返池州临时家措置、欲投洪州李擢必在闰八月壬辰十六日后；但李清照洪州为何没有去成？《后序》云：“遂遣二故吏，先部送行李往投之。冬十二月，金寇陷洪州，遂尽委弃。”言“冬十二月，金寇陷洪州”显系追述之语，清照欲往投洪州不克的原因不在“冬十二月，金寇陷洪州”，因为在时局纷乱、“事势日迫”之际，李清照也绝不可能坐等到“冬十二月金寇陷洪州”后（事实亦如此），所以对清照欲往投洪州不成唯一合理的解释就是：以为“寝罢”的王继先出面强欲收购一事并未完结，此时“有颁金之语”的“妄言”议论起来，“大惶怖”下使得已在池州的清照不得不终止往投洪州之念，“寝罢”此行！发生在清照“大病”之中的此事，对清照的巨大打击自不言而喻，而且更对其避兵的心态构成直接重大影响。

有了对以上问题的考订辨析，自然可以明白“欲赴外庭投进”与“往依李迒”两个动机在李清照那里是怎样统一起来的。既然李迒因官阶甚低不能在赵构周围扈从随行，而作为逃难队伍中一员，流落民间；既然清照往投洪州之念是因“有颁金之语”的“妄言”而被迫终止，那么“往依李迒”在实际上是必然落空的。“往依李迒”在《后序》中以“顺叙”方式表出，“欲赴外庭投进”则在后文“补叙”中说明，在《后序》中一显一隐；而实际上的“显”“隐”正相反——“欲赴外庭投进”是显在的，“往依李迒”则是隐在的，这两个动机就是这样在李清照那里统一起来的。清照这里的叙述同样不能不有所顾忌和避讳。

三

现在来看李清照建炎间避兵行迹的具体行程和路线问题。应当强调的是，避兵心态、行迹这两个方面在李清照那里是彼此紧密关联的，建炎三年在“欲赴外庭投进”的显在动机下李清照踏上追踪赵构行在的避兵逃难之途，其具体行程和路线自不能不与赵构行踪相关；而在李清照实际的避兵逃难中“欲赴外庭投进”的心态动机亦有着发展变化。建炎三年闰八月壬寅二十六日高宗赵构离开建康后、入海前的主要行踪如次：闰八月甲辰二十八日次镇江府，九月辛亥六日次平江府（治今苏州），十月癸未八日次临安府（治今杭州），复渡浙江如浙东，十月壬辰十七日至越州（今绍兴），十一月癸酉二十九日由越之明州，十二月己卯五日次明州。[①] 那么李清照何时何地启程？“妄言有颁金之语”——皇帝赵构欲颁赐黄金以买赵家珍玩的“流言”当起于赵构离建康之后、九月谢克家被贬之前，于李清照则当连同谢被贬事一起由谢克家告知，彼时李清照尚在临时驻家的池州，病中未及动身往洪州，往投洪州事遂寝。所以李清照当最早于九月于池州动身“欲赴外庭投进”追赶行在。至于怎样走法，李清照在《〈金石录〉后序》自述行踪——

> 到台，台守已遁。之剡，出睦，又弃衣被，走黄岩，雇舟入海，奔行朝，时驻跸章安。从御舟海道之温，又之越。
>
> 到越，已移幸四明。不敢留家中，并写本书寄剡。

按上引前段文字当有错简，且文字各本亦有歧异，此从雅雨堂本。其

① 据《宋史·高宗纪》二，中华书局1977年版，《建炎以来系年要录》卷二十七、卷二十八、卷二十九、卷三十，中华书局1956年重印本，陈垣《二十史朔闰表》，中华书局1962年新版。各书版次下同。

中“出睦”句《四部丛刊续编》影印清人吕无党抄本《〈金石录〉后序》作“出陆”，“睦”即睦州今建德。“睦”“陆”形近而必有一误，却是重大异文。[①] 另按“台州”（治今临海）在“越州”（今绍兴）“剡”（今嵊县）的东南方向，如已“到台”，再由台州向西北方向“之剡，出睦”，而再折返回“走黄岩，雇舟入海”，路线空间上绕一圈不说，往返距离亦近二千里［以谭其骧《中国历史地图集》北宋政和元年（1111）“两浙路 江南东路”图估算］；即以“睦”当为“陆”，由台“之剡，出陆”再折返黄岩距离也有一千里。从时间上看，台州太守晁公为逃遁与高宗御舟驻跸台州之章安镇都是建炎四年（1130）正月间事[②]，而李清照到台州后，赶至章安行在，并由此地“从御舟海道之温”（李清照《〈金石录〉后序》），那么她由台州到章安路上所花时间至多是晁公为逃遁以后至高宗赵构移舟离开章安往温州以前的三四天，如此短的时间里绝无可能完成往返上千里的走法。再从情理事实上看，清照追踪行在，至少至台州后即当知行在在章安，自当径往，而无再向北向后折返之理；况彼时金人铁骑奔突，由北而南下，清照折返北上无异于面迎兵锋，是于事实上亦必无到台州后折返之理。王仲闻先生尝谓：“（李清照）决不能到台以后，复由台之剡，剡至黄岩。《后序》必有错误。”[③] 其实清照此段文字并非“错误”，而系传抄、刊刻中的错简。

早在20世纪40年代浦江清先生即提出此段文字错简——

此数句疑有误倒处，按之地理不顺。以余之见，应改为“出睦之

① 依版本和文意，笔者以为当取“睦”字。由池阳至睦州，当中经歙州（今歙县）沿浙江的北源新安江至睦州。清照此段走法最早由浦江清先生提出，王瑶先生申论之，此从其说。请参见浦江清《李清照〈金石录后序〉》注解（57），原文载《国文月刊》第一卷第二期，1940年9月16日出版，收载于《浦江清文史杂文集》，清华大学出版社1993年版，第152页；王璠《李清照避兵行踪新探》，原载《内蒙古师范大学学报》1983年第2期，收入作者《李清照研究丛稿》，内蒙古人民出版社1987年版，第91—96页。

② 据《宋史·高宗纪》，赵构楼船驻跸台州章安镇在建炎四年正月丙午初三日，正月辛酉十八日移舟离开章安之温州。台州守晁公为弃城逃遁，《宋史·高宗纪》记为建炎四年正月丁卯二十四日，据黄盛璋《李清照事迹考辨》“七 避难行踪”，“丁卯”乃“丁巳”（十四日）之误，见《李清照集》，中华书局1962年版，第191页。

③ 王仲闻：《李清照事迹编年》，《李清照集校注》附，中华书局1979年版，第247页。

> 剡，到台，台守已遁，又弃衣被走黄岩，雇舟入海，奔行朝，时驻跸章安。”于地理方合。①

虽然不排除文字仍有阙失脱漏的可能②，但“出睦，之剡，到台，台守已遁”，如此调整语序后，再与上面所引第二段文字“到越，已移幸四明。不敢留家中，并写本书寄剡”合观，则李清照的避兵行迹的这一段具体行程路线是清楚的：由睦州（今建德）而越州（今绍兴），复由越州而剡县（今嵊县）。③

高宗赵构是建炎三年十月壬辰十七日至越州，十一月癸酉二十九日离越州如四明即明州（今宁波）的④，赵构去明州的目的就是准备入海避金人兵锋，行朝在越州停留时间计有41天。李清照携有大量文物，由睦州到越州这一段走的必当是水路，而此段文字虽无交代（或有阙失脱漏）但中间必经杭州，即走水路沿桐江、富春江至临安府杭州，复渡浙江至越州，李清照赶到越州最早也在建炎三年十一月二十九日之后。由于李清照追踪赵构行朝的目的是“欲赴外庭投进”，到达越州后，她似应继续追踪“已移幸四明”的皇帝赵构的行在，但李清照却明确说“到越，已移幸四明。不敢留家中，并写本书寄剡”！即她把所携带的原拟“外庭投进”的“铜器等物”与珍贵的“写本书”一同寄存在了剡县，而“寄存”之事必其亲往安排。李清照虽然未交代没有跟进到明州的原因，而从反面来看，“寄剡”的安排客观上说明“投进”事已终止；说明她不但《后序》中没有提及过明

---

① 浦江清：《李清照〈金石录后序〉》注解（57），原文载《国文月刊》第一卷第二期，1940年9月16日出版，收载于《浦江清文史杂文集》，清华大学出版社1993年版，第152页。

② 王仲闻判断“殆宋人所见《后序》已有阙文”，参见《李清照事迹编年》，《李清照集校注》附，中华书局1979年版，第247页。

③ 黄盛璋《李清照事迹考辨》之“七避难行踪”于异文取“陸”字，且以为李清照出发地在建康，并沿运河经镇江至越州，与赵构出逃路线全同，详《李清照集》，中华书局1962年版，第192—193页。按，在“江当禁渡”（李清照《〈金石录〉后序》）的情况下，这种走法对李清照来说实际是行不通的。

④ 据脱脱等《宋史》卷二十五《高宗纪》二，中华书局1977年版，第469、第470页；陈垣《二十史朔闰表》。

州而且也确实未到明州。[①] 其时金人已于十一月二十八日陷建康，之后金人南下兵锋势如破竹，十二月十六日陷杭州，二十五日陷越州，并犯明州。[②] 李清照到越州后未再追踪高宗赵构至明州，可能是她彼时感到了携带大量珍贵文物于兵戈甚烈之际长途奔窜的危险性，而赵构去明州的目的就是准备入海逃亡，其事之议以及建炎三年十二月十五日由明州浮海，都是李清照所不可能知道的。李清照决定将文物“寄剡”，则“欲赴外庭投进”的动机和行动上对赵构行朝的追踪也就已终止了。

李清照离开越州赴剡，目的是将文物寄存在那里，再南下往台州，则

① 黄盛璋《李清照事迹考辨》之“七避难行踪”以为，到越后“她必须跟着追到四明”，并引元人袁桷《清容居士集》卷四十六《跋定武楔帖不损本》：“赵明诚本前有李龙眠蜀纸画右军像，后有明诚亲跋。明诚之妻易安夫人避乱寓居吾里之奉化，其书画散落，往往故家多得之”为证，且以为“高宗乘楼船入海，舟楫有限，她当然没法再追踪上去，所以才回头改从陆路经奉化、台州，经黄岩雇船入海，后来又随御舟‘之温、之越’，《后序》记家中写本书寄剡，也该是此一路上的事，因为路径正合”。《李清照集》，中华书局 1962 年版，第 192、第 194 页。按此说值得商榷，辨析如次：一、“寄剡”内容和因果。李清照的原文是：“到越，已移幸四明。不敢留家中，并写本书寄剡。”即说到越州后便又把不敢留在身边的原“欲赴外庭投进”的“铜器等物”与写本书一起（“并”）寄存到剡县，黄文忽略“并”字，已误；以为“寄剡”是建炎四年四月清照随御舟再次返回越州时的事情，这也是自相矛盾的，因为首先这时金人已撤兵、逃难已结束，已不存在“不敢留家中”的前提；其次清照明言“走黄岩，奔行朝”时“又弃衣被”，为轻装速行连衣被都弃掉，“铜器等物”固无可能附载海行。二、“舟楫有限”的推测。所谓“舟楫有限”可能有两种含义：其一可指赵构的御船队容量有限，其二可指民船有限，李清照雇不到船。味黄文下文“她当然没法再追踪上去”之意及对照后来清照于章安“从御舟海道之温之越”的“从”实乃“附随”，黄文“舟楫有限”当是第二义。赵构由明州入海具有秘密性质，未见史载有大量难民买舟附随，以致舟楫紧张李清照雇不到船，此一疑也；观李清照后来由台州奔章安三四天内陆路疾行数百里（详后正文），至章安临时雇舟入海即遂愿，何于明州一地反不得便？此二疑也。三、宋时奉化属明州，而异文若舍“睦”取“陸”，“之剡出陸”虽可解，但若经奉化“出陸”，再“之剡”而往台州，地理上势必折返；而若由奉化“出陸”径往台州，又不能牵合清照原文中的“之剡”。故上引黄文作“改从陆路经奉化、台州，经黄岩雇船入海”云云，略去“之剡”不谈；而终觉未妥，复于《赵明诚李清照夫妇年谱》“建炎四年”条下云：“剡为嵊县……清照实由陆路追高宗，由明州而奉化而嵊县而台州而黄岩，最后即至章安。”（《李清照集》，中华书局 1962 年版，第 151 页）前后矛盾，终不可解。四、黄文引元人袁桷《清容居士集》卷四十六《跋定武楔帖不损本》为清照“必须跟着追到四明”的力证，然则跋云“避乱寓居吾里之奉化”，既“寓居”乃与“追踪行在”相矛盾，且当海山奔窜之际有此“寓居”可能否？故年代久远，袁桷（1266—1327）所谓清照因“避乱寓居吾里之奉化”散落书画，当系得之传闻，未便遽信也。综上四点，李清照追踪赵构至明州说殊未可信。

② 据李心传《建炎以来系年要录》卷二十九、卷三十，脱脱等《宋史·高宗纪》二、三，陈垣《二十史朔闰表》。

是连续的逃难行动。清照可能离越的时间当在建炎三年十一月二十九日后至金人陷越前，至台州当在建炎四年正月十四日台守逃遁后，其间前后至多约40天，由越之剡可由曹娥江逆流至剡溪，由剡往台则只能是陆行。李清照为什么要去台州？清人俞正燮《易安居士事辑》以为“（易安）遂往台州依其弟敕局删定官李迒”①，前贤已驳其“失之无据”②，今更证知：官阶甚低的李迒不能在赵构周围扈从随行，亦必作为逃难队伍中一员流落民间，故此时李迒不必在台州，即有可能在台州，海山相隔的逃难中又缘何知之；而从清照长途奔窜的情况看，可以肯定清照至台州时仍未与李迒会合上。所以清照的由剡之台仅仅是“飘流遂与流人伍”的南下逃难的自然延续而已！再有，李清照到台州前是否已知高宗浮海避兵？是否已知高宗御船驻跸台州之章安镇？按赵构楼船驻跸台州章安镇在建炎四年正月丙午初三日，正月辛酉十八日移舟离开章安之温州，李清照到台州后在高宗移舟前赶到章安镇最多有三四天的时间，在“又弃衣被，走黄岩，雇舟入海，奔行朝，时驻跸章安”的叙述中“弃”“走”“奔”足见其急迫的程度。——从这种仓惶急迫的情况看，李清照很可能是到台州后才得知高宗御船驻跸台州章安镇的消息、决定“奔行朝”的。

高宗御船建炎四年正月甲子二十一日泊温州港口，二月丙子三日金人自明州引兵还临安，同月丙戌十三日自临安一线撤兵。三月己未十七日高宗御舟北上复还浙西，建炎四年四月癸未十二日次越州，驻跸州治。③ 李清照“从御舟海道之温，又之越”，既“附从”御舟，上述高宗御舟返越路线亦即是其行程路线。李清照建炎间的避兵逃难以重返越州而结束，她与同父异母弟李迒的重逢也当在彼此重返高宗驻跸之地的越州之后。因为从李清照“庚戌（建炎四年）十二月，放散百官，遂之衢”（《〈金石录〉后

① 褚斌杰等编：《李清照资料汇编》，中华书局1984年版，第111页。

② 黄盛璋：《李清照事迹考辨》“七 避难行踪”，《李清照集》附，中华书局1962年版，第190页。

③ 据《宋史·高宗纪》三，《建炎以来系年要录》卷三十一，陈垣《二十史朔闰表》。

序》）的话来看，他们应是已会合上了。①

四

（一）李清照建炎三年八月葬毕赵明诚后，因与同父异母弟李迒年岁相差较大、关系相对较疏，故首拟往投在洪州从卫隆祐太后的赵明诚妹婿李擢，由建康返回临时驻家的池阳后“遣二故吏，先部送行李往投之”（李清照《〈金石录〉后序》），而“大病”中未及成行；九月间旋因赵构幸医王继先出面以“黄金三百两”“收购”赵明诚所藏“古器”未成事而致“妄言有颁金之诏”——有关皇帝赵构下诏欲颁赐黄金以买赵家珍玩的“流言”起来、援手此事的谢克家被贬窜，“大惶怖”中李清照决定“欲赴外庭投进”“铜器等物”以主动表白心迹，洪州之行遂寝。

（二）自赵构于建炎三年闰八月壬寅（二十六）日离开建康，由水路往江浙避金人兵锋起，从驾人员就已从简，李清照时任“敕局删定官”的同父异母弟李迒，因其官阶甚低（从八品），未能扈从赵构随行；以故李清照“欲赴外庭投进”与“往依李迒”两个动机存在着一显一隐，而后者在“赴外庭投进”的避兵过程中是必然落空的，李清照与李迒建炎四年逃难结束后（四月后）方重会合于行在越州。

（三）李清照避兵行程最早建炎三年九月于池阳动身，追“赴外庭投进”，经歙州、睦州、杭州最早在建炎三年十一月二十九日之后至越州。

（四）李清照到越州后未再追踪高宗赵构至明州，赵构往明州准备入海逃亡，其事之议以及建炎三年十二月十五日由明州浮海，都是李清照所不

① 徐梦莘《三朝北盟会编》卷一百四十三建炎四年十一月“放散百司”条记事：“金人已陷楚州，游骑至江上，行在惊恐，乃放散百司从便，仍结绝三省、枢密院文字。士民多窜者。”（江苏广陵古籍刻印社1987年版，册六，第60页）“十二月”当系清照误记。衢州在婺州（金华）以西，去越甚远。李清照紧接“遂之衢”后言：“绍兴辛亥春三月，复赴越，壬子，又赴杭”（《〈金石录〉后序》）。绍兴元年辛亥他们重返越州行朝，李迒还因与修《绍兴新修敕令格式》转一官（见前正文引《宋会要辑稿》），但从绍兴元年李清照于绍兴卜居锺氏民宅发生“穴壁偷盗”事看（绍兴元年十月升越州为绍兴府，清照《后序》仍言“在会稽”，“穴壁”事当在本年十月前），李清照似未与李迒在一起，而第二年随行朝迁临安府后就发生了张汝舟骗婚事。

可能知道的。李清照决定将文物“寄剡”，则“欲赴外庭投进”的动机和行动上对赵构行朝的追踪也就已终止了。

（五）李清照的由剡（嵊县）之台州（治今临海）仅仅是“飘流遂与流人伍”的南下逃难的自然延续，抵台州时当在建炎四年正月十四日台守逃遁后，李清照很可能是到台州后才得知高宗御船驻跸台州章安镇的消息，决定“奔行朝”的。

东南社会与现代文学的“革命地理学”

周保欣*

晚清民初中国文学领域的系列革命，学界已有充分研究。但多数研究，都是在时间发生学框架中展开的，其空间发生属性并未受到应有的重视。众所周知，世间万事万物，其发生与发展，都是在时间与空间的统一中展开的，中国文学的近现代变革亦当如此，因此对它的把握，除了时势、时序的思考角度外，必须要有空间观照的自觉。

有鉴于此，本文将从“革命地理学”的视角出发，对清末民初之际中国文学领域系列革命发生的地缘特点、动力机制、历史内在逻辑、价值取向以及文学史形态等做出相应的思考。这样的思考，有助于我们发掘系列文学革命所包含的另一种“被压抑的现代性”——空间现代性，通过对空间现代性的学理呈现，进一步丰富学界对现代文学发生学面貌的认识。

一　“革命”的地缘发生、互动与空间流转

从空间视角看，晚清到民初之际文学领域的系列变革，虽名为“中国文学”变革，但其实并无“中国”的普遍性，而是由特殊“地方”所引领。这个“地方”，即为今日广东、福建、浙江、江苏、安徽南部、上海等所构

* 作者为浙江财经大学人文与传播学院教授。

成的“东南社会”。晚清的“文界革命”“诗界革命”“曲界革命”“小说界革命”，1917 年的“文学革命”，其领导者梁启超、黄遵宪、胡适、陈独秀等，都是东南人士。此外，最早译介域外文学的严复、林纾，以白话报力践白话文运动的裘廷梁；较早以西方哲学、艺术理论开展文学批评的王国维，北大歌谣运动的领导者刘半农、沈尹默等，同样为东南文人学者。不独领导者如此，变革的参与者也多为东南地区人士，像 1899 年“诗界革命”与“文界革命”中的黄遵宪、郑观应、郑贯公、徐勤、麦孟华、丘逢甲、邱炜萲、夏曾佑、蒋智由、狄葆贤、高旭、金天羽、龚自珍、王韬、裘廷梁；1902 年“小说界革命”中的夏曾佑、黄人、曾朴、吴研人、李伯元、徐念慈、梁启勋等；1904 年“曲界革命”中的柳亚子、汪笑侬、陈去病、陈独秀、欧榘甲、吴梅、齐如山等；五四运动“文学革命”中的刘半农、钱玄同、周树人、周作人、沈尹默、刘大白、茅盾、叶圣陶等，均是如此。

东南人才辈出，而聚集之地，则以上海和北京为主，其中的原因，当然是因为北京、上海乃当时的政治、文化中心之故。特别是 1916 年蔡元培执掌北大后，秉持“兼容并包，思想自由”理念，一意革新北大，开教授治校之风，北大很快聚集起一批新文学运动的前驱人物，陈独秀、胡适、李大钊、钱玄同、沈尹默、刘复、陈衡哲、吴虞、周树人、周作人等都是一时的风云人物。有学者统计，1919 年五四运动前北大 67 名文科教员中，除梁漱溟等寥寥几人外，余者皆为东南人士，且以浙籍为主，“又大多是章太炎的弟子”①。个中原因，除近世浙江人文鼎盛、文脉大炽之外，与“其时北洋政府教育部和北大之内，浙江人士势力大”亦有密切关系。② 生逢变乱之世，文人思想上有激进与保守之别，但在社会交往方面，还基本抱持着传统的血缘、亲缘、地缘优选原则。现代文学早期文坛上众多“兄弟作家”“家族作家群”“同门作家群”等，无不依血缘、亲缘、地缘和学缘而

① 陈万雄：《五四新文学的源流》，生活·读书·新知三联书店 1997 年版，第 42 页。

② 同上。

成。此外如《新青年》，虽说移师北京后很快就成为鼓吹新派思想言论的知识分子同人刊物，但创办之初，则纯属同乡刊物，除陈独秀外，如高一涵、汪叔潜、刘文典、陈嘏、高语罕、潘赞化等人，均为皖籍知识分子；易白沙和谢无量等虽非皖籍，却与安徽渊源甚深，且与陈独秀多有交往。

由空间互动性观察，历次革命，倡导者或参与者的相互砥砺与诘难，大多也在东南社会内部。如梁启超，他的“诗界革命”就是和黄遵宪合力推动，并以黄遵宪诗歌为标杆的。梁启超称黄遵宪的《锡兰岛卧佛》，“煌煌二千余言，真可谓空前之奇构矣”，“有诗如此，中国文学界足以豪矣”，将其与欧陆的荷马、莎士比亚、弥尔敦、田尼逊等相提并论。[①] 梁的“群治”思想，更是受惠于康有为的《日本书目志》和严复、夏曾佑的《国闻报附印说部缘起》。严、夏的“闻欧、美、东瀛，其开化之时，往往得小说之助”之论，深受当时的梁启超的“狂爱”[②]。只不过经梁启超汪洋恣肆的“新文体”论述，以及他当时的社会影响力，时人只知梁氏的《论小说与群治的关系》，而忽略了康有为、严复、夏曾佑等已有的言论。梁启超的其他文学思想与行动，同样离不开与康有为、严复、黄遵宪、孙中山、谭嗣同、唐才常、汪康年、章太炎等东南、湖湘文人政客的交游与激荡。如果没有戊戌变法失败后，流亡日本期间与孙中山过从甚密，受到孙氏革命思想的影响，使“梁启超对先生言论异常倾倒，大有相见恨晚之慨”[③]，那么，梁启超就未必会形成后来频繁的革命言辞。因为，梁提出文学上的系列革命时，正与孙处在政治上的蜜月期，否则，以梁启超的趣味、性情与行为方式，不大可能提出激进的革命主张。梁启超虽则多变，但亦有不变的东西，那就是他的民族主义。救国需救民，救民则需要从救治人心入手。梁启超与激进派最根本的区别，就在于他觉得解决人心问题正是中国文化的特长，

---

① 梁启超：《译印政治小说序》，《梁启超全集》第一册第一卷，北京出版社 1999 年版，第 172 页。

② 陈大康：《论“小说界革命”及其后之转向》，《文学评论》2013 年第 6 期。

③ 陈锡祺编：《孙中山年谱长编》，中华书局 1991 年版，第 175 页。

这样的判断，是后来梁启超从变革的激进主义回到传统的保守主义的最重要原因。

梁启超如此，胡适、陈独秀也不例外。作为文学革命的主将，胡、陈原先并不相识，二人的相交始于胡适老乡、上海亚东图书馆老板汪孟邹的介绍。1915 年，胡适于美国留学期间，接到汪孟邹自上海的来信，向他介绍陈独秀，并代陈向他索稿，"陈君盼吾兄文字有如大旱之望云霓"[①]。自此，胡、陈二人始有书信交流。没有汪孟邹的牵线搭桥，就难有胡适与陈独秀的相交；没有二人的相交，后来的"文学革命"当以何等面貌出现，则不得而知。而陈独秀创办《青年杂志》（包括 1904 年的《安徽白话报》），则完全依靠汪孟邹的襄助。倘没有汪孟邹的鼎力相助，就没有陈独秀的《青年杂志》，也没有后来的《新青年》。没有这个主阵地，文学革命如何开展，同样不得而知。从胡适的角度来说，他的文学改良思想的形成，也是美国留学期间，与梅光迪等一班朋友讨论、碰撞的结果。鲁迅在《呐喊·自序》中也曾提到，当初他对《新青年》提到的"文学革命"是持怀疑态度的，是受钱玄同的劝说，才动手写《狂人日记》的。[②]

这种人际交往、思想观念间的互动，既有正向性的相互激活，亦有反向的辩驳激荡，如梁启超与严复关于域外文学翻译中的"传世之文"与"觉世之文"之争，梅光迪与胡适关于复兴古学和文学革命之争，林纾对新文学的诘难，新文学作家与"鸳鸯蝴蝶派"作家的争论，新文学阵营与"学衡派"之争……近世文学变革，多在各种"正"与"反"的纠缠中走向"合"。但不管是"正"还是"反"，大多是在东南社会内部完成。如果说在梁启超时代，其互动空间多在闽粤、两湖、江浙三地之间轮动展开，那么，越到后来，闽粤之地的学者文人就渐趋沉寂。到胡适、陈独秀推动文学革命时，空间互动就主要维系在长三角区域文人学者间了。过去我们

① 转引自张宝明《"主撰"对〈新青年〉文化方向的引领》，《中国现代文学研究丛刊》2008 年第 2 期。

② 鲁迅：《呐喊·自序》，《鲁迅全集》第一卷，人民文学出版社 1981 年版，第 419 页。

把这种过渡概括为新民主主义取代旧民主主义，由空间来看，则不过是文学变革的中心北移，从晚清的闽粤，北移至民初的江、浙、皖等地。这种中心北移，不是激进和保守的胜负相较，亦非文学革命领导权的性质有何不同，而是时势和宿命。一者，梁启超领导的诸多变革，实在是以政治变革为上，文学变革为下。文学变革不外是拯时救世之策，于文学自身，自然就不如胡适和陈独秀用力之专、之深。二者，梁启超推动文学变革时，知识分子的思想解放的程度远不及经过科举废止、帝制终结和留洋成为普遍风气的民国。胡适、陈独秀等推动文学革命，所遇阻力自然要比梁小得多，而追随者和革命的社会基础又要比梁启超好太多。三者，梁启超所在的珠江流域，虽得时代风气之先，思想比其他地方开明，但地方性的文学积累与储备，所拥有的文学现代变革需依赖的社会条件，显然不能与传统的江南相提并论。真正要完成文学革命，仍需充沛的历史元气和厚实的社会基础作保证。备此三者，梁开风气，胡、陈继往开来，共同推动中国文学的历史变局，由是“文学变革的中心北移”则是历史的定数。

二 “文化同心圆”与“革命”的文化地理

文学变革，不可能单靠观念、思想、理论的革新实现，还需相应的物质、社会条件作基础。东南社会成为现代文学变革的策源地，如下三者不可忽视：第一，作家储备。文学的革命，需要作家、文人学者的共同推动，而东南社会自宋代以来，即为中国文化、文学的中心。据统计，隋唐五代后，浙江、江苏、安徽、福建、江西五省，是国内出作家最多的省份。宋、元、明、清四朝，五省作家的总量分别占全国的 60.34%、63.01%、74.7%和70.06%。[①] 特别是近现代以来，东南经济富庶、社会风气开放、英文教育水平高，留学英美包括日本的学生总量，远比国内其他地方多。

① 统计数据根据曾大兴《中国历代文学家之地理分布》第 506 页图表，湖北教育出版社 1995 年版。

留学海外，是文人学者学习域外文学，吸收域外文学思想的重要经历，也是他们完成向现代作家转换的重要步骤，这是系列文学革命发动的人才基础。第二，发达的现代传媒。现代文学之为“现代”，体现在它的传播形式上，由古典的手抄、刊刻、镂印，或寄赠、唱和、题壁等，向现代报刊文学形式转型。这种转型，高度依赖现代传媒与出版。东南地区因上海的特殊优势，兼及密集的城市群和稠密人口，以及便利的交通条件，成为清民之际报刊最为集中的地方。单是上海，1860—1895 年，新创办的中外文报刊（含更名者）就达 86 种之多，几乎占同期全国新办报刊的二分之一；1895—1898 年，全国各地由华人自办的中文报刊共 94 种，仅上海一地就达四十余种之多。[①] 第三，现代读者的形成。传统的文学因兼有说、讲、唱、演的成分，哪怕没有多少文化的人，亦可成为文学的接受者，而新的纸质媒介文学，则对读者的识字、阅读能力提出较高的要求。印在纸上的文字，没有实打实的断文识字能力，是断然无法成为“读者”的。而东南社会，因为有较发达的工商业传统，是国内资本主义相对发达的地方，市民社会相对国内其他地方而言也较为成型。这种市民社会，正是以报刊为载体的新文学得以传播的社会基础。

作家、媒介、读者，构成新文学生产关系的三个核心因素。这三个要素的成熟与高水平发展，使东南社会在中国文学的近现代变革中扮演着领跑者角色。但这些基础条件要想发挥作用，尚需时势和机缘，这个时势和机缘，就是晚清东南社会蜂起的革命思潮与实践。以形而论，古代中国以西北为背，东南为腹，主要边患在西北，所以国人空间意识向以西北为重，东南为轻。早在西汉时，司马迁就注意到“东南/西北”的地缘格局问题，有“夫作事者必于东南，收实功者常于西北，故禹兴于西羌，汤起于亳，周之王也于丰、镐伐殷，秦之帝用雍州兴，汉兴自蜀汉”之论。[②] 至鸦片战

① 方平：《清末上海民办报刊的兴起与公共领域的体制建构》，《华东师范大学学报》2001 年第 2 期。

② （汉）司马迁：《史记·六国年表第三》（二）卷十五，中华书局 1959 年版，第 686 页。

争，西人以坚船利炮相逼，殖民主义炮火焚炙之下，求变，成为近代东南社会对殖民主义最直接的应对，唯有变，才能调适与新世界体系的关系。“外患之乘，变幻如此，而我犹欲以成法制之，譬如医者疗疾，不问何症，概投之以古方，诚未见其效也。”[①] 李鸿章以洋务御外患，是逆势求变；康有为以维新变法保国保种，同样是逆势求变。因应这样的社会变局，东南社会的革命思想极其发达，尤其是辛亥革命前后，东南的上海、广州，与香港、日本东京构成“香港—广州—上海—东京”这个晚清中国最活跃的“革命走廊”，香港和东京不仅向内地输入大量革命思想，还与上海租界的“孤岛”一起，为革命者提供重要的安全庇护，因此，东南的革命思想异常活跃。

这种革命思潮与实践，对系列文学革命有激活创化之功。理论上，无论梁启超还是胡适、陈独秀，都有按社会革命的理想改造文学的愿景。他们对何谓“文学”、何谓“好文学”未必有真的关怀，但如何以文学为器参与社会变革的大局，则是他们重要的考量。梁启超的“诗界新大陆”理想[②]；陈独秀对“国民文学”“写实文学”“社会文学”的倾情力推[③]，莫不是以社会革命的理想去形塑他们理想的文学。文体方面，革命不仅衍生出诸如“革命小说”“革命诗歌”“革命戏剧”等概念，连传统的传奇、杂剧、戏曲等，也被改造成为宣传革命和新思想的利器，产生出《维新梦》（欧阳淦）、《血飞花》（吴梅）、《苍鹰击》（伤时子）等大批在当时有较大影响的杂剧和戏曲作品。其他如话剧、历史剧、政论文等新的文类，也因应革命的需求而生，成为现代时期的重要文体。文学面向上，传统的中国文学依天人合一思想，形成一套天性、人性、物性相感通的审美传统，文学尤擅对自然、日月、山水的描摹与刻画，而在近现代社会的革命改造下，中国文学从天道、自然中彻底抽身，转而突入社会深处，变为解决社会

① （清）李鸿章：《筹措海防折》，《李文忠公全集》奏稿卷二十四，文海出版社 1959 年版，第 11 页。

② 梁启超：《夏威夷游记》，《梁启超全集》第二册第四卷，北京出版社 1999 年版，第 1219 页。

③ 陈独秀：《文学革命论》，《陈独秀文章选编》（上），生活·读书·新知三联书店 1984 年版，第 172 页。

“问题”的利器，“现实主义”成为文学社会化的最大理论迷思。审美经验上，传统中国文学作为“文”的重要组成部分，担当着“以文化人”“化成天下”的使命，故而文学对“和”“合”有着天然的价值认同，讲究“哀而不伤，怒而不怨”。而这个传统，却在社会革命的风暴中，被彻底驱逐出去，取而代之的是怒目金刚式的仇恨美学和斗争美学。

东南社会之所以成为现代文学变革的前沿，还有一潜在的力量，就是文明地理结构中作为边缘地区的“南方”对“中原”的反抗。众所周知，中华文明的发端，始于黄河中下游地区，此一区域在商周之际即形成基本的人文伦理体系，此后，伴随征伐、移民、垦殖、商贸等，相继吸纳进荆楚、吴越、巴蜀、岭南等地，构造出一个以“中原”为核心，依次向外展开的“文化同心圆”。在这个同心圆里，处在最中心的，是老牌的中原；次中心的，则是淮河与长江流域；再外围的，就是北方、西北和东南沿海。在长期历史演进过程中，中心、次中心、边缘形成了各自的语言、文化、生活方式、信仰系统，所以虽有中心的征服、统一和同化，但中心对边缘的控制，及边缘对中心的认同，都因距离、原有文明强弱而有分别，越是远离中心的，对中心的认同度就越低，中心对它们的控制力就越弱；原有文明越成熟的，对中心的疏离、排斥、反抗就越强。

就东南社会而论，无论是环太湖的江、浙、皖、沪，还是闽、粤等百越之地，均是中华文明地理结构中的边缘区域，它们对传统的中心具有天然的反抗性。这种反抗性，渗透到文学革命当中，即为反主流、反正统。梁启超以批判儒教为其“启民治”学说张目，“儒教之所最缺点者，在专为君说法，而不为民说法”①。陈独秀则以涤荡“垢污深积”的“盘踞吾人精神界根深蒂固之伦理道德”为文学革命的要旨②。反中心最具代表性的书写

① 梁启超：《论中国学术思想变迁之大势》，《梁启超全集》第二册第三卷，北京出版社 1999 年版，第 592 页。

② 陈独秀：《文学革命论》，《陈独秀文章选编》（上），生活·读书·新知三联书店 1984 年版，第 172 页。

实践者当推鲁迅，他的《狂人日记》等小说及大量言论，直指的就是“家族制度和礼教的弊害”[①]。惯常的文学史叙述，多以“反传统”概述梁、陈、周氏等的反儒教、反礼学行为，但是，这种概括显然不妥，因为，无论梁启超，还是陈独秀、鲁迅，他们所反对的都不是过去式的“传统”，而是自西周分封制度以来一直被主流化、中心化的儒家意识形态。陈独秀说：“墨氏兼爱，庄子在宥，许行并耕，此三者诚人类最高之理想，而吾国之国粹也。奈均为孔孟所不容何?”[②] 陈氏臧否战国人物，以墨子、庄子、许行等非主流人物为是，以孔孟为非，其内在的气机，即发于反中心意识。

三 “革命”与东南社会的“文学/学术”逻辑

当然，文学革命是“文学的”革命。既然是“文学的”革命，就应找到它们于东南发生的文学史逻辑。由此一端出发，我以为，近现代文学革命之东南发生，主要还是得益于数百年来东南之文风鼎盛。虽说自宋以后，中国文学即处在颓势之中，但至少就东南来看，其文学仍独领全国风骚。有清一代，诗有袁枚、沈德潜，及福建诗人为主的“同光体”等；词有常州词派与浙西词派；散文有桐城派主盟文坛；戏曲有洪升和李渔等；小说除《儒林外史》和《红楼梦》外，晚清的谴责、公案、侠义小说等，也大多出自东南地区。加上后来的南社和鸳鸯蝴蝶派，东南文风之隆盛有目共睹。有学者统计，晚清可计作家533人，占前六位的是江苏、浙江、湖南、广东、安徽、福建，人数各为142、100、53、46、38、35，占全国作家总量比为26.64%、18.76%、9.94%、8.63%、7.13%、6.57%[③]。

相对发达的文学，并不就是系列文学革命发生的动因，而文学变革一

① 鲁迅：《〈中国新文学大系〉小说二集序》，《鲁迅全集》第六卷，人民文学出版社1981年版，第239页。

② 陈独秀：《答李杰》《陈独秀文章选编》（上），生活·读书·新知三联书店1984年版，第215页。

③ 有关统计数据，参见黄珊元《晚清学术人物的地理分布》，湘潭大学硕士学位论文，2007年。

旦发生，则必然是在发达地区，因为，文学变革需要变革者有切实的文学体会，有精准的文学优劣评估，有深刻的文学"问题"洞察，否则，文学的变革就无从谈起。从文学史的史实来看，晚清到民初系列文学变革，其实就是建立在东南人士对中国文学的"问题"判断上的。虽说梁启超、黄遵宪、胡适、陈独秀等对为何进行文学革命、如何革命各有表述，但在看待传统文学的"问题"上，却有惊人的一致，他们极具洞见地看到了中国文学暮气沉沉的崇古、复古、拟古和仿古之风。梁启超认为桐城派"以文而论，因袭矫揉，无所取材；以学而论，则奖空疏，阏创获，无益于社会"，因此"夙不喜欢桐城派古文"[①]，进而不屑地称某些词章家为"鹦鹉名士"[②]。梁氏对桐城派"因袭矫揉"之风的批评，与陈独秀对中外文学史上"古典主义"的批评互为印证，"欧文中古典主义，乃模拟古代文体，语必典雅，援引希腊罗马神话，以眩赡富，堆砌成篇，了无真意。吾国之文，举有此病，骈文尤尔。诗人拟古，画家仿古，亦复如此"。[③] 这种对"复古"的排斥，在鲁迅那里更为激烈，"狂人"对"古久先生"的"流水簿"猛踹几脚，不过是隐喻，他的《摩罗诗力说》《科学史教篇》等，无不直指中国人的复古、崇古、拘古。即便是较为温和的胡适，也对中国文学因袭古意而导致的刻板、凝滞的状态极为不满，批评他同时代诗人，"胸中记得几个文学的套语，便称诗人。其所为诗文处处是陈词滥调，'蹉跎''身世''寥落''飘零''虫沙''寒窗''斜阳''芳草''春闺''愁魂''归梦''鹃啼''孤影''雁字''玉楼''锦字''残更'……之类，累累不绝，最可憎厌。其流弊所至，遂令国中生出许多似是而非，貌似而实非之诗文"。[④]

① 梁启超：《清代学术概论》，《梁启超全集》第五册第十卷，北京出版社 1999 年版，第 3093 页。

② 梁启超：《夏威夷游记》，《梁启超全集》第二册第四卷，北京出版社 1999 年版，第 1219 页。

③ 陈独秀：《答张永言（文学——人口）》，《陈独秀文章选编》（上），生活·读书·新知三联书店 1984 年版，第 110 页。

④ 胡适：《文学改良刍议》，《胡适文集》第 3 卷，人民文学出版社 1998 年版，第 21 页。

文学革命的推动者之所以对中国文学的尚古、复古之风群起攻之，首要原因当然是受当时激进的进化论思想影响，中国文学既然要向现代迈进，就必须要以“古”为敌。另外，则与文学革命的使命相一致，“革命”就是要创造新的事物，而创造新的事物，就必须要彻底地与“古”为敌。但更重要的，我想还是源自文化边缘地带对中心的冲击。如前所说，作为边缘的南方，一直就有对中原这个中心的文化反抗。这种反抗，是中华文明、中国文化的一个历史结构。我国台湾学者杨照论西周王官学之外的智慧时说：“南方，尤其是楚，地理上位于边陲，没有那么深远的封建根基。更重要的是，早在西周建立之前，南方就有了自身独特的文化传统，当然不会有像鲁人孔子那种对于封建宗法的情感，更不会有一定要卫护封建宗法的热情。”① 这种南北文化的大相径庭，致使南方盛行疑古、变古之风。张君劢认为，“吾国思想史中之文艺复兴，与其以清代与欧洲比，不若以宋代与欧洲比”②，其缘由，即在于宋代学者因疑古而变古，进而开新儒学，勇创新说。

文学逻辑之外，另外需提到的就是东南学术。我们知道，在传统中国社会，文学并非独立存在，而是与史学、经学、子学等相会通。中国文学的发展多与学术形成共振，如汉代“文学”观念形成与儒学、佛学的互动；唐代古文运动与经学复古思潮的呼应；明代李贽“童心说”与心学的关系；清代桐城派“义理、考据、词章”之论与程朱理学等。学术与文学的互动共生，同样是近现代中国文学变革的重要推力。从基本面上看，东南是清代中国绝对的学术中心。清初黄宗羲、顾炎武，乾嘉时以经学考据为中心的“乾嘉学派”，章学诚的“浙东史学”，常州的“今文学派”，康有为的“今文经学”和章太炎的经学、小学、朴学……清代重要学术门派和人物，全在东南境内。这种区域学术资源，给文学革命发生提供丰富的滋养和储备。且不论康有为、梁启超、黄遵宪、严复、章太炎、王国维、蔡元培、

① 杨照：《老子》，广西师范大学出版社2016年版，第30页。

② 张君劢：《儒家哲学之复兴》，中国人民大学出版社2006年版，第32—33页。

胡适、陈独秀、钱玄同、鲁迅、周作人等的学术是如何进入他们的文学思考和实践，单以语言变革而论，黄遵宪提倡“我手写我口”，就可见他的学术思考的影响。在他看来，“语言有随地而异者焉，有随时而异者焉；而文字不得不因时而增益，画地而施行”。他援引古例，“自《凡将》《训纂》、逮夫《广韵》《集韵》，增益之字，积世愈多”，以证语言变革的正当性[①]；裘廷梁主张“崇白话而废文言”，理由是“因音生话，因话生文字”[②]；钱玄同作为古文字学家，之所以有“欲废孔学，不可不先废汉字”之论，其因即在“汉字属于表意文字，只重形意，不重声音，一经书写，则必然导致‘言文分离’”[③]。这些文学语言变革的主张，从理论到方法到实践，都贯穿着特定的学术理念。可以说，没有清代文字、音韵、训诂学的高度发展以至臻于极盛，没有西方现代语言学的思想训练，文学革命很难会以语言问题作突破口。文学语言问题如此，启蒙问题同样如此。启蒙是现代文学的基本观念，但这个基本观念的形成，其来源即在陆王心学。梁启超论康有为：“先生则独好陆王，以为直捷明诚，活泼有用，故其所以自修及教育后进者，皆以此为鹄焉。”[④] 独好陆王者，自然不止是康有为一个人，梁启超、黄遵宪、胡适、陈独秀、鲁迅、周作人等，所思所念者何尝不是一个“心”字？没有这样的一个“心”字，就没有“新民”“立人”“国民性”诸说，就很难讲清楚近现代文学领域启蒙思想的学术史来路。

梁启超在论晚清思想文化运动失败的原因时认为，晚清一切所谓“新学家”者，“其所以失败，更有一总根源，曰：不以学问为目的而以为手

---

① （清）黄遵宪：《日本国志·学术志二·文学》，《中国近代文学大系·文学理论集1》，上海书店出版社1995年版，第56页。

② 裘廷梁：《论白话为维新之本》，《中国近代文学大系·文学理论集1》，上海书店出版社1995年版，第83页。

③ 高建青：《五四前后“言文合一”运动论略》，《山西师大学报》（社会科学版）2007年第6期。

④ 梁启超：《南海康先生传》，《梁启超全集》第一册第二卷，北京出版社1999年版，第483页。

段”。[①] 由梁氏的这段话可见，身处新旧交替时代的早期现代作家文人，他们都是从旧体制中走出来的，很难摆脱旧文人的知识结构与心性气质。他们极为重视学问之道。对他们而言，没有学问，就失去了安心立命之根本，亦无挽时救世之资本。他们赞成、拥护、推动文学革命或改良，往往是源自他们的学术思考和见识；他们抵制、反对、批驳文学革命乃至是新文化运动，实际上也是源自他们的学术思考和识见。所以我们看到，严复之反对梁启超、林纾之反对新文学、梅光迪之反对胡适、“学衡派”“甲寅派”之反对新文化……凡此种种，当中自然有文人相轻的习性作怪，但更多的，则是源于相异的学术理路、价值关怀而导致的文学取向上的大相径庭，以致东南社会既是激进的革命者的发源地，也是保守派的大本营。

四 东南文化性格与“革命”的边缘活力

清末民初之际的文学革命既然是由东南社会所发动，就必然会铭记着东南社会特有的文化性格。这种文化性格，首要的就是它的“底层政治”特点。所谓“底层政治”，指的是传统中国文学等级结构中，底层、非主流的文学通过革命完成文学史复权的现象。如何定义“革命”是一回事，但所有的革命——无论是社会政治领域，还是思想文化领域——其核心任务不外是创造新的事物。只是革命的创造，未必是把新事物从无到有创造出来，而是通过秩序的重建达到创世的目的。这种秩序重建，就是打破固有秩序，使边缘成为中心，中心成为边缘；低级反转为高级，高级沦为低级。革命的“底层政治”，就是底层通过革命“翻身”的过程。近现代文学革命中，这种边缘和低级文学的底层“翻身”现象殊为普遍。小说、戏曲、民间歌谣、白话等，概是如此。单以小说论，我们知道，传统的中国文学等级秩序中，诗、文素为文学正宗，地位最为尊崇；词曲地位则等而下之。

---

① 梁启超：《清代学术概论》，《梁启超全集》第五册第十卷，北京出版社 1999 年版，第 3105 页。

小说因为成型于勾栏瓦肆，其性鄙俗，且多以嬉戏娱乐为主不合礼乐政教轨辙，故地位极为卑下。用近人黄人的话来说，小说是“言不齿于缙绅，名不列于四部”，虽说文人私衷或有所好，却总是“阅必背人”[①]，难登大雅之堂。但在近现代的文学革命中，小说的地位却有翻天覆地的变化。梁启超“欲新一国之民，不可不先新一国之小说”之宏论，把小说的兴衰与国家民族兴废捆在一起。梁启超之所以力推小说，是因为“小说有不可思议之力支配人道故”[②]。梁氏所谓“支配人道”，其实还是儒家的文学教化思维；而他未明确道出的“不可思议之力”，倒是小说在清末民初系列革命运动中被抬出的根本原因，即“鄙俗”的小说中，恰恰有诗歌文赋里少有的人的七情六欲，人的自私、贪婪、欲望，人的正义、自由、崇尚光明，人的自然天性等。这些被正统诗文压抑的东西，正是社会革新最具冲击力的，一旦破土而出，必将涤荡乾坤。梁启超的小说观，与严复多有相似之处。在论小说的历史地位时，严复甚至把小说的地位抬高到“几几出于经史上”，究其缘由，则与梁启超同出一辙，皆视小说为锻造人心之利器，“天下之人心风俗，遂不免为说部之所持”[③]。

这种底层、边缘的冲击力当然不独是小说，其他的像1918年由刘半农、沈尹默、钱玄同、沈兼士和周作人等推动的“北大歌谣运动”；黄遵宪“我手写我口”的口语诗实践，裘廷梁所说的“白话乃维新之本”，胡适对中国白话文学的历史梳理，等等，他们所做的都是文学上的底层复权，以及文学史的“翻身式”革命。

东南文化性格对文学革命的塑造，另外一个特点就是它“地方性文学经验”正典化。统观清民之际系列文学革命，革命者试图主流化、正统化

① 黄人：《小说林发刊词》，《中国近代文学大系·文学理论集2》，上海书店出版社1995年版，第291页。

② 梁启超：《论小说与群治之关系》，《梁启超全集》第二册第四卷，北京出版社1999年版，第884页。

③ 严复：《本馆附印说部缘起》，《中国近代文学大系·文学理论集2》，上海书店出版社1995年版，第248页。

的，其实多为切近南方的文学。不能说小说就是南方的文体，但就中国小说发展的整个过程而言，南方特别是江南向为小说发育的温床。不仅小说类型中大多数，如灵怪、公案、传奇、妖术、神仙、艳情等出自南方；许多小说家，如施耐庵、吴承恩、吴敬梓、凌濛初、冯梦龙等也是南方人。说南方是中国小说发育的温床，一是因为中国的小说无论是“讲史”“讲经”，还是“志异”“志怪”，多依赖于市井和市民。南方自宋以来，论人口密度、城市规模、城市化发展水平、经济水平，以及小说赖以生存的书坊和印刷业等，都远比其他地方发达。二是南方处在“文化同心圆”的边缘地带，向来就有挑战中心的内在冲动，文化上具有一定的逆反性。这种文化逆反性混合着南方自由、开放的性格，为中国小说挣脱礼乐文章羁绊，叙写“怪力乱神”“诲淫诲盗”提供了方便。荷兰学者高罗佩论中国古代房中术时，以明清艳情小说做例证，说“（江南文人）他们用街头巷尾粗俗下流的俚语写淫秽透顶的小说，并用艳词丽句的色情诗句点缀他们粗俗的文字”[①]。言辞虽有不堪，但南方文化助推小说多样繁衍，则是不争之事实。被清人毛庆臻指为“诱坏身心性命者，业力甚大”的《红楼梦》，也多在江浙流传。毛庆臻甚至提出“聚此淫书，移送海外，以答其鸦烟流毒之意”，将《红楼梦》这类“淫书”，送到英国去“诲淫”[②]。但恰恰是小说的这种“诲淫诲盗”，在近代特别是现代文学革命中，被人们当作身体自由、人性解放的利器，用来冲击传统思想的堡垒。

小说如此，白话文就更具代表性。因历史上中国的政治中心多在中原、北方和西北，故而按照“官话区”和“非官话区”的划分，南方基本上处在“非官话区”；再加上南方山水遥迢阻隔，移民成分芜杂，所以语系也极为复杂，方言种类繁多。处在“非官话区”的南方作家，他们日常生活和历史记忆的“言”，是自家历史形成的语言系统；而他们的“文”，却是在

① ［荷］高罗佩：《中国古代房内考》，上海人民出版社1990年版，第411页。

② （清）毛庆臻：《一亭杂记》，参见孔另镜辑《中国小说史料》，上海古籍出版社1982年版，第189页。

中原、北方“官话区”基础上所形成的另一种需要通过后天艰苦训练方能掌握的语言体系。所以，相对于北方、中原“官话区”的文人作家来说，南方作家“文”与“言”的分离要更为严重。刘师培论南北文学不同时说：“南音之始，起于淮、汉之间，北声之始，起于河、渭之间。故神州语言，虽随境而区，而考厥指归，皆析分南北为二种。”刘师培借隋代音韵学家陆法言的话“吴、楚之音，时伤清浅；燕、赵之音，多伤重浊”，以为“言分南北之确证”。[①] 夏晓虹论晚清作家“手”“口”不一窘状时曾举一例：梁启超戊戌变法中被光绪皇帝召见，本拟加以重用，但后来“仅赐六品顶戴”，“仍以报馆主笔为本位”，原因是“传闻因梁氏不习京语，召对时口音差池，彼此不能达意，景皇（即光绪帝）不快而罢”。列举其音，则梁启超读“孝”字为“好”，读“高”字为“古”，让说着道地北京话的光绪帝难以明白。[②]“文”与“言”的冲突，在晚清到民初的系列文学革命中，构成中国文学现代转型过程中最具文化地缘张力的问题。提倡用白话文写作，倡导“文言一致”，提出“国语文学”概念的，几乎是清一色的东南学者和文人作家。

东南文人学者要正典化的，自然不只是小说和文学语言。在文学价值和审美系统上，同样有对南方价值体系和美学趣味的趋同。这方面可论话题太多。最具文学史效果的，当属革命者们对南方性灵文化与个体伦理的择取。南北文化之别，一在历史，二在自然。西周建立的分封制度主要在北方中原地区。孔子创立儒学，所要维系的就是西周分封制度下形成的人文伦理体系。这种人文伦理体系的最大的特点，就是重视宗法制度中的“群”的价值，而忽视“个”的伦理；重视人的社会本质教化，而轻忽人的自然本质。南方因为没有经历封建分封，宗法、封建思想本就无根，另因山水文化和自然的影响，历来有“重性灵”的风尚，并且在“尊自然”的

① 刘师培：《南北文学不同论》，见《中国近代文学大系·文学理论1》，上海书店出版社1995年版，第287页。

② 夏晓虹：《作为书面语的晚清报刊白话文》，《天津社会科学》2011年第6期。

基础上，派生出一套崇尚精神自由的思想和美学体系。明清两朝的“竟陵派”“性灵派”，以及李贽的“童心说”，都是南方美学的代表。在近现代文学革命中，南方的自然、性灵思想与生命智慧，和西方的个性主义、自由主义思想其实是有深层互动的。严复以“群已权界论”为名译介穆勒的《论自由》，梁启超依卢梭社会契约思想论中国人的国家、族群义务与个人权利关系，胡适的自由主义和“易卜生主义”等，貌似是以西方思想回应中国问题，但其实都有自然、性灵、个人和自由等南方智慧的影子。因此，不能一提及自然、个人、自由、人道等，就把它们理解为西方文化的产物；其实，它们同样深植于中国传统中，只不过大多数时候，它们是以旁枝逸出的边缘姿态，或者是被压抑的状态存在于传统之中的，不受主流待见而已。近现代文学革命的边缘活力，就体现在对这种被压抑的传统和智慧的重新发现。这种重新发现，在鲁迅笔下，是对“越名教而任自然”的魏晋气质的流连忘返；在苏曼殊、周作人、郁达夫、庐隐、冰心等笔下，则是人的自然生命意志的流露。

东南文化性格对文学革命的另一个影响，就是它的“外向型文化面向”。作为文学史常识，我们知道，中国文学现代转型是在全面学习西方的基础上起步的。西方文学对中国文学的影响，不单是为我们输入新的观念、理论、词汇、修辞技巧；更为重要的是，它构成我们审视、批判中国文学问题，思考中国文学未来建设的标准和参照。蔡元培论新文化运动的历史逻辑时，把五四新文化运动与欧洲的文艺复兴两相对照，“我国周季文化，可与希腊、罗马比拟，也经过一种烦琐哲学时期，与欧洲中古时代相埒，非有一种复兴运动，不能振发起衰；五四运动的新文学运动，就是复兴的开始。”[①] 以欧美历史比附中国，在清末民初之际的文人知识分子中相当普遍。梁启超“过渡时代”的论断，陈独秀对“古典主义”的批判，都是以西方的历史解释中国的状况。更有甚者，不少人以罗马字母比附中国的文

① 蔡元培：《总序》，《中国新文学大系·理论建设集》，上海文艺出版社1935年版，第3页。

字，遂有废除汉字的言论。钱玄同就认为“废孔学，不可不先废汉字；欲驱除一般人之幼稚的、野蛮的思想，尤不可不先废汉字”①；鲁迅则视汉字为“愚民政策的利器”和附在劳苦大众身上的“结核”②。以西洋历史与社会比附中国的现象，同样体现在创作中，陈天华的小说《狮子吼》刻画的“民权村”，其中就有学堂、医院、邮局、工厂、议院等，村中人各自由，人皆平等，一派祥和。

历史不可假设。很难想象，如果不是东南社会而是由内陆其他地方推动文学变革，文人学者当如何处理和“世界文学”的关系？但有一点可以肯定，即便他们会取道于西洋以图自我革新，也绝不会有东南文人面向世界的通彻与开放。一者，作为“文化同心圆”结构中的边缘地带，东南社会对中心的认同本就松散。社会遽变之下，极易形成与中心的背离力量。晚清历史上的东南自保运动，就很能说明问题。二者，从地形上看，东南面对浩瀚的海洋。当中原地区尚沉迷于“断裂的世界观”——以中国为天下时，东南地区随着人们海外谋生，早就进入到“整体的世界观”之中。人们清楚地知道，中国就是中国，世界就是世界。所以当中国社会处于变革之时，东南社会的着眼点，自然就不会紧盯着“中国”，从而陷入复古的泥淖，而是用另外一种域外的眼光去审视中国文学的问题。三者，东南社会因为发达的经济水平和良好的教育状况，在晚清中国的留学潮中，东南留学生总量为全国之最。留学域外，给新式文人学者提供一种别样的审视中国文学的眼光。有此三者，决定东南社会主导的文学革命，世界面向的广度、深度、力度，均非他处能及。

东南文学变革的世界面向，涉及的另外命题是中外文学优劣比较。明言层次，东南文人学者多以西方文学之是为是，之非为非，西洋文学，构成中国作家反思评判自家文学的基本尺度。可是，当时东南的文人学者，该是全国最有学问和判断力的学者；是否在他们的内心，中国文学真的如

---

① 钱玄同:《中国今后之文字问题》,《新青年》1918 年四卷四号。

② 鲁迅:《关于新文字》,《鲁迅全集》（第六卷），人民文学出版社 1996 年版，第 160 页。

他们所说，或为“谬种”，或为“妖孽”？肯定不是。否则，我们就无法理解，何以梁启超晚年成为固执的保守派；作为文学革命急先锋的陈独秀，最后十年的诗作几乎全为古诗；呼吁年轻人“不读古书”的鲁迅，自己却偏偏独爱两汉魏晋？其中的缠绕、纠结与魅惑，一言以蔽之，就是彼时的文人学者，判断中西文学的优劣并不是以文学之优劣论优劣，而是以国势的强弱断优劣。中国弱，则文学弱，文化亦弱；西洋强，则文化强，文学亦强。此间的道理，没有任何逻辑上的论证必要，却演化为几代中国知识分子的历史无意识。陈独秀有段话堪称典型：“吾人倘以新输入之欧化为是，则不得不以旧有之孔教为非。倘以旧有之孔教为是，则不得不以新输入之欧化为非。新旧之间，绝无调和两存之余地。吾人只得任取其一。”①陈独秀“不得不”“只得”等，所流露出的，是知识分子将文学的是非让渡于国势之强弱，或者说只以强弱而不以是非论文学优劣的无可奈何。“革命”的义气纵横和雄辩滔滔，掩盖的是弱者的内心难以名状的凉薄。

① 陈独秀：《答佩剑青年》，《陈独秀文章选编》（上），生活·读书·新知三联书店1984年版，第186页。

从“他者”到共同家园

——以唐宋笔记为中心的岭南西道（广南西路）考察

方丽萍[*]

中唐前岭南、西南和荆湘等地蛮荒偏僻，是官员的贬谪地。士人视此为异质，大都在诗文中表现这里的蛮荒、危险，以此凸显远离长安的愁苦。中唐后，士人开始有了对南方山水美的描写，地方官也开始秉持“四海一家”的理念看待、管理南方。韩愈等笔下险、怪、苦、恶的南方在柳宗元、白居易等笔下变得美好、快乐起来。北宋后，随着王朝实质管理范围的扩大，尤其是到南宋，国家中心大幅度的南移，非但潇湘和西南不再“阴险与恐怖”，就是岭南，在士人笔下也少了蛮荒、落后、险怪的色彩，取而代之的是风景的优美、民风的淳朴。岭南成为士人的审美对象，更真正进入中华民族版图，成为民族文化的有机组成部分。①

唐代的岭南道包括五个都督（护）府，除南海郡（广州）都督府、安南都护府外，普宁郡（容州）、朗宁郡（邕州）和始安郡（桂林）都护府均处于广西。咸通三年（862）改岭南节度使为岭南东道节度使，升邕州管

---

* 方丽萍，玉林师范学院文传学院教授。

① 方丽萍：《中晚唐文人的南方感知及其转型意义》，《唐代文学研究》第十八辑，广西师范大学出版社 2018 年版。

内经略等使为岭南西道节度使，广西处于岭南西道节度使管辖范围。宋时岭南分广南东路和广南西路两路，广南西路治所在桂林。

四库全书收录了五部唐宋时期士人编撰的专以记录唐岭南西道、宋广南西路（基本相当于今天的广西）社会文化、山川、风俗、物产等的笔记。[①] 以此为考察中心，可以了解唐宋士人对广西的认识。

一 “有殊于中夏”

即便是全球化快速发展的今天，广西在很多方面仍有它的独特性，七八百年甚至上千年前的古代更应如此。来自不同地区的笔记作者，“谱民风记土产”[②]，记录“蛮陬绝徼见闻可纪者”[③]，更容易走向搜奇猎异一端。实际情况也是如此，五部笔记的内容基本都在说：广西有神奇的物产、特殊的气候、别致的山水、独特的饮食……但全部读过之后会发现，作者所选择介绍的“奇异”及其态度却很值得玩味。试看：

> 岭表山川，盘郁结聚，不易疏泄，故多岚雾作瘴。人感之多病，腹胀成蛊。俗传有萃百虫为蛊，以毒人。盖湿热之地，毒虫生之，非第岭表之家性惨害也。[④]

从外部地质构造解释为什么岭南多瘴疠之气，人容易生病，同时也对蛮人养毒蛊害人的传说进行了批驳。再如：

> 深广之民，结栅以居，上施茅屋，下豢牛豕。栅上编竹为栈，不施椅桌床榻，唯有一牛皮为裀席，寝食于斯。牛豕之秽，升闻于栈罅之间，不可向迩。彼皆习惯，莫之闻也。考其所以然，盖地多虎狼，

---

① 五部笔记中唐代有三部：分别是段公路《北户录》三卷、莫休符《桂林风土记》一卷、刘恂《岭表录异》三卷。宋代两部：范成大《桂海虞衡志》一卷、周去非《岭外代答》十卷。

② （唐）莫休符：《桂林风土记·提要》，清文渊阁四库全书本。

③ （宋）范成大著，严沛校注：《桂海虞衡志校注·原序》，广西人民出版社 1986 年版。

④ （唐）刘恂：《岭表录异》卷下，文渊阁四库全书本。

不如是则人畜皆不得安。无乃上古巢居之意欤?①

吊脚楼可谓是南方特色之一，人畜杂居也是北方所没有的。值得注意的是，周去非却没有顺着这个表象滑向历史上已经被普遍认可的南人荒蛮的结论，相反，他对这一现象进行了合理的解释：1. 这种在外人看来很奇怪的居住环境是百姓因地制宜的结果，是生存智慧，也是现实无奈；2. 吊脚楼是上古人们巢居方式的遗存。再看下一则：

孔雀，世所常见者，中州人得一则贮之金屋，南方乃腊而食之，物之贱于所产者如此!②

这本应是一最能激起价值判断和正义感的话题，但作者也仅仅是描写现象之后进而分析认为广西人对孔雀的美丽视而不见反倒以之为食物，原因就是因为在广西孔雀太多，人们习以为常。周去非还曾说广西人抓到一尺以上的蛇或者小鸟，唯一的想法就是处理一下吃了。他认为这很正常，因为这些本就是他们食谱内的食物，大惊小怪只能说明大惊小怪者的没有见识。

广西诸郡富家，大室覆之以瓦，不施栈板，唯敷瓦于椽间。仰视其瓦，徒取其不藏鼠。日光穿漏，不以为厌也。小民垒土墼为墙，而架宇其上，全不施柱。或以竹仰覆为瓦，或但织竹笆两重，任其漏滴。广中居民，四壁不加涂泥，夜间焚膏，其光四出于外，故有“一家点火十家光”之讥。原其所以然，盖其地暖，利在通风，不利堙窒也。未尝见有茅屋，然则广人虽于茅亦以为劳事。(《岭外代答》卷四)③

---

① （宋）周去非：《岭外代答》卷四“巢居”，“桂学文库”本，广西师范大学出版社2014年版，第246页。

② （宋）周去非：《岭外代答》卷九“孔雀”，“桂学文库”本，广西师范大学出版社2014年版，第400—401页。

③ （宋）周去非：《岭外代答》卷四“屋室”，“桂学文库”本，广西师范大学出版社2014年版，第22页。

广西住房简朴，不事雕饰也就罢了，竟然还不在乎是否可以遮光避雨。但这也是当地气候的需要，气候温暖，房子里通风好就行，不需要保暖。

五部笔记都是亲历者向外界介绍广西，在自序或者他序中都不约而同地谈到了笔记的选材问题。陆希声称段公路“常采其民风土俗、饮食衣制、歌谣哀乐有异于中夏者录而志之”。[①] 刘恂的《岭表录异》也被周南称是“纪岭表川泽、犀、象、禽、鱼、珠、金、草木有殊于中夏者”。[②] 范成大的《桂海虞衡志》十三篇分别为志岩洞、志金石、志香、志酒、志器、志禽、志兽、志虫鱼、志花果、志草木、志蛮等，无疑提炼出了广西最具特色的物产、气候、饮食习惯、民风民俗等，在“志山”中他“评桂山之奇，宜为天下第一”，但“士大夫落南者少，往往不知，而闻者亦不能信”。所以要把它写出来让大家知道。在“志香门”中范成大也说：“士人未尝落南者，未必尽知，故著其说。”[③] 从上述材料可见，他们重在写广西与“中夏”的“殊”与“异”，他们是平等看待广西的，并没有刻意展现广西落后、偏僻、愚昧的一面，而是提炼出一些主要问题进行多方面的客观呈现。

1. 地理位置上凸显最南端的特征

《北户录》名出《史记·秦本纪》“南尽北户”。颜师古释曰“其地皆开北户以向日”。意谓太阳在北面，日南在最南端，所以所有房屋的门都必须朝北开才向阳。秦时的北户指日南，刘恂借此词指广南西路，意味广南西路居于国家的最南端。《岭外代答》中的“钦州有天涯亭，廉州有海角亭。二郡盖南辕穷途也”[④] 也是这个意思。五部笔记中有大量的文字写广南西路的地理位置，也有一些作者提到了它与长安、开封或者汴京之间距离的遥远，但更多的还是客观的地理位置的描述。

---

① （唐）陆希声：《北户录原序》，清文渊阁四库全书本。

② （宋）周南：《山房集》卷五，清文渊阁四库全书本。

③ （宋）范成大著，严沛校注：《桂海虞衡志校注》，广西人民出版社1986年版，第28页。

④ （宋）周去非：《岭外代答》，清文渊阁四库全书本。

2. 气候的特殊，“北人”该如何适应

所有来到广南西路的人，首先必须面对的是气候的不同。五部笔记中有详尽的对瘴疠等的描写，有全面的气候、风土介绍，有“北人”至此地的注意事项，如：

> 南人有言曰：“雨下便寒晴便热，不论春夏与秋冬。”此语尽南方之风气矣。桂林气候，与江浙颇相类，过桂林城南数十里，则便大异，杜子美谓“宜人独桂林”，得之矣。钦阳雨则寒气淅淅袭人，晴则温气勃勃蒸人，阴湿晦，一日数变，得顷刻明快，又复阴合。冬月久晴，不离葛衣纨扇；夏月苦雨，急需袭被重裘。大抵早温，昼热，晚凉，夜寒，一日而四时之气备。九月梅花盛开，腊夜已食青梅，初春百卉荫密，枫槐榆柳，四时常青。草木虽大，易以蠹腐。五谷涩而不甘，六畜淡而无味，水泉腥而黯惨，蔬茹瘦而苦硬。人生其间，率皆半羸而不耐作苦，生齿不蕃，土旷人稀，皆风气使然也。北人至其地，莫若少食而频餐，多衣而屡更，惟酒与色不可嗜也。如是则庶免乎瘴。然而腑脏日与恶劣水土接，毒气浸淫，终当有疾，但有浅深耳，久则与之俱化。①

周去非认为广南西路的气候并非一体，以桂林为界有较大区别。杜甫诗中已指出桂林气候宜人，与江浙一带没什么区别。但只要再往南数十里就完全不一样了。那里四季常青，植物茂盛。生活于其间的百姓同样不堪其苦，瘦弱无力。北方人到了那里需要注意少食多餐，节制酒、色欲望，并随时根据天气变化加减衣服。

3. 物产、食物及饮食习惯

笔记的作者们，对于广西物产的描述是非常庞杂的，这从范成大和周

---

① （宋）周去非：《岭外代答》卷四“风土门 · 广右风气”，文渊阁四库全书本。

去非等人著作的分卷即可看出。笔记作家们记下了广南西路独有的动植物、物产及生活习俗。如范成大说“南方多珍禽”，“兽莫巨于象，莫有用于马，皆南土所宜。”[①]周去非则言“广右无酒禁，公私皆有美酿”。[②]

再如“鹅毛被”：

> 邕之南有酋豪，多熟鹅毛为被（毛取项上及腹下嫩毛，蒸治之），稻畦衲之，其温软不下绵絮也（一云甚宜小儿。愚记陈藏器云“鹅毛主小儿惊痫者”，盖为此也）。[③]

唐时的鹅毛被的原理应该与今天的鸭绒被一致，就是不知如何从“酋豪”推广开的。此外还有“象鼻炙”“桄榔炙”“红盐”“睡菜”“蚁子酱”等可能今天已经失传的物品，认真辨析的话也许可以为我们提供第一手资料。其中我们能发现物质文明的流传痕迹，刘恂书中所说的鸡毛笔黄庭坚曾用过，我们今天还可以在博物馆看到“蛮夷之乐有铜鼓”，驯象的象钩、象舞在东南亚地区还是主要的表演项目等。

五部笔记中，这一类材料最能体现笔记特色，占篇幅最大的部分，同时也是与张华的《博物志》有很大的差异的部分，就是作者所描写的基本或为亲眼所见，或为按照常理推不至于太过奇异的事情。如岭南人珍爱蟒蛇的牙齿，认为可以辟邪，好嚼槟榔，认为可以去瘴气等。

文学史上对于“南食”的描写比较著名的当属韩愈的描写南人的吃蛇以及他的恐惧。五部唐宋笔记中涉及的广西地区独特的饮食令人费解的描写也不少，如：

> 容南土风，好食水牛肉。言其脆美。或炰或炙，尽此一牛。既饱，即以盐酪姜桂调齑而啜之。齑是牛肠胃中已化草，名曰“圣齑”。腹遂

---

① （宋）范成大著，严沛校注：《桂海虞衡志校注》，广西人民出版社 1986 年版，第 49、第 55 页。

② （宋）周去非：《岭外代答》卷六《食用门》，清文渊阁四库全书本。

③ （唐）刘恂：《北户录》，文渊阁四库全书本。

不胀。(《岭表录异》)[1]

类似的文字因其无证，倒给读者留下了不少的想象空间，也可能会为进一步的研究提供一些原始资料。

二　文人的地方化及去“中心”化

五部笔记中最早的一部约写于唐懿宗咸通（860—874）中，最晚的写于南宋孝宗时（1163—1189），时间跨度大约有三百余年。[2] 四库全书将这五部著作列在史部地理类，说明它们并不是一般的搜奇猎异笔记，而是地理著作，反映的应该是唐末至南宋中前期三百年间人们对于岭南的认识。

“天生四夷，皆在先王封疆之外，故东拒沧海，西隔流沙，北横大漠，南阻五岭，此天所以限夷狄而隔中外也。”[3] 初唐时狄仁杰的这段话代表了很大一部分持华夏中心、中原中心观念的人们对国家疆域的理解。尽管自秦始皇始岭南地区已经被纳入中央王朝的管辖范围，汉武帝远征南越又取得了极大的成功，但之后的绝大多数时间，这里还是没有真正被纳入中央王朝的管理，这就导致很长一段时间人们对岭南的空间定性为夷狄或“化外”，类似柳宗元那样长期居于此地，但时时担心“几不为中州人”者一直都存在，《岭表录异》《北户录》等唐人笔记中，还不时可以看到对岭南民族的轻蔑。但到南宋，这类现象就完全消失了。一方面是中央的实际管理到位，另一方面是官员的安心政务。“长安不见使人愁”的焦虑，远离中央王朝，难以顺利升迁的担忧也基本从士人笔下消失。取而代之的是对边缘、

---

① 《岭表录异》这段文字《太平御览》曾引，曰：“容南土风，好食水牛。言其绝美，则柔毛肥彘不足比也。每军骑有局筵，必先此物，或炙此一牛，既饱，即以圣齑消之。既至，即以盐酪姜桂调而啜之。腹遂不胀。北客到此，多赴此筵。但能食肉，罔有啜齑。”与此书详略互异。

② 段公路生卒不详，但咸通年间（860—874）有事至岭南，因此《北户录》的编著应该属于这个时间段。莫休符也是昭宗时至岭南。刘恂是唐昭宗（889—904 在位）时的广州司马，《岭表录异》的成书应该距此不远。周去非淳熙中（1174—1189）通判静江府，范成大乾道八年（1172）出知静江府兼广南西路经略安抚使。

③ （后晋）刘昫：《旧唐书》卷 39《狄仁杰传》，中华书局 1975 年版，第 2889 页。

对多元的欣赏，是对边陬政务的专注，是为地方的未来的设计。即便是过去令人谈虎色变的“瘴”在南宋人那里也有了合理的解释，“南方凡病，皆谓之瘴，其实似中州伤寒”。或者我们也可以说，从这些作品我们能看到士人的真正的地方化——融入地方，与地方共休戚。这表现在他们对地方事务的真切关注上。

在这些作品中有大量的对广西政治、经济、科举、选官制度的记录，有对广西的政策状况的叙述，也有对广西未来的思考。例如：

> 广西土瘠民贫，并边多寇。自侬智高平，朝廷岁赐湖北衣绢四万二千匹，湖南絁一万五千匹、绵一万两，广东米一万二千石，提盐司盐一千五百万斤，韶州涔水场铜五十万斤，付本路铸钱一十五万缗。总计诸处赡给广西凡一百一十余万缗。祖宗盖以广右西南二边，接近化外，养兵积威，不可不素具，故使常有余力也。①

以详细数字及与他路的比较中显示朝廷对广西的重视及其原因。再如《桂海虞衡志》所记朝廷羁縻州官员的任用及其表现：

> 羁縻州洞：其人物狂悍，风俗荒怪，不可尽以中国教法绳治，姑羁縻之而已。
>
> 皇祐以前，知州补授，不过都知兵马使，仅比微校。智高之乱，洞人立功，始有补班行者。诸洞知州不敢坐其上，视朝廷爵命尚知尊敬。元丰以后，渐任中州官。近岁洞酋，多寄籍内地，纳粟补授，无非大小使臣。或敢诣阙陈献利害，至借补合职与帅守抗礼，其为招马官者，尤与州县相狎。子弟有入邕州应举者，招致游士，多设耳目，州县文移未下，已先知之。舆骑居室服用，皆拟公侯。②

---

① （宋）周去非：《岭外代答》卷五“广西盐法”，“桂学文库”本，第265—266页。

② （宋）范成大著，严沛校注：《桂海虞衡志校注》，广西人民出版社1986年版，第115—116页。

依智高事件是宋代政策的分水岭，之前羁縻官所授官职都比较低，之后地位有所上升，但他们还是比较尊重朝廷派来的地方官。随着朝廷对广西土官的笼络和控制，广西便开始有土民寄籍内地，以钱米买官的现象。土官的子弟参加科举考试，还能提前知道考试消息。土官日常服用乘骑也不怎么受礼制约束，比较追求奢侈。

《岭外代答》专列“法制”一门，记录了一些朝廷给予广西南路的特殊优惠政策，如下两则：

> 广西奏辟，不限资格，唯材是求。自守阙、副尉、下班之类，一经奏辟，皆得领兵民之寄。大率初辟巡尉、知寨，次辟沿边知县、都监，次可辟左、右江提举等。而上之，沿边知州、军，皆可辟也。守、倅，旧许帅司奏辟，今多与都司联衔具奏。帅司又可专辟沿边州、军主兵官。前官将替，半年便许量才选辟。辟书一上，便可就权。往往非注补官之人皆由之而并进。俟成命之下就权，年月皆理为在任；不成，则不过解职而去耳。诚仕宦速化之地。比之吏部格法，何啻霄壤也！①

> 广西去朝廷远，士夫难以一一到部，令漕司奉行吏部铨法，谓之南选。诸郡之阙，吏部以入残零。一月无人注授，却发下漕司定拟，待次士夫拟。得一阙，先许就权。吏部考其格法无害，则给告札付之，理前月日为任。南中士夫尽乐之。广西经任人多不欲注曹官，唯欲授破格。职官初任，人不欲授监、当簿、尉，唯欲授破格曹官。谓如吏部注中州四选阙，率一官而四人共之，唯广西阙无人注授。及发下定拟，唯许寄居随侍、曾任本路人参选。员少阙多，率是见次。选人于此可养资考，岂吏部注拟之所常有者？故落南士夫多不出岭，良以此也。②

① （宋）周去非：《岭外代答》卷四“法制门”，“桂学文库”本，第252—253页。
② （宋）周去非：《岭外代答》卷四“定拟”，“桂学文库”本，第253—254页。

这两条材料均体现了在广西任官、铨选的政策优惠，也从一个侧面说明士大夫乐于呆在岭南的原因。随着统治中心的南移，南宋对于“岭外”广西的开发与管理日渐加强，广西在南宋政治和经济上的地位也越来越重要，如沈晦、张孝祥、范成大、张栻等大批著名士人前往广西任地方长官，享受着“南中”的快乐，并将之形诸文字。我们从中根本看不到唐代南贬士人的怨愤。可以说，本是“荒外之地”的广西走进了南宋士人的视野，并逐渐被纳入“华夏”的边界之内，成为“我者”的一部分。这也从一个侧面说明，大一统王朝所确立的“中央中心”已经旁落，多中心、多元意识开始诞生，地方官开始拥有了地方的骄傲与自豪。南宋王朝在失去半壁江山的同时，也得到了实质上的从版图到思想的另外半壁江山。

三　共同文化价值体系的发现与培育

广南西路与“中夏”在诸多方面有很大的差异，但它毕竟自秦便纳入中国版图，历代都有中原王朝官员等进入，并在那儿留下了痕迹。笔记作者在展现它“有殊于中夏”一面的同时，也在呈现它与“中夏”的相同之处以及它与中夏的渊源。

《桂林风土记》利用《禹贡》《南越志》《吴书》《图经》等资料，梳理了自春秋始桂林的归属，并介绍了舜祠、双女冢、伏波庙、尧山庙、独秀峰下颜延年守郡时读书处等与中原历史、文化紧密相关的古迹。唐时进入广西的官员大幅度增加，有的曾在桂林郡为宦，也留下了不少的痕迹，华景洞内多唐人遗刻，去思馆内张鷟曾“饰装”，韦瓘建碧浔亭、李渤建隐仙亭等。自北宋始，北人“落南者”更是大幅度增加，对此，笔记作者多有涉及。这些材料，将广西与中夏连成了一个政治、文化的共同体。

在广西，笔记作者时常从一些细节发现这里古风犹存，如当地人喝酒使用牛角杯，范成大认为是“古兕觥意”。看到吊脚楼，周去非称叹“无乃上古巢居之意欤?”（《岭外代答》卷四）周去非还曾谈到过广西百姓的方言：

方言，古人有之，乃若广西之蒌语。……城郭居民，语乃平易。自福建、湖湘，皆不及也。其间所言意义颇善，有非中州所可及也。早曰“朝时”，晚曰“晡时”，以竹器盛饭如箧曰“箪”，以瓦瓶盛水曰“罂”，相交曰“契交”，自称曰“寒贱”，长于我称之曰“老兄”，少于我称之曰“老弟”，丈人行呼其少曰“老侄”，呼至少者曰“孙”，泛呼孩提曰“细子”，谓慵惰为“不事产业”，谓人仇记曰“彼期待我”，力作而手倦曰“指穷”，贫困无力曰“力匮”，令人先行曰“行前”，水落曰“水尾杀”，泊舟曰“埋船头”，离岸曰“反船头”，舟行曰“船在水皮上”，大脚胫犬曰“大虫脚”。若此之类，亦云雅矣。①

周去非所列出的这些广西方言词，几乎就是从古汉语书面语中走出，表意清晰而雅致，令人不得不叹服广西传统文化氛围之浓郁。

广西民间的古风犹存说明在很多方面广西与“中夏”植根于完全相同的文化，所谓同根同源者。尽管由于与文化、政治中心的距离有些远，有些时候与中心有部分脱节，未能同步发展，但也因此使很多优秀的古代传统在这儿得以保存。

五部笔记还有一个共性就是以历史、现实为据，努力纠正地域偏见，展现广西的美好。

范成大自乾道八年（1172）出知静江府兼广南西路经略安抚使，淳熙二年（1175）正月离桂赴蜀，在桂林前后近两年时间。赴蜀任上，他“道中无事，时念昔游”，写了《桂海虞衡志》。“虞衡”是古代掌管山林川泽的官，范成大主管一路军政民政用“虞衡”代之，一方面表谦逊，另一方面也点明本书集中于山林川泽之事的用意。在此书的自序中，范成大回忆临行时“姻亲故人张饮松江”为他送行，大家“皆以炎荒风土为戚”，他却不以为然：

① （宋）周去非：《岭外代答》卷四“方言”，“桂学文库”本，第250—251页。

余以唐人诗，考桂林之地，少陵谓之宜人，乐天谓之无瘴，退之至以湘南江山，胜于骖鸾仙去，则宦游之适，宁有愈于此者乎？……既至郡，则风气清淑，果如所闻。而岩岫之奇绝，俗习之淳古，府治之雄胜，又有过所闻者。余既不鄙夷其民，而民亦矜余之拙，而信其诚，相戒无欺侮。岁比稔，幕府少文书，居二年，余心安焉。……噫！锦城以名都乐国闻天下，余幸得至焉，然且惓惓于桂林，至为之缀缉琐碎如此。盖以信余之不鄙夷其民，虽去之远，且在名都乐国，而犹弗忘之也。①

此文是范成大"惓惓于桂林"的心迹表达，他赞美桂林宜人的气候、美丽的风景，淳朴的人民。他强调桂林的美好不是他的发现，早在唐，从杜甫开始，韩愈、白居易等都表达过对这里的欣赏、肯定、喜爱。

再看此文《志山》部分的小序：

余尝评桂山之奇，宜为天下第一。士大夫落南者少，往往不知，而闻者亦不能信。余生东吴而北抚幽蓟，南宅交广，西使岷峨之下，三方皆走万里，所至无不登览，大行、常山、衡岳、庐阜，皆崇高雄厚，虽有诸峰之名，政尔魁然。大山峰云者，盖强名之。其最号奇秀，莫如池之九华，歙之黄山，括之仙都，温之雁荡，夔之巫峡，此天下同珍之者。然皆数峰而止尔。又在荒绝僻远之濒，非几杖间可得，且所以能拔乎其萃者，必因重冈复岭之势盘亘而起，其发也有自来。桂之千峰，皆旁无延缘，悉自平地崛然特立，玉笋瑶篸，森列无际，其怪且多如此，诚当为天下第一。韩退之诗云"水作青罗带，山如碧玉篸"；柳子厚《訾家洲记》云"桂林多灵山，发地峭竖，林立四野"；黄鲁直诗云"桂岭环城如雁荡，平地苍玉忽嵯峨"。观三子语意，则桂山之奇固在目中，不待余言之赘。顷尝图其真形，寄吴中故人，盖无

① （宋）范成大著，严沛校注：《桂海虞衡志·序》，广西人民出版社1986年版，第1页。

深信者。此未易以口舌争也。山皆中空。故峰下多佳岩洞，有名可记者三十余所，皆去城不过七八里，近者二三里，一日可以遍至。今推其尤者记其略。(《桂海虞衡志·志山》)①

这段话与上面的序异曲同工。以自己丰富的山川经历，在与内地名山的比较中凸显桂林山的“怪且多”、桂林山的便近易至，以及“峰下多佳岩洞”，认为桂林之山当属天下第一。这段话中同样提到当时士人对桂林的偏见，“士大夫落南者少”，即便是作者请人“图其真形”寄于吴中故人，但他们依然不相信这里的山如此奇丽。范成大依然以大文豪——韩愈、柳宗元和黄庭坚的文字证明“桂山之奇”。

至此，熟悉唐宋文学的读者必然会有疑问：唐代广南西路是远比荆湘更偏远的蛮荒之地，杜甫没有来过此地，范成大所说的“宜人”出自《寄杨五桂州谭因州参军叚子之任》，诗的前四句是“五岭皆炎热，宜人独桂林。梅花万里外，雪片一冬深”。专指相比于五岭以南地区炎热的气候，桂林要略微寒冷一点儿。范成大显然是放大了杜诗的意图。韩愈只是到了广南东路，他描绘岭南的诗句还有“恶溪瘴毒聚，雷电常汹汹”“南方本多毒，北客恒惧侵”“好收吾骨瘴江边”②。柳宗元被贬柳州并最终卒于柳州，他笔下的柳州是“海畔尖山似剑铓，秋来处处割愁肠”，其间愁苦应该与韩愈区别不大。黄庭坚崇宁三年（1104）二月羁管宜州，五月至宜，次年（1105）九月三十日卒于宜州南楼。宜州期间，黄庭坚受到各种刁难，宜州在他的笔下，似乎也并没有范成大文中所言的明媚美好。范成大所列诗的后两句是“李成不在郭熙死，奈此百嶂千峰何”，悲凉愁绪不待明言。

范成大的选择性“列举”并不是个例。周去非在《岭外代答》中也是大肆描摹岭南百姓的幸福生活，如写黎母山一则，“熟黎所居，半险半易，

① （宋）范成大著，严沛校注：《桂海虞衡志·志岩洞》，广西人民出版社1986年版，第5—6页。

② （清）方世举著，郝润华、丁俊丽整理：《韩昌黎诗集编年校注》，中华书局2012年版，第3825、第3800页。

生黎之处，则已阻深，然皆环黎母山居耳。若黎母山巅数百里，常在云雾之上，虽黎人亦不可至也。秋晴清澄，或见尖翠浮空，下积鸿濛。其上之人，寿考逸乐，不接人世。人欲穷其高，往往迷不知津，而虎豹守险，无路可攀，但见水泉甘美耳。此岂蜀之菊花潭、老人村之类耶?”俨然将之描画为世外桃源般的所在。

由此，我们发现，五部笔记为我们呈现的是美好、舒适、文明的广西，这里物产丰饶、民风淳朴，有最好看、最便于游历的山，有最好喝的酒①，最淳朴古雅的民风。前人著述言广西者多而杂，但到南宋时，士人更愿意读者看到广西美好、丰饶、进步的一面，于是便对唐宋人的诗文进行有选择性的介绍，更多以欣赏的姿态将广西地区各少数民族陈列于文字中，有优点，也有不足，但指出不足不是为了显示自身的优越而是期待改变。与博物类笔记的搜奇猎异不同，这五部笔记的作者，已经自觉地方化，将自己与这片土地紧密联系在一起，字里行间我们能看到他们对于置身其间的山水和人民的热爱，他们不再冷眼旁观，更不是某些像写“外国”的笔记那样嘲笑之，他们不回避这里的偏远、僻陋，有时也会对其中的一些陋俗（如“痛哉深广，不知医药，唯知设鬼，而坐致殂殒!”如“卷伴”“历数卷未已”的婚姻形式等）进行温和的批评，但更多的时候，是激扬慷慨颂赞之。

---

① 参见（宋）范成大著，严沛校注《桂海虞衡志校注·志酒》，范成大言平生尝过的最好的就是出使经燕山时饮过的金兰酒，“及来桂林，而饮瑞露，乃尽酒之妙，声震湖广，则虽金兰之盛，未必能颉颃也”。广西人民出版社 1986 年版，第 36 页。

明清小说西南形象“套话”的建构及文学意义

杨宗红*

“套话”是比较文学形象学中的一个概念。比较文学的“形象”，源于“对自我与‘他者’，‘本土与异域’关系的自觉意识之中”，“套话”是“他者”陈述集体知识的最小单位，是自我对异域、他民族的总体印象与看法。[①]中国古代社会，西南（包括历史上的云、贵、川、桂、安南，湖北与湖南西部等）一直是地理与文化上的他者。明清时期，西南在版图上隶属中国，在族群与地理空间上却依旧处于“华夏的边缘”，是“内部的他者”。明清小说中的西南形象虽然受到史传及游记记载的影响，却绝非简单的复制。目前有关研究多从人类学与历史学入手，从文学角度研究者甚少。[②]本文关注的是明清小说中的西南形象“套话”及其构建过程中体现了怎样的权

* 杨宗红，重庆师范大学文学院教授。

基金项目：教育部人文社科规划基金项目“中国古代小说中的西南事象研究”（项目编号：15YJAZH055），国家社科基金项目“文学地理学视域下明清白话短篇小说研究”（项目编号：13XZW008）阶段性成果。

① 孟华：《比较文学形象学》，北京大学出版社2001年版，第155—161页。

② 就目前所见，相关研究有：张轲风《异样的目光：明清小说中的云南镜像》（《明清小说研究》2012年第4期），梁冬丽《明清小说的西南时空书写》（《广西社会科学》2016年第4期），蒲日材《论明清话本小说的广西书写》（《明清小说研究》2017年第2期），胡晓真《明清文学中的西南叙事》（台大出版中心2017年版）。

力等级关系，叙事者的基本态度、叙事旨趣，西南形象套话的小说意义等。

一　野蛮、毒瘴、奇异：明清小说中的西南“形象套话”

明清小说中的西南形象可以用三个关键词概括：野蛮、毒瘴、奇异。这三个关键词，可谓是数个个体“经验”的感受，累积成“中国人”关于西南形象的“套话”。

（一）野蛮之地

站在“中国”的角度，异域首先是地理位置的遥远，这种地理位置的空间遥远感导致文化的遥远感。《说文》释“野”为郊外，又指偏僻、荒凉之地。葛兆光指出，中国人对天下的想象，是以自我为中心向周围呈现“回”字形扩展，地理空间越靠近外缘，就越荒芜，住在那里的民族也就越野蛮，文明的等级也就越低。[①] 野蛮，是异域的空间表述，也是对此空间的文化表述。

明清小说中西南民族，似乎总与“犭”相关。《姑妄言》《蟫史》《云南野乘》等提及的西南民族有“苗人”“犵狫”“猡猡”“獞人”“獠人”“狆”“狪”“倮倮”等。苗人是“盘瓠之种”，也就是狗种。“犵狫”即“仡佬”，“獞人”即僮人，“猡猡”“倮倮”即现在的彝人。然从“犭”，则有另一番意义。如“獞”，《集韵》释曰：“犬名”；“倮”，从犬，乃长尾猿。“蛮”“南蛮”“蛮夷”也是西南民族常见的称呼。《说文》：“蛮，南蛮，蛇种。”这些字时与“獠”组合，《鸳鸯针》《绮楼重梦》《于少保萃忠传》等对西南人的称呼有“獠蛮”“獠狑”“獠夷”“蛮獠”等。“獠”，《说文》：“獠，猎也。从犬，尞声。”《魏书·异域传上·獠》：“獠者，盖南蛮之别种”。《红楼复梦》第八十三回言蛮峒瑶人是“上古盘古氏的遗

① 葛兆光：《古代中国文化讲义》，复旦大学出版社 2012 年版，第 3 页。

种”，首领自称“狗王”。[①]

从“犭”“虫”的民族，野蛮、凶残似乎就是其标签。诸苗中“狆家最恶而险……构结生苗，劫掠百姓，为害最烈”，“劫杀商贾，为害不可胜言”，生苗“逢人即杀，见物即劫去”。[②] 紫姜苗“嗜杀尤甚。得仇人，生啖其肉”，西苗“尚勇好斗”，东苗“性悍”，邛水苗人“斗狠轻生”，新添、丹行之苗“性犷戾”，“性喜杀。片言不合，即起干戈”。永从之苗“喜剽掠”。僰人“性悍好斗”。獞人“能用毒矢”[③]。岭南瑶人“出入持弩佩刀，喜用药箭，中之必死；又能忍饥行斗，见利亡命”[④]。（交趾）人“唐宋以来，屡叛屡封，原是个反侧的蛮獠”[⑤]。“交人性本好乱”，“反复不常”[⑥]。有人以水的流向解释云南人易叛乱之因：“万国水皆顺流，唯滇之水则倒行，斯亦奇事，足征此邦之易叛徙。”[⑦] 正因如此，明清时期不乏以平定西南民族叛乱为题材的小说。以之为主要题材者，如独山烂士的《平南传》，李雨堂的《五虎平南后传》，磊砢山房主人屠绅的《蟫史》等，无名氏的《玩寇新书》；部分提及的更多，如《红楼复梦》《绮楼重梦》《儒林外史》《禅真逸史》《英烈传》《画图缘》《姑妄言》《野叟曝言》《三国演义》等。

从“犭”“虫”的西南民族，远离华夏，也就远离了华夏文明，“荆南蛮俗，大概不能知礼”[⑧]。《三国演义》的西南“离国甚远，人多不习王化，收伏甚难”，蛮兵皆“裸衣赤身”。男女长大，则在溪中混浴，自行婚配。遇灾荒，谷物不熟，则“杀蛇为羹，煮象为饭”。乌戈国国主兀突骨“不食

① （清）陈少海：《红楼复梦》，岳麓书社 2003 年版，第 661 页。
② （清）曹去晶：《姑妄言》，中国文联出版公司 1999 年版，第 575 页。
③ 同上书，第 195—198 页。
④ （清）陈少海：《红楼复梦》，岳麓书社 2003 年版，第 661 页。
⑤ （清）兰皋居士：《绮楼重梦》，大众文艺出版社 2002 年版，第 277 页。
⑥ （清）佚名：《平南传》，贵州历史文献研究会 2005 年版，第 111 页。
⑦ （清）吕熊：《女仙外史》，齐鲁书社 1985 年版，第 132 页。
⑧ 同上书，第 130 页。

五谷，以生蛇恶兽为饭，身有鳞甲，万箭不能侵”。[①]《照世杯·走安南玉马换猩绒》写安南人“不知礼义”，妇人成群结队在一条叫“浴兰溪”的河里洗浴，“还有岸上脱得赤条条才下水的”，洗完后，“个个都精赤在岸上洒水”。甚至有女子不是沐浴也赤身裸体的。西南土著，无男女大妨，亦无长幼，无法纪。《姑妄言》第四回载：

> 蛮獠有事争辩不明，则对神祠爇油鼎，谓理直者探滚油手无恙。愚人愤激，信以为然，往往焦溃其肤，莫能白其意者。

猓鬼之俗，新妇见舅姑不拜，裸而进盥，进盥则古礼，裸则甚不雅观，谓之曰奉堂。[②]

这些人远离文明，对于学习中原文化不甚关心。《二刻拍案惊奇》卷二十六写岭南的秀才“认得两个‘上大人’的字脚，就进了学”，平时只去海上做生意，“直到上司来时，穿着衣巾，摆班接一接、送一送，就是他向化之处了”。[③] 总之，西南是文明之外的区域，以文明之眼而视之，这里的政治、经济、法律、婚姻、礼俗皆未被“王化”。

（二）有毒之地

西南地区位于第一级阶梯与第二级阶梯之间，属于亚热带季风区，东南季风与西南季风交替，夏季炎热多雨，南部属于热带，北部是亚热带，气候湿润，水热条件好而光照差。有山地、盆地、高原等地形，地形地貌复杂，极适合动植物生长，是我国生物种类和生态系统最为丰富的地区之一。这样的区域，极容易产生“毒”——毒蛇猛兽、毒草、毒泉、瘴毒、蛊毒等。

从“犭”“虫”的西南有毒蛇猛兽似乎是天经地义的。明代小说《咒枣

① （明）罗贯中：《三国演义》，人民文学出版社1973年版，第691、706、714、718页。

② （清）曹去晶：《姑妄言》，中国文联出版公司1999年版，第199—200页。

③ （明）凌濛初：《二刻拍案惊奇》，人民文学出版社1996年版，第490页。

记》第八回写云南曲靖府一店主人告诫江西客人道：“我这个所在，深山茂密，蛇虫又多，老虎又多，山魈魍魉鬼又多，你若独自夜行，不是蛇伤就是虎咬，不是虎咬就是着鬼迷，只愁你没有十个性命①。”《三国演义》载，秃龙洞西北上有一条路多藏毒蛇恶蝎，洞主鹿大王通晓法术，出则骑象，常有虎豹豺狼、毒蛇恶蝎跟随。西南独特的地形，亦致此处多毒泉。秃龙洞处有四个毒泉：“一名哑泉，其水颇甜，人若饮之，则不能言，不过旬日必死；二曰灭泉，此水与汤无异，人若沐浴，则皮肉皆烂，见骨必死；三曰黑泉，其水微清，人若溅之在身，则手足皆黑而死；四曰柔泉，其水如冰，人若饮之，咽喉无暖气，身躯软弱如绵而死。”② 毒泉不是凭空想象，而是这些地方真有这些毒泉。“旁有涧水自山出，碑云毒泉，不可饮。盖滇、黔山中多蛇虺恶草，故所在有毒泉、哑泉。”③《云南图经》亦记载：“毒泉。在蒙乐山间，其水甚毒，人畜饮之即死。”④ 不过，现代人解释，乃是地下有硫酸铜、硫酸盐、二氧化碳、硫化氢、碘、溴等有毒物质，或是地热⑤。

> “瘴”是南方地区常见的疾病，由瘴气而致。《玉篇》云：“瘴，疠也。”《广韵》云：“热病。”杨谦之去贵州任职，只道是“蛮烟瘴疫，九死一生”。⑥ 公望进入粤西界上，对同伴道：“此地瘴疠甚重”，所抽之签前两句云：“天上红云散不归，蛮烟瘴雾扑人衣。”⑦

《三国演义》第八十七至九十回写诸葛亮南征孟获，连文仪谏后主慎重

---

① （明）邓志谟：《咒枣记》，《明代小说辑刊第1辑》，巴蜀书社1993年版，第644页。

② （明）罗贯中：《三国演义》，人民文学出版社1973年版，第708—709页。

③ （清）方孝标：《滇游纪行》（下），《方孝标文集》，黄山书社2007年版，第251页。

④ （明）陈文修，李春龙、刘景毛校注：《景泰云南图经志书校注》，云南民族出版社2002年版，第258页。

⑤ 参见美狄亚编著《科学禁地：神秘地球的9个秘密》，台海出版社2014年版，第52页；《地理真相》编辑部主编《窥探地理真相》，旅游教育出版社2014年版，第352—354页。

⑥ （明）冯梦龙：《喻世明言》，人民文学出版社1958年版，第289页。

⑦ （清）吕熊：《女仙外史》，齐鲁书社1985年版，第533页。

对待南伐，道“南方不毛之地，瘴疫之乡”。渡泸水，“半渡皆倒，急救傍岸，口鼻出血而死”，原来炎天，毒聚泸水，“有人渡水，必中其毒；或饮此水，其人必死”。“黄昏时分，烟瘴大起，直至巳、午时方收，惟未、申、酉三时，可以往来；水不可饮，人马难行。”①《蟫史》卷十一解释了瘴病之因及危害：

> 闻乌蛮多瘴鬼，受千年积阴气，化为虫蛇。其厉者上冲霄汉，如五色彩云，能阻仙人鸾鹤之路，因苗中人弃于天，畜弃于地，虽有妖孽，三教主往往置之，圣人所谓天地之憾也。……禽瘴死畜，虫瘴死人，在乌蛮江背者，曰“五云瘴”，映天若霞，触之立死。又名曰“趋炎瘴”，先毙贵人而次贱者。②

《岭外代答》云：“盖天气郁蒸，阳多宣泄，冬不闭藏，草木水泉，皆禀恶气。人生其间，日受其毒，元气不固，发为瘴疾。”③ 瘴为热病，极易在西南发生。

“蛊”，从虫，从皿。古人认为，蛊毒是因瘴而生。《岭表录异》云：“岭表山川，盘郁结聚，不易疏泄，故多岚雾作瘴。人感之多病，腹胪胀成蛊，俗传有萃百虫为蛊以毒人。盖湿热之地，毒虫生之，非第岭表之家，性惨害也。”④ 南方高热，森林茂密，多有毒虫蛇及植物，这是“蛊”产生的温床。明清小说中的“蛊”故事，多发生在这些地区。“岭南多大蛇，长数十丈，专要害人。那边地方里居民，家家畜养蜈蚣，有长尺余者，多放在枕畔或枕中。若有蛇至，蜈蚣便啧啧作声，放他出来，他鞠起腰来，首尾着力一跳，有一丈来高，便搭住在大蛇七寸内，用那铁钩也似一对钳来

---

① （明）罗贯中：《三国演义》，人民文学出版社1973年版，第691、700、708页。

② （清）磊砢山房主人：《蟫史》，《古本小说集成》，上海古籍出版社1994年版，第552—554页。

③ （宋）周去非著，杨武泉校注：《岭外代答校注》，中华书局1999年版，第152页。

④ （唐）刘恂著，鲁迅勘校：《岭表录异》，广东人民出版社1983年版，第3—4页。

钳住了，吸他精血，至死方休。”[①]“果州切近西夷，每多邪魅、巫蛊之术”，“凡一概上司邻州官员到任，必先用计下蛊”，倘若与之不和，“暗中念动咒语，蛊毒生发，多害性命，故剑南地面称三洞主为‘巴西三蛊’”[②]，这两回可谓是蛊术与反蛊术的斗争。瑶人“好劫掠，然信鬼畏誓”，九股苗“其俗尚鬼，喜造蛊毒”[③]，孟邦人“多幻术”，狆家“专造药弩，种蛊毒”[④]。袁枚《子不语》卷十四言“云南人家家畜蛊”，卷十九记载“虾蟆蛊”令广西庆远府陈太守“痛不可耐，医不能治”，用金簪刺死后，“顶骨下陷”。[⑤]蛊毒非常厉害，但只有女子可蓄蛊。养蛊容易去蛊难，当蛊成即可通灵，一般不容易治，即便可治，方法也非同一般。《野叟曝言》第九十九回叙广女下蛊，过期必死，文素臣在广西中了蛊，虽然受高人医治未死，却“整整病了一千个日子，一千日内，轻则昏沉谵语，转侧呻吟；重则胸腹绞痛，发狂呼叫”。[⑥]此外，《萤窗异草·昔昔措措》《阅微草堂笔记·姑妄听之一》《蟫史》卷六等，皆介绍了西南养蛊的情况。

（三）奇异之地

异域之“异”还在于其奇异。在异域，注视者的视点偏好于“异”与“奇”。吴兴人王济记载他在广西横州的游历及《君子堂日询手镜》写作缘由：“见其风气绝与吴浙不同，故每遇事必细询之不倦，是以郡内山川、出产、民情、土俗颇得一二。”[⑦]好奇尚异是人的本性，进入异域，那些迥异的风景与习俗总是最先吸引外来者。西南地形复杂，喀斯特地貌显著，地势险要，融风景之奇、险、秀、壮为一体，又有一山一世界，十里不同天

---

① （明）凌濛初：《拍案惊奇》，人民文学出版社1991年版，第50页。

② （明）清溪道人编次：《禅真后史》，上海古籍出版社1996年版，第136—138页。

③ （清）曹去晶：《姑妄言》，中国文联出版公司1999年版，第194—198页。

④ 同上书，第575页。

⑤ （清）袁枚编撰：《子不语》，上海古籍出版社1998年版，第269、368页。

⑥ （清）夏敬渠：《野叟曝言》，四川大学出版社2014年版，第635页。

⑦ （明）王济：《君子堂日询手镜》，载沈节甫辑《纪录汇编》，全国图书馆文献缩微复制中心1994年版，第1762页。

之说，故其景奇险，其俗别异。徐霞客是著名旅游家，其游，“不在选胜而在探险”，潘耒在序中写道：“其奇绝者：闽、粤、楚、蜀、滇、黔，百蛮荒徼之区，皆往返再四。”[①]

西南很多风景风俗，都是奇异的。这里有很多内地未见过的事物。有柔泉、哑泉、黑泉、灭泉，亦有提及可以解毒的安乐泉、解瘴的薤叶芸香草（《三国演义》第八十九回）。有如茶盘大、浑身黑白花纹、鲜红长嘴的蝙蝠，还有滇蜀美味蒟酱（《喻世明言·杨谦之客舫遇侠僧》）。有“通体精赤，发长数尺，散披肩上”，“见孤身客人，便要驮去求合，能致人死”[②] 的山魈。象山、乌蛮山“里边蚺蛇大有数围，长有数十丈，虎、豹、猿、猱，无件不有”[③]。西南的榴花数量多，花朵大，一树数百朵，比江南竟大有三五倍，每朵都比江南牡丹芍药要大一围（《野叟曝言》第八十九回，第九十回）。有丹砂、苏合香、沉香、猩猩绒，大如西瓜的菠萝蜜，五六月里才结熟，是安南特产。安南的猩猩“面是人面，身子却像猪，又有些像猿，出来必同三四个做伴”[④]，能说话，好饮酒，有胆识。

风俗奇特。苗人“喜着斑斓衣，衣袖广狭修短与臂同，幅长不过膝，袴如袖，裙如衣，总名曰‘草裙草袴’。周脰以兽皮曰‘护项’，束腰以帛，两端悬尻后若尾，无间晴雨，被毡毯，状绝类犬”[⑤]。他们“衣斑斓布褐，推髻跣足，言语侏僪；登临险峻，如履平地”[⑥]。《姑妄言》第四回介绍了关于西南民族的分类及其衣、食、住、行、婚姻、丧葬、法律、信仰、禁忌等。西苗“男以马牛尾鬣杂组发中，盘之成盖，覆以尖笠。一曰狗耳龙家，妇人作髻，状如狗耳”，八番女子“长裙曳地，白布裹头……乞兜衣青，身不离刀”。僰人二形人“上半月为男，下半月为女”，火把节，走鬼，占吉

① 梁启超：《中国近三百年学术史》，上海古籍出版社 2014 年版，第 303 页。
② （清）草亭老人：《娱目醒心编》，上海古籍出版社 1988 年版，第 11 页。
③ （明）陆人龙：《型世言》，江苏古籍出版社 1993 年版，第 337 页。
④ （清）酌玄亭主人：《照世杯》，江苏古籍出版社 1993 年版，第 51 页。
⑤ （明）周楫：《西湖二集》，江苏古籍出版社 1993 年版；第 258 页。
⑥ （清）陈少海：《红楼复梦》，岳麓书社 2003 年版，第 661 页。

凶的鸡卵，逢年过节的踹堂之舞、舞枚，鼻饮，写字用鸡毛，有头能飞的“飞头蛮”，诸如此类，甚有“异趣”。[①] 苗民在正月初三起到十三实行“跳月”仪式，吹芦笙，投绣球，男女跳舞对唱，歌词直白露骨。作者认为这一切皆是“异”，因其事甚多只能“择其异者载之”。《野叟曝言》第九十回介绍的广西婚俗大异于华夏：

> 广西土俗，男女婚配，俱先赶墟；本地之人必男女唱歌投合，方向僻处交欢，然后遣媒议聘。……嗣后逢墟，再与别男唱和交欢，谓之野郎。待得有了身孕显而可见，方招聚平日交欢过的野郎，畅饮一宵作别，始归夫家坐蓐。一生不孕，则一生不归夫家。[②]

《风流悟》第三回所描绘的广西浔州女人寻男子过癫的婚俗甚为奇特，过癫后，还广采男子，依照其才貌定状元、榜眼、探花、散进士等，然后“状元会状元，榜眼会榜眼，依次先会过，然后归家行聘成婚”。[③] 在浔州，孀妇不存在守节行为，只是因为“鬼妻”这一身份，转嫁无人要而已。“与别处不同”的婚俗本就是“异”，故闽人韩璧感觉“有趣得紧”。总之，小说家眼中的西南的奇异之处还很多，风俗之异与物产之异、环境之异是其浓墨重彩之笔。

二　在地与非在地：明清小说西南形象“套话”系统之建构

如果说，“套话”只陈述事实，且希望在任何时刻都有效，那么深受史传影响的中国古代小说重“纪实”且其所描绘的形象“尽可能”切近实的思维及表达方式十分利于套话建构。

---

① （清）曹去晶：《姑妄言》，中国文联出版公司1999年版，第199—200页。

② （清）夏敬渠：《野叟曝言》，四川大学出版社2014年版，第580—581页。

③ （清）坐花散人：《风流悟》，《中国古代珍稀本小说》（6），春风文艺出版社1994年版，第314页。

（一）明清小说西南“套话”的基础文本

先秦时期，殊方异域的西南就已经进入人们的视野，《山海经·海内经》有关于巴国之条。秦始皇征伐南越以后，历代官修史书皆有西南地域的记载。西南成为王朝版图，到此仕宦或游历的人多起来，相关地志不断增多。明清，疆域进一步扩大，政府重视方志撰写，异地仕宦、旅游者增多，关于异域的相关记载日益丰富。西南地志的书写者，一部分是西南本地人，如常璩、谯周为蜀人，张鸣凤是广西本地人，曹学佺为四川人，大多数有西南为官或游历的经历，如房千里、樊绰、周去非、范成大、田汝成、朱震孟、魏浚、谢肇淛、陆祚蕃等；也有本为西南人在西南其他地方为官的，如四川人杨慎长期贬谪云南，广东人莫休符曾为官广西。明代全国性旅游图书59种[①]，其中西南不下于20种。康熙时汪森《粤西丛载序》列举历代有关粤西的专书达到三十二种。明代有两大旅游资源带（“北京—西安—成都”，“南京—杭州—桂林”）皆含西南，桂林府、成都府、永州府位列于三大旅游景点资源。[②] 因为有西南“在地”的真实经历，他们笔下具有“纪实”性的西南，成为西南形象“套话”的基础。

明清小说西南地域叙事大部分以取材于历史的事实为“经”，缀以当地自然及人文景观。诸葛亮南征中多次捉放孟获，这一历史在《三国演义》中演变为长达五回的“七擒孟获”故事。《八洞天·补南陔》与《五虎平南狄青后传》都基于宋代狄青平侬智高叛乱的史实。“有托于明”的《野叟曝言》长达十多回写文素臣配合官员在西南缴苗经历，《型世言·飞檄成功离唇齿》之岑猛反叛，《征播奏捷传》之播州杨应龙叛乱，皆本于历史史实。《云南野乘》所载主要事实皆本于史书，作者在其《附白》中说道：“拟取自庄蹻开辟滇地，至云南最近之情形，尽列入书内”，“此书虽演义体裁，要皆取材于正史。除史册外，别取元人董庄愍《威楚日记》、明人杨用修

① 吴志宏：《明代旅游图书研究 附录》，南开大学博士学位论文，2012年，第266—269页。

② 任唤麟：《明代旅游地图研究》，中国科学技术出版社2013年版，第77页。

《滇载记》、又程原道绥辑《暇录徭倮类考》《古滇风俗考》及《国朝冯再来滇考》等书，以为考证。”① 王祎出使云南及朱元璋命傅友德讨伐云南之事见于《明史·王祎传》，此事被写入《英烈传》《西湖二集》第三十一卷《忠孝萃一门》中。作为历史事实发生地的西南，于生于“内地”的小说家而言，乃是“异域”，在总体尊重历史真实的情况下，异域之人、物、事皆可凭先有的“我域”与异域的经验与想象予以塑造。《英烈传》中云南梁王把剌瓦尔密君臣驱猛象、猢狲作战，《三国演义》中诸葛亮祝祷而得甘泉，纳木洞主出则骑象且有豺狼虎豹毒蛇跟随，木鹿大王驱兽迎战蜀兵等，无不如此。

叙事时加入游记、地志的内容，更能增加小说的地域真实感。《姑妄言》第四回、第九回、第十一回多涉及西南地域，之所以感觉是真实而非妄言，正是作者从真正宦游过此地人的游记中抄袭而来。其中，第四回摘抄自陆次云《峒溪纤志》上卷、中卷，第十一回或全抄，或摘录自清人陈鼎的《滇游记》《黔游记》，许缵曾的《滇行纪程》及其《续抄》《东还纪程》及其《续抄》，只是部分内容略作改动②。至于第九回的云南竹枝词，目前尚未发现出处，大概是作者假托小说人物所作。考虑到小说对《滇游记》《滇行纪程》的熟练摘取，作者通过游记等“纪实”文本熟悉滇地地理名胜及气候、民间传说毋庸置疑，再以竹枝词这一文学形式，营造出不同于《峒溪备录》的陌生化小说，增加了小说叙事的活泼性。

（二）“在地”者的讲述

所谓“在地者”，包括仕宦、游历、征战、旅游等到达所在地的外来者及长期生活在此地的土著居民，他们可以是小说家，也可以是小说人物。

明清时期部分小说家有西南的经历。夏敬渠曾祖伯父曾在四川为官，

① （清）吴趼人著，海风主编：《吴趼人全集》第八卷，北方文艺出版社1998年版，第206页。

② 陈益源：《〈姑妄言〉素材来源初考》，参见陈益源《从〈娇红记〉到〈红楼梦〉》，辽宁古籍出版社1996年版，第304—319页。

对他影响较大的杨名时曾为云南巡抚，后为云贵总督。他自己也曾游历西南。夏敬渠康熙间“幕游滇、黔，足迹半天下”，“遍历燕、晋、秦、陇，暇则登临山水，旷览中原之形势。继而假道黔、蜀，自湘浮汉，溯江而归。”[①] 小说中的文素臣是夏敬渠的影子[②]，第四部分十多回的西南地域描写，当与其经历及交游有一定关系。《蟫史》作者屠绅也有西南经历。屠绅，江苏江阴人，曾授云南师宗、弥勒、罗次、恩安、广通、惠泽等县知县，擢云南甸州知府。书中的桑蠋生为作者自寓，甘鼎原型乃乾隆末年平苗将军傅鼎。[③] 书作于乾嘉之际，正逢“乾嘉苗变”，小说开篇云：“在昔吴侬，官于粤岭，行年大衍有奇，海隅之行，若有所得，辄就见闻传闻之异辞，汇为一编。”[④] 屠绅虽未实际经历镇压叛乱，但他的西南经历与见闻有助于小说写作。故事的主要发生空间在西南，平定西南苗乱，蛊毒、瘴鬼及其他苗疆风俗及神秘法术，都在小说中有所体现，总之，“滇南、粤岭的特殊风土民情、重大战役，刺激了宦居其地，且居官闲逸的屠绅，引发了他创作小说的强烈动机”[⑤]。尹庆兰、纪昀也有在西南为官或游历的经历。

因“在地”而多书写“在地”故事的小说家很多，但涉西南地域的“在地”小说家并不是西南本地人，而是因战争、仕宦、旅游至西南者，这也在一定程度上导致以西南为地域空间的小说或篇目总体上偏少，且在地方真实感上始终“隔”了一层。

未曾至西南的小说家的小说涉西南讲述，则通过“在地”的小说人物予以表现。由于他们“在地”的身份，其“在地”讲述与情感，是西南套

① 丁锡根：《中国历代小说序跋集》，人民文学出版社1996年版，第1572—1573页。

② 鲁迅指出，“文白或云即作者自寓，析‘夏’字作之”。(《中国小说史略》，上海古籍出版社1998年版，第175页。）蒋瑞藻在《花朝生笔记》中指出：“文素臣盖其自况，匡无外乃王姓，余双人乃徐姓，其至友也。”（蒋瑞藻著，蒋逸人整理《小说考证（上)》，浙江古籍出版社2016年版，第197页。）

③ 参见王进驹《屠绅文言长篇小说〈蟫史〉的自况性》，萧相恺、冯保善、苗怀明等编《夏敬渠与屠绅研究论文选萃》，凤凰出版社2012年版，第487—501页。

④ （清）磊砢山房主人：《蟫史》，《古本小说集成》，上海古籍出版社1994年版，第1页。

⑤ 王琼玲：《蟫史研究》，《清代四大才学小说》，台湾商务印书馆1999年版，第223页。

话的佐证，也是他者获得西南印象的重要材料。《子不语·蛊》介绍云南的蛊，结语云：“此云南总兵华封为予言之。”[①] 据《清史稿》，华封确有其人，曾任云南楚姚镇总兵。《姑妄言》第四回写云南的大量篇幅，都是钟生从童自宏《峒溪备录》所见。童自宏“一意陶情山水，爱阅历名山大川，民风土俗”[②]，此书即童自宏滇黔一年之游的游记。第十一回写侯捷的云贵之旅，详细记载了沿途经过的地点及该地的自然景观与人文景观，诸如某地有洞、溪、自然现象，沿途的历史遗迹（如石刻、碑文）、寺庙，当地居民的分布及秉性、习俗、传说等。这一趟滇黔之行，作者用了将近七千字的篇幅来记载，然后又写道：“侯捷从北京起身，历河南、陕西到四川，自川至湖广，走贵州上云南，把六省所见所闻的景致说与他听。”[③] 因其如此，呈现给读者的，是游历者的亲历及亲述。前文已言，第四回及第十一回都是曾亲历西南者的游记，由于记录者的真实性、亲历性，小说中的游历也就具有了“实录”意味。第九回中钟生见到的滇中风景的三十余首竹枝词，涉及云南的气候、物产、饮食习惯、节庆、历史文化名人、名胜古迹、历史典故、神话传说等。这些竹枝词并非凭空妄作。“这是个姓郭的敝友，他与黔宁侯沐国公有些瓜葛，往云南去相探。沐公留他住了年余，他将滇中风景作了三十余首竹枝词。”[④] 在滇长达一年的经历，是郭姓朋友的创作源泉。部分竹枝词后面还有注释，如“一月一绢收子母，人人争放吧排钱”。后注曰：“滇中皆以海贸易，至今呼钱犹曰儿。”“买得烧鹅还未请，索钱又换米花团。”后注：“滇中小儿谓炒糊蚕豆为烧鹅也。”“听去绵蛮浑不解，螺蛳猪儿螺蛳黄。”后注：“滇中螺蛳甚大，卖者分头黄三等。”“不知五诏同焚死，直似骊山举火年。”后注：“六月二十四日为火把节，土人皆食生肉。”[⑤] 地域生活细节的真实，非“经历”者不能写。

① （清）袁枚编撰：《子不语》，上海古籍出版社 1998 年版，第 269 页。
② （清）曹去晶：《姑妄言》，中国文联出版公司 1999 年版，第 190 页。
③ 同上书，第 583 页。
④ 同上书，第 487 页。
⑤ 同上书，第 488 页。

土著居民，成长于斯，生活于斯，对自己所在地的一切，最具有发言权，他们熟知当地自然地理及人文地理状况，是外来者获得“在地”信息的介绍者，也是西南本地知识的传播者。他者在构建西南形象时，土著作用不可忽视。《三国演义》所载西南地方自然与社会知识，皆因土人的介绍。诸葛亮通过土人了解泸水有毒的原因及如何避免渡河中毒。秃龙洞险要地势、多毒物烟瘴、西北的四大毒泉，来源于秃龙洞主朵思对孟获的介绍，孔明对毒泉的得知及解决办法依靠的是“本处”山神，掘深泉汲水可饮用的知识来源于深山隐者孟获的长兄孟节。纳木洞主的能耐及手下兵将状况、乌戈国主兀突骨的状况、藤甲军及其藤甲的制作，皆经由“带来洞主”而获知。土人让诸葛亮知道了藤甲军的存在，知道了桃叶恶水、蛇盘谷。土人也是地方风俗文化及神话传说的介绍人。《野叟曝言》中，文素臣至广西，先从任广西官员的羊化那里知道土司岑猛家族内部情况及赤身峒主恶龙性情，又从岑猛处了解了广西山峒烟瘴之恶，从萨氏处得知赤身峒主五子的情况。有关广西婚俗的了解，则得益于岑猛、土人锁住的介绍。再如《走安南玉马换猩绒》写杜景山在安南，当地人黎老者的介绍让他知道了猩猩的性情。《英烈传》第七十六回中，明升对廷臣的说话交代了蜀中之地号为四川的原因，蜀中山川险要及富庶情况。明升为夏王，其国在重庆。在地域熟悉的深度与广度上，本地人远胜于暂时驻足于此而非此地人的“在地”者，这也是为何小说常借助于“本地人”“土人”介绍地域风土民情之因。

（三）非在地者的介绍

在地者的讲述因受地域空间限制，在讲述时有一定局限。当此之时，非在地者（完全远离西南地域小说的讲述者，或是小说中出现的未至西南之人）的讲述就很有必要。

明清白话小说是在说书的基础上发展起来的，作者不能完全等同说话者。在小说中，作者时常化身为说话人，以说话人的语气讲述故事，常见的套话是“话说……”“且说……”“说话的，因甚说……”。当事件无法由“在地”者叙述时，说话人就担当起这一重任。《娱目醒心编》卷七：“话说贵州地方苗蛮错处，沿边一带皆是苗洞，洞主号曰‘土司’，一方生杀，皆出其手，亦受巡抚节制。”① 《西湖二集》第十七卷《刘伯温荐贤平浙中》介绍江浙行省丞相达识帖木迩招苗兵，涉及西南少数民族的语言习惯、服饰习惯，战争中保留的原始习俗。这个概述无法由小说人物讲述，也无法由当地土人讲述，说话人只好上场。《型世言》第二十回介绍苗人分两种，“一种生苗，一种熟苗。生苗是不纳粮当差的，熟苗是纳粮当差的。只是贪财好杀，却是一般。”② 前面两句是客观介绍，后面一句，“客观”中包含着主观色彩。此后“客观”介绍了广西土司三大家，岑氏土司家庭构成，岑猛的官室、池馆、服饰、珍宝古玩、器用、姬侍、饮食，岑猛的奢华及能耐。《走安南玉马换猩绒》故事发生在广西及安南。小说一开场就介绍广西与安南的商贸情况，“话说广西地方，与安南交界。中国客商，要收买丹砂、苏合香、沈香，却不到安南去，都在广西收集”。三十九回后面写杨景山见到女子裸浴，随即议论道：“你道这洗浴的还是妖女不是妖女？原来安南国中，不论男女，从七八岁上，就去弄水。……比不得我们中国妇人，爱惜廉耻。”③ 无论故事讲述者主观情感如何，他们的西南异域讲述，正是西南“野蛮”套话系统中的叙事部分。

小说中非西南“在地”者对西南异域的讲述，既印证了西南形象套话对非西南在地者的影响，又反过来强化了这个套话。《杨谦之客舫遇侠僧》中，镇抚周望对杨谦之言安庄县民情：“安庄蛮僚出没之处，家户都有妖法，蛊毒魅人。……尊正夫人亦不可带去，恐土官无礼。”④《型世言》第二十回中，湖广人秦凤仪授广西融县县丞，窦员外安慰他：“烟瘴之地，好自

① （清）草亭老人：《娱目醒心编》，上海古籍出版社1988年版，第110页。
② （明）陆人龙：《型世言》，江苏古籍出版社1993年版，第337页。
③ （清）酌玄亭主人：《照世杯》，江苏古籍出版社1993年版，第39、第56页。
④ （明）冯梦龙：《喻世明言》，人民文学出版社1958年版，第290页。

保重，暂时外迁，毕竟升转。”[1] 好友认为柳州在蛮烟瘴雨中，要同他到任。周望未至贵州，窦员外、秦凤仪好友未至广西，然而他们对西南异域的言说，加深了主人公的西南认知。《绮楼重梦》第四十回小钰所言，交代了安南的历史、不同时期的名称，安南人的习性。安南的贡品则反映了安南的物产及与华夏的关系。非在地者的异域言说内容丰富，他们对西南的认知具有代表性，足见套话的影响力。

三　华夏之眼：西南形象套话系统中的权力与等级

小说对西南异域的言说有以下几个特点：

从地域分布上看，小说家大部分在西南之外。具体为：山西（罗贯中），河北（纪昀），河南（方汝浩），广东（吴趼人、李雨堂、陈少海、蔡召华），江苏（冯梦龙、徐述夔、夏敬渠、屠绅、徐震、杜刚），浙江（周楫、陆云龙、王兰沚、袁枚），辽宁（曹去晶、尹庆兰）等。有些小说作者不能断定其籍贯或生活地域，如《二刻醒世恒言》作者心远主人，《英烈传》作者，《五虎平南》作者等，有一点可以肯定，他们不是西南之人。《平南传》为张篘后人所作，张篘为湖广人，因平定滇黔有功，被封为土司长官，尚可算贵州“本地人”。《玩寇新书》“书系贵州幕友某君所撰”，回目前有序，云：“吾黔地瘠民贫”[2]，显然作者为贵州人。张篘后人的身份与“幕友”身份，可以推断，即便两书作者为贵州人，因深受汉文化影响，即便有地域认同，却缺乏强烈的地域族群认同感。

涉西南故事的主人公几乎都是汉人。《平南传》《五虎平南传》以“平南”为标题，写汉将如何英勇善战讨伐蛮荒。《平南传》以“征南平乱”为主题，写明初两次西南的军事行动（第一次远伐云南，第二次平贵州诸蛮）。《云南野乘》叙楚王后代庄蹻率兵开辟西南蛮荒之地建立滇国，《笏山

① （明）陆人龙：《型世言》，江苏古籍出版社 1993 年版，第 334 页。

② 横香室主人：《清朝野史大观》第 3 册，中央编译出版社 2009 年版，第 1087 页。

记》叙山西临晋人颜少青建立笏山王国。以短篇为主的世情小说亦叙写汉族主人公因征伐、任官、经商或旅游而往西南流动，最后不是建功立业就是赚钱获利、抱美人归，或饱览异地风光。从对西南本地著名人物、著名事件及民风民俗的注视与言说的情感趋向看，言说者基本上遵循了“野蛮”“有毒”“奇异”三个原则，华夏“我者”的眼光与声音几乎是掩盖了一切。如《五虎平南后传》狄龙对段红玉自主择偶的态度是：“好个无耻贱丫头！自古婚姻须待父母之命，须凭媒妁之言，那里有男女亲自对言婚姻之理?”① 狄龙并非瞧不上武艺高超、才貌出众的段红玉，但因其自主择婚，便视其为“不知羞耻”，这是华夏“我者”声音的传播。尹庆兰《萤窗异草·昔昔措措》载湖南人邹士钰在贵州时见摆渡的苗女身无寸缕，且笑且歌毫不羞涩。决定嫁给邹士钰后，方穿上服装。苗女的这一转变，是对汉族礼教的服从，亦是汉文化的胜利。

西南本地自我言说，多为自然地理与民风的“客观”介绍，甚少能看出他们的地域及民族自豪感，即便是偶尔的“自我”言说，却是被“王化”“汉化”了的。《平南传》讴歌自己先祖平定云贵的丰功伟绩，称呼苗兵为“蛮兵”“贼将”，完全是站在西南民族的对立面。《玩寇新书》主要事件是咸丰四年至六年贵州农民起义之事，只存序言及五十六回目。从书名及回目看，作者将起义者视为“寇”“匪”“逆”“贼”，将谋划起义视为惑众“妖言”，如回目“蜀道人惑众造妖言”，“结斋匪杨逆走新场”，“沈通判追贼遽丧身”，“韩太守坡贡杀贼”，“贼破岩门陈彭被毁”，对镇压起义者则予以赞颂，如第五回“陶保捐躯同时殉难 徐韩奋勇两路进兵”，第二十三回“葛太守为国亡身”，第二十四回“荔波县蒋令捐生”，第二十六回“黄凤赴义死炉山”，第四十二回“邓文炽从容就义”，第四十七回“石鹿二守共捐生”等。作者虽是贵州人，却为汉民族代言。《蟫史》卷八中魔妗对犷儿说：“吾苗种，求事汉人不可得”②，卷十一噩青气因代蚺作书，言乌蛮一带

① （清）无名氏：《五虎平南》，山西人民出版社 1989 年版，第 90 页。

② （清）磊砢山房主人：《蟫史》，《古本小说集成》，上海古籍出版社 1994 年版，第 386 页。

的兵为“蛮卒”。《野叟曝言》中岑猛将女儿娇凤许配给松纹，娇凤得知松纹是江南人物，“即使容貌粗俗也是愿从”。苗族青年兰哥与篁姑拗性，“只爱华礼，不守峒规”。[①]《三国演义》中的孟获自称“化外之人”。显然，这些苗人都将自己摆在低于汉民族的位置上。

当然，也有土著民族微弱的自我肯定的声音。《蟫史》卷六苗族祭司作法事，高唱祭文，赞黑家甥莽哒“孝顺而惠，矫强而忠”，卷九中两苗鬼评价自己及同伴之死：“王子幺姑死孝，吾两人死忠，黑家甥兼而有之，其何怼焉。”五鬼齐唱之歌中控诉汉兵杀戮，“汉将多熊罴兮，吞我如犬羊”，所唱内容宛如屈原之《国殇》。[②] 如是看来，以苗蛮自己的眼光而视，他们也有自己推行的道德评价标准。关于西南婚俗，《风流悟》卷三、《照世杯》卷三、《野叟曝言》皆有篇幅展开。前两者除了言“奇”，无甚道德褒贬评价，后者则有西南人的自我辩解。葵花峒“风气最好”：“赶墟”“野郎”是当地的“婚姻之礼”，与客人们拉手搭肩、亲热捧脸是峒里“规矩”，若是峒种还要照样“回礼”。汉人云北认为峒里是没有廉耻的地方，而萨氏认为篁姑爱华夏之礼是“忒也拗撇”，与野人无别。峒里“土老生”从“王道必本乎人情”出发，认为苗人婚俗是阴阳二气交通，比之过于防嫌而容易出现“钻穴逾墙等丑事”的“中华风俗”，要以“葵花峒为第一”（《野叟曝言》第九十二回至第九十四回）。《三国演义》中，孟获反驳孔明的“背反”论：“两川之地，皆是他人所占土地，汝主倚强夺之，自称为帝。吾世居此处，汝等无礼，侵我土地：何为反耶?”[③] 与遭受华夏贬斥的洪声相比，这些自我褒奖的声音过于微弱，往往被掩盖而不为人所察。

宋元明清时期，江浙及中原地区是王朝的政治中心与文化中心。小说家对西南的审视，可谓是文化中心区对文化偏远区的审视，是正统王朝对

① （清）夏敬渠：《野叟曝言》，四川大学出版社 2014 年版，第 581、604 页。

② （清）磊砢山房主人：《蟫史》，《古本小说集成》，上海古籍出版社 1994 年版，第 279、第 436 页。

③ （明）罗贯中：《三国演义》，人民文学出版社 1973 年版，第 697 页。

边疆的审视。以野蛮、毒蛊、奇异作为异族的标签，是汉民族对西南少数民族他者的想象，表现了汉文化对少数民族文化的歧视。“想象地理学最大的特点是把自己国土外的地方的那种情形加以怪化甚至丑化，尽力加强自我和非我（或文化他者）的差异或区别。一般说，这种差异跟距离成正比：距离越远，了解越少，自然‘差别’越大，‘怪异’越多。”① 在汉人小说家那里，西南地域与西南民族是地域、民族及文化上的“他者”，有关“他者”身上的“蛮”“毒”“奇”等“套话”是作为注视者的“我者”强加的。以汉文化的地理坐标而论，云贵、两广相当遥远，蛊毒、妖法、无礼，都是他者的眼光，是主流文化圈下士人对异域的偏见，充满误解与歧视。对他者的否定意味着对自我的肯定，西南他者套话系统中的野蛮、毒蛊、奇异，是汉民族“自我”的文明、正常的隐喻。

地理空间距离与民族立场距离导致的隔膜，必然引起对异域的误读。人们对于异域的态度通常有狂热、憎恶、亲善。② 开疆扩土后，西南成为王国的一部分，蛮夷之地皆为王土，蛮夷之民皆为子民，憎恶之情减少而亲善之情增加。但在此之前，他们却是“异域”与“异族”，“憎恶”之情占主要。明清小说对西南异域题材的关注及书写力度，远多于以前。故而对西南异域的套话使用也就越加频繁，这种文学现象所揭示的是，“夷”“夏”较量过程中“夏”对于“夷”的绝对性权力，中原王朝对西南边疆的征服及控制的加强。以“蛊”与“瘴”的言说而言就有这种趋向。随着王朝向南向西扩张，自然环境发生相应变化，“蛊”“瘴”随着时代的变化而在总体上从北向南迁移，到明清，“蛊”“瘴”主要集中在西南少数民族地区。③“（瘴疾）分布地区的变迁，反映了中原王朝的势力在这些地区的进退盛衰；

---

① 叶舒宪、萧兵、［韩］郑在书：《山海经的文化寻踪——想象地理学与东西文化碰触》，湖北人民出版社2004年版，第554页。

② 孟华主编：《比较文学形象学》，北京大学出版社2001年版，第141—1435页。

③ 参见于赓哲《蓄蛊之地：一项文化歧视符号的迁转流移》，《中国社会科学》2006年第2期。梅莉、晏昌贵、龚胜生《明清时期中国瘴病分布与变迁》，《中国历史地理论丛》1997年第2期。龚胜生《2000年来中国瘴病分布变迁的初步研究》，《地理学报》1993年第4期。

各地区瘴情的轻重差异，反映了此地为中原文化所涵化的深浅程度。”[①]“瘴气与瘴病是建立在中原华夏文明正统观基础上的对异域及其族群的偏见和歧视，而这一观念的理论基础，则与中国自古即有的地域观念和族群观念相联系。”“所谓瘴气与瘴病不过是中原汉文化对南方尤其是西南地区的地域偏见与族群歧视之反映，换言之，从心理学角度看，瘴气与瘴病是中原汉文化对异域与异族进行心理贬低的集体无意识行为。”[②] 瘴病如此，“蛊”也是如此。有论者指出，“蓄蛊”“是主流文化圈对其边缘地带的一种想象模式”，“本身并不是一个简单的巫术问题，它体现了主流文化对非主流文化的地域歧视，其迁转流移反映了主流文化圈的拓展过程”。[③] 明清时期，云贵已经进入中国版图，以华夏之眼视之，仍为边陲、为野蛮、为夷，必须政治军事相配合推行王化。因此，明清小说所有关于征伐西南的故事，均有异族的反叛与臣服，“臣服”是小说的最终情节。明清正统王朝在西南频繁的政治与军事行动，证明了“夏”对于“夷”压倒性的权力优势。故“夏”民族的西南套话系统中，蛮夷形象是负面的，他们的反抗因非正义性而受到贬斥，征伐蛮夷因其正义性，以“夏”化“夷”因其为正道受到讴歌。

四　西南形象套话的小说意义

明清小说涉及西南有三种情况：一是整部书或整篇故事以西南为主，二是部分情节与西南有关，三是偶然插入西南内容而无关情节与主题。第一种多历史演义与英雄传奇，在讲述历史时寄寓对历史的思考及华夏正统观，题材与主题具有一致性。第二种部分依托西南地域空间，通过这部分地域空间发生的事件，刻画人物形象，突出小说主题。如《吴保安弃家赎

---

① 左鹏：《宋元时期的瘴疾与文化变迁》，《中国社会科学》2004 年第 1 期，第 194 页。

② 张文：《地域偏见和族群歧视：中国古代瘴气与瘴病的文化学解读》，《民族研究》2005 年第 3 期，第 74、第 75 页。

③ 于赓哲：《蓄蛊之地：一项文化歧视符号的迁转流移》，《中国社会科学》2006 年第 2 期。

友》以西南叙事慨叹“古人结交惟结心，今人结交惟结面”①，《儒林外史》中汤镇台妄用兵征绞、残杀苗民标志着作者“兵农礼乐”理想的破灭。②《野叟曝言》中的主人公文素臣游历天下，建立英雄业绩，广西经历只是其中一部分，却也是他文人的白日梦的一部分。第三种如《姑妄言》插入非主人公的西南之游，既非小说的情节，也非刻画人物的需要，只是作者插入的旁支，展示其才学而已。

明清小说中涉西南叙事大量出现，其意义不可忽视。

涉西南小说丰富了古代小说题材与母题。大部分历史演义与英雄传奇或按照历史顺序演义各个王朝兴衰更替（如《列国志传》《三国志后传》《北史演义》等），或以某一在历史上发生重大影响的人物（或群体）为主体以演义某一段历史（如《隋炀帝艳史》《杨家府演义》《说岳全传》等），或以个人传记为中心（如《于少保萃忠全传》《大红袍》），无关西南边疆。涉西南历史小说则不然。《云南野乘》言云南的建立，《蟫史》叙汉对苗的军事行动，《玩寇新书》写贵州“寇”的成因及被镇压的过程，《洪秀全演义》《吴三桂演义》写西南历史上发生重大影响的历史人物。总之，小说依史写事，虽其主旨不是建构西南历史本身，却因将视野投诸西南地区及历史事件，展示西南军事、地理、交通、气候、物产、民俗等，客观上起到了“西南历史演义”的作用。此外，明清涉西南小说的重要地域素材——“蛊毒”，因小说的传播为更多人所熟知，反过来几乎成为后来西南地方叙事的标志性母题。写西南小说，往往难以丢掉“蛊毒”，如钟毓龙的《上古秘史》、还珠楼主的《蜀山剑侠传》、金庸的《倚天屠龙记》《碧血剑》《笑傲江湖》，还有《湘西蛊王》《苗疆蛊事》《湘西蛊毒》等。

涉西南小说塑造的西南民族人物形象，是明清小说人物群像的一大亮点。大多数明清小说塑造的各种形象以汉民族为主（因元朝、清朝政权的

① （明）冯梦龙：《喻世明言》，人民文学出版社1958年版，第128页。

② 李远达：《文人“兵”梦的实与虚——〈儒林外史〉萧云仙、汤镇台本事补证》，《中国文化研究》2017年春之卷。

特殊性，蒙古族及满族暂不考虑在其中），涉西南小说刻画了众多西南少数民族人物形象，他们的民族个性、服饰、饮食、风俗习惯迥异于汉人。从个别人物岑猛、杨应龙、噩青气、别庄燕，到“反复多变”、着奇装异服、擅长蛊毒的苗族、瑶族群体，无不给人深刻印象。

明清涉西南小说营造了真实的“奇异”美。中国古代小说都有尚奇的趋向[①]，“若传奇小说，乃属无稽之谈，最易动人听闻，阅者每至忘食忘寝，戛戛乎有余味焉。”[②] 有“奇”味的小说能吸引读者，有利于小说的传播。“异”之所以为“异”，乃是因为少见。社会学有一种距离理论，认为空间距离与情感接纳有一定关系。空间距离太近，彼此太过了解而缺乏新奇感与探究欲望，过于遥远则失去了探究的兴趣。西南异域，对于华夏之地，距离可谓远近适当。当无法在题材上获得更新奇的素材，只能在常中寻奇，在真实与虚幻之间找到理论依据。[③] 异域之“异”，含有地理上的远，亦含有人、事、物、景的不同。“异样的地理和生态特征挤进了或被结合进了文学世界，便会显露出写书人对那些似乎奇怪得令人兴奋、新得令人神往的国度的喜爱。即使是气候与习俗的不同，也能得到青睐。”[④] 中国小说深受史传影响，小说家、小说人物的“亲身”经历增加了写实性。然而，诚如葛兆光所言，虽然人们对于异域的实测知识越来越多，但因士人对异域的知识却是习惯于从《史记》《汉书》这类古典文献中接受而来，这种“以‘历史’的名义享有的‘真实’，以至于后人常常把这些本来记载于文史不分时代的文字，统统当作严谨的历史事实”，“本来应当是实录的东西，由

① 参见陈玉强《“奇”与明清小说批评》，《河北师范大学学报》2014 年第 2 期。何悦玲《中国古代小说传“奇”的史传渊源及内涵变迁》，《文艺理论研究》2013 年第 6 期。李金善、陈心浩《“奇”解——明清小说评点范畴例释》，《河北学刊》2009 年第 3 期。

② 丁锡根：《中国历代小说序跋集》，人民文学出版社 1996 年版，第 964 页。

③ 关于“常”与“奇”的论述，如睡乡居士《二刻拍案惊奇序》所云：“今小说之行世者，无虑百种，然而失真之病，起于好奇。知奇之为奇，而不知无奇之所以为奇。”关于“真”与“幻”的论述，典型的如幔亭过客《西游记题词》：“文不幻不文，幻不极不幻。是知天下极幻之事，乃极真之事；极幻之理，乃极真之理。”

④ ［瑞士］弗朗西斯·约斯特：《比较文学导论》，廖鸿均等译，湖南文艺出版社 1988 年版，第 163 页。

于作者自己的知识和经验，常常把原来习得的记忆和资源带进自己的记录中，所谓‘耳听为虚’常常会遮蔽‘眼见为实’，特别是他们对于异域之‘异’的格外兴趣，总使他们的旅行记不由自主地把‘实录’变成‘传奇’”。[①] 写异域，不用担心缺乏“奇”趣，也不必在写作技巧上刻意追求奇幻，仅其内容就足够引起读者兴趣。阅读《走安南玉马换猩绒》，《花社女春官三推鼎甲　客籍男西子屡掇巍科》，看《三国演义》中有关毒泉、藤甲军的情节，怎能不惊叹于其异？异域奇奇怪怪的服饰、跳月婚俗、裸浴、蛊毒、异兽、幻术等构成的奇异世界，给小说涂染上一层异色。

有意味的是，描写西南“异域”的小说中，《野叟曝言》与《蟫史》都是“才学小说”。诚如《醉翁谈录》所言，“小说”本来就需要“博学”“博览该通”[②]。明清不少人都将博物作为学问的一部分。明人都穆《续博物志后记》认为小说杂记如“饮食之珍错”，能“资人之多识”[③]。明人莫是龙《笔麈》指出：“今人读书，而全不观小说家言，终是寡陋俗学。宇宙之变，名物之烦，多出于此。”[④] 展才与炫才更是才学小说的特点，将殊方异域作为才学的一部分，在《镜花缘》已有之。异域的“怪”与“异”增加了小说的瑰丽色彩，亦可以“扩耳目闻见之所不及”[⑤]。在小说家及评点者看来，有关西南异域的书写的确有广见闻之用。纪昀、袁枚都是博学大家，其志异的小说亦有“广见闻、资考证”之意。《姑妄言》描写了童自宏撰写《峒溪备录》的心态：“（童自宏想道）东西两粤，吴楚秦蜀，我都曾游过，只不曾到过滇黔。我闻得苗蛮之地虽近中原，而人畏其险峻，细探之者甚少。我何不一游，把蛮中风景纪出一段故事来？不但自己豁了心胸，也可留为后人长些见识。”[⑥] 林钝翁评云：“天下之远莫过滇黔。他处人到者尚

① 葛兆光：《宅兹中国——重建有关“中国”的历史论述》，中华书局 2011 年版，第 70—71 页。

② （宋）罗烨：《醉翁谈录》，古典文学出版社 1957 年版，第 3 页。

③ 丁锡根：《中国历代小说序跋集》，人民文学出版社 1996 年版，第 91 页。

④ （明）莫是龙：《笔麈》，中华书局 1985 年版，第 14—15 页。

⑤ 丁锡根：《中国历代小说序跋集》，人民文学出版社 1996 年版，第 110 页。

⑥ （清）曹去晶：《姑妄言》，中国文联出版公司 1999 年版，第 190 页。

多，犹能言其民风土俗。至于滇黔，人远游者百无一二。即成有之，又未必能记其事。今详书之，使看者一开卷如同卧游，亦一快事也。”[①] 读游记如同“卧游”，可至未曾至之地并了解自然状况及民风民俗，实为长地域见识之捷径。

五 结语

自明至清，尤其是清代，越来越多的小说家关注西南历史大事、自然环境、民族风俗，是王朝西南边疆拓展及控制加强，两地之间交流增多在文学上的必然反映。反叛的民族、恶劣的地理环境、奇异的民族风情与物产是内地人关于西南的总体印象。小说家书写西南地域，绝非只是好奇尚异或故事情节的发展需要。

明清商品经济的发展让书籍成为盈利的手段。出于经济的考虑，书坊主征稿，文人向书坊主投稿[②]。文人小说重在自我主体意识表达，通俗小说注重商业价值[③]，二者因“小说”这一特殊文体都注重才学，只不过不同时候程度不一样。明代中叶学界兴起经世致用之风，重视对当代军事斗争史、外国史地、边疆史地、科学技术的研究，编撰经世之文[④]。历史演义“向按鉴演义、征史实录”，又寓“劝惩”于其中，得出兴衰治败之理。世情小说言世情、寓褒贬、兴教化，欲“醒心”“醒世”“型世”“警世”，以之为“钟”醒人（如《警悟钟》），以之作“针”（如《鸳鸯针》）救世，充满经世意味。至清初，乾嘉学风所及，重学问，重考证，“那个时代是一个博学的时代，故那时代的小说也不知不觉地挂上了博学的牌子。这是时代的影响，谁也逃不过的。”[⑤] 乾嘉之后，为纠正只重考据而忽视关注社会现实的

---

① （清）曹去晶：《姑妄言》，中国文联出版公司1999年版，第546页。

② 程国赋：《明代坊刊小说稿源研究》，《文学评论》2007年第3期。

③ 参见陈大康《论通俗小说的双重品格》，《上海文论》1991年第4期。萧相恺《中国通俗小说的本质特征》，萧相恺、张虹《中国古典通俗小说史论》，南京出版社1994年版，第6—10页。

④ 杨绪敏：《明代经世致用思潮的兴起及对学术研究的影响》，《江苏社会科学》2010年第1期。

⑤ 胡适：《中国章回小说考证》，安徽教育出版社1999年版，第402页。

弊端，实学由朴学转向经世经学。小说亦受此影响，既重考证、博学穷理、格物致知，又重“微言大义”、重视社会功用，即便是神魔，亦是呈现世态，反思人生。

处于明清实学与商品经济双重语境下涉西南的艺人小说、书商小说、文人小说[①]，自然兼有商业与经世两种特征。西南异域的自然与人文可“广见闻、资考证”，并赋小说之“奇”，亦可传西南历史地理知识，表现对华“夷”之辨、对国家治乱的思考，表达以夏化夷的国家观，的确有“无数实学在内”。他者形象是为了凸显自我认知，西南形象套话后面隐含的意识形态自不言而喻。

① 此说法参见纪德君《艺人小说、书贾小说与文人小说——中国古代通俗小说的不同类型及其编创特征》，《社会科学》2013 年第 6 期。

域外文学地理

论美国华裔小说中的唐人街书写

——以汤亭亭的小说为例

陈富瑞*

“美国华裔”的身份界定本身就包含了跨文化与跨地理的特征，文化身份的转换与地理空间的切换，与美国华裔的生存环境、生存地位息息相关，也使从文学地理学的角度切入研究美国华裔文学不仅可行而且必要。唐人街是海外华人的聚集地，是他们重要的生活空间和文化空间，也是很多华裔作家书写的起点，如黄玉雪、林语堂、黎锦扬、汤亭亭等。对唐人街这一文化地理空间的书写也就具有了特定的意义。从文化认同、身份认同到对唐人街的逃离与回归，都反映了华裔在寻找自我时所遇到的困惑，内心的焦虑与徘徊等，唐人街是中国文化的微缩景观，也是华裔在美国发展历程的再现。

纵观美国华裔小说，虽然都是华人居住的唐人街，但却呈现出多样化的形态，每个地方的唐人街都不一样；地理意义上，无论相对中国还是美国的广阔来说，唐人街都很小；文化意义上，唐人街包罗万象，这一空间具有极大的容纳力。“唐人街可以说是中国传统文化的微缩盆景，保留了许多中国内地的古老习俗，甚至非常落后的文化传统。”[①] 特别是移民出发地的

---

* 陈富瑞，重庆师范大学文学院副教授。

① 蒲若茜：《华裔美国小说中的“唐人街”叙事》，《深圳大学学报》2006 年第 2 期。

风俗习惯保留最多，与此同时，唐人街也成为外界了解中国的一个窗口；空间定位上来看，唐人街又是封闭的。“Chinatown”对应的中文应该是“中国城”，而非唐人街（Tang People's street）。在空间层面，“城”与“街”有明显区别，所谓“城”是指“都邑四周用作防御的高墙”[①]，也就是城墙护卫着的封闭空间；所谓“街”一般指“四通道也”[②]，是一条四面相通的道路，典型的开放空间。称几条华人集中的街区为“中国城”，一方面体现了这里的封闭性，同时也凸显出“城”在华人心中，是一座无形的城，这与华人的移民历史密切相关，这里不再赘述。唐人街的活力主要来源于家乡亲人的来信、新来的移民、洗衣房商铺的空间优势所带来的信息等，这成了华人了解故乡消息、感知外界变化的通道。值得注意的是，华人谋生的主要方式是开洗衣房，做生意要求的开放空间与唐人街自身的封闭性形成悖论，“没有了生意，便没有唐人街”[③]，华人生意的发展也不禁引人深思。在美国，不能融入亦不愿融入主流社会，势必对自身发展不利。对美国人而言，唐人街乃藏污纳垢的神秘之地；对华人而言，自我感知也有点古怪。“也许我们这地方由于长期不与外界沟通，早就有点古怪。”[④] 另一方面，缺少对外的交流，唐人街自身的封闭使其显得狭小，以至于年轻的一代在此艰于呼吸。矛盾的、多样的与封闭的唐人街成为华人主要的活动场所，为其提供自我保护的同时，也限制了华人的发展。

汤亭亭几部小说的空间背景都设置在唐人街，《女勇士》以“我”家为中心，对比书写唐人街内外的生活；《中国佬》的单身汉社会中夹杂着唐人街的家庭生活，如姨妈一家在唐人街狭小空间里的奢侈生活；《孙行者》中

---

① 参见汉典中“城”的解释，源网页，http：//www. zdic. net/z/17/js/57CE. htm. 2018. 1. 15. 20：02：30。

② 参见汉典“街 8”在《说文解字》中的解释，源网页，http：//www. zdic. net/z/23/sw/8857. htm. 2018. 1. 15. 20：05：30。

③ ［美］汤亭亭：《孙行者》，赵伏柱、赵文书译，张子清校译，漓江出版社 1998 年版，第 289 页。

④ ［美］汤亭亭：《女勇士》，李剑波、陆承毅译，张子清校译，漓江出版社 1998 年版，第 169 页。

的青年一代阿新生活的自由之家，以及他对唐人街的逃离；老年一代奶奶在唐人街的意外收获等，这些不同类型的家庭空间代表了唐人街华人的多样生活，既不同于传统的中国家庭，也不同于早期华人在美国建立的家庭，动态呈现了华裔的寻找自我历程。

一　狭小空间里的相对奢侈：姨妈一家的唐人街生活

《中国佬》是一本关于男性的书，几乎所有的叙事都是以男性为主人公，在“其他几个美国人的故事”一节中，作家先后讲述了三公、四公、宾叔、少傻的故事，最后一个是关于姨夫阿福的故事。但整个故事几乎没有正面描述阿福，而是以姨妈的口吻来讲述，这在《中国佬》中并不多见。

从居无定所到有一方可以栖居的小屋，“家庭空间”于姨妈而言，别具意义。从最早的流落街头，“文革”时期住进疯人院，到最后逃奔香港，沿街乞讨，与姨夫共建小屋。后又移民美国，落户唐人街。虽然历经波折，但姨妈一家是合法移民来到美国的，具有自主选择权。她们的家庭空间，从字里行间的叙述中折射出两个关键词，一是“空间之小”，二是“生活之奢侈”。据统计，文中前后共 10 次提到姨妈居住的空间很小。姨妈高兴地说“来看看我的新公寓吧”，可见能有自己的房子她还是很开心，虽然她也提到“我们住的公寓很小”，“不像是一般的房子，不像你妈妈的大房子”①；“我”的感受是：“隧道似的走廊”，“阴暗的空间”，“厨房小的容不下第二个人”。②“这应该是我平生见过面积最小的公寓房”③。之后，叙述者再次反复强调，“‘浴室在那边’，她大声喊着，好像这是一间很大的房子似的。我走进浴室以察看更多。它就在厨房隔壁，小得像个衣橱。”④ 大声呼喊是中国人的说话方式，这里与小空间也形成了鲜明对比，更凸显房间

① Kingston, Maxine Hong: *China Men*, Alfred A. Knopf, Inc., 1980, p. 202.

② Ibid..

③ Ibid., p. 203.

④ Ibid..

之小。不得不提的是，如此之小的生活空间，姨妈并没有不适感，除了抱怨说找工作时因为房子太小而没有人愿意让她带孩子外，其他都感觉良好。“我”在观察姨妈家生活的时候与“我”家进行了对比，前后共6次提到这个狭小空间里的奢侈生活，一页之内都多达3次，反复感叹一个“又一个奢侈品”。包括孩子生活的方式——有洋娃娃；大人生活的方式——有时间有余钱去做美容、可以环球旅行等；有香皂盒等生活装饰品；有削笔器和电话等非生活必需品。这些奢侈也说明了姨妈生活的相对富足。

叙述者“我”推测，不同华人对空间的感知不同，所以才会出现空间选择上的差异，空间小并非因为经济拮据，相反，更多是姨妈自己的选择[①]。“我一直在想，也许那些从香港来的人不需要空间，或者中国人就喜欢挤在小空间里。”[②] 相对父辈来说，新一代移民在美国的生活已经有较大改善。文中提到姨妈之前在香港的生活，与这里差不多。众所周知，香港地少人多，居住空间一般都比较狭小；美国地广人稀，居住空间要比香港宽裕得多。但姨妈并不想搬离这一小空间，也表明他们已经习惯城市拥挤但便利的居住环境，空间虽小生活却也精致。实际上，姨妈一家生活很安逸，狭小的空间与奢侈的生活形成了鲜明对比。姨妈在某种程度上也代表了新一批移民的生活情形，他们基本过上了相对知足的生活，找到了适合自己的生活方式，比如姨夫和他的孩子们。姨夫学会了唐人街男人的生活；大儿子的专业选择和生活方式与美国人接近，小儿子混迹唐人街头不愿回家，这都说明年轻一代正在尝试走出原生家庭，逐步融入本土生活。

前面提到，《中国佬》是一本男性的书，在女性几近失声的小说里，作家安排姨妈来讲述，意味深长。首先，听大家的故事并让其得以流传是“我”此次去唐人街的责任和义务之一，“我确实有责任去聆听并记住它”[③]。但这一节主要是姨妈对自我故事的讲述，叙述者“我”只是一个观

① Kingston, Maxine Hong: *China Men*, Alfred A. Knopf, Inc., 1980, p. 216.

② Ibid., p. 202.

③ Ibid., p. 207.

察员。姨妈的讲述表明新一代移民能够自己发声来言说自我，虽然在与子女的交流等方面还存在一些问题，但是正在逐步融入新生活。在与姨妈的谈话方式上，“也许现在我能问她一些问题，像两个平等的大人，像美国人一样谈谈话，谈谈大人的话题”。[①] 新的自我认知重新定位双方的谈话——“平等的身份”“大人的话题”，美国人的身份认同，二人突破晚辈和长辈的伦理地位，进行美国式的交流。虽然这只是一种可能，但至少是在朝这个方向发展，也说明以姨妈为代表的这一批华裔对自我有了新的认知与定位。通过姨妈与母亲生活状态的对比，说明新移民的生活并不像早期移民那么辛苦，他们拥有了自己选择的权力与空间，这也是书写这一家庭空间的特殊意义和价值。

二　自由与分离的合一：长腿鲁比与泽普林的华人家庭

《孙行者》作为汤亭亭的第一部虚构小说，写了惠特曼·阿新的漫游经过。阿新经历了寻找女友、失业、公车奇遇、聚会、闪婚、建立西方梨园等，有一条线索贯穿始终——回家。以带新婚妻子回家为主线，作家建构了框架式的小说结构，引出了分离的华裔家庭。

通过阿新的讲述可知，他的父母生活在唐人街。阿新认为“我父母是对自由的精灵——我是自由之子”[②]，这一家庭的关键词是“自由”。父母自由恋爱自由结婚，并选择在任何时间都可以举行婚礼的城市卡尔逊市结婚，体现其自由性；惠特曼戏称他们是对自由的“精灵”，更是其不受束缚性格的表现。这对自由精灵还孕育了崇尚自由的阿新。之后父亲参加了第二次世界大战，“我”生活在无人束缚的自由环境中。自由的家庭组合保持了自由的生活状态。这种自由在某种程度上也意味着分离。惠特曼带唐娜的回家之旅就是华裔分离之家的呈现。从居住空间和人物关系来看，主要有四

① ［美］汤亭亭：《中国佬》，肖锁章译，译林出版社2000年版，第209页。

② ［美］汤亭亭：《孙行者》，赵伏柱、赵文书译，张子清校译，漓江出版社1998年版，第16页。

个表现：

第一，各自独立的生活空间。阿新的家中一共有四个人，却生活在四个完全不同的地方。阿新有自己的住处，母亲住在原来的大本营，父亲住在露营地，奶奶的去向无人知晓，但可以得知三位老人兴趣不同，相处并不融洽。四个家庭成员犹如四个独立的个体，分居四处，缺少家庭生活气息。

第二，自由光环下淡漠的夫妻关系。从阿新分别与父亲、母亲的对话得知，他们现在的夫妻感情并不如惠特曼讲述的那样自由浪漫。表现有三：其一，当鲁比表达对惠特曼的失望时，“我问你，我哪儿错了？他过去多干净，常常是很讲究的。当时也不是我修饰他的。他净学他阿爸。太像了。太像了。”① “我哪儿错了”对自我的指责其实是母亲对父亲、对儿子不满的一种表现，从反讽的角度母亲在指责儿子的同时也在指责父亲；其二，鲁比对照顾奶奶很有意见。“他也得照顾她。这是他的义务，是他的妈。”“我已经照顾她20年了。”② 这说明泽普林经常不在家，鲁比承担了照顾奶奶的责任，并对此抱有怨言。母亲把责任归结到父亲身上，也是二人关系不好的表现。其三，夫妻长期不见面。文中并没有写母亲鲁比和父亲泽普林见面的情景，一切都是阿新的转述。阿新告诉父亲，他见到了母亲。父亲问“她还好吗?”简单的问候间接传递出二人关系的疏离。以上三点足可表明鲁比和泽普林的夫妻感情淡薄，聚少离多，处在一种表面自由实则分离的状态。

第三，并不融洽的母子关系。母子之间存在很深的隔阂。惠特曼进门首先看到母亲，是正在打麻将的母亲，顿时心生厌恶。母亲看到惠特曼，各种吃惊，和她的牌友一起连续发了几声“咿”。首先，阿新显然不喜欢母亲的生活方式。未进家门听到麻将声时他就想掉头离开了，可见他并不喜欢母亲打麻将。这次如果不是因为唐娜，也许他会调头就走，尽管多日未

① ［美］汤亭亭：《孙行者》，赵伏柱、赵文书译，张子清校译，漓江出版社1998年版，第197页。

② 同上书，第213页。

见自己的母亲。其次，母亲对阿新的生活状态很失望。母亲不喜欢阿新的络腮胡和长头发，几近绝望以至于不敢直视。对他的失业更是失望至极。母子久未见面，见面了就开始相互挑剔，可见二人关系非常紧张。最后，母亲对阿新漠不关心。母亲对阿新的朋友并不热情，一直玩麻将，直接表达对唐娜的不满，“她太粗鲁，她不和我说话，她很让我伤心，惠特曼。”[①] 阿新为了引起母亲的注意去刮脸，却遭到母亲漠视；母亲并没有发现惠特曼一直牵着唐娜的手。母亲的漠视让惠特曼很失落，并向唐娜自我解嘲：“只有你注意到我刮了脸，看我妈对自己的家人漠不关心，是不?”[②] 惠特曼甚至都没有机会向母亲报告结婚的喜讯，临走时他才说要和唐娜去度蜜月，留给母亲的只是无声的震惊。如此重要的事情，却蜻蜓点水般地讲述，也说明了母子关系并不融洽。

第四，紧张的父子关系。父子一见面，场景就很紧张，先是较劲谁先打招呼，“他们赢了。他说了声喂，而他们只是清了清嗓子和鼻子，使劲儿呼了口气。”[③] 久不相见，一见就有冲突，这也奠定了二人相见的感情基调。之后开始较量如何穿着，泽普林对阿新说：“整平你的领子，闲汉的领子才竖起来。”“别穿条纹布衬衫，我告诉你，你那样像个囚犯。不好。”[④] 表面上看，父亲在关心儿子，但叙述者用“够了”表达阿新对父亲所谓的关心早已不耐烦。终于不较劲了，却又陷入了手足无措的沉默——当父亲在车上忙碌的时候，惠特曼无事可做，这让他很不自在，也说明父子间没有共同点。“十几岁时，惠特曼就羞于和他父亲一起来回转悠了。”[⑤] “他欣赏一个这样的父亲，‘不颐指气使，不打人，不喝酒……’”[⑥] 小说刻意强调惠特

① ［美］汤亭亭：《孙行者》，赵伏柱、赵文书译，张子清校译，漓江出版社 1998 年版，第 199 页。

② 同上书，第 214 页。

③ 同上书，第 216 页。

④ 同上书，第 219 页。

⑤ 同上书，第 224 页。

⑥ Kingston, Maxine Hong: *Tripmaster Monkey: His Fake Book*, Alfred A. Knopf, Inc, 1989, p. 204.

曼欣赏的“一个父亲”（a father），并非自己父亲，也暗示他对父亲的不满。父子关系紧张，要么较劲，要么拒绝与父亲相处。

阿新本来是要带唐娜回家，可是到最后，却不知道哪个地方才是他的家？父母分居，奶奶失踪，一家人彼此漠不关心的现状，让阿新重新思考家的意义。如果说《女勇士》和《中国佬》中的主人公因为外界原因必须分离，鲁比和泽普林就是主动选择的分离。这种自由与分离是否就是阿新想要的美国式的家庭生活呢？面对唐娜的家庭，阿新的理解是“他们无须担心见唐娜家人，因为白人家庭观念极淡，他们自由自在”。① 阿新对原生家庭的理解也是“自由”，但并不等于美国的自由家庭。小说结尾，“妈妈和爸爸在同一房间。死敌也见面了。”② 打麻将的鲁比和露营的泽普林在阿新构建的西方梨园见面，回归同一社群。从传统的唐人街走出，走向中西文化融合视域下的新的文化空间“西方梨园”，这一建立在唐人街基础上杂糅的文化空间，为缓和父母关系提供了可能，小说没有进行进一步描述，但也在传递一种新的信息与希望。

三　寻找奶奶：老一代华人家庭的隐喻

作为惠特曼的家庭成员，奶奶是小说中的特殊人物，寻找奶奶也是惠特曼回家的中心议题之一，汤亭亭将寻找奶奶作为一条线索把惠特曼回家后的旅程串了起来。这也使奶奶成为在讲述惠特曼家庭关系时不得不谈的重要人物。

奶奶是惠特曼许诺唐娜要见的家人之一，他反复强调奶奶的重要，并对其进行了踏破铁鞋的寻觅。“我想带你去见我家一位受人尊敬的成员。”③ 得知奶奶失踪后，每走一步，他都会提醒自己奶奶还没有找到，“还有许多

① ［美］汤亭亭：《孙行者》，赵伏柱、赵文书译，张子清校译，漓江出版社1998年版，第192页。

② 同上书，第306页。

③ 同上书，第209页。

私事没有办完。找奶奶……唐娜看着公路右侧，寻找奶奶的踪迹，而惠特曼迎着驶来的车辆留意着左边。再试一次，婆婆。"[①] 就连并没有见过奶奶的唐娜，也加入其中，她边开车边说“我们救奶奶去”[②]。父亲说奶奶在雷诺，他们找遍了雷诺的橱窗和大街小巷，都没有奶奶的踪迹。但他们并没有失去信心，就连叙述者都在给阿新鼓劲儿：“老奶奶会听见的，一个人失踪也决不是那么容易的。”[③] 尽管如此用心，仍没找到奶奶。但从这一连串的举动、反复的强调和未曾放弃的寻找都突出了奶奶在惠特曼生活中的重要性，一定要找到，不达目的誓不罢休。最后，阿新终于在街头偶遇奶奶，看似巧合，实则必然。

奶奶究竟是一个怎样的人物，让惠特曼觉得如此重要？她的人生经历可用三个“离奇”来概括。其一，离奇的出场。从文本的叙述得知，不知道婆婆来自哪里，有一天忽然就到了他们家门口，然后和他们一起生活了二十多年。究竟是奶奶还是婆婆，惠特曼自己也分不清楚，于是文本中就时而“婆婆”时而“奶奶”地混叫着。其实无论是奶奶还是婆婆都不重要，重要的是家里有这么个人的存在。所以当被告知，这个人很可能不是你亲奶奶时，惠特曼觉得“不要紧”；没有人知道奶奶的确切身份，尽管惠特曼曾猜测奶奶有可能是爸爸以前的老婆。其二，离奇的失踪。母亲、父亲和奶奶对此分别有三种版本，母亲说奶奶和父亲在一起，父亲说三人一起野炊时奶奶走丢了，奶奶认为是惠特曼的父母没有良心将她抛弃了。究竟哪一种是真的，多重的叙述声音使故事扑朔迷离，留给读者自己去判断。和《中国佬》讲述父亲到美国的三种方式一样，作家无意告诉读者哪一个是真实的，真实与虚构本身并不重要，每个言说者自己的叙述才是重点，这可以反映三种不同的生活方式，而每一种都有可能遇到，从而使这种叙述更

① ［美］汤亭亭：《孙行者》，赵伏柱、赵文书译，张子清校译，漓江出版社 1998 年版，第 232 页。

② 同上书，第 214 页。

③ 同上书，第 228 页。

具深意。其三，离奇的婚姻。奶奶一个人在荒野不仅毫发无损，还奇迹般地遇到了真爱，并幸福地结了婚，他们的爱情故事在唐人街还被广为传颂。正所谓“塞翁失马，焉知非福”？正因为从原有家庭的离开，奶奶才有机会找到新的归宿，收获爱情，并意外获得了一大笔彩票收入，一下子就变得富有了，改变了原来的生活状态。

奶奶很重要，惠特曼寻找她也很辛苦。转机往往出现在即将绝望之时，惠特曼找工作未果，准备给母亲打电话，建议为奶奶举行追悼仪式时，奶奶神奇地出现了。蓦然回首，那人却在灯火阑珊处。“当然，惠特曼看到的——找到的——一个人在绿灯亮时匆匆地走过街去，除了婆婆，别无他人。”[①]“踏破铁鞋”的寻觅并没让惠特曼失望，而是给了他“柳暗花明”的惊喜。“至此，惠特曼·阿新结了婚，找到了演戏地点，找到了他的奶奶。”[②]他完成了找奶奶的任务，找到了演出场地，而奶奶的出现又让他获得了演出资助——奶奶的新婚爱人可以为其提供，一切顺理成章。一环扣一环，奶奶如果不失踪，就无法获得如今幸福的婚姻；惠特曼如果不时时寻找，就不可能见到奶奶，更不可能得到奶奶的资助；没有资助，他的剧院演出可能还会需要费一些周折。环环相扣，让寻找奶奶变得立体起来。

寻找奶奶到底代表什么？作家花这么多的篇幅叙述用意何在？奶奶离开家其实是为了寻找家，她所在的这个分离之家已经完全丧失家的意义和价值，所以奶奶离开了，不管是被有意抛弃，还是无意离开，都是为了新家庭的建立。奶奶并不年轻，出场前她有怎样的原生家庭，文中并没有叙述。出场后她并不受欢迎，她的处境就是老一辈华人的生存处境。奶奶代表着中国的文化传统，她会盘日本的艺妓发型，还会讲一些日语，说明她已经学会了一些本民族外的东西；她教惠特曼的日语，但日本人也听不懂，

---

① ［美］汤亭亭：《孙行者》，赵伏柱、赵文书译，张子清校译，漓江出版社 1998 年版，第 291 页。

② 同上书，第 297 页。

这也说明她学会的并没有得到认可。正如在美华人，他们学会了一些美国人的语言和生活方式，但并不能得到当地人的认可。

奶奶代表着两个家庭的跨越。她被遗弃代表着美国华裔遗弃了中国传统，但仍然未能建立新的生活方式，父母依然分离，惠特曼仍然无家可归，这也说明这个家庭空间所潜藏的危机；奶奶在小说结尾的反转代表着传统文化的光荣回归，一方面，奶奶需要寻找适合自己的文化载体，惠特曼和父母的新式自由家庭并不适合她；另一方面，奶奶最终被一个了不起的老华人收留，组建了幸福的新家庭，说明唐人街仍然蕴含着深厚的文化传统，并焕发出新的生命力，这也为阿新创建西方梨园提供了文化基础。惠特曼之所以要执着寻找奶奶，是因为奶奶身上所蕴含的文化传统。王光林认为，“他在寻找婆婆，实际上也在找自己的文化传统。”① 这也解释了奶奶的离奇性，奶奶的离奇经历以及与惠特曼的重逢，都代表她其实从未走开或并未走远，只是暂时隐藏，惠特曼平时尚未意识到，或者已经习惯浸染在这种氛围中；一旦奶奶离开，熟悉的东西不存在了，他就敏锐地感知到了不适，并积极地去寻找。

文化之根、民族之根已经深植在华裔的意念之中，奶奶的离开也让他再次反思中国传统文化的存在及其作用。一对老华人夫妇组建的幸福家庭让他感受到了传统文化的魅力，坚定了他建立剧团的决心，将中国文化传统作为建立剧团的根基，并演绎中国的传统文化，是他实现梨园建构的重要途径。他想组建的新社团其实也是大家庭的回归，结尾处，各类人物依次出场，无论华人还是美国人，最后都聚集在西方梨园里，原来的分离之家也集中在一起，实现了真正的回归和融合。

四 “逃离”与“回归”的唐人街

由于各种各样的原因，老一辈华人只能待在唐人街，再也回不去或者

---

① 王光林：《认同的困惑与文本的开放——从汤亭亭的小说〈孙行者〉看后现代的互文性》，《华东师范大学学报》2001 年第 4 期。

不愿意回中国了。他们在唐人街找到了身份认同和归属，生活在这里甚至比在中国还舒适，奶奶最后的幸福结局即是最好的说明。与老年人依赖唐人街不同的是，年轻一代时刻准备逃离唐人街。分别以《女勇士》和《中国佬》中的两个细节为例。《女勇士》“乡村医生”一节，“我”与母亲交流：“离开家，我就不会生病，不会每个假日都去医院。我不会患肺炎，X光片上也没有黑斑。呼吸的时候胸口也不疼。我呼吸自如。也不会凌晨三点就头痛。不必吃药，不必看医生。”① 从症状描述来看，她患的是呼吸道疾病，这说明唐人街封闭压抑的空间让她几近窒息，所以才会导致各种病症；而离开这里，她就可以呼吸到新鲜空气。颇具讽刺意味的是，作为乡村医生的母亲，对简单的呼吸道疾病也毫无办法。作家以形象的说法和生动的例子说明家庭空间的狭小，而所谓离开家，也就是到了唐人街以外的地方。唐人街沉闷的空气已经不适合年轻人的发展，或者说单纯的传统中国文化已经无法满足生活在美国的青年一代的精神需求。当得到母亲的许可离开唐人街之后，她觉得整个空气都轻松了许多。晚上做了一个梦，梦到了“比现实大许多的华人街”②，这也再次凸显了唐人街这个小空间无法适合青年一代的成长需求。《中国佬》中“我”独自去姨妈家探亲，却迷了路。“姨妈陪我走了一个半街区；此时尽管天已经开始黑了，街灯也亮了，但是我认出了我所处的方位。”③ 关于迷路的细节耐人寻味：在本该熟悉的唐人街，“我”却迷路了，并需要姨妈的陪同才能找到回家的路；一旦走出唐人街，尽管天色已晚，她却辨识了方向。“身体是知觉经验得以发出的方向原点”④，在唐人街迷路也说明了她在唐人街的感受，只有走出唐人街“我”才能看清自己，才能找到方向。逃离唐人街已经成了必然选择。

---

① ［美］汤亭亭：《女勇士》，李剑波、陆承毅译，张子清校译，漓江出版社 1998 年版，第 99 页。

② 同上书，第 100 页。

③ Kingston, Maxine Hong: *Tripmaster Monkey: His Fake Book*, Alfred A. Knopf, Inc., 1989. p. 225.

④ 臧佩洪：《肉身的现象学呈现之途——从胡塞尔到海德格尔再到梅洛·庞蒂》，《南京社会科学》2005 年第 12 期。

青年一代渴望逃离唐人街，但并不意味着他们能完全斩断唐人街的文化之根。如果说逃离唐人街的主题在《女勇士》中表现最为明显，《中国佬》更多的是在描述两代人在唐人街的生活体验。如关于姨妈的故事，就是一个完整的采访经历，看似偶然的探亲，实际上“我”一直是观察员的身份和视角来看这个香港移民的家庭及其所在的唐人街。《孙行者》中青年一代在人生发展的关键时刻还是要回到唐人街寻求支持。阿新对唐人街不满，但在建设剧院时，他只能回归到中国的传统文化中，回到唐人街，为建立西方梨园和为剧院发展寻求强大的后盾支持。从唐人街到西方梨园，为父母的分离之家找到了融合之地，为老一代华人（奶奶的晚年幸福）、为年轻一代（阿新与唐娜组建的新家庭）找到了新的活动空间与文化空间。

唐人街的家庭空间是华人在美生活的缩影，而集中在家庭中的矛盾其实也是华人在美自我寻找、身份认同和文化归属上的矛盾与困惑。“逃离”与“回归”是阿新这代人必须经历的思想挣扎，是华裔青年成长的必经过程。年轻一代如何走出唐人街，实现华丽转身，必须诉求于唐人街这块文化“飞地”，以中国的传统文化为切入点或者作为融入主流社会的敲门砖。

流动的居所

——华兹华斯《序曲》长诗的地理空间与主体建构

覃　莉*

何处可筑庐？茂树覆低墙。/何处山深窈？供我一身藏。/何处水音妙？抚我幽梦凉。/茫茫宇宙中，处处足徜徉。[①]

这是华兹华斯在《序曲》[②]开篇所写下的诗句，极具诗意直觉与对话性，当中的安身立命足见诗人对主体的特殊观照。从心思敏感的少年，到精力充沛的青年，直行至人生暮年，华兹华斯在《序曲》中一直在反复叩问一个核心命题——何以为家？家，占据了诗人生命记忆最深、感受最强烈的部分，成为书写的源泉。在他的创作经验里，强烈而明晰的人与地理的关系异常重要，有关成长、人生际遇以及书写策略等，都与其所处的特定地理空间有着密切联系。他对父母双亲的怀念，对妻儿手足之爱，与友人的情谊，大多环绕在出生地科克茅斯、寄居地霍克斯黑德的那些他曾日复一日地踏足的土地之上。之后，离开湖区到伦敦、剑桥求学与旅居，在

---

* 覃莉，广西民族师范学院讲师，文学博士。

① 李祁：《华兹华斯及其序曲》，商务印书馆 1947 年版，第 46 页。

② *The Prelude – The Growth of a Poet's Mind*，译名有《序曲或一位诗人心灵的成长》《序曲——一位诗人的心路历程》《前奏曲》等，本文全文统一以“《序曲》”简称之，而在引用具体译著时，仍将沿用原译者所使用的译名。

一次次的离与返的旅程中不断激发创作灵感。华兹华斯在《序曲》中集中呈现了诗人对自身所处地理空间的认知和想象，关注的不只是个体的经验，而是将此个体体验置放于外在地理空间，使外在世界成为其内在生命的隐喻。诗人想象重构的地理空间通过其身心漫游而实现，将流动的地理空间体验视为自我的修炼之旅，即透过时空逆旅在田园空间投射诗人抒情自我形象，在城市空间中以旁观者凝视自我，之后返归自然得以重构自我。

一 出生地：科克茅斯

一个人可能居住过许多地方，但是出生地对于任何人来说，只有一处而已。像舒国治曾说过，"人习惯找寻少年生活的影子与气味，早年的日子过得愈缓慢深刻，追索于今日之与昔相似的情怀愈浓"[①]。《序曲》中有大部分的文字用以叙述华兹华斯早年的生活经历，在他看来"我的灵魂有美妙的播种季节，/大自然的秀美与震慑共同育我/长成，它们偏爱我——在我的出生地，/也在不久后我们迁居的那可爱的/山谷，那里我们可以无拘无束地/投入更多的户外活动"[②]。华兹华斯在出生地科克茅斯度过了八年烂漫的童年时光（1770—1778），出生地对诗人之主体建构意义深远。

科克茅斯这个英国湖区西北部边缘的一个小镇，因德温河而得名。有关科克茅斯的历史沿革，最早可推至公元400年前，至今仍可见当时罗马人所建的古堡、边防要道等。科克茅斯小镇的基本布局至今仍保留了中世纪时期的模样，大多数建筑仍为传统的板岩、石头与墙砖，以及鹅卵石铺设的弯弯曲曲的车道等。几乎与记忆中息息相关的科克茅斯小镇的河流、山峦、磨坊、街道、建筑、草木等，都被一一写入《序曲》中，展现了地理书写的重要特质。因为故乡田园生活的经验让诗人得以贴近自然，从而在

① 舒国治：《理想的下午》，广西师范大学出版社2010年版，第11页。

② ［英］华兹华斯（William Wordsworth，W.）：《序曲或一位诗人心灵的成长》，丁宏为译，中国对外翻译出版公司1997年版，第12页。

诗行间抒发真挚的情感。就像他在《序曲》第一卷述及童年记忆时曾写道："我还想继续记述那些追回的往事，/它们具有幻景的魅力，那些/美妙的景物和甜蜜的感觉，它们/让我回到生命的源头，几乎/让最遥远的婴儿岁月现出可见的/形状，在太阳的照耀下那般明亮（第一卷，630—636）。"[①] 出生地的记忆对于华兹华斯而言是最重要的。当诗人日夜流连于德温河岸的丛林间，尽情地放松身心时，仿若躺在母亲温柔的怀中般自由自在。而这种恣意的生活节奏，心无所念的悠然，简单的快乐，深深地渗透进诗人的骨髓，复活了诗人的创造力。华兹华斯认为，"激情来自大自然，安恬的心境/也同样是大自然的馈赠。这是她的/荣耀；这两种特征是一对犄角，/她的力量由此构成。因此，/富有创造力的人发现她是最好/最真的朋友，因为，他们的成长/注定依赖清宁与激励的交替；/从她的世界中获得能量，去寻求/真理；或得到心灵的安恬，使他们/无需追求即能将真理领受"（第十三卷，1—10）[②]。这意味着，诗人的伟大皆源自移人之情与秘响旁通的想象力。插上想象力的翅膀，但凡大自然中的山峦河流、一草一木皆非外在的物体，而变成了诗人抒情自我的投射，与自然相融一体。

诗人浪漫化的情感自我表现，在童年的田园牧歌里找到了具体的投射对象。在《序曲》里科克茅斯被描绘成一个巨大的游乐场，让敏感、好奇的少年有了实实在在、可以依靠的安全感：

> 啊，我，一个五岁的孩子，/常在河边磨坊的水道里度过/夏日；时而沐浴的阳光，时而/跳入水中，反反复复，从早/到晚，或在沙地上飞跑，在野黄花/丛中跳跃；或有时——当山野、树木/和远方盎然翘首的斯吉多峰都在/最浓郁的辉光中染成古铜色——我会/独自站在天地间，似乎出生在/印第安人的平原——亦是跑出母亲的/茅舍，任

① ［英］华兹华斯（William Wordsworth，W.）：《序曲或一位诗人心灵的成长》，丁宏为译，中国对外翻译出版公司1997年版，第24页。

② 同上书，第327页。

性地纵足四面八方，/尽情游玩，像一个赤裸着身体的/野蛮人，在忽至的雷雨中夸耀着勇敢。（第一卷，292—300）[①]

华兹华斯以出生地科克茅斯小镇作为情感的载体，以欢快的笔调带着对童年时光的思念，并用细节的描写铺陈情感的细微之处。他不只对过去的生活如数家珍，更在不断追忆的逝水流年里借着现实可依循的地理方位，制造出一种见证的历史感。不论是儿时故居门前的花园、花园后流淌的小河、河道边盛开的野花、河岸上的磨坊或河对岸远处的山峰……可说是一道道流动的风景。田园地理空间使诗人对自然有了最直接的体验，从中产生了对待大自然的意识：重回到一个能够“任性地纵足四面八方”的花园，忘我地投入其中“尽情游玩”，“赤裸着身体”与大自然融为一体。据此，我们便不难理会为什么儿时的乡居经验总能给予诗人无限的想象与安全感，我们亦可理解，何以华兹华斯自孩提以迄青年时期的漫游，不是朝向他人、外在的论述，而是一种朝向自我心灵的论述。回溯诗人童年，可见诗人渴望回到无所畏惧的儿时，甚至返回更古老、更原始的，一如诗人所想象的“印第安人的平原”。于此，科克茅斯这样一个地理空间不再仅仅是作为一个地名而存在，它让我们得以见证诗人于自然获取的纯粹快乐，找回了赤子之心。

从更宽广的角度看出生地之于诗人心灵成长并不仅限于启蒙意义，他相信那些笼罩在孩童身上的不朽灵光非电光石火般绝尘而去，而持续在以后的日子发光发亮。《序曲》的童年记事为的是寻找此不朽光源，因而我们看到尽管其童年萦绕着失去父母双亲的挥之不去的伤痛，然而逝去的悲恸并没有侵占生活的全部，华兹华斯一如既往地耐心地向我们细数“春夏/与秋冬，花树与风雪，夜色、天光、/夕烟、朝阳”（第二卷，352—354）[②]，

① ［英］华兹华斯（William Wordsworth，W.）：《序曲或一位诗人心灵的成长》，丁宏为译，中国对外翻译出版公司1997年版，第11—12页。

② 同上书，第44页。

串起其童年生活的是一次又一次纵情山林的嬉戏，诸如骑马、竞舟、攀危崖、掏鸦巢等游戏。就游戏的目的而论，传达了诗人对自由的向往，以及对自我的追寻。

二　寄居地：霍克斯黑德

华兹华斯在少年时期究竟失去的是什么，面对的是何种力量之掠夺？我们在《序曲》中所读到的乡居经验里，总有一种挥之不去的伤痛记忆。少年所有的孤独、委顿与束缚，在放逐山林后重获爱与向往。寄居霍克斯黑德前后，华兹华斯的人生发生两次重大的变故，一次是八岁时母亲的病逝，另一次是十三岁时父亲撒手人寰。失去双亲，对他而言不仅仅是痛苦，还令其更早地直接逼视命运的残酷。基于以上人生重大的变故，在华兹华斯的回忆中会看到他将霍克斯黑德视为一个疗伤之地，而那座寄养的农舍与心中的"家"形成了互不相斥的叠影，使陌生的地理空间变成有情感记忆的地方。

从《序曲》的描述可见，霍克斯黑德村有个"集市，在广场中央有块/巨大浑朴的岩石"（第二卷，33—34）[①]，有古旧的农舍也有光彩夺目的客栈，有教堂也有学校。又因为拥有英国湖区最美的风景，霍克斯黑德至今被称为湖区的绝佳观察点，它东面有温德米尔湖（Lake Windermere），西面为科尼斯顿湖（Lake Coniston），而南面为格赖兹代尔森林（Grizedale Forest）。诗人认为此地"引导我爱上河川/森林与田野"（第二卷，4—5）[②]，基本上"在诗行中没有提到他进过一所学校，没有提到课程、教学或纪律，也没有提到任何奖励和惩罚"[③]，他将自我放逐于山谷之间，要么夏日

---

① ［英］华兹华斯（William Wordsworth，W.）：《序曲或一位诗人心灵的成长》，丁宏为译，中国对外翻译出版公司 1997 年版，第 32 页。

② 同上书，第 31 页。

③ ［英］爱德华·格雷：《自然的快乐》，姜智芹译，中国人民大学出版社 2008 年版，第 169 页。

里“沿着温德米尔湖的平滩竞舟”（第二卷，56）[①]，要么就是“学期中间/我们总是寻机骑马飞奔”（第二卷，95—96）[②]。即便是因经济拮据而“餐食节俭”（第二卷，78）[③]，又或是背井离乡而伤怀，但是每每纵情山林之后他都会发出感慨——“我真想永久住在那里”。（第二卷，127）[④] 显而易见地，霍克斯黑德的优美风光给了诗人自然之养分，同时还须一提的是，其寄居的农舍给予了少年诗人以“家”的依靠，从内在心灵找到慰藉。如诗所述：

> 尚不见村里的房屋，却已见远处/袅袅轻烟，于是我的脚步/愈加急切，一路不停地走向/旅途的尽头——那座农舍的身旁。/老婆婆高兴地迎接我，似乎泪水/湿润了眼睛，多么慈祥，如母亲/一般，以母亲的骄傲将我打量。（第四卷，24—29）[⑤]

作者以农舍为镜像，折射自我的伤痛，在具有相似归家的记忆里，借由他者转换疗愈自我，而此平凡守候的景致也唤起真切的永恒力量。此段记录的是1788年夏，华兹华斯从剑桥返回到达霍克斯黑德，与寄居家庭的女房东安·泰森（Ann Tyson）会面的情景。对于一个失去父母而飘零在外的少年来说，思乡恋家的感情相较于他人更为浓烈而急迫。前三句未见其人已先见袅袅炊烟，心之迫切催促加快脚下的步履，一连串的“急切”动词，将诗人内心按捺不住的喜悦之情生动地勾勒出来。紧接下来的，当诗人抵达“旅途的尽头”——那座农舍时，他看到了守候在那的老婆婆，依旧伸出双手热情地拥抱归家的小孩。诗人用“慈祥”与“如母亲般”的词汇来形容这位房东老太太，足见她在其心中的位置；老人给予飘零在外的

---

① ［英］华兹华斯（William Wordsworth，W.）：《序曲或一位诗人心灵的成长》，丁宏为译，中国对外翻译出版公司1997年版，第33页。

② 同上书，第34页。

③ 同上书，第34页。

④ 同上书，第35页。

⑤ 同上书，第82页。

少年的关爱，一定程度上替代了母亲的角色。一如荷尔德林在其《返乡——致亲人》诗中所写的，“在这儿生活和相爱的一切，从未抛弃真诚”[①]，少年诗人在房东婆婆身上也发现了最动人之处——真诚。在这样一位年岁长度近一个世纪的老人身上，保持着质朴的自然人性。如此真实可感的田园生活才是诗人所珍视的，“我通常都选择微贱的田园生活作题材，因为在这种生活里，人们心中主要的热情找着了更好的土壤，能够达到成熟的境地，少受一些拘束，并且说出一种更纯朴和有力的语言”[②]。由此可见，华兹华斯对母亲的思念，对家人的爱，环绕在以房东婆婆为中心的农舍里，它无形中成为了华兹华斯用以维系真情实感的“家”的核心。同时，这种真诚在接下来的农舍中又进一步有了深度的刻画，如诗中所写：

> 你和你的房子，还有这窄小/空间中挤满的什物，一切都这般/亲切，许多都像我自己的一样！/何必在此大谈无数心灵的同感？/人们自会想象到我当时的心情。/我迫不及待，问候久别的卧室、/院子、花圃，还有苍松下称心/惬意的石桌木椅——我们用功/喜庆时，它们是必不可少的伴侣；/还有那任性的溪水，放荡不羁，/像野性的少年，在山里长成，但自从/截在我们的院中，很快便失去/欢声笑语，只沿着好事者修建的/平滑石槽缓缓流淌（任人/摆布，全无自己的意愿），像受到/恶意的安排，或中了阴险的诡计。（第四卷，41—56）[③]

就像刘禹锡在《陋室铭》所言“斯是陋室，惟吾德馨”[④]，也如巴什拉在《空间诗学》书所说，“家宅是我们在世界中的一角……从内心的角度来

① ［德］海德格尔（Martin Heidegger）：《荷尔德林诗的阐释》，孙周兴译，商务印书馆 2000 年版，第 8 页。

② 刘若端编：《十九世纪英国诗人论诗》，人民文学出版社 1984 年版，第 5 页。

③ ［英］华兹华斯（William Wordsworth，W.）：《序曲或一位诗人心灵的成长》，丁宏为译，中国对外翻译出版公司 1997 年版，第 82—83 页。

④ 周绍良主编：《全唐文新编》（第 3 部 第 2 册），吉林文史出版社 2000 年版，第 6886 页。

看，最简陋的居所不也是美好的吗”[①]，呈现在我们眼前的石舍，也是如斯“简陋的居所”，于诗人而言却意义非凡。如上描述，农舍屋内很是窄小，挤满了各种什物，然“一切都这般亲切”。一个“亲切”，将依恋之情泄露无遗，它们都是诗人儿时生活中熟悉的一部分，因为熟悉而产生亲近，因为亲近而融入，因为融入而成为生命中不可分割的一部分。屋外的院落，有花圃，花圃边上种着松树，树荫下安放着石桌椅，那里储藏着少年诗人嬉戏的记忆。而沿着院落边上流淌着一条小溪，它被人为地截流于平缓的石槽中失去了自然的本性，于此诗人或以溪水自喻，企盼摆脱一切人为束缚，恢复自然天真之本性。平滑的石槽不仅改变了河道，更是外在秩序对自然野性的一种摧残。诗人于石槽的溪水联想到返璞归真，一如成人需剥离华服，重寻一颗赤诚的童心，方可领悟自然赋予人的特殊感受与启示。

最后，随着诗人的脚步进入卧室，读以下卧榻望月听风的片段，体会居所如何进入诗人自我内心深处，由此接近理想主体：

> 还有，亲爱的朋友，我刻意/讲述一个诗人的经历，怎能/不提起那张令我感激之情/油然而生的老床！躺下时觉得它/这般舒适，或许与它重逢的/愿望若是太强烈，若思念得过于/长久，我反而不会感到如此/满足。这简陋的木床，我就是在此/倾听风的呼啸和雨的喧嚣；/在此度过不眠的夏夜，看着/房子近旁那棵高大的梣树：/它的茂叶宛如卧榻，托起/一轮皎洁的月亮；我凝望着她，/而她却随着一阵阵轻风在缓缓/摇动的树冠中缓缓地来回摇荡。（第四卷，78—92）[②]

巴什拉在论述独处空间时提到，“面对这些独处的情形，场所分析提问到：卧室是否宽敞？阁楼是否拥挤？角落是否温暖？光线从何处射入？还

---

① ［法］巴什拉（Bachelard，G.）：《空间诗学》，张逸婧译，上海译文出版社2009年版，第2页。

② ［英］华兹华斯（William Wordsworth，W.）：《序曲或一位诗人心灵的成长》，丁宏为译，中国对外翻译出版公司1997年版，第84页。

有，在这些空间里，存在如何体会寂静？他如何品尝孤独的梦想中各种住所的特殊寂静？”[①] 诗人回忆中的“那张老床”具备了以上提及的诸多条件，譬如它的温暖令人油然而生感激之情，又好比盈盈月光穿透“房子近旁”的婆娑树影照到床上。而独享特殊的寂静亦可见于诗末所创造的浪漫美景，那皎洁的月光，随着“一阵阵轻风”在缓缓“摇动的树冠中缓缓地来回摇荡”，造就了一种圆融之美。这里的“风”最是迷人，轻轻摇摆着树冠与月影，也摇动了诗人心胸那幽微的灵动。凡此与寂静的对话就发生于此一独处的空间，一张床，一张简陋却舒适的床，它一边陪伴诗人“倾听风的呼啸和雨的喧嚣”，另一边也挡住了风雨，阻绝了外在种种纷扰，得以安心。对照华兹华斯的诗论，“诗是强烈情感的自然流露。它起源于平静的回忆起来的情感”[②]，可见诗人异常钟情于独处的“沉思”，因为那一刻他才能独享与自然的灵交，亦可寻回自我。可想见，诗人创作这部自传长诗的过程就像是一个人的朝圣之旅，在周回往复的离家与归家的旅途中，唯有发挥一己之力，为人类的心灵留下不朽的记载。而此一己之力的独处，实际上也意味着作为诗人所必须独自承担的责任。此外与自然灵交证明了诗人的写作并不是将自我与外在世界隔离，反而是诗人对于个人处境的更清醒的认识，因为在他认为只有认识自己才能认识全世界。最重要的是，在反省层次上通过自我对话看见自己的脆弱与残缺的同时，捕捉到诸多内在的幽微面向。

有学者在探讨住家与人的关系时指出，住家是人的延伸，承载着人的记忆，不仅提供庇护，也会揭示住家与人的身心始终保持着的互动。霍克斯黑德的农舍俨然已成为一个相对稳定的身心庇护所，隐藏着华兹华斯对父母、兄妹的人伦情缘。从《序曲》第四卷“暑假”篇中的回忆看到房东婆婆所给予的关爱，我们更进一步发现她甚至替代了凝聚家庭或提供协助

---

① ［法］巴什拉（Bachelard，G.）：《空间诗学》，张逸婧译，上海译文出版社 2009 年版，第 7 页。

② 刘若端编：《十九世纪英国诗人论诗》，人民文学出版社 1984 年版，第 22 页。

的母亲角色，以至于每次暑假诗人总是那么迫切地想回到农舍中，“家”的存在因之有了意义。

三　中途的住所：剑桥

剑桥，如诗中所写，“曾经/一个单纯的少年，无忧无虑。/无拘无束地游荡，如今来到/一处似像非像人世间的地方，/世界之中的一个特权世界，一个/具有一切中间景象的中途/住所”（第三卷，522—526）[①]。十七岁时，华兹华斯赴剑桥圣约翰学院就读，1787—1791 年他在那里度过了五年的大学时光。在其追寻新生活的过程中自然带着迷惘与期待，有猎奇也有困惑，此等错综复杂的情绪被诗人比喻为“被一种力量吞入漩涡激流”（第三卷，14）[②]。一般而言，人们选择远足的猎奇，有逃避现实的逸离，但一个人认识自我，也往往要把自己放置在另一个陌生的环境中，才能在与他者的对应中更清楚自我个体的存在。就像历史学家认为，“直到 1800 年，欧洲里面有两个世界，一方面是农民的世界，他们的生活节奏是跟着自然界的一年四季走的，直到十八世纪末，都基本没有变动。另一方面，从十一、十二世纪城市兴起后，城市居民形成了另一个世界，其中有商业，有银行业，还有早起的工业，政治生活以那里为中心；还有学校和大学，其中还不时冒出新思想来，引起讨论。这些都是和农村穷乡僻壤不同的地方。”[③]对于华兹华斯而言，伦敦、剑桥是相对童年的田园空间而存在的异质空间。

在《序曲》有关剑桥的回忆里，剑桥圣约翰学院首先出现在远景中，诗人坐在车上远远地看到“国王学院的/长形礼拜堂从一片昏暗的树林中/

---

① ［英］华兹华斯（William Wordsworth，W.）：《序曲或一位诗人心灵的成长》，丁宏为译，中国对外翻译出版公司 1997 年版，第 72 页。

② 同上书，第 53 页。

③ ［荷］彼得·李伯庚（Peter Rietbergen）：《欧洲文化史》，赵复三译，上海社会科学院出版社 2004 年版，第 207 页。

徐徐脱出它的塔楼与尖顶，/它们纵列成行，相互呼应”（第三卷，1—6）[①]。在诗人的认知地图中，国王学院礼拜堂的尖顶是最先被标示了出来，其高耸入云之姿瞬间震撼了一路坐在车上无精打采的人。有画家认为，“剑桥偏爱用尖塔，高高的顶指向蓝天白云，把天地连接在一起。这是中世纪欧洲哥特教堂建筑的灵魂，天文地文人文神文才构成了一个健全的有机整体。剑桥高高的尖顶屋是个绝妙符号：接接天气，通通地气，串联人文、人道，最后用神文或神道统一起来，这便是追寻哲学的上帝，蕴蓄着淡然天和的宁静。”[②]《序曲》的“寄宿剑桥”以尖顶的描写为开端，对来自北方乡村的少年展示了一种有别于大自然的强大震撼力。但很快，校园街景最初给诗人心中留下了新奇的印象，爆棚的好奇感驱使少年诗人走入一家家的店铺商行，之后相当长一段时间里更是热衷于游玩，又或是漫无目的地沿着大街小巷信步慢行。看起来，他对于这种有别于乡村的现代城市生活经验并不排斥，即“我扮演的是闲散的旁观者：仅仅观而/不语已是乐趣十足”（第三卷，582—583）[③]。不过，这种猎奇的心态延续并不长久，如诗云“当那斑驳的场面已失去令人/眼花缭乱的新奇，我常常/离开我的伙伴，离开人群、楼房与/树丛，独自在平缓的田野上徜徉”（第三卷，90—93）[④]；同时，有关“无益的闲聊中/耗去上午的时光”的叙述，开始暗示其校园生活的单调。

在《序曲》“寄宿剑桥”篇中，华兹华斯写下——“在灵魂的深处，/我们孤独地生存，每个人都有/各自的道理。我深有感觉，所以/才妄求那超越语言的才智。但是/对于个人，难道生命不正是/自我的记忆?”（第三卷，188—193）[⑤] 的诗句，当时他一个人住在剑桥，承受生活与学业双重压

① ［英］华兹华斯（William Wordsworth，W.）：《序曲或一位诗人心灵的成长》，丁宏为译，中国对外翻译出版公司 1997 年版，第 53 页。

② 余工图：《手绘剑桥大学建筑 剑桥校训和大学精神》，文汇出版社 2013 年版，第 3 页。

③ ［英］华兹华斯（William Wordsworth，W.）：《序曲或一位诗人心灵的成长》，丁宏为译，中国对外翻译出版公司 1997 年版，第 75 页。

④ 同上书，第 56 页。

⑤ 同上书，第 60 页。

力的他并未被孤独吞噬，反而在孤独中为自我寻求存在的意义。对比诗人对剑桥的前后印象，发现在初识这所中途的居所时是充满了憧憬；而梦醒来时候，又惊觉“由于在故乡的山中一向放纵/学童的憧憬，未来的大学校园/自然成为我筑梦的佳境，但建起的/大厦已成废墟，将我包围/在其中”（第三卷，426—431）[①]，与初次相比一切仿佛皆徒然。换言之，华兹华斯最初憧憬的剑桥极具浪漫印象，然而诗人的憧憬之姿总是不能摆脱一个旁观者的阴影，自始至终都将自己视为剑桥的“游客”，身在其中而心却在外；他的思贤仰圣之情总是不禁伴随着些许失落。也因此，当他发现“知识也染上人为的疾病，/失去理所当然的权威”（第三卷，422—423）[②] 后，那座最初“建起的大厦已成废墟”。相对于能自由出入的大自然，华兹华斯毫不掩饰对于城市的疏离与排斥感，剑桥这座中途的居所也不例外。

四　结语

《序曲》的过往记忆是被有选择地重塑，其特定想象重构的地理空间不仅提供给他者观看，也成为实现内在自我审视的一面镜子。诗人透过对童年自觉的回忆，寻找自我意识的根基，从而实践了自我价值与身份认同。正如艾布拉姆斯所言，华兹华斯的《序曲》讲述的是从英国到欧洲循环运动的一个“精神之旅”，其精神上的想象世界绝对优先于现实世界中真实发生的地点。华兹华斯从不拘泥于大自然的观察，通常都寄寓于亲情、文化上的抒发以及哲学的思考，他以“田园空间”作为书写的客体，在自然风景的镜像中确认自我主体。华兹华斯笔下富于自由、浪漫气息的自然景色，是以自然、人居为中心，给人们一种回归自然与美的享受。因此可见，“浪漫”是田园影像唯一抒情的基调，而通过回忆、想象而建构的山水、田园、庭院、村落所构建的人与自然相对和谐之境，所生发出的对自然、人性与

---

① ［英］华兹华斯（William Wordsworth，W.）：《序曲或一位诗人心灵的成长》，丁宏为译，中国对外翻译出版公司 1997 年版，第 69 页。

② 同上书，第 68—69 页。

美的礼赞，则是其田园影像的本质。而一旦离开湖区，田园空间则成为他实质性的“乡愁”所在。诗人只能以远走他乡之旅完成从田园到都市地理空间的对立转换，进而在与他者的抗衡过程中使自我得以重塑，朝向理想主体构成前进。基本上，在华兹华斯书写的地理空间里，所谓客观存在的地理样貌已为诗人自我主观所介入，因之隐含了一种乌托邦愿景。本质上，诗人想象建构的地理空间指向的是一个抒情性的问题，而抒情性集中表现为地理空间体验与诗人主体建构的关系。其一为诗人借由童年成长经验，想象地建构人与自然和谐共处的地理空间；其二是结合青年漫游和历史记忆，创造的城市空间不仅指向了对现实的批判，也寄寓了诗人处乱世一隅安身立命的所在；其三则是在抽象的时空追求自由之境，即诗人对自我身份的追寻，对人生存意义的重新定位。

硕博论坛

地理感知、文学创作与地方文学

王金黄*

近年来，发展迅猛的文学地理学研究日益成为一门显学，既体现出中国学人非凡的学术创造力，也更加彰显着中华民族在国际话语中的文化自信力。越来越多的文学研究者开始关注和探究作家的地理分布，中外作品中的地理意象、地理景观以及地理空间，文学创作过程中的人地关系与地理想象等诸多新问题；然而，对于地理感知却鲜有人论及，但我们不能以此为据就断言它是一个无法成立的伪命题或者说前辈学者还未发现这一问题。实际上，在《文学的产生与作家的地理感知问题》一文中，邹建军教授就从文学地理学的角度首次提出了地理感知这一概念，并分别从"作品的内容与作家的地理感知""地理感知与文学历史的构成"以及地理感知中的自然地理和人文地理等方面展开分析，通过充满问题意识的理论化论述与作家作品的实例论证，最终强调"无论是从文学作品的构成而言，还是就作家的生活与生存环境而言，还是就文学艺术的本质而言，作家的地理感知都是极其重要的"[①]。不过，这篇重要文章没有仅仅局限于探讨地理感

* 王金黄，华中师范大学文学院比较文学与世界文学专业博士研究生。

① 邹建军：《文学的产生与作家的地理感知问题》，《江山之助——邹建军教授讲文学地理学》，中央编译出版社 2014 年版，第 61 页。

知，还把文学起源论、文学与自然环境的关系、地理景观等相关核心问题联系起来，形成一种提纲挈领式的捭阖贯通之宏论。由此可见，地理感知并非可有可无的普通名词，而是文学地理学研究中一个不容忽视的基础概念。虽然他在文中没有对地理感知做出明确的定义，但却为后来研究者提供了可资借鉴的开拓基础和继续深入的思考方向。因而，在此基础上，集中而全面地定义和阐述地理感知及其内涵就显得极为迫切，不仅要归纳和总结它对作家创作的重要意义，也要考察和挖掘地理感知与文学发展的历史脉络，以从中窥视地方文学的产生机制，认识和理解作家、作品与自然之间的内在关系。

一　地理感知的定义与特征

地理感知这一概念并非文学地理学所独有，它同样出现在地理教学、人工智能、文化地理学等各个领域，并早已得到广泛的运用。首先，在中学地理的教学语境中，地理感知是掌握和理解地理知识的前提和基础，也被称为“地理感知觉”。[①] 地理教师常常从教学实践出发，把地理感知视为中学生一项必备的学习能力来加以训练和提升，旨在“解决实际的地理教学问题”[②] 或“培养中学生的地理忧患意识”[③]。其次，在人工智能领域，地理感知通过网络协议选择道路十字路口，当“每个车辆往前移动距离当前位置一个传输范围时报告其位置信息给网关”[④]，是一种高度模拟人类感知能力的网络软件设施。此外，在文化地理学研究中，地理感知已被中外学者多次提及并成熟地运用，它涉及了政治、经济、宗教等各个

① 袁孝亭编著：《地理知识学习的一般规律》，《地理课程与教学论》，东北师范大学出版社2006年版，第183页。

② 冯春才：《论高中生地理感知能力提升的三个步骤》，《中国校外教育》2016年第31期。

③ 王海龙：《中学生地理感知能力的培养》，《新课程研究》（下旬刊）2012年第11期。

④ 杨羽琦、章国安、吴敏：《车载自组织网络中基于十字路口的地理感知路由协议》，《电信科学》2017年第1期。

范畴①，这种明显的泛化倾向不断重构地理感知的本质内核，使它成为一种基于人类历史发展演变的文化感知。有些文化地理学研究者也会把地理感知与某个时期的文学作品结合起来探讨，那么这是否属于文学地理学研究呢？在《唐宋诗歌中的“巴蜀”及文化地理内涵》一文中，作者从“巴蜀诗”中的地理感知着手，揭示了诗中的“山川奇异感”“蜀道诗的文化内涵”以及“‘山南’诗中古典农业地理景观”② 对于巴蜀文化研究的重要价值。在另一篇文章里，他则从唐宋“黔中诗”中的地理感知来呈现“华夷文化观念的变迁”，指出黔中地区具有的“多民族文化混杂的人文地理特征”③。如果仅从题目来判断，这两篇文章似乎属于文学地理学研究；但纵观其内容和最终得出的结论却与文学没有丝毫关系；地理感知也仍旧是对经济、军事、社会、风俗的文化感知，且“巴蜀诗”或“黔中诗”的说法是否成立，也值得商榷。通过以上所述可以看出不同领域的地理感知其所指相差甚远，但也可以从中得出一个结论，地理感知现象真实地存在于人们的思维运作与日常生活当中，甚至人工智能也离不开它；所以，地理感知也必然存在于每一个作家身上，与文学创作发生千丝万缕的关联，进而在人类的文学事业中发挥着关键作用。

为了在文学地理学研究中有所区别而不至于和其他学科相混淆，我们就需要重新思考和定义地理感知这一概念。然而，在《辞海》《辞源》《地理辞典》《大英百科全书》（*Encyclopedia Britannica*）等大型工具书中均未查询到该词条，仅在《人文地理学词典》中，发现了一个比较相近的概

---

① 文化地理学中的地理感知问题研究成果丰富，相关文献有［英］迈克尔·赫弗南（Michael Heffernan）和萨拉·奥哈拉（Sarah O'Hara）的《哈·麦金德〈历史的地理枢纽〉与英国人对中亚的地理感知》（“Halford Mackinder，the‘Gergraphical Pivot’，and British Perceptions of Central Asia”）参见《历史环境与文明演进：2004 年历史地理国际学术研讨会论文集》，陕西师范大学西北历史环境与经济社会发展研究中心编，商务印书馆 2005 年版，第 53—67 页；张伟然、周鹏的《唐代的南北地理分界线及相关问题》，《中国历史地理论丛》2005 年第 2 期；张晓虹、张伟然的《太白山信仰与关中气候——感应与行为地理学的考察》，《自然科学史研究》2000 年第 3 期等。

② 马强：《唐宋诗歌中的“巴蜀”及文化地理内涵》，《成都大学学报》（社会科学版）2010 年第 2 期。

③ 马强：《论唐宋黔中诗的历史地理意象及其意义》，《长江师范学院学报》2013 年第 2 期。

念——“环境感知”（environmental perception），它指的是“理解环境的行动者在其环境内支配其行为的方式”①，被广泛应用于环境灾害研究、城市行为感应研究和文化生态研究等领域。作为地理学的专业术语，环境感知中的“环境”仅限于行动者所在的某个地点（乡村或城镇），且只关注这个地点某个方面的具体情况，譬如自然灾害或经济作物产量等；而文学地理学的地理感知则完全不同，“地理”囊括了天地万物，包括风雨雷电、山川江河、花鸟虫鱼，涵盖了地质、气候、物候、水文、天文、生态等范畴，环境只是地理之中极小的一部分。如果说我们把环境感知看成点（行动者）对点（某地环境）的直线关系，那么，地理感知则是点（作家）对三维空间（天地万物）的辐射关系。从词组的语法结构来看，地理感知属于偏正短语，名词“地理”是被用来修饰“感知”这个中心语的。《现代汉语大词典》对感知有两种解释，其一是指“感觉与认识”“也单指感觉”；此外，作为哲学名词，它是“感觉与知觉的统称”②。具体来说，感知是“客观事物通过感觉器官在人脑中的直接反映”，它既“反映客观事物的个别属性”，也能“反映客观事物的整体”，“为理性认识提供材料”③。邹建军教授曾有过言简意赅的阐释，“所谓‘地理感知’，是指诗人与作家对自然界万事万物的感觉与认知”，“并在此基础上产生认识与探索，对于诗人、作家、艺术家的创作而言，往往具有重要的意义与价值”④。需要强调的是，地理感知的发生并非像感知的定义那样完全由客观事物发起，是一种被动且有限的反映关系；而是由客观世界与创作主体合力产生的一种具有能动性的人类意识活动。

综合而论，文学地理学视域下的地理感知从根本上体现了作家和诗人

① ［英］R. J. 约翰斯顿主编：《人文地理学词典》，柴彦威等译，商务印书馆 2004 年版，第194 页。

② 阮智富、郭忠新编著：《现代汉语大词典·上册》，上海辞书出版社 2009 年版，第 1639 页。

③ 张永谦主编：《哲学知识全书》，甘肃人民出版社 1989 年版，第 90 页。

④ 邹建军：《文学地理学批评的四个术语及其内涵简说》，曾大兴、夏汉宁主编：《文学地理学：中国文学地理学会第四届年会论文集》，中山大学出版社 2015 年版，第 51 页。

与天地万物之间鲜活而复杂的感应关系，是自然事物和在自然基础上活动繁衍的人类现象投射于作家诗人之眼、耳、鼻等器官的灵敏感觉，以及由六种感官（视、触、听、嗅、味、心）去粗取精、去伪存真之后上升转化为审美知觉的心理过程；它既包含了作家和诗人所独有的生动而形象的直观体验，也综合反映出人地之间的整体关系和人类普遍的感性情怀。与文化感知相比，地理感知具有时空性和审美性两大特征。就时空性而言，作家往往从地缘关系入手，从中观察与欣赏周边的旖旎风光；作为山水诗的开创者南朝诗人谢灵运就是如此。他曾经出任永嘉郡守，在此期间不仅领略了永嘉的灵山秀水，而且先后多次游历永嘉附近的会稽、富春江、彭蠡湖等地，这些自然景观都成为鉴赏其诗作必不可少的核心意象。与其说鲜丽清新是谢灵运山水诗的主要特点，不如说永嘉山水的天然脱俗在诗人的感知下转化成语言之标本。试想一下，如果出任的是岭南太守而非永嘉太守，那么他的五言诗将是瘴气重重的另一番景象。当然，也要把谢灵运放置在当时的创作语境中，面对淡而寡味的玄言诗，他以山姿水态之势冲击诗坛，给坐而论道之人打开了天窗，感受到生机盎然之味；相反，也表明玄言诗摒弃了地理感知必然无法长存的夭折命运。另外，时空性也会表现在作家和诗人对气候、物候的感知上。孟浩然的《春晓》和叶绍翁的《游园不值》是妇孺皆知的经典，读者并不清楚是哪里的啼鸟落花和满园红杏，因为两首诗极力渲染的是时令这一地理要素，但是这丝毫没有影响对浓浓春意的感受，反而有力地展现出地理感知的敏锐与神奇。此外，与地方志、植物志、动物志、矿物志的撰写不同，文学创作必须具备艺术化的审美观照，这正是地理感知的审美性所在。

二 作家的地理感知对文学创作的意义

作家以感知为审美基础，以地理为审美对象，通过观临、行走、接触和捕捉自然山川的色彩、线条、声音与形状等要素，从中获取强烈的感官刺激、高度的情感体验乃至心灵上的和谐共鸣，但“审美感知的快感不同于纯生活上的快感，它更具有精神性的特征，蕴含着主体的理想与追求及全部生命体验”[①]。地理感知对于文学创作的意义主要体现在以下六个层面。第一，对文学创作的即时影响。这种情况往往发生在酬唱赠答、写景记游等即兴而发的当下场景中。初唐诗人王勃途经洪州（今南昌），在群僚宴会之上即席而作《滕王阁序》。他假借滕王阁之名义，实写所听闻感受到的“豫章故郡”之“物华天宝”与“人杰地灵”，以弱冠英年的激昂勃发充盈着挥斥方遒、辽阔洪荒之伟力，一时间洛阳纸贵，天下扬名！美国作家梭罗则在独居瓦尔登湖畔之时，一边过着极简朴的原始生活，另一边记录下周围景致的四季变化和两年零两个月的心路历程，笔下的《瓦尔登湖》成为他一生的栖身之所。由此可见，作家要把当时获取的地理感知直接运用到即时创作中，不仅需要敏锐的洞察力以发现自然之奇异，还需要高度集中的定力以排除外界干扰，更需要身体力行的实践或者满腹经纶的才华才能彰显风格之卓绝。第二，地理感知储存为地理记忆之后的回顾型文学创作。相比于地理感知的流动鲜活，地理记忆好似筛选沉淀之后的美酒佳酿，从前者到后者需要一定的时间，少则三五天，长则几十年，时间越久真情越浓，因为留下的必然是当时能够直击灵魂的地理感知。据历史记载，玄奘从公元628年踏上西行之路，共亲历游览或听闻传知138个城邦和国家，到达天竺取得佛经后又于公元645年正月回到长安；并在回都后的第二年，由他亲自口述、弟子辩机撰文，完成了12卷的《大唐西域记》。这本书详实记述了玄奘游历城邦的山川风物、气候水文等地理概况以及生活在各地域的民族宗教与大量的神话故事、历史传说；在短短400余天内将17年的所知所感倾囊而述，他的记忆力着实令人惊叹，其中是否存在路途休憩之余笔录备忘的可能还需考证。不过，可以确定的是，经当代学者的论证和研究，玄奘的《大唐西域记》“对西域的地理感知最为真切，记载也最为翔实”“使唐人对西域的认识向前推进了一大步”，尤其是“其中的西域地理

① 李路主编：《中国女性百科全书·社会生活卷》，东北大学出版社1995年版，第56页。

感知与生命体验有浓厚的文学色彩”①，对后代的明清小说影响深远。第三，现实的地理感知辅以梦幻般地理想象的虚构文学或半虚构文学。人类最初的文学形式大多属于这一形态，自然无穷的破坏力量在神话传说中留下了难以磨灭的烙印。无论是东方的大禹治水还是希伯来民族的挪亚方舟，或者是亚马逊原住民的洪水神话，都是先民对洪涝这一自然现象的文学化描述；既有无家可归的真切感知，也有无限放大的恐惧以及阴影背后的无边幻想；但最后都会以人类战胜洪水而结束，或者以疏通的方式，或者以转移的方式，在人地互动的过程中赞扬着勤劳与智慧的美德。可以说，面对洪水，人们生活在地理感知所获取的提心吊胆之中；但想象的翅膀具有将水深火热里的生命拯救出来的主观力量。英雄传说亦是如此，不管是走遍四方的欧洲行吟诗人还是代代定居的印度传唱颂师，他们踏着英雄的足迹，生活在英雄的故土，所能获取到的地理感知是如此真切实在，但唯有想象才能让他与自己崇拜的偶像片刻相遇，在神交之中不断补充和丰富传奇文本的血肉筋骨。当然，任何地理想象都是以特定的地理感知为基础，是对地方之物的再创造。第四，对于故乡的地理感知，在经年累月之后浓缩凝聚成地理基因的长期性集中创作。一般而言，这个地方往往是作家最为亲切和熟悉的出生地、成长地以及常年的生活地，而创作的题材大多以组诗或中长篇系列小说的形式出现，建构出一个具有浓郁地方特色的系统，如福克纳的“约克纳帕塔法”世系、哈代小说中的“威塞克斯”、沈从文笔下的“湘西世界”以及莫言塑造的“高密东北乡”等。这些反复被作家不厌其烦书写的地方是否真的能在现实地理版图中对应得上并不重要，重要的是作家和诗人把对这片热土的深情完整地根植在文学世界中，把对家乡一草一木、一山一水的情感触动融化在文字的笔墨里，将永恒牢固的地理基因铭刻于心，借笔下之故乡守望现实之故乡。第五，作家的地理感知与天南海北的人生履历相结合的阶段式行走创作。与长期生活在故土或者定居

---

① 田峰：《玄奘对西域的地理感知与生命体验》，《西北民族大学学报》（哲学社会科学版）2016 年第 2 期。

于某地的作家不同，宋代文豪苏轼出生于四川眉州，开封科举后由于党争开始了颠沛流离。他先后任职或贬谪于杭州、密州、黄州、惠州、儋州等近20处地方，足迹遍及中华大地；少则数月半年，多则四五载，与徐霞客游览考察有着本质区别。苏轼每在一处都时刻心系民生，对各地山川物候都了然于胸，积极乐观地融入当地生活；把江湖山色、风物人情都写入诗文辞赋之中，密州的《江城子·密州出猎》、黄州的《念奴娇·赤壁怀古》与前后《赤壁赋》、惠州的《食荔枝》等，达到了无地不创作、处处有佳篇的极高境界；其地理感知的不断更新得益于苏轼的奔波辗转，导致他的文学书写也随生活地方的变迁而发生变化，形成了以地系年的创作奇观。第六，作家的地理感知与自身的社会经验、价值追求以及性情品格共同作用于文学创作。李白和杜甫都与四川成都有着不解之缘，前者成长于斯，后者客居于此；且两位诗人对于川蜀地区的自然风光和民间风物都有精彩的抒写，李白登览散花楼、瞻仰司马相如琴台、感受蜀道交通，写下了《登锦城散花楼》《白头吟》《蜀道难》等杰作；杜甫在浣花溪畔建草堂、后流亡梓州阆州，写下了《茅屋为秋风所破歌》《闻官军收河南河北》等名篇。然而，两人的作品无论是风格语言，还是韵律形式都有着天壤之别，谁也不能想象他们写的竟是同一个地方！其实，根源在于李白和杜甫对于川蜀的地理感知融入了各自的心境。李白恰值年少，怀着一身抱负仗剑出川，当然志气满满；况且江油是他的故乡，诗中洋溢着自豪与自信，无不渲染了风华绝代的大唐气象。而杜甫在安史之乱后流落川蜀，生活困顿，加上报国理想消磨殆尽，又常常受乱军、流民骚扰而惊惧胆寒，满目所见是山川凋零和生灵涂炭，诗中流露着不尽的愁苦。来自大自然的地理感知好似原汁原味的纯色颜料，创作者对于现实处境与精神向往的清醒认知则是五彩缤纷的调色板，不同的组合方式将会导致最终的成色——地理感知各不相同，反映在文学作品中也会千差万别。针对同一个地方的文学创作尚且如此，对于同一景观的地理感知也必然无法相同；因为“每一位作家与诗人存在不同的前理解，具有不同的人生经历与人生观念，他们也就会有不同的眼光与不同的色彩，那么，他们对同一处自然景观的感知就会有所不同，对于人文景观的感知就更是如此，这正是文学与地理之间的关系的规律”①。中西方不同的审美旨趣与古今差异的知识结构都会决定感知主体对地理景观的印象与认识。同样是秦淮河，欧洲人和中国人的欣赏就不一样；明清古人与当代人的感受也不一样；甚至生活在同一时代，有着相似生活经历的朱自清和俞平伯，他们的散文《桨声灯影里的秦淮河》也能各有千秋，虽然二人都以散文体和同一命题写就华章，但迥异的性情与品位却引导着他们的地理感知在下笔时分道扬镳。

然而地理感知对文学创作的影响从来都是复杂多变的，所以在进行案例研究时，除作品之外，还需要尽可能地搜集、掌握与作家密切相关的所有文献资料，诸如日记、回忆录、访谈录、随笔纪行、年谱以及文本原稿、手稿与修订稿等。越是翔实丰富，越能接近甚至还原他创作前后的情境与心理；一旦在时间和地点上稍有混淆或错误，那么分析时将会得出谬之千里的荒唐结论。同时，地理感知对文学创作的影响还涉及很多社会因素，包括“地理空间生产中各种权力关系的嵌入，如中心与边缘、通用语言与方言的张力，以及嵌入地域之中的阶级、社群、性别和美学之间的复杂权力关系”②，这些因素都会持续而深刻地影响着作家对地理的感知经验。因而，以上六个方面只是理论化的梳理，在现实创作中，必然是多种方式组合交叉式的互渗作用。邹惟山先生的赋作在当代影响日隆，“其赋作主要来自三个方面：一是以越溪的自然山水作为生成基础；二是以世界各地的地理作为广博视域；三是以宇宙星辰的气象作为哲思境界”③；可以说他的创作既融合了对故乡情真意切的地理感知，也赋予了行走美学的世界足迹，

① 邹建军：《文学的产生与作家的地理感知问题》，《江山之助——邹建军教授讲文学地理学》，中央编译出版社 2014 年版，第 77 页。

② 刘小新：《文学地理学：从决定论到批判的地域主义》，载刘小新著《当代文论嬗变》，江苏大学出版社 2015 年版，第 145 页。

③ 杜雪琴：《地理的感知与生命的情调——论邹惟山赋作的生成机制》，《世界文学评论》2015 年第 5 辑，第 174 页。

还拥有地理想象的开阔瑰奇，这是以上任何一种方式都无法单独实现的艺术效果。在做具体研究时，我们就不能简单地套用或叠加，而应该根据真实可靠的文本内容和当时的创作情况来综合考察，抽丝剥茧地揭示出作家是如何通过地理感知来影响作品生成的。

三　地理感知与地方文学的兴起

在文学理论中，一些存有争议、悬而未决的问题，经文学地理学重新审视之后，就会得出焕然一新的观点，以精辟之灼见革新学术思维，从而不断推动文学研究向前发展。2015 年，邹建军教授撰文提出了“文学的发生、起源与来源，与人类早期所生活的地理环境与地域文化有着重要关联”的观点，以及“文学发生于特定的自然地理环境与人文地理环境”① 的主张，在学术界引起强烈反响。那么，作为其中的重要概念，地理感知难道只是影响作家和诗人的创作这么简单吗？显而易见，这不过是从微观角度的个体考量；如果我们把这一影响过程放大扩展到整个人类文学的创作之初，就会发现地理感知实乃地方文学产生的直接根源。一般认为风骚是中国文学的源头，作为北方诸侯国民歌的“国风”反映出黄河流域的自然景物与民风民情；《离骚》是楚辞的代表作，而楚辞则是楚地所特有的一种文学体裁。由此可见，风骚传统的形成都离不开各自所处的独特地域，可以说两者都是地方的产物。《关雎》是国风开篇第一首，也是周南地区的民歌，其对爱情的憧憬描写至今让人传诵。但它是怎么发生的呢？从首句“关关雎鸠，在河之洲”就可以感受出来这个爱情故事发生于自然场景之中，是在优美的地理时空下，男性劳动者“君子”看到了身旁“窈窕”的女性劳动者，同时心生爱慕，歌咏之词呼之欲出。一般视为比兴手法的首句往往能够揭示出文思发生的地理根源；其实，比兴不仅仅是创作的技巧和语言的修辞，本质上还是地理感知在作品中的凸显方式。虽然“国风”

① 邹建军、张三夕：《简论文学地理学对现有文学起源论的修正》，《长江学术》2015 年第 4 期。

的主题思想各不相同，涉及军事、爱情、婚姻、思乡等内容，但所有这些情感都是创作者在当时当地的自然环境下生发、感受和体验到的，脱离不了他们对生活之地的真切感知。在《离骚》中，屈原对楚地有着精彩绝伦的描写，尤其是“木兰”“杜衡”“薜荔”等20余种楚地所特有的香草花木反映出诗人对楚地山川的感受之深和用情之真。恰是这种对故土之美的地理感知让屈原对卖国统治者产生出忧愤，其忧国忧民之思并不在于楚国行政区域的增多和减少，而是担忧和苦闷沦入敌手的破碎山川与不复相见的楚地之自然。在北欧神话当中，人们“把那种隐秘的对人类有危害的自然力想象为‘巨人’”，“而那些像夏日的炎热、太阳等友善的自然力则被视为众神”，“宇宙的统治权被分为这样两种力量，它们各据一方，互相残杀，永无休止”①，并赋予太阳、大海、冰霜、火焰、雷霆、云层等自然事物以神的名字。从北欧众神的形象以及众神与巨人之间的残酷斗争、毁灭消亡的历史更替来看，无不体现着当地先民共同的创作思维。这种神话思维对北欧地区独特的四季变化，诸如火山爆发、海啸席卷等自然灾害做了艺术化的描写，对他们时刻感知到的但又无法解释清楚的地质运动做了最直观的文学呈现。此外，古希腊神话中的奥林匹斯众神、印度史诗中的天龙八部以及日本《古事记》中的天神，其形象和名字无一相同，性情与能力也千差万别，这是因为他们的创作都是根据各民族地区的气候物候、地质地貌等地理特征所决定的。由于地球南北两极、东西两地差异悬殊，生物种类繁多，这就必然导致世界上不同民族的神话传说、英雄传奇呈现出丰盛而迥异的面貌。由此可见，如果我们把地理感知这一概念引入世界各地文学最初形成的语境之中，就能够客观准确地把握集体创作的真实情境以及早期人类与当时地理环境互动互存的审美关系。

同时，作家和诗人的地理感知还积极地参与到地方文学的发展和兴起之中。在英文里，感知（perception）有两重含义，一层是指“the way you

① ［英］托马斯·卡莱尔：《论历史上的英雄、英雄崇拜和英雄业绩》，周祖达译，商务印书馆2012年版，第19页。

notice things, especially with the senses"，注重印象式的感觉或初步的认识；另一层则是"an idea, a belief or an image you have as a result of how you see or understand sth."①，特指对某一事物或图景的看法；二者具有一种由表及里、由浅入深的递进关系。就分类而言，"'感知'在胡塞尔那里至少具有'感性感知'和'范畴感知'这样一个基本区分，它们分别是指对'实在对象'和'观念对象'的感知"。② 在地方文学中，作家的地理感知也不全是浑然一体，实际上在创作过程中有很大差别。一种是对自然实体或人文景观的感知，山川江河，风雨雷电，花草虫鱼以及亭台楼阁、节庆宴会等可以被作家和诗人的感官系统即时捕捉到的，我们称为感性的地理感知；在袁宏道三兄弟的作品中呈现为实实在在的地理浅描，对公安之名山大川、植被物产等自然景观有着全景式的感知和体验，然后再以客体化的直观方式进行创作。另一种是对地方基础上的民风人情的感知，这需要作家和诗人长期生活于此，由内在的知觉进行体悟和提炼才能获取，可以称为观念的地理感知；在三袁的作品中呈现为具有地方意义的人文深描，是一种主体化的情感写作和思想表达。如果仅仅是感性的地理感知，尚不能产生公安文学；只有在感性地理感知的基础上形成一种观念性的地理感知，公安文学才能形成较为深厚且不同于其他地方特色的文学风貌；因此，只有两种地理感知合力作用于作家和诗人的文学创作，地方文学才有可能出现。相比于感性地理感知的流动易逝，观念的地理感知具有稳固性和深刻性，同时也更能把握地方文化的历史变迁。在唐代河西文学中，韦机的《西征记》、李宪的《回鹘道里记》等文学志述作品明显受到感性地理感知的影响，注重展现旅途的风光和见闻；而边塞诗则得益于河西诗人对当地风俗与军事活动的人文观照，能够在长期生活的各自体验中表现得更为真切和深远，弥补了地理游记的理性不足。在初唐、盛唐、中唐、晚唐四个时期，

① ［英］霍恩比：《牛津高阶英汉双解词典（第六版）》（英汉双解版），陆谷孙总顾问，石孝殊等翻译，商务印书馆2004年版，第1273—1274页。

② 倪梁康：《胡塞尔现象学概念通释》，生活·读书·新知三联书店2007年版，第502页。

河西文学的内容和呈现出来的风格也不一样，这是因为在不同阶段观念的地理感知前后有别的缘故。初盛唐时期，强大自信，“其情豪迈，其志昂扬，从而涤荡心灵，催人奋进”，“贯注到唐人文字表现中——异域变故土”；安史之乱后，中晚唐国力日渐衰退，故土逐渐缩小，“其人惶惑，其景萧然”“当边塞在外地的进逼下逐步迫近关中时，那种地理殊异感会逐渐减弱”[①]，在创作时面对家园变成异乡，凄苦之感溢于言表。河西文学的这些现象表明：在一定程度上，作家和诗人的观念性地理感知能够呈现出地方文化的波折流转以及政治权力的更替现状。

地方文学其实古已有之，到今天仍然存在，并且在世界各地如雨后春笋般兴起。然而，现当代作家和诗人的地理感知与古代作家诗人的地理感知相比，却发生了天翻地覆的巨大变化，尤其在地理感知的对象、方式、程度和条件等方面日新月异，不可同日而语。现在有越来越多的地方得到开发，可以说人类的活动已经遍及地球的各个角落，远达南极、北极，深至珠峰、海沟；因而，在空间上当今作家的地理感知就比古人的地理感知得到空前的扩大化。再加上交通运输和基础设施的高度便利，在同一时间内今天的作家诗人可以游览、感受到更为广阔的天地，观光体验的方式也多种多样，这就促使地理感知不断地密集化和链接化。古代路途坎坷，山水阻隔，作家和诗人的一生很可能只生活在一个地方；而今天的普通人都可以在世界各地自由辗转、旅居且不受任何自然环境的限制。所以，当今作家和诗人的地理感知在空间和时间上的蜕变决定了地方文学扩大化的趋势，导致了地域文学的出现。所谓地域文学，它“具有鲜明的地域性，其地理边界又比较模糊”；但在地域内部之间又存在“相对一致的文化特征，就是文化的地域特征”；同时，“文化的地域特征的形成，与地域内部的相对一致的自然特征有重要关系”[②]。这两种特征相互融合共同组成文学的地

① 田峰：《唐代西北疆域的变迁与边塞诗人的地理感知》，《学术月刊》2015 年第 2 期。

② 曾大兴：《“地域文学”的内涵及其研究方法》，《东北师大学报》（哲学社会科学版）2016 年第 5 期。

域性，它仍然来自地方作家和诗人的地理感知；感性的地理感知面对着地域的自然特征，而观念性地理感知则获取地域的文化特征。确切地说，地域文学是经济与科技发达之后的必然结果，符合文学发展的客观规律，反映了作家和诗人逐渐开阔视野后的主观性需求，以及地方文学加强区域互动、构成世界文学的努力图景。

总而言之，文学地理学中的地理感知更加注重人类生存的天地基础，重点探寻和回溯文学创作与文学发生的源头。我们可以说任何作家都只能生活在具象化的地理时空之中，但不能说作家只生活在军事、法律、宗教、伦理、经济、政治等某种或某几种人文社会范畴之中，这是无法成立的也是不可想象的，毕竟所有的意识形态和经济基础都必须以物质为前提，这里的物质就是实实在在的地理时空。人类生活在大地之上，而每个民族的思想与文化乃至整个人类文明都不过是地球的副产品；没有作家的地理感知，就不会有文学作品的出现以及地方文学的兴起。但进入现代主义之后，文学作品越来越关注个体情绪的微妙传达，表现的空间越来越狭小，甚至完全是幻想和呓语。对于此文学现象，我们要有辩证的认识；一方面，从关注自然的地理感知到关注自我的心理感知，体现了人类由外向内发现自身的视点转移过程；在近百年的文学发展中这一趋势逐渐普遍化，但基本上暗合了人类社会发展的总体规律。另一方面，现代主义与后现代主义的作品往往只针对社会和人性，以桀骜、戏谑或乏味的姿态揭露当代精神疮疤，给人以压抑与绝望之感。实际上，缺乏地理感知是造成这一现状的重要症结所在，只有打破画地为牢和自艾自怜的创作思维，号召作家和诗人重新感受自然，发现自然，将地理感知转化为无穷的创造力，才能为作品注入一线生机和活力。作为一门博大的学问，文学地理学不仅为研究者提供了一种行之有效的文本批评方法，而且还能解决文学史构成与书写，文学起源与传播等根本性理论问题。如今，它已逐渐形成并具备一整套比较完整的方法论体系。此外，文学创作也是构成文学地理学研究的重要空间，“只不过从前重视的是批评与研究的一重空间，而今天我们需要更加重视的是文学创作这一重空间”“两者的结合，就是文学地理学批评理论发展的阳光大道”。[①] 地理感知这一概念就完全符合和满足这两个层面的要求，它既可以解决作家和诗人怎样创作的现实问题，还可以解释地方文学如何形成以及它为什么能够兴盛不衰的历史课题。所以，无论是文学的创作者还是研究者都应该在自己耕耘的领域加以重视和运用，以实现文学地理学研究两重空间的齐头并进。

① 邹建军：《文学地理学：批评和创作的两重空间》，《临沂大学学报》2017 年第 2 期。

论汉赋作家的地理分布

王静*

文学地理学属于交叉学科，运用文学地理学的视角看待文学现象，有助于文学研究的深入。目前尚无汉赋作家的地理分布的研究，相关的研究主要在汉代的文化地理与秦汉文人的地理分布等方面。卢云《汉晋文化地理》的第一章涉及两汉学术文化的分布与区域重心的关系。刘跃进《秦汉文学地理与文人分布》分上下两编，上编把文化区域划分成八个分区并分析该区域的文学地理，下编对秦汉文人的分布进行了详细解释。曾大兴《中国历代文学家之地理分布》第二章将两汉文学家的地理分布划分成六个区域并进行了大致的分析。尧荣芝的博士论文《两汉文学地域性研究》论述了两汉文学家的地理分布、汉赋与地域文化的关系。针对区域文化和文人分布的论文有刘跃进《黄河以北的文学发展》《秦汉时期巴蜀文学略论》《秦汉时期的“三楚”文学》等，硕博论文有李艳洁《汉魏时期淮河流域作家群的分布及其文化阐释》、刘杰《汉代三辅文人文学创作研究》、王璐《两汉京兆杜陵文人研究》等。

有关汉赋与地域文化关系的论文不多，有徐明英的博士论文《地理视域下的汉赋研究》，主要举代表性的赋作来分析其与地理铺写的关系；龙坚

* 王静，山西大学文学院中国古代文学硕士研究生。

毅的博士论文《汉赋与汉代社会》，侧重从汉赋联系到作家的政治思想与当时的社会经济；安娜的硕士论文《汉赋与汉代地理》将汉赋中出现的地理因素按照刺史部及山川关隘进行分析；刘昳屏的《汉赋的时空观》着重分析汉赋内容中所体现的时空特色。

综上所述，目前尚未有对汉赋作家的地理分布的研究。这一研究的价值在于，在横向和纵向两个断面上分析汉赋作家的分布，并对比与汉代文人分布之间的异同，分析影响赋家分布的各项因素，为文学地理学研究提供借鉴。

一　汉赋作家地理分布

本文中对汉赋作家的统计主要参照的是费振刚先生编撰的《全汉赋》，收录作家82 人，其中 1 人佚名，8 人籍贯不详，以及班固《汉书・艺文志》，范晔《后汉书・文苑传》，姚振宗《汉书艺文志拾补》，钱大昭《补续汉书艺文志》，顾櫰三《补后汉书艺文志》，姚振宗《后汉艺文志》等书[①]，统计出其中出生地可考的汉赋作家有 32 人，一共统计得 105 名汉赋作家。籍贯依据主要为钱仲联等主编的《中国文学大辞典》和魏嵩山主编的《中国历史地名大辞典》，并对这些籍贯可考的作家进行统计分析，了解两汉汉赋作家在区域上的分布情况，对每个区域的文学辞赋状况有较为清晰的认识，从而帮助我们了解汉赋在各地域的发展情况。

本文文化区的划定参考刘跃进先生的《秦汉文学地理与文人分布》，划分为八个文化区，有三辅文化区、河洛文化区、河西文化区、巴蜀文化区、齐鲁文化区、荆楚文化区、江南文化区、幽并文化区[②]。与八个文化区相结合参照的有依照现在的政区划分下的省份，将行政区划和文化区域结合起来分析汉赋作家的地理分布。

---

① 姚振宗：《汉书艺文志拾补》，钱大昭：《补续汉书艺文志》，顾櫰三：《补后汉书艺文志》，姚振宗：《后汉艺文志》均为《二十五史补编》本，中华书局 1955 年版。

② 刘跃进：《秦汉文学地理与文人分布》，中国社会科学出版社 2012 年版，第 9 页。

根据统计所得的表格可以看出，10 人以上的省份有 5 个，分别为陕西、山东、河南、江苏、河北，共 79 人；5—10 人的省份有 2 个，为湖北、安徽，共 14 人；5 人以下的省份有 5 个，有四川、甘肃、宁夏、浙江、山西，共 12 人。

按照文化区来划分，可以看出汉赋作家分布较多的文化区有：三辅文化区有 20 人，齐鲁文化区 17 人，河洛文化区 17 人，江南文化区 16 人，荆楚文化区 14 人，幽并文化区 12 人，汉赋作家分布较少的文化区有：巴蜀文化区 4 人，河西文化区 5 人。需要特别指出的是尽管巴蜀文化区只有 4 位汉赋作家，但是其中包括了有司马相如、扬雄、王褒这样成就卓著的大家，其对当地以及后世文人的影响力不容小觑。

在每个文化区包括的省份中又存在着分布的不平衡现象，比如幽并文化区主要涉及两个省为河北、山西，其中河北一省的数量就占幽并文化区汉赋作家总数的 92%。与此相类似的情况还有江南文化区，主要包括浙江和江苏两省，其中江苏省汉赋作家人数占总数的 88%。因此可以看出各个文化区内部汉赋作家分布的不平衡。

表 1　　汉赋作家区域分布

省份	汉赋作家人数/人	朝代分布		所属文化区	文学家人数/人
		前汉	后汉		
陕西	20	6	14	三辅文化区	45
山东	17	8	9	齐鲁文化区	29
河南	17	2	15	河洛文化区	41
江苏	14	8	6	江南文化区	16
河北	11	3	8	幽并文化区	13
湖北	9	3	6	荆楚文化区	7

续 表

省份	汉赋作家人数/人	朝代分布		所属文化区	文学家人数/人
		前汉	后汉		
四川	4	3	1	巴蜀文化区	7
安徽	5	2	3	荆楚文化区	10
甘肃	4	0	4	河西文化区	11
宁夏	1	0	1	河西文化区	1
山西	1	0	1	幽并文化区	3
浙江	2	0	2	江南文化区	6
总计	105	35	70		189

（表1最右一栏文学家人数参照曾大兴《中国历代文学家之地理分布》）

汉赋作家属于文人的一部分，曾大兴《中国历代文学家之地理分布》是根据谭正璧《中国文学家大辞典》做出的统计，属于代表性的样本研究。通过两者比较，可以看出在区域分布上大致是相似的，主要集中在三辅文化区、齐鲁文化区以及河洛、荆楚文化区。存在较大差别的是甘肃省，在汉赋作家人数比较中，甘肃以4位赋作家的数量居倒数第4，而在文学家人数的比较中，它超越了湖北、四川等省，以11位的人数排名第6。

具体来看，文学家的分布包括经学家、汉赋家、士人、诗人等不同身份，文学家的多少不能表明该地的汉赋发展状况和作家的分布情况。从表中赋家与文学家人数的对比中就可以得出，以甘肃省为例，在11位文学家中，除了表中统计的4位汉赋作家外，其余7位分别为诗人、经学家、政论家等。诗歌和辞赋属于纯文学范畴，而经学和政论属于杂文学，偏于应用。从这个区别可以探究各地文化的差异性。

二　地域分布不平衡性原因分析

由上述分析可知，汉赋作家在地域分布上有很大的不平衡，影响作家们分布差异的原因有很多，包括地理、经济、政治等各个方面。

（一）地理因素

文学的产生与地理之间的关系非常密切，因此在研究影响汉赋作家分布的地理因素中既要考虑自然的因素，又要考虑到人文的因素，其中要关照汉赋作家成长的环境对他的作用以及当地风俗对他或者作品产生无形的影响。

黄河流域的三辅文化区包括以长安为中心的京兆尹、左冯翊、右扶风，所在位置为黄河中下游的分支渭水周围，这一地区地处平原，水系众多，全年温度适中，因此人口众多，也包括众多的赋作家。在这八大文化区中，赋家人数较少的是巴蜀和河西文化区，原因是在秦汉时期，巴蜀地区地处长江上游，位置相对偏僻封闭，山脉众多且多为南北走向，这就与中原腹地形成一道屏障。这四位巴蜀作家，均分布在成都平原，蜀郡成都、资阳、雒县都处于地势较为平坦且有河流经过的区域，地理的优势为汉赋作家的出现创造了最基本的条件。

河西文化区主要是以河西走廊为依托，包括安定、天水、陇西、敦煌等地，该地因地理位置较偏远，与中原王朝接触少，因此经济文化相比中原较为落后。但是，在汉朝与西域相联系的丝绸之路上，河西走廊属于重要的一环，这些地区都是西北地区中环境状况较好的区域，经济也由于通商的带动有所发展，因此文学虽不是大盛，相比西北其他地区是比较繁盛的。幽并文化区，包括河北、山西二省，该区域在秦汉属于燕赵故地，慷慨悲歌，尚武重侠，尤其在与边塞交界之地更是如此。两省的汉赋作家人数却存在较大差距，从作家分布的地理位置来看，河北大部分作家分布在比较靠南接近黄河中下游的地区，该区域自然环境状况良好，处在地势较低平的冲积平原，具备产生文学的天然优势条件。

（二）经济因素

经济因素也对赋家的分布产生影响，将12个地区的赋家分布作比较，可以得出人数较多的陕西（主要是三辅地区）、山东、河南、江苏、河北、湖北，均为当时经济较为发达的地区。例如，江南文化区包括江苏、浙江，《汉书·地理志》中说："江南地广，或火耕水耨。民食鱼稻，以渔猎山伐为业，果蔬嬴蛤，食物常足。"① 籍贯属于江苏的汉赋作家主要集中在扬州、苏州、无锡这几个地方，这三地均为由西北向到东南方向这条路线上的交通枢纽。汉代扬州称为广陵，《汉书·地理志》中说广陵"户三万六千七百七十三，口十四万七百二十二。有铁官"②，从人口数量上可以看出该地人口众多，"有铁官"说明这里有掌管铁的铸造、冶炼和贸易的部门而且有一定的规模，可以明白其经济的基础比较好。苏州和无锡也是当时的富庶地区。属于江南文化区的16位汉赋作家中，有10位是分布在广陵、吴县和无锡，占该地区汉赋作家人数的63%，而余下的6位主要分布在江苏淮阴、沛县和浙江上虞，这三地中沛县作为汉高祖的祖籍所在，有皇室贵族在此产生影响力，受政治的影响更大一些。

（三）政治因素

在古代中央集权国家，政治的影响非比寻常，尤其是从汉代最初的郡国并行到武帝之后的削藩集权，对地域赋家走向中央，转变视野有很大作用。其次便是政策对汉赋创作的影响，以及政治中心与否对汉赋作家的分布的影响。都城的汇聚作用和示范效应也对作家数量的分布有影响，尤其是京都大邑，表现在两汉可以从河南洛阳及周边地区对文学家的吸引力来判断。

---

① （汉）班固：《汉书》卷二八下《地理志》，第六册，中华书局1962年版，第1666页。
② 同上书，第1638页。

从表1可知陕西的赋家分布最为集中，原因在于京师的特殊地位，会聚了天下英才。《史记·货殖列传》中，“汉兴，海内为一，开关梁，弛山泽之禁，是以富商大贾周流天下，交易之物莫不通，得其所欲，而徙豪杰诸侯强族于京师”[①]。可见在当时交通便利的情况下，京师汇集有众多的富商大贾。因中国的国都自古便是政治、经济、文化的中心，因此有了经济的支撑，城市的繁荣，汉赋作家们在此汇聚，汉赋对都城的繁荣也做了众多的描写。在统计赋作家籍贯中可以看出陕西20位赋作家，除杨修1人籍贯为陕西华阴外，其余均为以长安为中心的三辅地区。

随着东汉定都洛阳，政治中心东移，赋家的分布也发生了变化。河南籍的赋家在西汉仅有2位，而到了东汉则上升到了15位，主要集中在河南郡和陈留郡。班固《东都赋》中写道：“且夫辟界西戎，险阻四塞，修其防御，孰与处乎上中，平夷洞达，万方辐凑。秦领九崚，泾渭之川，曷若四渎五岳，带河溯洛，图书之渊。建章、甘泉，馆御列仙，孰与灵台、明堂，统和天人。太液、昆明，鸟兽之囿，曷若辟雍海流，道德之富。游侠逾侈，犯义侵礼，孰与同履法度，翼翼济济也。子徒习秦阿房之造天，而不知京洛之有制也。”[②] 从这一段话可以看出，东汉迁都洛阳，使该地教育、文化等各方面发展迅猛，洛阳作为都城，既是作家们交流创作的核心区域，又对周边地区产生辐射作用，不仅是河南籍的赋家增多，也有一部分文人专程来此游学作赋，“尤其是西汉末到东汉初年，经学文化发达区多集中在北方黄河流域，而南方长江流域多属经学欠发达区，因此游学的士人多集中在京师、三辅、齐鲁、河南等地。”[③] 这也促进了当地文化的良性发展。

另外，中央集权下皇帝对文学的态度和对文学题材类型的选择也会对文学产生影响。汉立国之初，实行郡国并行制，当时的文化环境和战国时

---

① （汉）司马迁：《史记》卷一百二十九《货殖列传》，第十册，中华书局1959年版，第3261页。

② 费振刚编：《全汉赋》，北京大学出版社1997年版，第328页。

③ 聂济冬：《东汉士林风气与文学发展》，山东大学博士学位论文，2006年，第20—21页。

期百家争鸣的情况相类似，文化政策相对宽松，西汉初年，赋家主要分散在各地诸侯领地中，有梁孝王为中心的梁园文学群体，淮南王为中心的淮南文学群体，河间献王为中心的文学群体等。到了武帝时期，大一统的趋势以及相应的削藩政策和武帝自身对赋作的喜爱和鼓励，更是促进了汉赋的发展繁盛。从枚乘和司马相如的经历中看出，武帝及以后的皇帝都对汉赋创作表现出浓厚的兴趣，赋作家们开始涌向京都。

（四）教育及榜样影响力

影响因素中，教育对汉赋作家的影响存在地域和朝代两种区别，地域区别是从重视文化的地域扩散到文学较不发达地区；朝代区别则是按照时间的发展顺序对汉赋创作的认识发生一定转变，以及各朝对教育的重视程度。

谈到教育对汉赋的影响，首先考虑教育对整个文学及当地的文化氛围产生的深远影响。汉赋属于文学创作的一部分，教育发展推动文学向前发展，然后再对赋作产生促进作用。秦汉之际主要以私学为主，比较典型的是齐鲁之地，在楚汉争霸、战乱之际私学并没有停滞，《史记·儒林列传》中记载："及高皇帝诛项籍，举兵围鲁，鲁中诸儒尚讲诵习礼乐，弦歌之音不绝，岂非圣人之遗化，好礼乐之国哉?"① 可以看出鲁地的儒学传统，并由此深厚的底蕴孕育出众多的赋家。齐鲁两地之间又有细微区别，"泰山之阳则鲁，其阴则齐"②，"齐带山海，膏壤千里，宜桑麻，人民多文彩布帛鱼盐"，"其俗宽缓阔达，而足智，好议论"③，齐地在战国时期为齐国所在地，这里曾经设立有"稷下学宫"，政治上较开明，好发议论，有着浓厚的学术氛围和百家争鸣的思想基础。鲁地"犹有周公遗风，俗好儒，

---

① （汉）司马迁:《史记》卷一百二十一《儒林列传》，第十册，中华书局 1959 年版，第 3117 页。

② （汉）司马迁:《史记》卷一百二十九《货殖列传》，第十册，中华书局 1959 年版，第 3265 页。

③ 同上。

备于礼”[①]，有很多的经学大家，因此在这两个文化浸润之地，出现如此之多的文学家也就可以理解了。

在中央，武帝创立了博士弟子员制度，由政府兴办太学，之后便一直扩充[②]，到了王莽时期，扩充了数十倍[③]。东汉灵帝又设立了鸿都门学，主要是培养文学、艺术等方面的人才[④]。另外便是在郡国中也设有学校，卓异者为蜀郡文翁，在文翁的倡导之下，蜀地的文学、教育兴盛了起来，“繇是大化，蜀地学于京师者比齐鲁焉”[⑤]。之后又有“及司马相如游宦京师诸侯，以文辞显于世，乡党慕循其迹。后有王褒、严遵、扬雄之徒，文章冠天下。繇文翁倡其教，相如为之师”[⑥]。巴蜀之地的文学终两汉时期主要是集中在蜀郡周围。

（五）家族等其他因素

其他一些因素也影响着赋家的分布，比如文学家族的出现、战乱造成的迁徙、以及经学对汉赋创作的影响。文学家族有班固一家，崔篆一家以及之后的应氏一家等。这些文学大家的出现，又能够带动整个家族的文学发展事业，有着传承性和延续性。陈寅恪先生曾说：“自汉代学校制度废弛，博士传授之风气止息以后，学术中心移于家族，而家族复限于地域，故魏晋南北朝之学术、宗教皆与家族、地域两点不可分离。”[⑦] 实际上，文学家族的苗头在汉代已经出现，并且开始影响家族所在的地域，文学家族一般伴随着家族的权势和地位，又会吸引其他地方的文人聚集过来。

这里以崔氏一门作具体分析。在表1中可以看出河北在两汉时期出现了

① （汉）司马迁：《史记》卷一百二十九《货殖列传》，第十册，中华书局1959年版，第3266页。

② （汉）班固：《汉书》卷六《武帝纪》，第一册，中华书局1962年版，第171页。

③ （汉）班固：《汉书》卷九九《王莽传》，第十二册，中华书局1962年版，第4069页。

④ （南朝宋）范晔：《后汉书》卷八《孝灵帝纪》，第二册，中华书局1965年版，第340页。

⑤ （汉）班固：《汉书》卷八九《循吏传》，第十二册，中华书局1962年版，第3626页。

⑥ （汉）班固：《汉书》卷二八下《地理志》，第六册，中华书局1962年版，第1645页。

⑦ 陈寅恪：《隋唐制度渊源略论稿》，生活·读书·新知三联书店2001年版，第20页。

11 位汉赋作家，其中东汉有 8 位，在 8 位中河北安平崔氏一门就有 5 位，所占比例高达 63%。前有崔篆为两千百姓平反[①]，后有崔瑗、崔寔清廉执政[②]，造福于一方百姓，而且为河北安平营造了一个良好浓郁的文学氛围，因此崔氏一家更使得河北在东汉文坛上有了一席之地。

三　两汉赋家数量的变化及分析

从上文的统计表格可以看出，东汉赋作家有明显增多的省份是陕西、河南、河北、湖北（增幅 30% 以上视为明显增加），甘肃、宁夏、山西、浙江的作家数量属于从无到有的突破。持平的省份有江苏、山东、四川、安徽（增减幅度在 20% 以内视为持平）。从所属文化区的角度看，除齐鲁文化区、江南文化区、巴蜀文化区之外，汉赋作家的人数均有明显增加。在这里主要从环境变化、移民、文化交流几个方面来分析。

首先是环境状况的变化，东汉西汉之交，气候状况发生变化，东汉时气温普遍下降，天气趋于寒冷，旱灾开始增多[③]。另外是黄河进入了较为安流的一个局面[④]。这些因素均在不同程度上对汉赋作家的分布造成了影响。比如，处于黄河中下游的河北省，主要为河北平原，在西汉受河患影响，文化较为萧条，东汉黄河进入安流的局面，河北受益匪浅，汉赋作家的数量也明显增加，由西汉的 3 人增加到了 8 人。

环境的变化会促成人们的迁徙，人为因素尤其是战乱和政策性的行为同样会造成人口的迁徙。两汉之际，王莽篡政，实施改革，造成民生凋敝，继而又爆发战乱，这期间关中地区尤其三辅地区表现明显，《汉书·王莽传》记载当时“长安为虚，城中无人行”[⑤]。光武帝刘秀定都洛阳带来的影响是朝中贵族、世家也跟随新皇迁到了洛阳，不论是战乱迁徙还是政策性

① （南朝宋）范晔：《后汉书》卷五二《崔骃列传》，第六册，中华书局 1965 年版，第 1704 页。
② 同上书，第 1723—1730 页。
③ 竺可桢：《天道与人文》，北京出版社 2005 年版，第 84 页。
④ 参见谭其骧《长水粹编》，河北教育出版社 2002 年版。
⑤ （汉）班固：《汉书》卷九九下《王莽传》，第十二册，中华书局 1962 年版，第 4193 页。

的迁移，赋家也随之迁徙。但就表中的数据而言，三辅文化区中后汉赋家人数占总汉赋作家人数的比值相比前汉增加了40%，表面看来人数是增加的。但是，在后汉，三辅地区的文人包括赋家主要出自长安的五个陵县中，中心长安反而较衰落。因此单单是数量的增长并不一定显示了它的文化的繁荣，而是之前在西汉累积的赋家家族发挥持续的影响力，文化重心实际还是从三辅地区转移到了河洛文化区。

文化交流中比较典型的赋家人数增长的例子有河西地区，主要是在河西走廊范围内，今属于甘肃省，在表格中可以看到甘肃的赋家人数从无到有，其中的因素有丝绸之路的开拓，张骞在武帝时期出使西域，加强了与西域地区的文化交流，在汉武帝元鼎六年（前111），正式设立了敦煌郡，并且迁徙“关东贫民”去河西地区戍边。有籍贯显示的赋家主要分布在敦煌附近，这里是甘肃交通的枢纽，也是丝绸之路上重要的一站。除了这个比较重要的因素外，便是之前提到的两汉之际的动乱使文人们不仅向南方迁徙，也有一部分流寓西北地区，当时中原战乱颇仍，而河西地区主要是由窦融割据占领，比较安定，且河西走廊距离关中地区较近，吸引了较多的文人。河西文化区汉赋作家的人数从西汉的0人到东汉的5人，充分体现出当地文学的大发展。

四　总结

横向来看，不论是在西汉还是东汉，赋家的分布都是不平衡的，赋家分布较多的文化区一般都是地理环境较为优越，经济状况、人文气氛良好，政策措施到位的地区。赋家分布较少的地区比如幽并文化区，属于燕赵故地，《史记·货殖列传》曰：“人民矜懻忮，好气，任侠为奸，不事农商。然迫近北夷，师旅亟往，中国委输实有奇羡。其民羯羠不均，自全晋之时固已患其慓悍，而武灵王益厉之，其谣俗犹有赵之风也。”① 可见燕赵之地

① （汉）司马迁：《史记》卷一百二十九《货殖列传》，第十册，中华书局1959年版，第3263页。

的传统民风剽悍，崇侠尚武，有着“慷慨悲歌”之气。另外此地法家、经学盛行，则重实用。江南文化区与幽并的情况比较相似，江南文化区尤其是浙江因在西汉被认为是蛮瘴之地，到两汉之际由于中原地区的战乱文人开始向南迁徙，经济逐渐发展，但距离文化中心较远，文化氛围相比文化发达区还是比较弱。

纵向来看，从前汉到后汉，各地区赋家的人数总体上属于上升趋势，大部分原本在西汉已有较大优势的地区依然保持着自身的数量优势，但各个地区之间的人数差距在缩小。总之，可以看出由前汉到后汉，赋家在人数上保持增长，而且在原本的薄弱地区也出现了小幅增长，体现出文化发展的良好态势。

总结影响赋家分布的因素，第一是地理环境起着一定的作用；第二是当地经济发展情况的影响；第三是政治因素对作家的影响力，不论是作为都城的向心力还是作为周边重镇的引力都会吸引人才定居，最后在该地形成文学望族；第四是地域本身的文学底蕴、教育背景以及文人的影响力，这是需要世代累积和重视教育才会出现的。

学科建设动态

中国文学地理学会第八届年会暨第三届硕博论坛召开

李永杰*

2018年10月19—22日，中国文学地理学会第八届年会暨第三届硕博论坛在陕西省汉中市召开。本次论坛由中国文学地理学会、陕西理工大学、广州大学、江西省社会科学院和湖北大学联合主办，陕西理工大学文学院承办。来自大陆地区、台湾地区的120余位学者和研究生参加了会议。会议围绕文学地理学的学科建设、研究方法、基本概念、作家地理、汉水流域文学地理等文学地理学前沿及热点问题展开了深入研讨。

高雄中山大学特聘教授简锦松在《"相看两不厌，只有敬亭山"现地研究》的主题发言中，介绍了"现地研究"的"山川为证"这一基本原则，并向与会专家及研究生展示他是如何从敬亭山附近的地形出发，推测出李白观看敬亭山的位置和视角。成都理工大学教授刘永志在会议论文《语言的空间性——关于文学本体论的思考》中主张，文学是空间的艺术，语言具有空间性，文学语言是日常语言的艺术化，是被艺术化、空间化了的语言，因此，空间应该成为文学地理学最基本的核心概念。而空间认知和语言认知研究可以为文学地理学会研究提供丰富的营养。浙江财经大学周保

* 李永杰，中国社会科学报记者。

欣教授在大会发言《东南社会与现代文学的“革命地理学”》中介绍了现代文学为什么起源东南社会的原因，并重点介绍了东南社会的革命情况、用文化同心圆理论揭示了文化的中心和边缘交错的原因。玉林师范学院方丽萍教授的会议论文《从“他者”到共同家园》主要探讨唐宋时期中国的读书人怎样看待广西这个地方。方丽萍教授发现，笔记作者已经自觉地、渴望着展现这片土地丰饶、美好、进步的一面，不再以一种鄙视的、不情愿的、被贬的心态来看待广西，他们欣赏广西当地人的习惯、认同当地人的风俗和饮食等。

南京工程学院颜红菲教授的大会发言《地理学想象、可能世界理论与地理批评》介绍了欧美地理批评产生的语境以及欧美地理批评研究的现状，探讨了空间和地理的关系，介绍了什么是地理学想象以及它和地理批评的联系，从可能世界理论来谈文学是如何呼应地理学的。陕西理工大学付兴林教授在大会发言《陆游从戎南郑缘由及南郑词的情感类型和表现手法》中详细介绍了陆游从戎南郑的缘由以及陆游的南郑经历对他诗歌创作的影响。吉林大学王昊教授在《建炎间李清照避兵行迹》的发言中，介绍了他如何在前人的成果基础上，从心态、行迹这两个方面对李清照在建炎间的避兵问题做了一次全面考察。重庆师范大学陈富瑞副教授的发言《论美国华裔小说中的唐人街书写——以汤婷婷的小说为例》从文学地理学批评的角度讨论了美国华裔作家的唐人街书写的意义。

中国文学地理学会会长曾大兴教授在大会总结中，回应了学术界对文学地理学发展的关切。他指出，经过七年多的努力，文学地理学学科在中国已经初步建成。文学地理学的学科建构为文学地理的研究提供了一套相对完整的理论、方法和原则，健全了文学这个一级学科，为应对全球化、保护和弘扬地域文化、增强人们的地方感和家园感提供了新的思路和策略。同时，文学地理学学科的建构，仍然面临两大挑战：一是全球化空间的出现对文学构成的影响，二是国际学术界同行的广泛认可。除此之外，曾大兴教授还希望更多不同学科领域的学者和更多年轻的力量注入文学地理学研究阵营中来。

本次年会还举办了硕博论坛，本次论坛共收到了近70篇论文。来自全国各高校的近50位硕博研究生到场参加了本次硕博论坛，其中有20位硕博研究生的论文获奖。

文学地理学的理论与实践学术研讨会综述

涂慧琴*

2018年7月21—26日，文学地理学的理论与实践学术研讨会在新疆伊宁举行。本次研讨会由中国文学地理学会主办，来自国内高等院校、科研院所的专家学者及硕、博研究生60余人出席。在各位专家学者轻松愉快的自我介绍之后，会议正式召开。涉及内容包括以下几个方面：

一　文学地理学学科建设、基本理论及方法研究

曾大兴教授在《"全球化空间"与"文学的地域性"》的主题发言中指出，全球化空间的出现对文学地理学的研究与学科建设构成了某些挑战，然而不可笼统言之。文学活动包括三个阶段：文学创作、文学扩散（传播）、文学接受。全球化空间只是一种新的社会空间，而社会空间无论新、旧都只能是从属于自然空间（即地理空间），不可能对应于自然空间，更不可能消灭自然空间。正如冯雷在《解读空间——20世纪空间观念的激变》一书中所言："自然时空不是借助于社会时空才得以成立的，相反，社会时空是依赖于自然时空才得以成立的。"每个作家都携带着在自己熟稔的自然和人文地理环境中所形成的地理基因，无论他在什么样的社会空间写作，他

* 涂慧琴，华中师范大学文学院博士研究生、副教授。

所携带的地理基因都会由于相应的地理环境的作用而对他的写作构成影响。在全球化空间出现的背景之下，许多作品的地域性不仅没有减弱，反而增强了。因此，文学作品的地域性将会长期存在，文学与地理环境的互动关系将会长期存在，“人地关系”作为文学地理学学科的立论前提不会动摇。但是，全球化社会空间的文学地域性与传统社会空间的文学地域性还是有差异的，主要原因不在于自然环境是否有了变化，而在于作家的视野有了变化，读者的需求也有了变化。文学地理学的研究与学科建设必须面对全球化空间出现的现实，发现和解答新的问题。全球化空间的出现对文学扩散构成的挑战更大一些。在全球化时代，由于建立在卫星、光缆、计算机高速处理和网络化基础上的发达通信手段，使信息可以瞬间传遍世界每个角落，自然环境对文学扩散的阻碍大为降低。文学扩散在时间上大为缩短，在空间上则几乎无远弗届。文学扩散似乎已经没有明确的中心与边缘之分了。这就为文学地理学的文学扩散研究提出了新的问题。但是，由于文学的接受者毕竟是人，无论处于什么样的社会空间，人的地理基因始终存在，并且要在文学接受过程中发生作用，文学扩散的地域差异虽然大为减弱，文学接受的地域差异仍然明显存在。文学地理学的文学接受研究应该面对这一现实，形成新的问题意识，探索新的研究方法。

杜华平教授认为，文学地理学研究近些年在专题实证研究方面取得的成绩非常显著，相对而言，理论建设方面还略显滞后，但曾大兴、邹建军、陶礼天等先生在这方面仍然做出了重要贡献，曾大兴《文学地理学概论》的出版，更标志着基本学科理论框架得以初步确立。学术研究需要有一定的理论自觉，相信此后的文学地理学研究在学术品格上会有更大的提升，学术格局上会更开阔。继而提出学科理论研究可能的两大方向：一是要在曾大兴等人已有研究基础上继续开掘和深化，其目标是建立一系列与已有文学史、文学理论有重要区别的，能刷新或推进常规文学理论的富有深度的理论；二是要从较注重基础概念的研究层次，发展到总结一系列文学地理学理论命题的阶段。这些理论命题应该是在深入把握人类的地理生存的特征、人性的多层次、文学的本质、文学发展的驱动力等诸多方面及其关系之后的一种总结。颜红菲教授的发言认为，中国的文学地理学在近十年来发展迅猛，已建立起自身的概念体系和话语体系，理论建构日益向深水区驶入，因此，对外来理论的引入和借鉴显得尤为必要。她梳理了欧美地理批评发生的理论背景、发展现状和主要观点，并针对我国空间批评话语和文学地理学研究的发展现状，探讨对欧美地理批评成果的参照借鉴以及外来理论的本土化问题。

邹建军教授认为，20 世纪 80 年代中期以来，中国学者在文学地理学的理论建设方面取得了突出的成绩，提出了许多新的概念，构成了一个概念体系，它们是文学地理学理论体系的重要组成部分。这些概念大致可以分为五个方面：一是针对作品研究的，如地理影像、地理意象、文学景观、地理空间、地理叙事等；二是针对作家研究的，如地理意识、地理基因、地理根系、地理思维、地理感知、地理经验、地理认同等；三是针对文学传播的，如文学扩散、文学迁移、文学中心、文学源地等；四是针对文学的地域分异的，如文学区、地方文学与世界文学、文学的地方性与世界性、地理文学与非地理文学、地域文学与区域文学等；五是针对文学地理学批评的，如文学地理学批评、从文本出发、以人为中心、时空并重、环境干预等。相信再用 10 年左右的时间，经过学者们的共同努力，文学地理学的概念体系将更加充实、完备与科学。他认为：文学地理学的核心理论，就是三个关系，即人地关系、文地关系、神地关系，对于这三个关系的阐释，涉及文学地理学学科的生存基础。传统的地理学只讲人地关系，文学地理学讲文地关系，今后可能要讲神地关系，甚至可能三者并重。

刘永志教授发言指出，曾大兴教授提出的气候影响物候，物候影响作家的生命意识，作家的生命意识进而影响文学的发生，从人地关系的视角宏观阐述了文学地理学的发生机制。但是，从微观上看，地理环境是如何对人产生影响的，还需要借助于认知科学的研究成果来进行解释。认知科学研究表明，空间思维是人类思维的核心。认知语言学的研究表明，语言具有空间属性。语言的空间属性首先表现在语言的线性特征——先写或先说的语言成为理解后写或后说语言的背景，后写或后说语言的意义总是先写或先说语言意义背景上的凸显。因而句子有句末中心，句首次中心；篇章有篇末重心，篇首次重心。这些都是因为文字在空间认知上产生的差异。文学语言充分利用了语言的线性特征。巴赫金区别了故事和情节，揭示了文学和生活的根本差异之所在——文学中的事件可按照任何序列被安排，而在真实的生活中，事件总是按先后顺序发生。文学的艺术性表现为文学事件序列通过分隔、空间化而被安排的艺术性。这种艺术性在阅读理解的过程中，与人已有的空间经验在交叉比对的过程中，形成一种艺术的感染力。

涂慧琴副教授在以“生态批评的地理根基”为题的发言中指出，生态批评和文学地理学批评是两种不同的文学批评方法，但两者之间存在着共通性和共同性。借用“地理根基”一词，可以解答作为生态批评对象的文学作品如何发生的问题：其一，生态批评作品发生在特定的自然地理环境之中，其地貌特征和地理环境是独一无二的、与众不同的；其二，生态批评作品具有明显的地域特征，在坚持自然中心主义基础上，揭示了物种之间的关系以及人与自然的关系。“地理基因”则能说明作家生态意识形成的机制和过程。生态文学家的地理基因和生态意识植根于他们早年所处的地理环境。随着年岁渐长，人生阅历不断丰富，他们的原始地理基因不断获得新的血液，形成新的更为复杂的地理基因。同时，在与自然亲密接触过程中，他们对人与自然的关系以及自然万物之间的关系，获得了一种全新的认识，形成了真正的生态意识。然而，这样的生态意识并非是固定不变的，而是随着不断更新的地理基因，他们愈加以审美的眼光来发现自然的美，发现自然的价值，从而形成具有审美意义的生态价值观。从地理角度将生态批评和文学地理学联系起来，探讨文学作品的地理根基及作家的地理基因，可以极大地丰富来自西方的生态批评理论与方法。

高建新教授在以“文学景观研究要重视实地探访考察”为题的发言中指出，文学地理学与其他学科有一个显著的不同，那就是它不仅重视案头的文献研究，同时重视实地的探访考察，二者紧密结合所获得的结论才更令人信服。就文学景观研究而言，实地探访考察的意义尤为重要和显著。文学景观是指分布在一定的地理环境中、经过文学家题咏、灌注了深厚的主观感情之后所形成的景观，多以实体的形式呈现。如唐诗中多次写到的敦煌阳关，今天只留下了一处高高耸立的烽燧遗址，如果登上遗址西望，眼前是苍茫浩瀚、难以穿越的库木塔格沙漠和罗布泊（赴安西必经之路），就会更深刻地体会王维“西出阳关无故人”中饱含着的有去难回的悲慨与生离死别的牵念，知道一处文学景观的造就不是轻描淡写而成的，其中必然熔铸了诗人强烈的生命体验；知道阳关成为著名的文学景观并进入音乐（如《阳关三叠》）与绘画（如《阳关送别图》）之中，是有其内在逻辑的。由此我们相信：实地探访考察是我们理解空间环境、完善空间认知能力的重要途径；实地探访考察是我们获得解释地理世界话语权的重要方式；实地探访考察可以避免传统研究从文献到文献的不足；没有实地探访考察的文学景观研究是枯燥的、缺乏厚度和活力的。莫道才教授结合李商隐和柳宗元对柳州地名的描述，主张从地理观念来谈艺术，从地理角度来考证中国文化，把文学当成考古学，把文学研究当成地理考古研究。他认为，中国古代文学中有很多作品，包括许多诗歌和散文，从创作方面来讲是有地理意识的，从内容上来说富含强大的地理信息。即使在今天，中国古代散文游记中的地理信息仍可以完全被复原，因此，从某种程度来说，中国古代的诗歌和散文具有笔记的功能。

杜雪琴副教授在以“文学地理学与中国‘易卜生学’的建构”为题的发言中指出，作为中国本土学者提出的一种文学批评方法，文学地理学批评助推“易卜生学”的进一步发展。近十年来，从文学地理学角度研究易卜生及其作品取得了显著成绩，学者们以文学地理批评理论把握易卜生作品之命脉，以文本阐释的方式解析易卜生作品之真意，不仅打开中外易卜生研究的新视野，促成“易卜生学”的空间转向，而且拓展文学地理学批评的实践，在外国文学研究领域进行全新尝试。文学地理学可以为“易卜生学”提供强大助力，对易卜生作品的研究也可为文学地理学理论建设提供重要个案。相信未来“文学地理学”继续与中国“易卜生学”携手同行，带有文化自信的光芒，怀着诗性盎然的情趣，在不断吸取新知、追求新学中迈向更为宽广的道路。

王万洪副教授在有以“文学地理学批评：《文心雕龙》研究的新方法”为题的发言中指出：作为显学的《文心雕龙》研究，在文学地理学这一全新研究方法的运用方面，目前处于起步阶段，有限地集中于国内的几位学者，学术群体尚不壮大，所取得的成果主要是单篇论文的局部讨论或旁敲侧击，还没有出现从文学地理学角度对《文心雕龙》全书进行整体的、综合研究的成果，他的发言概述了文学地理学视野下的《文心雕龙》国内外研究现状，从八个方面分析了《文心雕龙》书中体现得较为明显的文学地理学批评要素，并指出，关注地理与区域，关注空间与历史，将是《文心雕龙》研究的创新思路。

二　西北边疆文化与文学景观研究

“中心”与“边缘”是一对相对的概念，对文学研究而言，“中心”的书写皆因“边缘”的原因而形成。我国的西北边疆是“边缘”文学景观产生的重要场域，这些文学景观的研究丰富了文学地理学研究内容。

刘川鄂教授认为，新疆之大之美之神奇，是她给世人的直观印象，更是文学家的妙笔生花般的“创造”。英国文化地理学家迈克·克朗指出：“文学作品不能简单地视为对某些地区和特点的描述，很多时候是文学作品帮助创造了这些地方。”这就是说文学不是地域生活的平面镜，它更是一面多棱镜，甚或是美容镜。当代众多民族作家都参与了对新疆的呈现与

“创造”。在盛行颂歌与赞歌的20世纪五六十年代，有别于内地文学翻身解放、生产建设的宏大叙事，闻捷的吐鲁番情歌歌咏着少数民族的生活与爱情，碧野的笔下是辽阔壮美的天山景物。在冲冲冲斗斗斗的七十年代，王蒙独书多民族融合的“这边风景”。在新时期，杨牧、周涛、沈苇等诗人“创造性地把中国当代人的思考溶解于西部特有的自然景观中，他们使那些粗犷的、强悍的、坚韧的，乃至荒凉的、悲慨的一切，无不洋溢着当代人新的渴求和吁求”（谢冕语）。刘亮程等的散文是本土居住者的素朴雄浑的歌吟，而董立勃、红柯等的小说更是为读者呈现了一个丰富的立体的新疆。红柯呈现的是浪漫的、有血性的、有灵性的新疆，他探寻新疆地域风貌与男人的野性和激情关系，以强悍的自然意象显现生命活力，表现了爱情至上的游牧民族的精神气质。对汉民族家国天下的文化而言，这是一种异质性的个人幸福价值观，他的呈现带着理想的浪漫的“虚构”，然而也令人神往。

张三夕就边疆文化和文学景观的研究提出了三个重要的问题：第一，西域史地是晚清民国初以来学术研究的热点，这样一个学术史的事实，对文学地理学的建设和发展究竟有什么意义？第二，疆域的变迁与文学书写有什么关系？新疆疆域的变迁与我国的历史和战争有很大的联系，当然对文学书写也有很大的影响，新疆的军事政治中心先是在伊犁地区，后来退到600公里外的乌鲁木齐，与伊犁地区重大的历史事件有关的文学书写，都可以做些微观的研究。唐代文学为什么要讲边塞诗？边塞诗的书写可能从唐到清有非常复杂的变化。宋元明三代伊犁根本不在中央王朝的管辖范围，但在盛唐和安史之乱之后，我国不仅丢失西域，连河西走廊也被吐蕃占领，所以这段时期，我们如何写边塞诗？行政区划的变迁对文学地理学的研究是不能忽略的。第三，对某个地方有重要历史影响的人物，他与文学景观和文学地图的形成有何关系？有何特别的意义？如对清代新疆有重大贡献的两个人物林则徐和左宗棠，他们与新疆的很多文学景观和历史生存有很大的关系。所以，文学地理学如果不研究这种对地方历史有重要影响的人物，其研究就缺乏历史厚度和深度，就没有立体感。

田峰副教授以拉铁摩尔的观点“从边疆发现中国”为切入点，指出文学研究欲深入研究“中心”文学景观必须观照“边缘”文学景观。西域作为“边缘”的典型，从先秦纳入文学书写后，一直未曾中辍，历代文学家对西域的书写与先秦时期所形成的夷夏观相一致，成了藩辅“中心”的西北屏障。正因为如此，西域在文人的地理感知中多为荒凉、阔远，文学景观壮美雄奇。但是随着历代疆域的变迁与文学家身份的变化，文人对西域的地理感知也不尽相同，如唐代亲旅西域的岑参对西域的地理感知是壮美的，元代契丹诗人耶律楚材对西域的地理感知中又多了一份秀美，清代的纪昀、洪亮吉、施补华、萧雄、邓廷桢、宋伯鲁等人则在清朝疆域扩展的大背景下对西域的地理文化书写显得更为理性。这些诗人对西域的地理感知皆避不开两个重要问题：疆域（地理）与夷夏观（文化），他们的作品中处处渗透着中国传统文献中地理观念与文化观念之“惯性”思维。在文学研究中，深刻把握“中心”与“边缘”之间的张力，从“边缘”发现“中心”，从“中心”洞察“边缘”，我们才能走出“惯性”，对“边缘”文学景观有新的认识。

王建科教授在发言中说明了文化景观和文学景观之间的关系和区别，继而指出一些地名因文学家的创作而成为文学景观，如陕西汉中的武侯祠、武侯墓及蜀道等。被称为“天下武侯第一祠”的武侯祠，虽然在历史上是最早存在的，但是因为其所处的地理位置，它不是中国最有名的武侯祠，最有名的武侯祠在成都。然而，在古代的时候，从西安到四川上任或者考察经过武侯祠的官员和文人们创作了许多关于武侯祠的诗文，以及现代许多楹联家写下了许多关于武侯祠的楹联，这就使汉中的武侯祠成为一个很重要的文学景观。他在发言中还建议文学地理学研究者可以借鉴各个地方的地方志，从中查找相关文学景观的资料。陈静副教授在发言中指出，文学因地理有气韵，地理因文学而名彰。在江西，鄱阳湖不仅是一片美丽的自然之湖，也是一泓值得关注的文学之湖。鄱阳湖因其独特地理位置，周边留下了许多文人雅士的行迹；因其“水”之韵，引发了历代骚人墨客与鄱阳湖难以尽数的“诗文因缘”。鄱阳湖流域在江西文学发展历程中具有举足轻重的特殊地位。鄱阳湖文学创作是以鄱阳湖为基地，力图发展与振兴江西地域文学，为江西文学与文化发力。马志英副教授在发言中指出，作家对本籍文学景观书写的情感深入度和文学性高于他们在异地对文学景观的书写。她认为，地域书写的情感指向是指向作家，作家在进行地域书写时有一种情感释放的空间。因此，当我们探讨文学的历史性和地域性时，我们一定要探讨作家，并发现作家情感空间的需要。

三　其他方面的文学地理学研究

熊海英教授认为，文学地理学是一个新学科，众多学者默默耕耘，不断地推出新成果，使它的影响持续扩大。从追求可持续发展的角度来看，培养扶持青年学者非常重要。目前看来，高校研究生写作论文时，文学地理学类的选题很受青睐。写好一篇文学地理学的论文，亟须从理论阐述、研究范式、写作方法等方面加以总结，形成一套条理化、系统化的方法论。李雪梅在以“文学地理学视域中的故乡”为题的发言中指出，全球化背景下的文学地理学研究更加大有可为。相对于时空变化带来的挑战而言，全球化和城市化进程更拓展了文学地理学的研究领域，现代人身份认同的焦虑感和生活空间的不确定性，赋予文学地理学研究更强烈的现代意识，故乡则常常在这种现代性观照中具有不寻常的意义。美籍华人张北海的长篇小说《侠隐》和姜文据此改编的电影《邪不压正》，虽然都以老北京为故事发生地，却因创作主体不同的身份展现出完全不同的地理空间和艺术追求。张北海以“老纽约”身份扬名海内外，却在晚年花费数年时间创作长篇小说《侠隐》，回到“旧北平”，个人复仇的江湖侠义和民族救亡的家国情怀，虽快意恩仇惊心动魄，却都不过是故事的表层，弥漫在字里行间的是北平最好时光的气息。当姜文以《邪不压正》将《侠隐》搬上银幕时，却只是借用了《侠隐》的故事外壳，在云南搭建的四万平方米灰色屋顶，与其说是再现了北平城的旧貌，不如说只是历史隐喻和身体空间的秀场，这种改编放逐了张北海怀旧中的北平，但以姜文对中国历史和现实的思考强化了“姜文式”的电影风格。李俏梅副教授在以“红色文学或革命文学中的地域文化建构”为题的发言中指出，革命文化和地域文化之间有种很复杂的关系：一方面，革命文化对地域文化的表达有种鼓励的作用，至少不遏制作家在革命文学中去表达地域文化；另一方面，革命文化对地域文化的表达有遏制影响，如《三家巷》中构建的广东这个文化空间，它是一种社会阶级的空间。在红色文学和革命文学中，地域文化与革命文化之间构成了一种很吊诡的关系：一方面，地域文化的书写超越了革命文化的规范，另一方面，地域文化的书写也受到了革命文化的抑制。

杜玉俭副教授在以“西方汉学对西王母的研究”为题的发言中指出，西方研究神话比中国早，西方早在19世纪50年代中期就有与神话相关的论述，而中国则在50年后才有这样的研究。西方对西王母的研究主要是由大学者来参与研究的，因为西方汉学非常注重中西交通，如丝绸之路，而西王母是在中国西部的边疆。在论述西方汉学家对西王母研究的三个阶段的基础上，他主要阐述了西方汉学家对西王母研究的主要观点，即西王母的形象来自哪里？曾小月在以“潮汕图景：泰华散文中的地理叙事”为题的发言中指出，在泰国的华人作家中，潮汕籍占了80%，无论是在他们日常的文化生活中，还是在作家的写作中，都具有浓厚的潮汕文化特色。针对泰华潮人散文，她强调了三点：第一，作家试图突破时空限制，从地域环境、传统民俗中反思现实社会，使作品中的“潮汕图景”非常突出。泰华散文中的潮汕图景，指作品中以潮汕地区自然地理、人文风貌为核心的文学描摹与艺术想象。第二，作家们着意于对地理因素的书写，企图借用时空转换、地理符号的写作策略，构筑起泰国潮人关于故乡与异乡、传统与当下等命题的个性思考。第三，潮汕地理叙事，是一个具体、真实而又生动的泰国潮侨移民生活写照。作家通过家乡小食、故里人事、潮汕景致，倾吐了恋土爱国之情。值得一提的是，在泰华散文中，呈现出的不仅是一个地理空间，而是潮汕、泰国两个并置地理，作品之艺术张力也就更显立体和丰富。

本次学术研讨会取得了丰硕成果，学者们问题意识强烈，探讨的范围广泛，发表了许多精到的学术见解，体现了文学地理学一贯主张的实证精神。学者们认为，只要长期坚持理论探索与批评实践，吸引更多的学者加入到这一新的研究领域，相信文学地理学的道路会越来越开阔！

文学地理学学科初步建成的标志性成果

——曾大兴《文学地理学概论》述评

杜华平*

近十数年，文学地理研究蔚然成风，然而这样的研究能否成“学”，直到现在仍有不小的争议。主要原因不是研究积累不够，相反，在文学地理学的实证研究方面，成果越来越丰厚，影响越来越大。问题主要出在理论建设的滞后，也就是说，正在做文学地理的同人对学科的定位、任务和要解决的问题认识不到位，学理思考还不足，学科理论体系尚未基本建成。2012年，曾大兴教授的《文学地理学研究》问世。在该书《自序》中，作者称：“直到今天，我也没有完成对文学地理学这个学科的‘通盘的梳理’。”他又谨慎地指出，本学科学术体系的建成“也许不是在两三年之内”。自那以后，学科理论探索取得了一定的成绩，《文学地理学》年刊第一栏“文学地理学理论建设”刊发的论文越来越多，国内其他学术刊物的同类论文也时有所见，但在这方面作出全面谋划、完整思考、系统论述的则一直没有出现，然而，随着曾大兴教授《文学地理学概论》一书于2017年3月正式出版，则完全可以说，文学地理学学科已初步建成。曾大兴在《自序》中仍然称文学地理学为“尚在建设之中的学科”，应该视为作者的自谦，或者是用以表达对更多学者继起写成《文学地理学新论》《文学地理

* 杜华平，江西师范大学文学院教授。

学原理》等类著作的希望。实际上，《文学地理学概论》必将作为文学地理学学科初步建成的标志性成果而成为学术史上无法绕过的重要著作。由于学科理论基本成形，有理由相信，在此书的影响之下，文学地理学必将开启快速、健康发展的新篇章。

一

2014 年，在中国文学地理学会第三届年会上我曾戏拟“学科理论建构六君子”（后又改为“七子”）之名称赞金克木、袁行霈、杨义、梅新林、曾大兴、陶礼天、邹建军这些学者在文学地理学理论建设上的重要贡献。其中，21 世纪以来，从学术规划层面对文学地理学做出重要贡献、产生广泛影响的学者先得推杨义和梅新林。杨义先提出了“重绘中国文学地图”的观点，出版了《重绘中国文学地图》《重绘中国文学地图通释》，接着又以《文学地理学的本质、内涵和方法》一文对文学地理学作了全面、深刻的学理思考，其中有谓：“地理是文学的土壤，文学的生命依托，文学地理学就是寻找文学的土壤和生命的依托，使文学连通‘地气’，唯此才能使文学研究对象返回本位，敞开视境，更新方法，深入本质。”以此为基础，又出版了《文学地理学会通》一书。在他之外，梅新林出版了大部头《中国古代文学地理形态与演变》，其《导论》部分的理论构想、体系建构等部分内容，后来分别以“走向理论自觉的文学地理研究”“文学地理：文学史范式的重构”之题在《中国社会科学报》发表，胜义纷纭，精彩纷呈，在学界引起了很大的反响。但是，杨、梅二人主要是在文学史框架下，以“文学版图”的完整性为基础，对文学地理学学术规划及其重要性和部分理论问题作了深刻探讨或史实分析，并未从建构文学地理学的学科完整体系的角度，对在地理生态下生长和发展的文学作出通盘的理论思考。杨义、梅新林之外，陶礼天 1997 年出版《北“风”与南“骚”》一书，后来另行发表的长文《试论文学地理学的过去、现在和未来》也对学科定位和多个理论问题作了深入细致的阐述；邹建军不仅带领博硕士弟子以集团作战的方式进行文学地理批评，他本人也以《文学地理学研究的主要领域》《文学地理学批评的十个关键理论术语》等文对文学地理学的理论体系作了纲领式的论述。然而，杨义、梅新林、陶礼天、邹建军诸位都同时在多个学术领域奋力探索，未能倾全力于文学地理学，唯有曾大兴教授近年来殚尽全力于文学地理学理论研究，其所完成的《文学地理学概论》才堪称对文学地理学作出全面谋划、完整思考、系统论述的第一部重要著作。

曾大兴最早是做词学研究的，先后出版过三部词学研究著作，而从事文学地理学研究也早自 1987 年就开始，大概是受金克木先生在《读书》（1986 年第 4 期）上发表的《文艺的地域学研究设想》一文的影响而产生的研究兴趣，稍后他就在 1990 年获批了国家社科基金项目“中国历代文学家的地理分布”，其成果《中国历代文学家之地理分布》于 1995 年出版，很快在学界引起很大反响。1996 年主持广州市社科基金项目“中国南北方审美文化比较研究”，成果《英雄崇拜与美人崇拜》于 1999 年出版。进入 21 世纪以来，主持了广州市属高校科技计划项目“广东历代文学家的地理分布及相关文学景观调查”（2004），广州市历史人文基地项目“广州历代文学家的地理分布及相关文学景观调查”（2005）。到 2011 年成立中国文学地理学会以来，更是集中精力于文学地理学的研究，2012 年出版《文学地理学研究》即将此前的相关研究作了总结，并形成了理论研究、实证研究、应用研究齐头并进的研究格局。另一项国家社科基金项目成果《气候、物候与文学——以文学家生命意识为路径》也于 2016 年出版。以上有关文学地理的研究，一是聚焦于文学家的静态地理分布，二是落实到地域文化与审美特性，三是从文学景观的调查入手考察文学在地理上的固化形式，四是根据孟德斯鸠《论法的精神》一书中“气候（对人类）的影响是一切影响最强有力的影响”一语，将地理学中的“气候”对文学的影响加以专项考察。有了这样的研究基础，再从理论上加以全面思考、总结和提升，形成系统的文学地理学理论，就是水到渠成的了。可以说，曾大兴的《文学地理学概论》是深度掘井的结果，是集数十年研究心得而在文学地理学这个口子井喷的璀璨景象，绝不是凭一时的热情、恃过人的聪明、靠短暂的强攻而能造出的应景之作。

《文学地理学概论》作为第一部全面、系统的文学地理学理论著作，其所建构的学科知识体系，首先来源于作者清晰的学科意识。作者在文学领域内长期的研究和理论思考中，越来越感到文学学科现有的的下级结构是残缺不全的，现有的文学理论、文学史、文学批评的三足鼎立格局中，文学理论这一分支居于最上端，是指导文学学科发展的最高形态，而运用文学理论以指导创作的文学批评是具有很强实践性的分支，处于学科最下端。这两端都没有问题。问题是：在这两端之间，支撑文学理论，为文学批评提供大量资源的仅有文学史这一个分支。而文学史是建立在文学的时间维度上的学科，从逻辑上看，除文学史之外，还应有与它并列的、建立于文学的空间维度的文学地理学学科。文学史和文学地理学双峰并峙，才能对文学理论形成更加完备的支撑，同样，有这两个分支学科居于中间，文学批评所依据的资源才更加充分和完备。这就是曾大兴的观点。根据文学地理学在文学学科中的地位，这个学科就应参照文学史的成熟知识体系，再结合自身的特点来建构。这是《文学地理学概论》一书知识体系的逻辑来由之一。

此外，更重要的是，《文学地理学概论》建构的文学地理学理论体系是受明确的问题驱动而形成的。这一问题的核心在于：在地理环境中生长出来的文学，它与地理环境之间是一种怎样的关系？这个核心问题展开来会有一系列问题，如：第一，地理环境是如何影响文学的？它通过什么途径影响文学？第二，地理环境影响文学的表现何在？其所产生的结果是什么？第三，文学又是如何影响地理环境的？第四，地理环境与文学相互作用的结果是什么？这些问题的答案指向的是文学家、文学作品、文学接受者、文学景观、文学区等，于是，围绕这几大问题，聚焦于文学家、文学作品、文学接受者、文学景观、文学区这几个要点，就有了一个完整而逻辑自洽的学科知识体系。全书从文学与地理环境的关系这一角度，对作家、作品、世界、读者这文学四要素作了全新的阐释，第一章实即全书的绪论，第二章至第七章可看作文学地理学本体部分，第八章专论文学地理学方法，第九章论文学地理学批评，附录文学地理学学术史，这就构成一个相当完备的文学地理学知识体系。就文学地理学本体而言，第二章即总论兼世界论，第三章是文学地理学的作家论，第四章是文学地理学的作品论，第五章为文学地理学的读者接受论，第六章和第七两章为文学地理学特有的文学景观、文学区论，后两章实际也与文学四要素紧密相关。从文学与地理环境的关系这一问题来说，第二章主要论地理环境对文学的影响，这是文学与地理环境这一对关系中更根本的一面，第三章到第七章除了继续回应这一视角，还关涉文学对地理环境的影响，第六章的内容则更多落实到文学对地理环境的影响。可见，由于作者问题意识突出，故全书各章逻辑紧密，环环相扣，引人入胜。以下各节分别对本书本体部分各项内容作一评述。

二

文学史的作家研究，是出于“知人论世”的目的，主要关注的是与时代环境相参照的作家成长过程（学习经历）、仕宦经历、行迹游踪。研究路径上，往往注重从交游的角度考述作家与时代的关系。最常见的作家研究成果，多为年谱和评传的形态。后者的主体部分以作家人生划分为若干阶段，以此为单元对作家进行归纳。这种研究隐含有作家地理的研究，但是传统研究尚未将作家地理的信息加以突出。近十数年来，文学地理意识崛兴，于是，仿年谱而编地理谱，就陆续出现。如 2011 年曾大兴教授指导的硕士生邓景年学位论文《杜诗地理》实即在杜诗年谱的基础上完成的地理谱论文。更有意思的是罗凤珠先生以孔凡礼《苏轼年谱》翔实数据为基础研制“苏轼文史地理资讯系统”，即是将苏轼一生足迹中的时间、地点两方面的信息全部提取出来，并借信息技术手段加以组织和呈现，形成了一个融年谱、地理谱为一体的时空研究工具。近似而更为宏阔的还有王兆鹏“唐宋文学编年系地信息平台建设”项目，已得到国家社科基金重点资助。

所取得的成果正通过搜韵网以“唐宋文学编年地图”为名加以发布。这样的研究，无疑是对文学史视野下的作家研究的重大超越。

曾大兴于1995年出版的《中国历代文学家之地理分布》开启了文学地理学意义上的作家研究，经多年的沉淀、提升，《文学地理学概论》第三章在辨析了籍贯、祖籍、郡望等概念后，提出了以下研究路径：以籍贯（即作家的出生成长地）的考辨为基础，将作家群体的籍贯数据加以统计、归纳、分析，形成“文学家的静态分布图”，深度加工，再描述分布格局与规律。这是一个方面。另外考察作家流寓迁徙之地及其分布，将游学、应试、游宦、游幕、游赏、流贬、隐居、移民八种形式称为长时段的流寓迁徙，而将雅集、沙龙两种形式称为短时段的流动。这些不同形式的空间流动，构成“文学家的动态分布图”。为了更深刻地阐释地理对文学的影响，曾大兴还对静态分布与动态分布的意义作了细致探讨，认为前者反映的是本籍文化对作家的影响。后者反映的是客籍文化对作家的影响。两者都是作家成长中不可缺少的，但本籍（故乡）地理环境与文化环境对作家的影响要远远深于流寓、迁徙地的影响。

与文学史视野下的常规作家研究相比，文学地理学的作家研究紧扣地理环境与作家的关系，从地理环境对作家的影响这一视角，着力展示作家的地理视野、地理经验及其在其整个人生中的意义，曾大兴所构建的作家研究模式有强烈的问题意识和较清晰的理论性，又有开阔的视野，还注重了实际操作性，其中的统计部分还提供了操作指南。

当然，《文学地理学概论》第三章只是文学地理学作家研究的一种路径，属于宏观的作家群体研究，地理分布的考察是这种路径的主要方式，曾著在这方面已形成较为完备的思路与方案。而微观的作家个人研究，此书虽有涉及，但尚不专门。在我看来，作家个人研究应以编制地理谱为基础。即首先描绘作家翔实的地理足迹，形成具有地图呈现作用的地理数据。接下来沿用传统的文献细读方法，充分提取作家地理感知的文本资料，分析其地理经验、地理视野与其情感心理、精神气质、人格、信仰的关系，再考察其生命情调、人生实践在地理上给一个地方烙下的印迹。在这方面，研究者若能消化、吸收曾著第二章和其他各章的已有观点，也能构拟出具有一定实践操作性的研究路径。

文学地理学的作家研究需要说明这样一些基本道理：一个作家的成长受到多方面基因的规约，而其生长之地，乃是地理基因，因此他的生命气息中总透着生他、养他的那片土地的种种印迹，另外，当作家成名之后，他的影响力也总是要表现在人文地理上，因为任何一个伟大作家都是他家乡人心中的一座“高峰”，他的故宅总是当地的一个重要文化景观，同样，他的熠耀光芒也总是点亮着他所到的一切地方，只要看看李白、杜甫、苏轼一生经历过的任何一个地方都有许多与当地有关的故事在流传，他们在各地所写的作品都成为当地的精神遗产，就可明白这一道理。还有一点，一个知名度和整体成就一般的作家，也可能因对某个地理景观感受得深，写出了好作品（如张继之于苏州寒山寺、王勃之于滕王阁乃至整个江西），可能成为某个地方的文化塑造者，他的名字也因此与该地方深深地连接在一起，成为不朽的文化符号。

三

文学作品即文学文本的研究是传统文学研究的重点，早已形成了包括主题、意蕴到题材、形象、结构、体裁、手法、语言等分解项的成熟研究套路。文学地理学研究文学作品，也不能脱离这些方向，但是却应该有自己独特的着手处。《文学地理学概论》第四章将此项研究落实为地理空间的探究上，说：“从文学地理学的角度研究文学作品，应把文学作品的地理空间作为重点。”

由于“地理空间”是一个认识颇有分歧的概念，为此，曾大兴首先将地域、区域、地方、空间这几个概念作了区分，并引用周尚意、孔翔等编著的《文化地理学》中对“地方”属性的概括：“一个地方，不仅有确切的地理坐标，更有该地具体的自然地理环境和人文地理环境。”认为：这就是文学地理学要研究的地理空间。从理论定位上，曾大兴指出：“文学作品中的地理空间，是存在于作品中的由情感、思想、景观（或称地景）、实物、人物、事件等诸多要素构成的具体可感的审美空间。”在这个定位中，包含着几个层次：一是外在于作品的客观世界（也即外在的地理空间）；二是作品所建构起来的一个可供审美探究的世界（也即审美空间）；三是作品中人、事、物所处的地理空间（也即作品审美意蕴所赖于发生的地理空间）。在这三个层次中，传统的作品解读聚焦于第二个层次，顺便要涉及前两个层次的关系。文学地理学则聚焦于第三个层次，又必须涉及前两个层次。仔细看来，传统的作品解读看似自足、完满，但由于缺少地理空间这个层次的关注，审美空间的探究往往容易显得空泛或抽象。在文学地理学的视野下，引入地理空间的层次，审美空间便有了可承载的可感空间。

为了将文学作品中地理空间的探究落到实处，曾大兴将地理空间在作品中的构成要素区分为两个系列：一是隐性要素，包括情感和思想；二是显性要素，包括景观（地景）、实物、人物、事件。值得注意的是，以上这些要素多是传统的作品解读一直关注的，因而如何从中发掘地理空间的信息，这是《文学地理学概论》的难题，也是它富有新意、特别精彩之处。

地理环境对人的影响是多方面的，情感、思想也在其中。《文学地理学概论》就从地域差异的角度来审视作品中所表现的情感和思想，具体论证了因不同的地域而出现的情感、思想的差异，以及情感表达方式的差异。情感表达方式的地域差异，举南北朝乐府民歌的两组作品为例作了生动的解析，观点和分析令人信服。思想内涵的地域差异，则对比分析了李白《长干行》和杜甫《新婚别》的主人公形象及其爱情婚姻观，前者“婚姻是比较自主的、比较平等的，她的思想较少受到封建礼教的束缚，她的行动也是比较自由的”；“没有什么外在的律条制约她，她也没有什么不得已的苦衷”。后者的婚姻是“人生依附观念的主导”，“没有什么自主性，她也没有体验到婚后的幸福。她那样通情达理深明大义，是因为封建礼教规定她必须这样做”。这种分析尽管还不全面，但就此角度而言，不能不说是富有见地，因而也是有说服力的。在以上分析的基础上，曾大兴从两篇作品的主人公所处地理空间以及作者成长的地理空间两个方面作了原因的探究。以上分析，方法是传统的，都从形象入手分析情感、思想，所不同的是：分析者从审美探究开始，而进入作品的地理空间，又由作品的地理空间而及作家的成长空间，这样就将作品、作家、世界这三端，以及上述三个层次的空间都收入其中，可见，文学地理学的文本研究实比传统路径有着更高的综合性。

作品中直接可见的景观总是与特定的地理空间相联系。实物则有流行实物和地方实物之别，后者反映地方的特征。人物、事件也既有普遍性，又往往有地域性，都能从中探测到地理空间的信息。因此，可像上例一样从审美形象的品评出发，进而分析其地理空间。

曾大兴很清楚，文学地理学的作品分析不能仅仅停留在上述地理空间要素的解读上，因为所有的空间要素都“通过富有个性的语言和相应的结构方式而形成各种不同的地理空间”，因此分析作品的地理空间还必须关注语言与结构。关于语言，作者借用了语言地理的知识，讨论了方言和共同语。这里有一个重要的问题就凸显出来，即用方言写作并非文学写作的通例，因为方言作品的受众太有限，换言之，作家一般使用共同语而非方言来写作，作品的地域性就不是靠语言而是靠前述的有关地理空间要素。这一观点无疑是重要的。不过，可以稍作补充的是：作家所用的“富有个性的语言”也可以带上一定的地域性，这是因为作家在使用共同语之时，往往还会自觉或不自觉地加上一定的方言因素，有的即使在字音、词汇、句法等方面都是共同语，也可在语气、语调和某些词语色彩上流露出一定的地域性，如老舍的作品有很浓的北京味，沈从文的作品是湘西味，在语言上是有一定表现的。

作品的地理空间总要以一定的结构方式来表现，曾大兴归纳出四种基本的时空结构模式，并以唐诗为例命名和分析：第一，寒江独钓型，为单一的时间、空间形态；第二，重九登高型，为同一时间、不同空间的形态；

第三，西窗剪烛型，为两个空间，多个时间的形态；第四，人面桃花型，为一个空间、两个时间的形态。这样饶有兴味的分析，对我们较好地理解和把握文学作品的地理空间，确实很有帮助。

四

《文学地理学概论》第五章论文学扩散与接受，第六章论文学景观，第七章论文学区，都各有非常精彩之处，限于篇幅，以下只简略地予以评述。

文学传播与接受是近二十年来我国学术界新兴的研究领域，把它纳入文学地理学的范围，对它作出理论探讨，这是《文学地理学概论》的首创，也是其重要贡献。作者根据接受美学的观点，突出了文学接受对于文学意义生成的重要意义，又从文学与地理环境的互动关系的视角，认为文学可对地理环境尤其是人文环境产生一定的影响，而这影响只能通过文学接受者作为中介来实现。以这种观点为纲领，作者论述了文学源地及其价值，文学的空间扩散的两种类型、三种效应，在此基础上对文学扩散与地理环境的关系、文学接受的地域差异作了理论概括。这些阐述紧扣文学扩散与接受中所发生的文学与环境的互动关系这一核心问题，将传播学、接受学的视野，地理学的思想，文学的特性三者整合、融通、消化和提升，既有理论高度，又有实践品格，还有文化干预的情怀。以上研究的重点在文学的横向传播与扩散，这与文学史主要关注文学的纵向传承，有明显的区别，又因其鲜明的关注现实、干预现实文化的立场，显示出文学地理学研究的特色。

文学景观是文学地理学的独特内容，它指的是与文学紧密相关、具有文学属性和文学功能的、具有形象性和可观赏性的自然景观与人文景观。曾大兴做了多年的文学景观研究，在这方面有许多研究心得，所以，《文学地理学概论》中写文学景观的第六章写得很轻松，也特别有意思。作者认为："文学景观是地理环境与文学相关作用的结果，它是文学的另一种呈现"，即"是一种地理呈现，它是刻写在大地上的文学。"而"以往的文学研究并不涉及文学景观”，文学地理学却把文学景观作为自己重要内容，这就显出了这一新兴学科与文学史及其他相关的文学学科的差别。在这一章，作者首先介绍了一般地理学和文化地理学的景观概念，从文学地理学的立场上强调了景观的形象性和可观赏性的特征，然后重点区分了虚拟性文学景观和实体文学景观这两种类型，指出两类文学景观之间的转换。这里的关键是：自然景观不能重建，人文景观却可以重建；实体性文学景观是文化地理学、旅游地理学等多个学科的研究对象，虚拟性文学景观一般仅是文学的研究对象。因此，文学地理学的景观研究必须突出文学立场、着眼于文学特性，曾大兴引用了迈克·克朗《文化地理学》把景观当作“可解读的‘文本’”的观点，举了孟浩然《临洞庭湖赠张丞相》、杜甫《登岳阳楼》、范仲淹《岳阳楼记》三篇描写岳阳楼的名篇为例，论述了同一个岳阳楼被赋予的不同人生情感、人生抱负，于是得出结论说：“文学景观的意义是由不同的作家和读者在不同的时间所赋予、所累积的，因而也是难以穷尽的。”关于文学景观的多重价值，则论述了“在景观的多重价值中，文学的价值无疑是最高的价值”的观点，举了大量实例，说明了景观的形象性有赖于文学描写，甚至认为：“优秀文学作品的传播效应、广告效应，超过了世界上任何职业的广告人所做的任何广告。”

文学史需要按文学发展的时段划分单元，形成一定的时期、阶段。文学地理学则需要根据不同地区有关文学要素、所呈现的文学特征的差异作出相应的切割与划分，形成一定的空间单位，这就是文学区。文化区有形式文化区、功能文化区、感觉文化区等三类。曾大兴比较分析了三种文化区的特点，主张采取形式文化区的思路，根据地理依据、历史依据、文学依据划分文学区，以充分体现文学区的地域差异性和历史延续性，显示文学区的中心地带和相对模糊、有一定历史变迁的边界。在此基础上，《文学地理学概论》第七章把中国境内的主要形式文学区划分为 11 个——东北文学区，并秦陇文学区、三晋文学区、中原文学区、燕赵文学区、齐鲁文学区、巴蜀文学区、荆楚文学区、吴越文学区、闽台文学区、岭南文学区，并分别对这11个文学区的特征及其各大文学要素作了描述，实际上形成了《中国文学地理区划》的纲要。作者关于文学区的区划思路，是有鉴于20世纪80年代编纂出版的各种区域性文学史的共同问题，即只是将传统的中国文学史按省、区、市进行切割、细化，并因而难免把一种或多种异质的文学特征、文学要素硬性地拼凑在一起。经过审慎、周密的研究，曾大兴按以下四大要素对中国文学区作了描述：一是文学所赖以生成的地理环境；二是文学家；三是文学作品及其构成元素；四是文学外部景观。显然，《文学地理学概论》提出的文学区的思路是逻辑自洽的，据此加以扩展、细化，将文学地理学思想落到实处的按文学区来分卷编纂的大型《中国文学地理》，就必将大大超越现有各种区域文学史，成为文学地理学的支撑性成果。

五

文学地理学是文学与地理学的交叉学科。而地理学是综合性很强的学科，它历来与物理学、几何学、生物学等自然科学和诸多的工程技术学科紧密联系，还与哲学、历史学、伦理学等社会科学有很亲缘关系，而其与文学、艺术等人文学科的携手，也在人文地理学崛兴之后成为事实，现在的文化地理学，几乎无所不包。作为文学与地理学交叉的边缘学科，文学地理学对研究者的知识结构提出了很高的要求，而对于《文学地理学概论》这样的具有总纲性质的著作，这种要求就尤其高了。阅读此书，我们欣喜地看到，作者曾大兴视野开阔，知识底蕴丰厚。其地理学知识修养已大大领先于大多数文学研究者，在环境地理、气候学、物候学、景观学、历史地理、人口地理、经济地理等地理学知识领域都有了解，有的还有精细研究。此外，在哲学（如第九章和附录部分对于后现代主义哲学、文化的论述）、思想史（如第四章第146—151页对中国古代思想构成的分析）、语言地理与文学语言学（第四章第172—177页）、人类学及其人种学分支（第二章第53页、第四章第162—170页）、移民史（第三章第120—123页）、传播学与接受美学（第五章）等诸多领域都有专门知识和深刻见地。可以说，《文学地理学概论》是作者毕生知识储备的一次整合、消化和提升，其理论的完整和圆熟，是一般研究者所难以达到的。

《文学地理学概论》不仅是一部体系完备、逻辑严密，具有理论高度的高水平学术著作，而且非常“接地气”，既能直接关注现实社会，其中文学源地及其扩散的内容、文学景观的内容，对当下的社会文化建设可以提供有学术智慧的指导，同时又对文学地理学学科建设和各有关研究有很强的实践指导意义。这里特别谈谈对相关研究的指导性，本书前七章既为文学地理学各领域的研究以理论指引，又有很多相关的研究示范，有的提供了富有实践性的意见（如第六章关于文学景观的识别标准），有的还在操作细节上有指导（如第三章有关统计口径的部分），很少有概论性的理论著作能具有这种亲和力。不仅如此，本书第八、第九两章还从文学地理学研究方法、文学地理学批评两项实践性问题分别写了专章。作者结合实例，具体介绍了六种文学地理学研究方法的思路、操作原则，这六种方法分别是：系地法、现地研究法、空间分析法、区域分异法、区域比较法、地理意象研究法。关于文学地理学批评，曾大兴比较它与生态批评、环境批评的异同，认为：文学地理学批评的视野大于生态批评和环境批评。又与后现代主义的空间批评作了区别，因为文学地理学批评所指的空间是具体而不是抽象的的空间，批评实践中除了分析文本的空间形式，还要顾及文本所产生和传播的地理环境。接下来对地理批评的基本原则和步骤作了详尽的说明，提出了五项原则：一是以文本分析为重点，二是以人为主体，三是时空并重，四是有限还原，五是环境干预。四个步骤：一是从文本出发，二是考察文本产生的地理环境，三是考察作家的个人因素，四是考察文本的传播效果。可以相信，如此有高度而又有切实指导性的著书风格，必将使此书成为一部畅销书。

我近年来受到曾大兴的感染、影响，也在文学地理学理论方面作了一些思考，所写的多篇论文对文学地理学的概念体系、理论结构、学科定位等方面作了一些探索，但是所取得的成绩非常可怜。曾大兴教授在这个领域勤奋耕耘，取得如此突出的成就，对我有极大的鞭策作用，相信广大读者也一定能从他的系列文学地理学著作中得到很多启迪。而这部《文学地理学概论》更会成为曾教授最受欢迎的传世名著，这是可以预言的。